# Spirit Dolls

RIA RADTKE

# SPIRIT DOLLS

## ACONITE INSTITUTE

SAGA Egmont

VG WORT

NEU START KULTUR

Die Beauftragte der Bundesregierung für Kultur und Medien

Dieser Roman wurde im Rahmen des Stipendienprogramms der VG Wort in NEUSTART KULTUR der Beauftragten der Bundesregierung für Kultur und Medien gefördert.

Originalausgabe

im Vertrieb bei Egmont Verlagsgesellschaften mbH



Dieses Buch wurde vermittelt von der Literaturagentur erzähl:perspektive, München (www.erzaehlperspektive.de).

Illustrationen Umschlag: Jesslyn Thessner, Kristina Vohrer (Karte)
Covergestaltung: Paulina Ochnio, Karol Kinal
Coverabbildungen: Shutterstock
Satz aus der Minion Pro: Karol Kinal
Druck und Bindung Mazowieckie Centrum Poligrafii, Marki

ISBN 78-3-98750-016- 9


SAGA Egmont www.saga-books.com

Dieser Titel erscheint auch als E-Book und Hörbuch.

*Die Menschen schlafen, wenn sie aber sterben, dann wachen sie auf.*

Alī ibn Abī Talib

Für alle, die loslassen mussten,
was sie um alles in der Welt festhalten wollten.

Und für Sina, die mein Leben und mein Schreiben so viel schöner macht.

# *Playlist*

Not Dead Yet – Lord Huron
Blinding Lights – The Weeknd
Lonely Eyes – Lauv
Take My Breath Away – Duncan Laurence
Your Soul – Rhodes
Cry You a River – Ruben
Small Disasters – Dean Lewis
Unloving You – Anson Seabra
Tree House – Lemaitre & Ruben
Soul Mate – Flora Cash
Kiss Me – Dermot Kennedy
Sign of the Times – Harry Styles
Like Real People Do – Hozier
Fix You – Coldplay
It'll Be Okay – Shawn Mendes
It's Only Love – Heather Nova

Triggerwarnung:

Dieses Buch enthält potenziell triggernde Inhalte zu folgenden Themen: Verlust von nahestehenden Menschen, Depressionen, Alkoholmissbrauch.

Bitte lest dieses Buch nicht, wenn ihr euch psychisch derzeit nicht in der richtigen Verfassung seht.

# Edinburgh, 46 Tage nach dem 2. November 1590

*Ich sehe die Puppen, noch bevor ich verstehe, wo ich bin. Sie sind auf eine Holztruhe mit Schnitzereien gebettet. Ein Armleuchter taucht die mit Damast behangene Wand dahinter in flackerndes Licht. Schatten tanzen über ihre bemalten Gesichter, und die Luft ist getränkt mit dem beißenden Gestank von Aqua Vitae. Siebzehn Augenpaare verspotten mich: Du wolltest sterben? Willkommen im siebten Kreis der Hölle.*

*Fast sehne ich mich nach dem Dämmerschlaf der letzten Stunden zurück – oder waren es Tage? –, als Traum und Wirklichkeit haltlos ineinanderflossen und ich wie ein Schiffswrack im Strom dieser Gezeiten trieb. Ich hatte vergessen wollen, aber jetzt sehe ich alles umso deutlicher vor mir und begreife: Mein Grab werde ich teilen müssen. Mit den Puppen. Sie verkörpern alles, was ich verloren habe. Und doch hängt mein Herz an ihnen. Ich habe dieselben Hände gehalten, die auf dem hellen Holz im Laufe der Jahre zärtliche Spuren hinterließen, und die Lippen, die siebzehn Puppenmünder geküsst haben, lagen auch auf meinen Wangen. In einem anderen Leben.*

*Mit diesem Gedanken dreht der Wind; die Verzweiflung schlägt Wellen und brandet übermächtig in mir auf. Bittersüße Erinnerungen greifen nach mir. Ich will mich fallen und von ihnen verschlingen lassen, aber ein Geräusch holt mich in die Gegenwart zurück. Schritte hallen über den Flur, und ich weiß, mir bleibt nicht viel Zeit. Ich taste über meinen nackten Körper, um zu sehen, ob er unversehrt ist. Ein törichter, animalischer Instinkt, denn niemand verlässt solch ein Zimmer unversehrt. Da fühle ich es: Unter meinen Fingerkuppen, auf dem Brustkorb, wölbt sich eine stümperhaft vernähte Narbe. Gewachstes Leingarn und schiefe Stiche. Ich erstarre. Dann drücke ich mich ruckartig von der kalten Steinplatte hoch. Mein Blick fliegt suchend durch den Raum und bleibt an einer schlichten bleiernen Urne hängen. Ich muss sie haben, auch wenn ich mir nicht erklären kann, warum mir ihr Inhalt wichtig ist. Oder die Puppen. Warum irgendetwas jetzt überhaupt noch von Bedeutung ist.*

*Dennoch: Träge stehe ich auf und stolpere zu dem schweren Holztisch, der mit anatomischen Instrumenten übersät ist. In eisernen Sägen, Messern, Spateln, Zangen und Haken spiegelt sich bedrohlich der Kerzenschein. Die Schritte kommen näher, dann halten sie inne.*

*„Wie bringen wir ihn weg?", fragt eine junge Männerstimme. „Er ist zu schwer, um ihn weit zu tragen." Wer die Worte gesprochen hat, muss jetzt direkt vor der Tür zum privaten Sezierzimmer des Wundarztes stehen.*

*Zur Antwort erhält er das kehlige Lachen eines älteren Mannes. „Keine Sorge, wenn die medizinische Fakultät mit ihm fertig ist, passt er in eine Reisetruhe. Und warum auch nicht? Wir haben, was wir wollten. Der Professor sollte gleich da sein."*

*Die Schritte verklingen und Erleichterung flutet mich. Gierig raffe ich die Puppen in meine bloßen Arme, versuche verzweifelt, sie alle zu halten. Aber sie sind zu viel Gepäck, denn ich werde durch das hohe vergitterte Fenster klettern müssen. Neben dem Instrumententisch liegt etwas auf dem Boden – ein schmutziges Leichentuch. Ich unterdrücke die Übelkeit, bücke mich danach und schlage meinen Schatz darin ein wie zu einem Wanderbündel. Dann nehme ich auch die Urne an mich, steige auf die Steinplatte, von wo aus man im Stehen das Fenster erreichen kann. Der Schmerz schenkt mir Kraft und das Gitter gibt unter dem Stoß meines Ellenbogens nach wie Papier. Als mir die eisige Winterluft ins Gesicht schlägt, erfüllt mich ein euphorisches Gefühl und ich weiß: Solange ich nicht tot bin, bin ich immer noch am Leben.*

# Tabula Rasa

## RUNA

Mit dem ersten Schritt auf den Bahnsteig von Edinburgh Waverley kehrt mein schlechtes Gewissen zurück. Stickiger Dunst umfängt mich im Bahnhofsgebäude, das mit seiner Dachkonstruktion aus Glas und Stahl wie ein riesiges Gewächshaus wirkt. Mir wird ein bisschen übel und Zweifel keimen in mir auf. Wirre Gedanken, die ich den ganzen Tag lang mit alten Buffy-Folgen und eisernem Willen verdrängt habe.

*Feigling,* ruft die Stimme in meinem Kopf, obwohl ich eigentlich finde, dass es mutig von mir war, allein zu verreisen – zum allerersten Mal. Auch der letzte Streit mit Mum will mir nicht aus dem Kopf: Ich hätte mich lieber mit einer Umarmung als mit Vorwürfen von ihr verabschiedet. Ob man mich wenigstens hier mit offenen Armen empfangen wird?

*Stopp*, sage ich mir lautlos. Es ist immer noch mein Leben. Habe ich nicht ein Recht darauf, dass es überhaupt beginnt, bevor es irgendwann zu Ende gehen wird? Auf Flat Holm habe ich existiert, aber es muss doch noch mehr geben.

Ich sehe mich in der Bahnhofshalle um. An diesem Septemberabend ist sie erfüllt von verwaschenen Stimmen und hallenden Schritten. Dazu dumpfes Motorengedröhne. Edinburgh ist das komplette Gegenteil meiner idyllischen Heimatinsel. Aus dem Augenwinkel nehme ich wahr, wie Menschen in den dunkelgrauen Zug mit der gelben Schnauze strömen. Ein Teil von mir würde jetzt nichts lieber tun, als der Angst nachzugeben und ihnen zu folgen. Es fühlt sich so unwirklich an, hier zu sein. Bin ich tatsächlich vor knapp sieben Stunden von zu Hause weggelaufen, mit nichts als einem hastig gepackten Koffer und ein paar zerknitterten Scheinen im Portemonnaie?

*Jupp, du hast sogar dein Gepäck an der Anlegestelle versteckt und Mum vorgelogen, dass du zum Shoppen nach Cardiff willst.*

In Wahrheit bin ich im Anschluss an die fünfzigminütige stürmische Bootsfahrt über den Bristolkanal in den Zug nach Edinburgh gestiegen. Ohne mich zu verabschieden, weil ich Abschiede hasse. Ich habe nicht mal Rose einen letzten Kuss auf ihren flaumigen Babykopf gegeben. Den Geruch, der einem dabei in die Nase steigt – pudrig und ein Hauch von saurer Milch – werde ich nicht vermissen. Trotzdem zieht sich bei diesem Gedanken mein Brustkorb zusammen und eine explosive Mischung aus Aufregung und Wehmut flutet meine Adern. Ob Mum sich schon wundert, warum ich nicht zurückkomme? Vielleicht ist ihr vor lauter Windeln wechseln und Fläschchen machen noch gar nicht aufgefallen, dass ich nicht da bin. Und Steve wird erst recht nichts merken, denn seit Rose zahnt, ist er ständig unterwegs; angeln oder im Pub.

Ich unterdrücke einen Seufzer und ziehe meinen gefühlt hundert Pfund schweren Rollkoffer weiter über das Pflaster. Es hätte nicht so kommen müssen, schießt es mir zum hundertsten Mal an diesem Tag durch den Kopf. Ich hätte noch lange die liebe, brave Runa sein können, die ihre Nase die meiste Zeit in Comicheften vergräbt, weil das bis zur Erfindung eines Unsichtbarkeitselixiers das sicherste Mittel ist, niemanden zu sehen und von niemandem gesehen zu werden. Ich hätte mich weiter versteckt, weil es keinen Sinn hat, dazugehören zu wollen, wenn nichts an deinem Leben, deiner Familie oder an dir normal ist. Mum hat mir im Grunde keine Wahl gelassen.

Es tut weh, das nur zu denken, aber es ist wahr.

Mit knurrendem Magen und müden Knochen erreiche ich die Rolltreppe am Ende des Bahnsteigs. Dort gurren ein paar Tauben und tänzeln mit blutigen Schnäbeln um etwas herum. Als ich näher komme, erkenne ich, dass es ein Artgenosse ist. Der Vogel liegt auf dem Rücken, die Beine steif von sich gestreckt, der Brustkorb zerhackt.

Ich wende mich ab und versuche, die aufsteigende Übelkeit zu unterdrücken. Der gewohnte Anblick sollte mich nicht erschüttern, aber entgegen aller Vernunft hatte ich gehofft, die Geister der Vergangenheit auf Flat Holm zurücklassen und hier neu anfangen zu können. Fröstelnd ziehe ich meinen Mantel enger zusammen.

Erst als ich am Taxistand eine schwarz glänzende Limousine mit runden Scheinwerfern entdecke, hebt sich meine Stimmung, denn der altmodische Wagen strahlt britischen Charme aus und in Cardiff würde man niemals ein echtes Cab zu Gesicht bekommen. Ein Lächeln zuckt um meine Mundwinkel – mein Gott, ich bin wirklich in Edinburgh. Das Castle, die malerischen Gassen, all das kannte ich bisher nur von Fotos, dabei stammen meine Vorfahren von hier. Jetzt bin ich mittendrin in dieser Stadt, die so lebendig und zugleich so voller Geschichte ist. Hier werde ich studieren, meinen Abschluss machen und … endlich meinen Vater treffen. Nichts und niemand kann mich jetzt noch davon abhalten, die Antworten zu bekommen, die Mum so unbedingt vor mir verbergen wollte. Ich habe mir geschworen, herauszufinden, wer er ist. Und wenn ich ihn gefunden habe, traue ich mich vielleicht sogar, die eine schmerzhafte, aber deshalb nicht weniger dringliche Frage nach dem Warum zu stellen.

Der Fahrer des Cabs nickt mir zu. Leider liegen Taxifahrten nicht im Budget, bis ich einen Job gefunden habe, also laufe ich weiter und ziehe im Gehen mein Handy aus der Manteltasche. Mit einem Knoten im Magen registriere ich drei Anrufe in Abwesenheit von Mum. Ich lasse mich von der Navigationsapp leiten und folge der Market Street.

Hier sieht es aus, als hätte jemand die Zeit um mindestens zwei Jahrhunderte zurückgedreht. Ein süßlich-herzhafter Geruch nach gebratenem Rindfleisch und Ale weht mir von unzähligen Pubs im Souterrain der viktorianischen Häuser entgegen, die den Gehweg säumen. Hinter einem steinernen Torbogen führt eine schmale Treppe den Berg hinauf. Stumm verfluche ich mich dafür, nicht das Taxi genommen zu haben, und zerre den Koffer Stufe für Stufe weiter. Diese Treppe und dann noch zwei weitere Treppen hoch. Mit jedem Schritt werde ich nervöser, bis mir vor Aufregung ganz übel ist. Der Himmel hat sich verdunkelt und die angrenzenden Gebäude ragen hier so hoch, dass ich nur noch einen schmalen Streifen Wolken zwischen den Häusern erahnen kann. Ich schleppe mich und mein Gepäck weiter, vorbei an Geschäften und Cafés und über pittoreske Straßen mit abgewetztem Kopfsteinpflaster. Dann bin ich endlich da.

Ich wische mir erschöpft über die kühle, feuchte Stirn. Zuerst fällt mir das Rosettenfenster über dem gigantischen Eingangsportal ins Auge, dann das schmiedeeiserne Tor, durch das ich den Innenhof erspähen kann. Er ist umschlossen von Gebäuden aus verwittertem Sandstein, die genauso verwunschen wirken wie die Straßenfront. Gerade eilen ein paar Studenten unter den Arkaden hindurch. Ihre Stimmen schwellen an und ab, ohne dass ich etwas verstehe.

Das ist also das ominöse *Aconite Institute*, dessen Name mir schon so oft im Traum begegnet ist. Im Internet konnte ich kein einziges Bild des Colleges finden und trotzdem, oder vielleicht genau deshalb, zieht es mich geradezu magisch an. Selbst in den beliebtesten Foren für Studienanfänger tauchten abgesehen von zwei gelöschten Beiträgen einer Userin namens *goodgirlgonebad* keine Informationen zu der Einrichtung auf. Lediglich eine Postadresse für Bewerbungen war zu finden und auch, als ich den Dekan der juristischen Fakultät und seine Assistentin zum Bewerbungsgespräch in Cardiff traf, konnte ich nicht viel aus ihnen herausbekommen. Offenbar ist das Aconite kein gewöhnliches College, sondern eine Art Bildungsinstitut, das mithilfe von Stiftungsgeldern Studierende aus Familien unterstützt, die sich ein Studium ansonsten nicht leisten könnten.

Beim Anblick des Gebäudes klopft mir das Herz bis zum Hals. Schlagartig begreife ich, dass es kein Zurück mehr gibt, sobald ich durch dieses Tor trete: Nach der Einführungswoche beginnt mein Studium. Ich werde täglich mit Menschen zu tun haben.

Mit sehr vielen Menschen, nicht nur mit Mum, Steve oder meiner sechs Monate alten Halbschwester. Mit einem Mal wird mir bewusst, dass das einsame Leben auf Flat Holm mich nicht im Geringsten hierauf vorbereitet hat. Ich habe mehr Erfahrung im Umgang mit Möwen, Brandgänsen und Blindschleichen als mit meinesgleichen.

Aber obwohl ich mich sogar beim simplen „Guten Tag, ich bin Runa Davies und soll mich hier melden" am Pförtnerhäuschen verhasple, halte ich schließlich meinen Zimmerschlüssel in den Händen, der genau genommen ein Plastikkärtchen ist, und stehe verloren im Innenhof herum. Der Pförtner hat mir zwar erklärt, wo sich mein neues Zuhause befindet, aber vor Aufregung konnte ich mir die Wegbeschreibung nicht merken. Ich weiß nur noch, dass ich irgendwo eine Treppe erklimmen und dann links abbiegen muss. Aber nirgends sind Stufen zu sehen, dafür führen mehrere Bogengänge in angrenzende Innenhöfe. Während ich verzweifelt versuche, mich für eine Richtung zu entscheiden, bestaune ich den perfekt gestutzten, saftig grünen Rasen in der Mitte des Platzes, der sich leuchtend von den Arkaden abhebt. Am Rand der Grünfläche steckt ein kleines Schild im Boden. Ich senke den Kopf, ignoriere nach Kräften den schwarzen Mistkäfer, der mit überkreuzten Beinen danebenliegt, und lese: *Betreten verboten.*

Irritiert sehe ich wieder auf – und fahre vor Schreck zusammen. In meinem Sichtfeld ist ein braunes Augenpaar aufgetaucht. Ein junger Mann steht vor mir, knapp einen Kopf größer als ich, mit einer Stupsnase, rotbraunen Haaren und einer Umhängetasche.

„Kann ich dir irgendwie helfen?“

Trotz des eigentümlichen schottischen Akzents klingt seine Stimme freundlich.

„Nicht einmal barfuß?“, frage ich.

„Wie bitte?“ Er legt die Stirn in Falten.

„Ich meine den Rasen!“ Ich deute auf das Schild. „Darf man den nicht einmal barfuß betreten?“

„Die Professoren gehen dort manchmal mit ihren Schoßhündchen Gassi – allerdings tragen sie dabei Schuhe, soweit ich weiß.“

Ich muss schmunzeln.

Mein Gegenüber streckt mir schulterzuckend die Hand hin. „Du bist neu hier, oder? Ich bin Tristram.“

„Runa“, gebe ich zurück, umschließe zaghaft seine Finger und spüre, wie mir das Blut in den Kopf schießt.

Natürlich muss ich gleich beim ersten Kontakt mit einem gleichaltrigen Exemplar meiner Spezies rot anlaufen. Dabei hat dieser Tristram, auch wenn er sympathisch wirkt, mehr von einem großen Bruder als vom verboten gut aussehenden romantischen Helden einer Geschichte. Ich schüttle mich, um die abwegigen Gedanken zu vertreiben. „Und ja, ich bin gerade erst angekommen. Aus … Wales.“

„Keine Sorge.“ Tristram lässt meine Hand wieder los. „Ich weiß noch genau, wie ich mich damals gefühlt habe – ich war total nervös. Suchst du dein Zimmer?“

„Erwischt. Hast du zufällig eine Ahnung, wo ich hinmuss?“

„Auf den Lucusta Quad – das ist einer der quadratischen Innenhöfe, gleich nebenan. Komm, ich zeige dir den Weg.“

Mit diesen Worten schnappt sich Tristram meinen Koffer und läuft entschlossen voraus, wobei er erst auf das Gras zuhält, sich aber in letzter Sekunde umdreht, mir zuzwinkert und dann an der Rasenkante vorbeizieht.

Kopfschüttelnd und mit einem Grinsen im Gesicht folge ich ihm.

# Vom Hinfallen und wieder Aufstehen

## KYRIL

*Agnis Sampson, Doctor Fian alias Iohn Cunningham, Geillis Duncane, George Mott's wife …*

Ich weiß nicht, wie oft ich diese Aufzählung schon gelesen habe – häufig genug, um sie im Schlaf zu zitieren. So, als würden die Worte, die darauf folgen, mir ihr Geheimnis verraten, wenn ich sie nur lange genug anstarre: *with innumerable others in that partes.* Wer versteckt sich hinter diesen unzähligen anderen Männern und Frauen, vor allem Frauen, die für die wahnhaften Vorstellungen von King James VI. ihr Leben gelassen haben? *Wer bist du, Anonima?*

Frustriert drehe ich den Kugelschreiber zwischen meinen Fingern. Mein Kopf raucht. Ist es makaber, das zu denken, während man einen Essay über Menschen schreibt, die tatsächlich verbrannt sind?

Ich muss wirklich mal was anderes sehen. Vielleicht sollte ich endlich raus aus der Bibliothek, in den Park, an die frische Luft. Besser noch: Weit weg vom Institut, wo jeder Stein des alten Gemäuers stummer Zeuge der grausamen Geschichte Edinburghs ist.

Die deckenhohen Bücherregale flimmern vor meinen Augen und die winzigen Drucklettern sind kaum mehr als schwarze Schemen. Ein Blick auf die Uhr bestätigt, dass das Abendessen längst überfällig ist. Vielleicht hat Tris Zeit, in den Pub zu gehen. Im *Brass Monkey* in der Drummond Street gibt es nicht nur die besten Burger, sondern auch gemütliche Ledersofas zum Abschalten. Außerdem sagt mein Mitbewohner für gewöhnlich nicht Nein zu einem Burger. Eigentlich ist es inzwischen so etwas wie ein Ritual geworden, dass wir abends zusammensitzen, um nicht allein zu sein.

Ich packe meinen Notizblock, den Laptop und die Stifte ein, knipse die antike Schreibtischlampe mit dem grünen Glasschirm aus und schnappe mir meine Tasche. Dann stelle ich die Aufsatzsammlung, die zum Präsenzbestand der Bibliothek gehört und nicht ausgeliehen werden darf, zurück ins Regal. Auf der Treppe zum Foyer nehme ich immer zwei Stufen auf einmal. Der Barockteppich auf den weißen Marmorstufen verschwimmt zu einem roten Streifen. Schwungvoll trete ich durch das Portal nach draußen. Beim ersten tiefen Atemzug fällt eine unsichtbare Last von meinen Schultern. Ich habe den ganzen Tag gesessen und es fühlt sich gut an, mich bewegen zu können, wieder frei zu sein, zumindest für ein paar Stunden. So lange, wie es mir gelingt, nicht an den Abgabetermin meines Essays zu denken. Oder bis die Nacht anbricht.

„Kyril!“

Ich drehe mich nach der vertrauten Stimme um und erspähe Tristram in den angrenzenden Arkaden, die zum Lucusta Quad führen. Er hat einen riesigen Rollkoffer im Schlepptau. Und außerdem ein Mädchen mit kinnlangen dunkelbraunen Haaren, das sich staunend umsieht. Wahrscheinlich eine von den Neuen. Ich nicke meinem Freund zu.

Er beschleunigt seine Schritte und bleibt etwas außer Atem vor mir stehen. „Feierabend für heute?"

Ich werfe einen Blick zum rötlichen Abendlicht über den Dächern. „Ja, die Hexen müssen bis morgen warten. Gehen wir in den Pub, oder … hast du schon was vor?"

Tristram sieht leicht empört aus, aber ich weiß, dass er mir meine Anspielung nie übel nehmen würde. „Quatsch. Ich zeige Runa nur noch schnell den Weg zu ihrem Zimmer. Sie ist gerade angekommen."

Diese Runa steht mit verschränkten Armen neben Tris und der Wind weht ihr die Haare in die Stirn. Trotz der dunklen Rehaugen und ihrer geringen Körpergröße hat sie etwas Entschlossenes, fast Erbittertes an sich. Alles an ihr scheint zu sagen: *Leg dich bloß nicht mit mir an*. Aber vielleicht überspielt sie nur ihre Nervosität.

Ich gebe mir Mühe, trotzdem höflich zu sein. „Hi", setze ich an. „Willkommen am Aconite."

„Darf ich vorstellen: Das ist Kyril, mein Mitbewohner, ebenfalls im dritten Jahr. Er studiert wie ich Geschichte." Tristram unterstreicht seine Aussage mit einer knappen Geste.

Welch glorreiche Worte.

„Hallo", erwidert sie knapp und mustert mich. Unter Runas forschendem Blick kriecht eine Gänsehaut über meinen Nacken. Obwohl ausgeschlossen ist, dass sie weiß, wer oder *was* ich bin, fühle ich mich durchschaut. Ob der entschlossene Ausdruck, den ich vorhin in ihrem Gesicht gesehen habe, verschwinden wird, wenn sie erfährt, warum sie hier ist?

„Ich muss los.“ Mit dem Fuß kicke ich ein paar Kieselsteinchen beiseite. „Tris, kommst du jetzt mit oder nicht?“

„Moment.“ Er verdreht die Augen und wendet sich an die Neue. „Der Eingang zu den Schlafräumen der Erstsemester ist gleich da drüben. Wie ist deine Zimmernummer?“

„Dreihundertzwölf.“

„Das müsste im dritten Stock sein. Soll ich dir noch helfen, dein Gepäck hochzutragen?“

Runa schüttelt energisch den Kopf. „Danke, das kriege ich schon hin.“

„Okay. Ich hoffe, du lebst dich gut ein. Bis bald!“ Er strahlt über das ganze Gesicht.

Runa nickt, nimmt ihren Koffer und zieht ihn mühsam an uns vorbei.

Ich hingegen starre fassungslos zu Tristram. Wann habe ich ihn das letzte Mal so lächeln sehen?

*

Das *Brass Monkey* ist gut besucht, so wie jeden Freitagabend. Die Burger werden heute wohl etwas länger dauern. Aus den Boxen im stickigen Loungebereich wummert *Blinding Lights*. Ich stelle mein Ale ab, ziehe den Hoodie mit dem eingestickten Wappen über den Kopf und lehne mich auf dem Sofa zurück.

Tristram lässt sich neben mich auf das Lederpolster fallen. Natürlich trägt er keine Kleidung vom Institut, sondern einen Pullover und darunter das obligatorische Hemd. Er ist noch nie im Hoodie zur Vorlesung erschienen, obwohl es bei den Historikern keinen strengen Dresscode gibt. Normalerweise würde ich Tris jetzt mit seinem Outfit aufziehen und er würde einen blöden Spruch über das The-Killers-Bandshirt oder meine Lieblingsjeans machen, die ihre besten Tage lange hinter sich hat. Aber im Moment ist mir nicht nach Scherzen zumute. Auch nicht Audrey Hepburn alias Holly Golightly und Darth Vader, die uns von den Filmplakaten an der Wand gegenüber anstarren, können mir das Gefühl vermitteln, dass heute ein gewöhnlicher Freitagabend ist. Nicht nach dem, was ich in den Katakomben erlebt habe. Mir läuft die Zeit davon und ich muss mit jemandem darüber reden, jemandem die *ganze* Geschichte erzählen. Das Naheliegendste wäre wohl, mit meinem Vater zu sprechen, doch ihn will ich nicht sehen. Ich vertraue ihm nicht mehr.

Tristram kann ich sonst alles sagen, möchte ihn aber nicht in Gefahr bringen. Er hat genug eigene Probleme. Was, wenn es eine einfache Erklärung gibt und ich die Sache aufbausche, weil ich völlig überarbeitet bin? Wird man uns vom Institut werfen? Oder Schlimmeres? Ich brauche handfeste Beweise, bevor ich meinen besten Freund mit hineinziehe.

Seufzend greife ich nach meinem Ale. Wir stoßen an. Aber statt zu trinken, drehe ich die kühle, beschlagene Flasche zwischen meinen Fingern.

„Wie findest du Runa?“, fragt Tris unvermittelt und nimmt mir damit die Entscheidung über unser Gesprächsthema ab.

Ich atme erleichtert auf, aber gleich darauf steigt mir eine Hitze ins Gesicht, die hoffentlich nur an der Temperatur im *Brass Monkey* liegt. „Du meinst die Neue?“

Er nickt und sieht mich erwartungsvoll an.

„Scheint ganz in Ordnung zu sein, wieso?"

„Nur so." Tris zuckt mit den Schultern, aber sein Grinsen widerspricht der gleichgültigen Geste.

Ich schnaube spöttisch. „Seit wann fühlst du dich denn für die Erstsemester verantwortlich?" Ein neckender Unterton schleicht sich in meine Stimme.

Tristram lacht, beugt sich an mir vorbei und stellt seine Flasche auf der hölzernen Armlehne ab. „Tu ich nicht. Aber wenn sie so verloren auf dem Hof herumstehen, weckt das meinen Beschützerinstinkt."

„Ach so." Mit Mühe unterdrücke ich ein Lachen. „In der Einführungswoche wird sie dir bestimmt öfter über den Weg laufen. Du könntest dich natürlich auch mit ihr verabreden – zeig ihr doch das Museum. Dein Wissen über die Jakobitenaufstände im achtzehnten Jahrhundert wird sie bestimmt beeindrucken."

Tris scheint mir den Spott nicht übel zu nehmen, er betrachtet mich nachdenklich. „Klingt gar nicht so schlecht. Kommst du mit?"

„Seit wann nimmst du mich mit zu deinen Dates?"

„Das wird doch kein Date. Ich will sie bloß näher kennenlernen."

„Wenn es sein muss, spiele ich von mir aus deinen Wingman." Ich ziehe einen Mundwinkel hoch. „Und ich freue mich, wenn du dich wieder bereit fühlst für *kein Date*."

Sofort weicht das Lächeln aus Tristrams Gesicht. Scheiße. Ich hätte wissen müssen, dass das Thema immer noch tabu ist. Seit Izzy ist gerade mal ein Jahr vergangen.

Er schüttelt den Kopf, greift nach seiner Flasche und trinkt einen großen Schluck. Als er mich danach ansieht, wirkt er entschlossen. „Was soll's, hinfallen und wieder aufstehen."

Ich lege ihm eine Hand auf die Schulter und lasse meine Flasche gegen seine klirren. „So ist es. Und jetzt sollten wir das alles vergessen und den Abend genießen, bis die Schicht losgeht, okay?"

Tris lacht, aber er widerspricht nicht.

# Paper Hearts

## RUNA

Es fühlt sich seltsam an, in einem vermutlich uralten Gebäude mit Zinnen, Türmchen und bröckelnden Mauern ein Zimmer mit einer Chipkarte zu öffnen. Aber das Lesegerät piepst, die LED blinkt grün und als ich etwas Druck ausübe, schwingt die Tür auf.

Der Raum ist spartanisch eingerichtet: Es gibt auf jeder Seite des Zimmers ein Bett, einen Schreibtisch und einen Kleiderschrank. Anatomische Poster zieren die Wand zu meiner Rechten und an der Stirnseite prangt ein riesiges, märchenhaftes Sprossenfenster. Ich stelle den Koffer neben dem Bett ab, gehe hinüber und spähe durch die leicht verstaubte Scheibe. Dabei hole ich mein Medaillon aus dem Ausschnitt meines Pullovers und lasse es verträumt durch meine Finger gleiten. Der Blick auf den Innenhof zeigt – wenig überraschend – gestutzten Rasen, ein paar Denkmäler mit lebensgroßen Statuen und verschnörkelte Zäune. Das Aconite kommt mir vor wie eine Festung. Nichts deutet darauf hin, dass das Gelände von einer pulsierenden Metropole mit einer halben Million Einwohnern umgeben ist.

„Hey!“

Erschrocken drehe ich mich um. Ich verstecke mein Medaillon wieder. Irgendwie ist es mir peinlich, dass etwas so Unscheinbares wie die Haare darin mein wertvollster Besitz ist.

Im Türrahmen steht eine hochgewachsene junge Frau mit langen schwarzen Haaren. Sie pustet sich eine Strähne aus dem Gesicht und sieht mich über den Rand ihrer Brille hinweg an. „Dann bist du wohl meine neue Mitbewohnerin.“

„Ähm … ich denke schon.“ Ich erröte und frage mich, warum ich keine Unterbringung im Einzelzimmer gebucht habe. *Weil das deutlich teurer gewesen wäre, natürlich.*

Meine Mitbewohnerin grinst. „Na dann, fühl dich wie zu Hause. Ich bin Lali.“

„Runa.“ Ich schiebe meine kalten Finger in die Hosentaschen, um nicht in die Verlegenheit zu kommen, ihr die Hand geben zu müssen. „Studierst du auch Jura?“

Lali geht an mir vorbei und lässt sich auf ihr Bett fallen. „Gott bewahre, das würde ich nicht mal für Geld machen! Ich bin Medizinerin, im dritten Jahr.“

„Das erklärt die Poster.“ Ich schiele zur Lehrtafel an ihrer Kleiderschranktür – *Das menschliche Herz* – und setze mich auf die Kante meiner Matratze.

„Anatomie ist mein Lieblingsfach.“ Lali richtet sich wieder auf und lächelt mir aufmunternd zu. „Ich habe sogar eine kleine Sammlung selbst präparierter Insekten in Gießharz – möchtest du sie sehen?“

Ich brauche einen Moment, um ihre Worte zu verarbeiten, die nicht so recht zu ihrem begeisterten Gesichtsausdruck passen wollen. „Vielleicht später."

„Na gut. Du wirst dich hier bestimmt wohlfühlen. Da drüben ist unser Bad", sie deutet auf die Tür, die links vom Schlafraum abgeht, „und die Küche teilen wir uns mit den anderen auf dem Flur. Ich hoffe, du lässt kein dreckiges Geschirr rumstehen?"

Ich schüttle den Kopf und mache mir eine gedankliche Notiz, Ordnung zu halten, wenn ich es mir nicht gleich mit meiner Mitbewohnerin verscherzen will. Anscheinend sehe ich dabei ziemlich ernst aus, denn Lali mustert mich mit hochgezogener Augenbraue. „Hey, das war doch nur ein Scherz." Sie wippt mit den Beinen vor und zurück. „Wie sieht's aus, soll ich dich ein bisschen herumführen?"

Wahrscheinlich wäre es besser, Lalis Hilfe anzunehmen, aber ich fühle mich, als könnte ich im Stehen einschlafen. „Danke für das Angebot. Können wir das auf morgen verschieben? Ich bin hundemüde."

Lali winkt ab. „Kein Problem." Sie scheint kurz zu überlegen. „Was hältst du dann von Pizza? Ich hab noch nichts gegessen, und das *Pizza Paradise* ist gleich die Straße runter. Wir könnten uns dort was zum Mitnehmen holen."

*

Eine Dreiviertelstunde später habe ich die wichtigsten Sachen ausgepackt und wir sitzen in der kleinen Küche am Ende des Flurs. Ich habe gerade einmal meine halbe Pizza Margherita verdrückt, als Lali auf ihre Armbanduhr schaut und aufspringt. „Ich muss los, bin noch verabredet!"

Eilig schlucke ich einen Bissen hinunter. „Okay, dann … ähm, viel Spaß!"

„Danke. Mach's gut!" Lali stopft ihren leeren Pizzakarton in den Mülleimer und stürmt durch die Tür davon.

Einen Moment lang wundere ich mich darüber, dass sie mit mir gegessen hat, obwohl sie verabredet ist. Andererseits bin ich froh, endlich allein zu sein. Ich bin müde und will einfach nur schlafen. Ob das hier besser klappt als zu Hause? Am Aconite dürfte es zumindest keine Babys geben, die sich nachts die Seele aus dem Leib schreien. Trotzdem macht sich ein ungutes Gefühl in mir breit und ich ahne, dass diese Hoffnung vergebens sein könnte. Vielleicht habe ich Glück und Lali kehrt nicht allzu bald zurück. Oder sie übernachtet sogar auswärts. Es ist zwar schon länger her, dass ich geschlafwandelt habe, aber ich will meine Mitbewohnerin nicht gleich in der ersten Nacht vergraulen. Früher oder später wird sie wohl mitbekommen, dass ich ein Freak bin, aber bis dahin kann ich wenigstens ein bisschen Normalität genießen.

Zurück in meinem Zimmer, das mir noch völlig fremd vorkommt, fühle ich mich so einsam wie lange nicht. Eine Sekunde lang überlege ich sogar, Mum anzurufen. Oder ihr wenigstens zu schreiben: *Es tut mir leid. Ich hab dich trotzdem lieb.* Aber um diese Zeit ist sie meistens damit beschäftigt, Rose ins Bett zu bringen. Tränen steigen mir in die Augen und fast bin ich versucht, sie tatsächlich anzuklingeln, nur, um meine Vermutung bestätigt zu wissen.

Ich schlucke die aufsteigende Wut hinunter, räume die letzten Sachen aus dem Koffer und beziehe mein Bett. Dann putze ich mir die Zähne und greife nach den Tabletten, die verhindern sollen, dass ich irgendwo anders aufwache als in meinem eigenen Zimmer. Aber der Blister ist leer.

Verdammter Mist! Von all den Dingen, die ich hätte vergessen können, sind es ausgerechnet meine Medikamente? Panik steigt in mir auf. *Jetzt nicht die Nerven verlieren.* Ich werde ja wohl ein paar Nächte ohne die Pillen auskommen. Und überhaupt: Wie oft habe ich Mum insgeheim dafür verflucht, dass sie mich zwingt, Tabletten zu nehmen, deren Liste an Nebenwirkungen so lang ist, dass sie nur in Schriftgröße fünf und auf Bibelpapier gedruckt in die Verpackung passt? Jetzt habe ich die Chance, selbst über mein Leben zu bestimmen – ich muss mich nur trauen.

Ich atme tief durch, schlüpfe in meinen karierten Lieblingsschlafanzug und krieche unter das Laken. Während ich an die kahle, weiße Zimmerdecke starre, stelle ich mir vor, ich könnte jemandem von meinem Tag erzählen. *Dad.* Was er jetzt wohl gerade macht? Ob er glücklich ist? Vielleicht hatte er einen genauso anstrengenden Tag wie ich.

Ich weiß, dass er irgendwo in dieser Stadt sein muss. Einer unter einer halben Million, aber ich werde alles daransetzen, ihn aufzuspüren. Vielleicht denkt er ja in genau diesem Moment auch an mich. Oder aber er hat mich längst vergessen. Wahrscheinlicher ist allerdings, dass ich ihm niemals wichtig war, denn sonst wäre er nicht gegangen, ohne mich überhaupt kennenzulernen.

Eines weiß ich jedenfalls: Auf all diese Fragen werde ich nur eine Antwort bekommen, wenn es mir gelingt, ihn zu finden.

Ich seufze und lausche in die Stille. Der Wind rüttelt an den einfachverglasten Fenstern, sonst ist nichts zu hören. Auch aus den anderen Schlafräumen im Gebäude dringen keine Geräusche. Ich hätte nie gedacht, dass es mal so weit kommt, aber in diesem Moment fehlt mir das Meer, das Flat Holm von allen Seiten umgibt. Ich vermisse die Nächte, in denen die raue See stürmisch an die Felsen klatscht und sogar das ewige Gekreische der Möwen.

Gefühlt stundenlang wälze ich mich im Bett hin und her. Nicht nur Nervosität hält mich wach, sondern auch Angst. Wie jeden Abend. Ich will nicht einschlafen. Dabei weiß ich, dass es nichts bringt, dagegen anzukämpfen. Früher oder später wird mein Körper den Schlaf einfordern, wie wenig erholsam er auch sein mag. Irgendwann spüre ich, wie die vertraute Schwere nach mir greift. Und obwohl es absurd ist, bin ich fast erleichtert, mich nicht länger wehren zu müssen.

# Edinburgh, September 2023

*Rauch. Seit Jahrhunderten verfolgt er mich im Traum. Fast kann ich ihn riechen, genau wie damals, an jenem Tag, der Geschichte schrieb. Für mich und für alle Schattenspringer.*

*Der Qualm brennt in meinen Augen und kratzt in meiner Kehle. Wie ein Pesthauch legt er sich über die Weiden unterhalb von Castle Hill, die einem lodernden Schlachtfeld gleichen. Und mittendrin sie. Was würde ich dafür geben, mit ihr zu tauschen! Mein Leben ist ohnehin bedeutungslos, wenn die Erde, auf der ich wandle, mit ihrem Blut getränkt ist und ihre Asche mit dem Wind zieht, der das Meer in schaumigen Wogen an die Küste treibt.*

*Ich suche ihren Blick, denn ich will bis zum Schluss bei ihr sein. Das habe ich ihr stumm versprochen, als ich nicht mehr mit ihr reden durfte. Aber als die blonden Ringellocken, die sie schon am Tag ihrer Geburt hatte, Feuer fangen, wende ich mich ab. Übelkeit wallt in meinem tauben Körper auf und auch die Flammen der Scheiterhaufen wärmen mich nicht. Sie lodern so kalt wie der Hass, der jede Faser meines Körpers durchdringt.*

*Sie ist nicht die Einzige, die brennt. Und doch ist sie für mich alles, was zählt. Vergeblich, mir einzureden, ich wäre nur einer der unzähligen Schaulustigen, die gekommen sind, um durch das Leid anderer ihr eigenes Elend für einen Moment zu lindern. Ich muss hinsehen, während alle anderen meinesgleichen wegsehen.*

*Ich sehe meiner Tochter in die Augen, als sie stirbt, und schwöre mir von Neuem, dass meine Rache so unerbittlich sein wird wie die Flammen, die an ihr fressen.*

Wie jedes Mal erwache ich mit ungeheuerlichem Blutdurst. Das Warten quält mich, aber meine Zeit ist fast gekommen. Nichts ist verloren, solange ich mich erinnere. Und ich erinnere mich an jeden einzelnen Tag.

# Vom Festhalten und Loslassen

## RUNA

Ich weiß nicht, wie ich hergekommen bin. Träge laufe ich den Flur entlang, dessen sterile weiße Wände im Halbdunkel leuchten. In der Luft liegt der stechende Geruch von Desinfektionsmittel und darunter schwelt etwas anderes, ekelhaft Süßliches.

Die Brandschutztür schwingt automatisch auf, als ich näher komme. Vor einem der Zimmer halte ich inne. Ich will nicht hineingehen, aber eine unsichtbare Macht zwingt mich dazu, doch die Klinke hinunterzudrücken. Nur ein Traum, sage ich mir, trotzdem breitet sich Gänsehaut über meinen Körper aus.

Als Erstes sehe ich bunte, heliumgefüllte Ballons, die an der Zimmerdecke kleben. Und einen Plüschteddy auf dem Nachttisch, mit einem Halstuch und einer platt geliebten Schnauze. Mein Brustkorb schnürt sich so eng zu, dass mir das Lufthoalen schwerfällt. Im Bett liegt ein schmächtiger blonder Junge von sieben, vielleicht acht Jahren. Er hat Schatten unter den Augen und eingefallene Wangen. Die Finger sind trotzig zu Fäusten geballt, so, als wollten sie das bisschen Leben festhalten, wie schmerzhaft es auch ist.

Eine fremde Kraft zieht mich näher zu ihm. Ich möchte eine Hand auf seine Stirn legen und tröstend über die blassen Wangen streichen. Zögerlich hebe ich den Arm.

Aber bevor ich den Jungen berühren kann, ertönen Schritte hinter mir. Ich zucke zusammen und drehe mich um. Vor dem Fenster kommt jemand aus dem Schatten auf mich zu. Widerwillig gibt die Dunkelheit die Silhouette eines jungen Mannes preis und als der Schein der Straßenlaterne schräg auf sein Gesicht fällt, erstarre ich. Es ist Kyril, Tristrams Freund. Für einen Moment sieht er mich verwundert an, dann bleibt er stehen.

Was hat er vor, was sucht er hier? Sein Blick, der jetzt entschlossen auf den Jungen gerichtet ist, macht mir Angst und mit einem Mal vergesse ich vollkommen, dass ich träume. Ich stelle mich ihm in den Weg und breite schützend die Hände vor dem Bett aus. „Halt!“

Kyril schiebt sich mühelos an mir vorbei, aber dann dreht er sich noch einmal um. Ruckartig, so als hätte er mich jetzt erst erkannt. „Runa! Was machst du hier? Geh zurück ins Institut.“

Fassungslos halte ich seinen Blick. Einen Moment lang wirkt es, als wollte er noch etwas sagen, aber dann gilt seine Aufmerksamkeit ganz dem Jungen. Kyril legt ihm eine Hand auf die Stirn und lässt sie bis zu seinen Augen gleiten. Der Junge protestiert nicht, aber ich glaube, zu erkennen, dass Kyril zittert. Meine Zähne klappern lautstark aufeinander und mir ist plötzlich eiskalt. Alles in mir schreit danach, aus dem Zimmer und dem

Gebäude zu stürmen, in die Nacht hinaus, die mir jetzt vertraut und einladend vorkommt. Aber meine Fußsohlen scheinen im Boden verwurzelt zu sein.

Der Moment vergeht und auch ich finde meine Fassung wieder. Was zur Hölle ist hier gerade passiert? Ich blinzle, bis die ruhende Form des Jungen Kontur annimmt. Kyril hingegen ist verschwunden. Instinktiv lege ich zwei Finger an den Hals des Jungen, um seinen Puls zu fühlen. Während ich lausche, halte ich die Luft an und warte, einen kümmerlichen Funken Hoffnung im Herzen, der gegen jede Vernunft glimmt und bereit ist, alles in mir in Brand zu setzten. Die schreckliche Gewissheit erstickt ihn erbarmungslos.

*Nichts.* Kein Pochen, kein Klopfen, nur mein eigener rasender Herzschlag. Bevor ich darüber nachdenken kann, was das bedeutet, umfasst jemand meinen Arm. Ich keuche erschrocken auf und will mich aus dem Griff winden, aber die fremde Hand hält mich fest. Dann wird die Welt dunkel und alles dreht sich schwindelerregend schnell.

Schwer atmend reiße ich die Augen auf und ringe in meinem kleinen Studentenzimmer um Luft.

*

So viel zu der Hoffnung, ich würde hier besser schlafen als auf Flat Holm – ich hätte kaum weiter danebenliegen können. Mein Körper fühlt sich an, als wäre ich in der Nacht von einem LKW überrollt worden. Jemand stößt einen gequälten Seufzer aus und erst im Nachhinein wird mir bewusst, dass ich selbst das war.

Bevor ich die Augen richtig geöffnet habe, donnert die Tür des Apartments gegen die Wand und eine gut gelaunte Stimme dringt an mein Ohr. „Guten Morgen, Dornröschen!"

Ich hole tief Luft und eine süße Patschulinote steigt mir in die Nase. Gleich darauf kitzelt mich etwas Weiches an der Wange. Mühsam zwänge ich die Lider auf und sehe direkt in das freundliche Gesicht von Lali, die sich über mich gebeugt hat. „Raus aus den Federn, du Schlafmütze!"

Ich gebe ein undeutliches Grummeln von mir und drehe den Kopf zur Wand. Lali scheint sich wieder vom Bett zu entfernen, denn ich höre knarzende Schritte auf den Dielen.

„Na schön, wenn du die Einführungsveranstaltung verpassen willst – bitte! Die wichtigen Vorlesungen fangen sowieso erst in einer Woche an ..."

Sofort bin ich hellwach. Ich richte mich schlagartig auf und bereue es noch im selben Moment, denn in meinem Kopf explodiert ein Feuerwerk. Aber leider nicht die Variante *bunter Lichtregen*, sondern eher eines aus brutal lauten Chinaböllern. „Wie spät ist es?", frage ich und reibe mir die Schläfen.

„Fast zehn. Um Viertel nach geht's los."

„Mist!"

„Wenn du dich beeilst, können wir uns vorher noch einen Kaffee bei *Black Medicine* holen."

Richtiger Kaffee; nicht das hellbraune Gebräu, das Mums alte Filtermaschine ausspuckt. Das klingt überaus verlockend! „Bin gleich so weit." Ich unterdrücke ein Gähnen. „Hab nur wirklich schlecht geschlafen." Mühsam wuchte ich meinen schmerzenden Körper aus dem Bett und halte mich an der Fensterbank fest, um nicht zu fallen. Ich durchwühle meinen

Schrank, schnappe mir die erstbesten Kleidungsstücke und schlurfe ins Bad.

„Wann bist du eigentlich gestern zurückgekommen?", rufe ich durch die geschlossene Badezimmertür, während ich mir kaltes Wasser ins Gesicht schöpfe.

„Gar nicht." Ich kann das Grinsen in Lalis Stimme hören. „Hab bei meiner Freundin übernachtet. Wieso?"

„Nur so", sage ich und versuche, mir nicht anmerken zu lassen, wie erleichtert ich bin.

Eilig ziehe ich mich an, putze mir die Zähne und entwirre mit den Fingern meine Haare, die leider zu kurz sind, um einen Zopf zu binden. Vor ein paar Wochen reichten sie mir noch bis zur Taille, aber in einem Anflug von Trotz habe ich sie gegen Mums Willen abgeschnitten. Was sich damals befreiend angefühlt hat, aber auch ziemlich unpraktisch ist.

Ich packe ein paar Sachen zusammen, werfe meinen Rucksack über und folge Lali durchs Treppenhaus. Wir überqueren den Aureolus Quad und lassen das Pförtnerhäuschen hinter uns. Am Haupteingang biegt Lali rechts ab. „Das *Black Medicine* ist gleich da drüben", erklärt sie, ohne sich umzudrehen. Das Stadtbild ist hier geprägt von windschiefen Häusern mit Ziergiebeln und grün oder blau gestrichenen Schaufensterfronten. „Ich kenne ja deine kulinarischen Vorlieben nicht, also mal abgesehen von Pizza", sie zwinkert mir zu, „aber es gibt allein in dieser Straße ein italienisches und ein indisches Restaurant, einen Burrito-Imbiss, jede Menge Pubs und den Tesco Supermarkt – und im Umkreis von ein paar Hundert Metern im Prinzip alles, was das Herz begehrt."

Staunend schüttle ich den Kopf. Obwohl ich nicht glaube, dass ich es mir oft leisten können werde, essen zu gehen, überwältigt mich die schiere Vielfalt des Angebots im Gegensatz zu dem einen Touristenpub auf Flat Holm. Das Studentenleben ist etwas ganz anderes als mein Alltag auf der Insel. „Ich glaube, ich bin im Paradies“, flüstere ich ehrfürchtig und nur halb im Scherz.

Lali hält inne, die Tür zum *Black Medicine* noch in der Hand, und sieht mich an. Einen Moment lang bilde ich mir ein, der Glanz, der eben noch in ihren Augen lag, sei verschwunden. Aber dann lächelt sie wieder so unbeschwert wie zuvor.

„Könnte man so sagen.“ Sie deutet mit dem Kopf in Richtung des Eingangs. „Komm, unsere Koffeindosis und deine Vorlesung warten.“

Ich löse mich aus meiner schläfrigen Starre, nicke und folge ihr in das gemütliche Café. Trotzdem werde ich das Gefühl nicht los, dass sie eigentlich noch etwas anderes sagen wollte.

# Mit dem Rücken zur Wand

## KYRIL

„Wo willst du hin, Ruben?"

„Für dich immer noch Professor Doktor Leblanc. Und ich gehe nach Hause."

„Jetzt schon?"

Ruben seufzt ungeduldig. „Ich habe dort noch ein paar Aufsatzsammlungen mit abgelaufener Leihfrist, die vor dem Kongress zurück in die Bibliothek müssen. Aber ich wüsste nicht, seit wann ich mich vor dir rechtfertigen muss."

„Die Bücher kann ich doch holen." Gewohnheitsmäßig rutschen mir die Worte heraus. Dabei habe ich am Ende des letzten Jahres die Stelle als Hilfskraft aufgegeben, um mich auf meine Abschlussarbeit, einen Essay über die Hexenprozesse von North Berwick, zu konzentrieren.

„Danke, aber ich bin sicher, dass du Besseres zu tun hast. Deinen Essay schreiben, zum Beispiel." Mein Dozent lacht und greift nach der Aktentasche, aber ich kaufe ihm die aufgesetzte

Leichtigkeit nicht ab. Seine Augen wirken genauso ruhelos wie an fast jedem Tag der letzten Wochen.

Ich lasse meinen Blick durch das zweckmäßig eingerichtete Büro gleiten. Dem Anschein nach sieht alles aus wie immer. Die schlichten weißen Bücherregale reichen bis unter die Decke, auf dem Schreibtisch herrscht ein heilloses Chaos aus Zetteln, Büchern und ungeöffneter Post und die Efeutute auf dem Fensterbrett reckt ihre staubigen Blätter dem Licht der Neonröhren entgegen. Trotzdem wirkt der Raum verändert: Ich bin sicher, dass einige Textsammlungen im Regal fehlen, die Kaffeetasse steht ausnahmsweise nicht auf dem Schreibtisch, sondern gespült am Waschbecken und der Papierkorb ist leer. Außerdem ist der alte Postkartenkalender verschwunden – Stadtansichten Venedigs von 2001. Das kitschige Ding hing schon an der Wand, als ich zum ersten Mal in Rubens Büro war. Warum sollte er es plötzlich abnehmen?

„Und nach dem Wochenende fliegst du zu einem Kongress in Palermo?“ Ich schaffe es nicht, den Unglauben in meinem Tonfall zu verbergen.

„Genau. Ich bin sicher, du wirst auch mal ein paar Tage ohne mich auskommen, jetzt, wo deine Abschlussarbeit so gut wie fertig ist. Die Empfehlungsschreiben für dein Stipendium habe ich gestern abgeschickt, bestimmt flattert bald eine Zusage ein. Und wenn nicht, musst du eben tausend Kraniche falten.“ Obwohl er lächelt, wirkt Ruben plötzlich erschöpft.

„Und was ist mit Dilan?“

„Sie kommt zurecht.“

Er wendet sich zur Tür, aber ich schiebe mich in letzter Sekunde dazwischen.

Verärgert schüttelt Ruben den Kopf. „Was auch immer es ist, weshalb du hergekommen bist, Kyril, kann das nicht warten, bis ich zurück bin?"

„Nein." Ich halte seinem flehenden Blick eisern stand. „Ich muss *jetzt* mit dir reden. Ich war in den Katakomben."

Für die Dauer eines Wimpernschlags lese ich blanke Furcht in Rubens Gesicht – oder bilde ich mir das nur ein? Im nächsten Moment hat er sich wieder gefangen und greift nach der Klinke. „Lass mich durch", fordert er.

„Bitte, hör mir zu!"

Rubens Gesicht ist meinem jetzt ganz nah. Mein Professor sieht mich mit Zorn in den Augen an, die Stirn in tiefe Falten gelegt. Ich habe Ruben schon lange nicht mehr richtig lachen sehen und ihn selten so ernst erlebt wie jetzt. Bis vor Kurzem hätte ich gesagt, dass wir in den letzten drei Jahren, seit ich ihn in meiner ersten Geschichtsvorlesung mit unersättlicher Neugier und abstrusen Fragen zur Weißglut getrieben habe, auch so etwas wie Freunde geworden sind. Jetzt bin ich mir da nicht mehr so sicher, denn er geht auf Distanz. Irgendetwas stimmt hier nicht.

„Es geht um Octavian", sage ich. „Ich weiß nicht, an wen ich mich sonst wenden soll und ich – "

Weiter komme ich nicht, denn Ruben legt mir eine Hand auf die Schulter. Seine Finger schließen sich so fest darum, dass es wehtut. Er schluckt und ich bilde mir ein, dass Tränen in seinen Augen stehen.

„Du wirst deinen Weg gehen, Kyril, daran habe ich keinen Zweifel. Du hast den Abschluss so gut wie in der Tasche." Er holt tief Luft. „Aber bei allem, was heilig ist, tu mir einen Gefallen und nimm diesen Namen nie, nie wieder in den Mund, hörst du?“

Plötzlich ist es stickig im Raum. Mein Puls klopft gegen meine Schläfen, das Atmen fällt mir schwer. Ich nicke und schlucke ein Dutzend unbeantwortete Fragen hinunter, obwohl alles in mir protestiert. Wie gebannt sehe ich in Rubens nass glänzende Augen, eine unendliche Sekunde lang. Dann senkt er den Kopf, zwängt sich an mir vorbei und geht ohne ein weiteres Wort.

Erst als die Tür lautstark ins Schloss fällt, erwache ich aus meiner Starre und begreife, was geschehen ist. Ich versuche, mich zu beruhigen und mir einzureden, alles sei in Ordnung. Schließlich kann ich genauso gut mit Ruben sprechen, wenn er aus Palermo zurückgekehrt ist.

Aber der Knoten in meinem Magen straft diesen Optimismus Lügen und zieht sich immer fester zusammen, je länger ich auf die geschlossene Bürotür starre.

# Freunde und Feinde

## RUNA

Obwohl ich auf dem Weg zum Hörsaal einen großen Caffè Mocha getrunken habe und die harten Klappsitze alles andere als bequem sind, fällt es mir schwer, die Augen offen zu halten. Ein weißhaariger Professor in einer dunkelroten Robe begrüßt die Neuankömmlinge in dem heillos überfüllten Saal. Auf jedem der Plätze liegen Flyer mit einem Plan des Institutsgeländes und ich stecke dankbar einen ein, um mich besser zurechtfinden zu können. Es folgt eine Mischung aus Brandschutzeinweisung, Verbotspredigt und Lobrede auf die traditionsreiche Geschichte des Aconite, die bis ins Spätmittelalter zurückreicht. Auch die Regeln scheinen sich seither kaum geändert zu haben: Um zehn Uhr ist Nachtruhe, Alkohol ist abgesehen von formellen Anlässen verboten, Zigaretten und sonstige Drogen ebenfalls; genau wie Übernachtungsbesuch und laute Musik. Außerdem ist auf dem gesamten Gelände das Radfahren, Inlineskaten und Reiten – wer käme denn bitte auf so eine Idee? – untersagt.

Immerhin wird mir das alles nicht schwerfallen, denn Alkohol schmeckt mir nicht, ich habe in meinem ganzen Leben noch keine einzige Zigarette geraucht und fühle mich auf Partys meistens fehl am Platz. Ganz zu schweigen davon, dass Übernachtungsbesuch in meinem Fall eine völlig abwegige Idee wäre.

Trotzdem atme ich erleichtert auf, als sich der Vortrag nach anderthalb Stunden dem Ende zuneigt. Die anderen klopfen auf die Holztische und strömen zum Ausgang. Ich warte, bis sich der Saal etwas geleert hat, dann folge ich der Menge. Unschlüssig sehe ich mich auf dem Flur um, da blitzt ein vertrauter rotbrauner Haarschopf inmitten der Studierenden auf. Ich drehe mich zur Seite und winke Tristram zu. Lali hat sich bei ihm eingehakt und beschleunigt jetzt ihre Schritte. Ein Lächeln schleicht sich auf meine Lippen, denn ihre ansteckende Unbeschwertheit hat mir in den letzten Stunden fast ein bisschen gefehlt.

Da bemerke ich, dass auch Kyril den beiden folgt. Unsere Blicke kreuzen sich. Seiner wirkt selbstgefällig, so als gäbe es irgendetwas, für das ich ihn bewundern sollte – die ausgeprägten Wangenknochen, die von einem Leberfleck auf der linken Seite noch betont werden, die eindringlichen Augen und die nur etwas zu markante Nase. Oder vielleicht seine athletische Statur. Aber um mich zu beeindrucken, müsste sein Gehirn schon genauso gut trainiert sein wie der Rest seines Körpers.

Gerade als ich mich frage, warum er mich so anstarrt, sieht er weg.

„Hey, wie war die erste Vorlesung?" Lalis Stimme reißt mich aus meinen Gedanken. Sie hat sich von Tristram gelöst und umarmt mich flüchtig.

„Möchtest du die Wahrheit hören oder die höfliche Version?"

Tristram lacht. „Ich glaube, das ist uns schon Antwort genug."

Die Stimmung ist gelöst und mir kommt ebenfalls ein leises Schnauben über die Lippen. Nur Kyril steht mit verschränkten Armen da. „Vielleicht solltest du das Ganze ein bisschen ernster nehmen. Die ersten Wochen sind besonders hart, wenn man nicht weiß, was man tut."

Einen Moment lang sehe ich perplex in seine zornigen grünen Augen. Bin ich ihm irgendwie auf den Schlips getreten? Schlagartig kehren die Bilder aus meinem Traum zurück und fast kommt es mir vor, als wäre ich wirklich in dem Krankenhaus gewesen. Genau wie Kyril. Aber das kann nicht sein.

Ich merke, dass ich ihn angaffe, und drehe hastig den Kopf weg.

„Hast du später noch Termine?", fragt Lali.

„Gute Frage. Um ehrlich zu sein, war ich zu müde, um wirklich zuzuhören, aber ich habe irgendwas von einer *Freshers' Fair* aufgeschnappt …"

Lali schlendert weiter und ich folge ihr. „Das ist die Messe für Neuankömmlinge, aber die ist erst morgen. Wir wollten Mittagessen gehen, warum kommst du nicht mit? Für den Nachmittag fällt uns bestimmt auch noch was ein."

„Wie wär's denn mit dem *Royal Museum*?" Tristram schließt zu uns auf und sieht mich hoffnungsvoll an. „Warst du schon mal da?"

„Nein, ich bin zum ersten Mal in Edinburgh."

„Na, dann wird es höchste Zeit!"

*

Wir essen im Speisesaal gegenüber von dem Gebäudeflügel, in dem sich die Schlafräume befinden. Aber wir könnten genauso gut in einem Fünf-Sterne-Restaurant sitzen: Von der holzvertäfelten Decke hängen ein Dutzend Kronleuchter, üppige Bouquets aus Lilien und Rosen stehen auf den Tischen und verströmen einen schweren, süßen Duft. Die Wände sind mit Gemälden behangen, die irgendwelche wichtigen Männer mit ein und demselben verbitterten Gesichtsausdruck zeigen.

„Creepy, was?", meint Lali.

„Kann man wohl sagen. Ich meine, wer steht schon auf Männer in Rüschenhemden und gepuderten Perücken?"

Meine Mitbewohnerin schmunzelt und auch Tristrams Mundwinkel zucken. Nur Kyril scheint das nicht witzig zu finden. Natürlich nicht. Anscheinend kann ich, was ihn angeht, sowieso nur das Falsche sagen.

„Das ist der Warden des Instituts. Also der Leiter", erklärt er und legt seine Gabel ab. Wieder mustert mich Kyril intensiv. Ich habe das Gefühl, dass wir keine Freunde werden. Aber vielleicht sollte ich mir auch mehr Mühe geben, nett zu ihm zu sein, schließlich kann er nichts für meine Albträume. Kein Grund, dem armen Kerl das Leben schwer zu machen.

„Wer?", frage ich und versuche, interessiert zu klingen.

„Octavian Alden, der Vorsteher des Aconite." Sein Blick fügt so viel wie *Das solltest du eigentlich wissen* hinzu.

„Und die anderen? Sind das seine Vorgänger?"

„Hundert Punkte."

„Keine Sorge", wirft Lali ein, „ich glaube nicht, dass du viel mit ihm zu tun haben wirst. Er verbringt die meiste Zeit in seiner Bibliothek und wälzt irgendwelche Bücher, oder flaniert durch den Park."

„Klingt nach harter Arbeit." Ich trinke eilig einen Schluck Wasser aus meinem Glas. Warum kann ich nicht einfach mal die Klappe halten?

Kyril sieht mich noch immer an. Inzwischen ist mir wieder eingefallen, dass er ausgerechnet Geschichte studiert. Trotzdem finde ich die Feindseligkeit, die in seinen Augen aufblitzt, etwas übertrieben.

„Hey, gib mir doch mal deine Handynummer", meint Lali plötzlich. Auch Tristram zückt sein Smartphone. Ich speichere zwei neue Kontakte ein, gar nicht schlecht für einen ersten Tag. Ich schaffe es sogar, zu ignorieren, dass Mum in der Zwischenzeit mehrere WhatsApp-Nachrichten geschickt hat, die ich nicht öffne. Aber gerade, als ich ein Stück von meinem Steak Pie auf die Gabel gespießt habe, leuchtet das Display auf – ein Anruf.

Lali sieht erwartungsvoll von dem Handy auf dem Tisch zu mir und wieder zurück. „Willst du nicht rangehen?"

Ich stopfe mir den Bissen Pie in den Mund, kaue und schüttle den Kopf.

Alle Augen ruhen plötzlich auf mir und ein drückendes Gefühl macht sich in meinem Magen breit. Der Tag hat so gut angefangen: Lali hat es mir leicht gemacht, mich dazugehörig zu fühlen, obwohl ich genau genommen weder sie noch ihre beiden Freunde kenne. Was sie jetzt wohl über mich denken?

„Bin gleich wieder da." Mit einem Seufzen schnappe ich mir das Handy, stehe auf und stürme aus dem Saal. Vor dem Gebäude halte ich an einer etwas abseitsstehenden knorrigen Eiche inne, lehne mich gegen den Stamm und nehme den Anruf entgegen. „Hallo, Mum."

„Runa!" Sie klingt aufgewühlt. „Geht's dir gut? Weißt du, wie oft ich versucht habe, dich anzurufen?"

„Drei-, nein, ich glaube fünfmal."

Ein Seufzen erklingt am anderen Ende der Leitung. Dieses Geräusch, das ich nur zu gut kenne, bedeutet irgendetwas zwischen Verärgerung und Erleichterung.

„Um Himmels willen, wo bist du? Etwa in Edinburgh?"

„Ganz genau." Obwohl ich mir Mühe gebe, gelassen zu klingen, zittert meine Stimme.

„Du weißt, dass du nicht dortbleiben kannst! Das Studium ist viel zu teuer, ich dachte, wir hätten das geklärt."

„Ich schaffe es auch ohne dich. Ich suche mir irgendwo einen Job …"

„Bitte, mein Schatz. Das ist nicht so einfach, wie du es dir vorstellst. Lass uns in Ruhe drüber reden, nicht am Telefon. Erst mal kommst du nach Hause, du hast ja sogar deine Tabletten vergessen."

Ich schnaube und halte die Worte zurück, die mir auf der Zunge liegen: *Die haben sowieso nicht viel gebracht, Albträume hatte ich trotzdem.* „Ich brauche keine Tabletten, Mum", sage ich lauter als beabsichtigt.

„Für Montag habe ich dir ein Bewerbungsgespräch in der Central Library in Cardiff organisiert, das könnte doch was sein?"

„Nein!", platzt es aus mir heraus. „Ich will keine Bibliothekarin werden." Das *so wie du* verkneife ich mir gerade noch. „Ich werde Jura studieren. Tut mir leid, Mum, aber ich bleibe hier."

„Runa. Bitte hör auf mich. Du bringst dich in Gefahr!"

Sie klingt ängstlich, beinahe verzweifelt. Ich schlucke mein schlechtes Gewissen hinunter. „Ich passe schon auf mich auf."

Ein paar Studentinnen, die gerade aus dem Speisesaal kommen, sehen flüchtig zu mir herüber und ich senke meine Stimme. „Wenn du dir solche Sorgen machst, dass ich nicht klarkomme, wieso bittest du dann nicht Dad, ein Auge auf mich zu haben?"

„Nicht schon wieder dieses Thema, *bitte.*"

Vor Wut steigen mir Tränen in die Augen und mein Hals brennt so sehr, dass ich kaum weitersprechen kann. „Sag mir wenigstens, wie er heißt", flüstere ich flehend. Ich würde alles geben, um diese zwei kleinen Worte aus ihr herauszukitzeln. Alles.

„Ich kann nicht."

Das war's. Eine einsame Träne bahnt sich ihren Weg über meine Wange. Ich wische sie nicht weg. „Nein, du *willst* nicht", widerspreche ich.

„Das ist nicht wahr – "

Im Hintergrund ertönt das Geschrei meiner Halbschwester. Mir ist klar, dass unser Gespräch damit beendet ist.

„Ich rufe nachher wieder an", sagt Mum. „Pass auf dich auf, ja?"

„Tschüss." Mit einem Kopfschütteln lege ich auf und stecke das Handy in die Hosentasche. Kühle Luft zieht über mein erhitztes Gesicht. Um mich zu beruhigen, bleibe ich noch einen Moment an dem Baum stehen und fahre mit den Fingerspitzen über die zerfurchte Rinde. Da raschelt irgendetwas hinter mir auf dem laubbedeckten Boden.

Ich drehe mich um. Kyril! Wie lange steht er schon da und was will er von mir? Sein ernster Gesichtsausdruck verheißt nichts Gutes. Eilig wische ich mit dem Handrücken meine Tränen weg, dann schlinge ich die Arme um mich selbst und lehne mich an den Baumstamm.

„Sag mir, was du letzte Nacht im Krankenhaus zu suchen hattest." Kyril kommt entschlossen auf mich zu.

Verständnislos schüttle ich den Kopf, dann wird mir klar, was er meint. *Der kranke Junge*. Ich war also tatsächlich dort. Dann muss ich wieder geschlafwandelt haben. Warum um alles in der Welt habe ich nur die verdammten Tabletten vergessen?

Andererseits waren meine Füße nicht schmutzig, so wie sonst. Was hat das zu bedeuten? Meine Gedanken überschlagen sich, aber ich komme zu keinem schlüssigen Ergebnis. *Ganz ruhig. Du bist wieder mal nachts umhergeirrt – aber es ist niemand zu Schaden gekommen, also was soll's.* Trotzdem darf das nicht noch einmal passieren. Und was wollte Kyril überhaupt in dem Krankenhaus? Hat er vielleicht dasselbe Problem wie ich? Wie wahrscheinlich ist so was? Oder ist er mir etwa gefolgt? Allmählich wird der Typ mir unheimlich.

Noch immer mustert er mich. Ziellos wandert sein Blick über mein Gesicht, dann glätten sich plötzlich die harten Züge. „Hast du geweint?"

„Und wenn schon", gebe ich trotzig zurück. „Das geht dich nichts an."

Er beißt die Zähne zusammen und ich kann sehen, wie sich die Muskeln in seinem Kiefer anspannen. „Du hast recht. Aber dann halte du dich bitte auch aus meinen Angelegenheiten heraus."

Ich stoße ein humorloses Lachen aus. Was hat er eigentlich für ein Problem mit mir?

„Letzte Nacht darf sich auf keinen Fall wiederholen, hörst du?“ Kyril fixiert mich eindringlich. Etwas sanfter fügt er hinzu: „Bitte nimm einfach deine Tabletten.“

Mit diesen Worten vergräbt er die Hände in den Taschen seines Hoodies, läuft an der windschiefen Mauer entlang, die den Quad rückwärtig begrenzt, und verschwindet um die Ecke, ohne sich noch einmal nach mir umzudrehen.

*

Zum Glück bessert sich meine Stimmung, als ich mit Lali und Tristram zum Museum aufbreche. Kyril hat sich unter dem Vorwand, noch lernen zu müssen, entschuldigt und ich bin deswegen bestimmt nicht enttäuscht.

Nur einen Katzensprung vom Aconite entfernt liegt der Sandsteinbau des *Royal Museum*. Der Kassenbereich ist ein dunkles Gewölbe, aber als wir die Treppe hochgehen, stehen wir mit einem Mal in einer viktorianischen Säulenhalle. Selbst an diesem trüben Herbstnachmittag fällt so viel Licht durch die gläserne Decke, dass der Saal mit den umlaufenden Emporen, den mannshohen Vitrinen und dem spiegelblank polierten Kalksteinboden etwas Erhabenes ausstrahlt. Ein filigraner Pavillon aus grünem Gusseisen zieht zuerst meine Aufmerksamkeit auf sich, ein paar Schritte weiter thront der riesige Schädel eines Pottwals auf einer Stele. Und am Ende der Halle sind eine bronzene Buddha-Statue, verschiedene Tierskelette und ausgestopfte Exponate zu erahnen.

„Wow." Ich recke ehrfürchtig den Hals. „Bitte sagt mir, dass wir hier übernachten können."

Tristram bleibt neben mir stehen. „Wenn du alles sehen willst, wäre das jedenfalls keine schlechte Idee. Es gibt hier einen Anzug von Elvis, den ausgestopften Körper von Dolly, dem geklonten Schaf, sogar Autos und Flugzeuge ..." Er räuspert sich. „Aber am spannendsten finde ich persönlich die *Fairy Coffins*."

Fragend schiele ich zu Lali. Sie grinst mich an. „Die zeigt er jedem. Er hat ein ganzes Notizbuch voll skurriler historischer Begebenheiten, aber das ist seine Lieblingsgeschichte. Es würde ihm das Herz brechen, wenn du Nein sagst."

„Ich denke ja gar nicht dran. Also, wo geht's zu den Feen?"

„Bitte sehr." Tristram macht eine ausladende Handbewegung und bedeutet mir, vorauszugehen. Wir nehmen den Aufzug in den dritten Stock, der sich dem Zeitalter der Industrialisierung widmet und mit klaren Linien, weißen Hochglanzfronten und Einbauspots trotzdem sehr modern wirkt. Zielsicher führt uns Tristram zwischen einer Dampflokomotive, Statuen von Prince Albert und Queen Victoria, militärischen Uniformen und Schiffsmodellen hindurch. Wir steigen eine Wendeltreppe hinauf und kommen an einem hölzernen Chorgestühl aus dem Mittelalter vorbei, das so groß ist, dass die Decke des Geschosses durchbrochen wurde, um ihm gebührend Platz zu schaffen.

Eine schmale Empore beherbergt die restlichen Ausstellungsstücke der Etage. Tristram deutet auf eine der Vitrinen und ich trete näher. Die *Fairy Coffins* liegen neben allerlei Anhängern, Amuletten und anderem sonderbaren Kleinkram. Ich beuge mich näher an den Glaskasten heran, um die Miniatursärge aus verwittertem Holz zu betrachten, deren Deckel zum Teil abgenommen wurden, damit man ihren Inhalt betrachten kann: geschnitzte Figuren, kaum größer als meine Hand. Trotzdem sind die Särge und ihre Bewohner so detailgetreu angefertigt, dass mir ein eiskalter Schauer über den Rücken läuft. Die Sargdeckel sind mit Metall beschlagen, die Puppen tragen Kleidung aus unterschiedlichen Stoffen. Ihre Gesichter scheinen mich anzustarren, obwohl die Zeit deutliche Spuren hinterlassen hat und nur noch bei wenigen Augenpaaren die aufgemalten Pupillen zu erkennen sind.

„Ist das Kinderspielzeug?", frage ich.

Tristram schüttelt den Kopf. „Die Figuren, ihre Kleidung und die Särge sind für Spielzeug eigentlich zu aufwendig gearbeitet. Aber bis heute weiß niemand so genau, welchen Zweck die Figuren ursprünglich hatten. Daher gibt es viele verschiedene Theorien." Er sieht mich mit leuchtenden Augen an.

Ich denke nach. Obwohl jemand offensichtlich viel Mühe in die Fertigung der Figuren gesteckt hat, sehen die Gesichter alle gleich aus – wie lieblos kopiert. Ein Vater, der Puppen für seine Kinder schnitzt, hätte sich mehr Mühe gegeben, oder nicht? Es wirkt eher so, als sollten sie nur den Anschein eines Spielzeugs erwecken.

„Jetzt erzähl ihr schon die ganze Geschichte", fordert Lali.

Tristram lässt sich nicht lange bitten. „Die *Fairy Coffins* wurden im Jahre 1836 von Kindern gefunden, die am Arthur's Seat, dem Stadtberg Edinburghs, Jagd auf Hasen gemacht haben. Ursprünglich waren es siebzehn Särge mit Figuren darin, aber im Lauf der Jahrhunderte sind einige verloren gegangen. Seither rätselt die Wissenschaft, was es mit dem Fund auf sich hat …"

Lali klopft ungeduldig mit den Fingerspitzen auf das Glas. „Wir sind ganz Ohr."

„Manche glauben, die Figuren wurden von Hexen geschaffen, die ihren Opfern schaden wollten und deshalb Puppen von ihnen angefertigt, diese durchbohrt und anschließend begraben haben."

„Wie bei Voodoo-Magie?", frage ich.

„Genau. Aber dagegen spricht, dass sich, wie du siehst, keine Nadeln, Nägel oder Ähnliches in den Figuren befinden, so, wie man erwarten würde. Beim Röntgen hat man nur etwas organisches Material gefunden, das alles Mögliche sein könnte."

Ich nicke. „Und wenn die Figuren persönliche Erinnerungsstücke sind, zum Gedenken an jemanden, der nicht ordentlich begraben wurde?"

„Gut geraten", sagt Tristram. „Vielleicht kennst du die Geschichte der Serienmörder Burke und Hare? Sie haben in den 1820ern die Leichen von siebzehn Menschen an die medizinische Fakultät der Stadt geliefert – die meisten davon hatten sie selbst umgebracht."

Lali verdreht die Augen und formt mit den Lippen tonlos so etwas wie *Märchen*, aber Tristram fährt unbeirrt fort: „Es könnte durchaus sein, dass die Serienmörder ihre Opfer quasi nachträglich bestatten wollten, um ihr Gewissen zu beruhigen."

„Verstehe", sage ich und sehe zu Lali, die gerade gähnt. „Dann ist das Rätsel also gelöst?"

„Nicht wirklich." Tristram schüttelt den Kopf. „Burke und Hare haben größtenteils Frauen ermordet, die Figuren tragen aber allesamt Männerkleidung, nämlich Hosen." Einen Moment lang ruht sein Blick fasziniert auf den Särgen, dann sieht er wieder zu mir. „Es gibt noch etliche andere Theorien, aber keine davon ist besonders plausibel. Und vor allem lässt sich keine einzige belegen. Warum sind es gerade siebzehn Särge?" Er reibt sich das Kinn. „Wusstest du, dass die siebzehn in Italien eine Unglückszahl ist? So wie die dreizehn bei uns. Sie wird dort als Anagramm zu lateinisch *Vixii*, also *ich habe gelebt* beziehungsweise *ich bin tot* verstanden."

„Das ist aber ein bisschen weit hergeholt, oder?", frage ich.

Er zuckt die Schultern. „Wer weiß das schon. Scheint, als würde das Geheimnis der *Fairy Coffins* noch lange ungelüftet bleiben und das macht sie gerade so spannend."

„Also ich finde sie einfach nur gruselig." Lali verschränkt die Arme vor der Brust und sieht mich fragend an. „Oder was meinst du?"

„Sie sehen irgendwie traurig aus", antworte ich, bevor mir bewusst ist, was ich da überhaupt sage.

Lali hebt eine Augenbraue. „Traurig ist, dass wir hier stehen, obwohl wir uns auch die Kollektion von Vivienne Westwood im ersten Stock ansehen könnten."

Ich verdrehe die Augen. „Überleg doch mal: Irgendjemand hat zweifellos viele Stunden damit verbracht, diese Figuren anzufertigen, einzukleiden und zu bestatten. Und jetzt liegen sie hier im Museum – wahrscheinlich, ohne ihren eigentlichen Zweck erfüllt zu haben. Ist das nicht traurig?"

„Oh Gott, ein halber Tag mit *ihm* und du wirst total esoterisch!" Lali schnalzt mit der Zunge und zieht mich weiter. Ich habe Mühe, mich von den Figuren in ihren kleinen Särgen abzuwenden, gebe aber schließlich nach.

Entschuldigend sehe ich über die Schulter zu Tristram, der uns wenig enthusiastisch folgt. Lali zeigt mir alle möglichen unbezahlbaren Designerstücke, viktorianische Korsetts und handbestickte Ballkleider, die Stars getragen haben, deren Namen mir nichts sagen.

Wir kehren erst abends ins Institut zurück und machen es uns in der Küche gemütlich. Lali setzt Wasser auf, schneidet Zwiebeln und eine Aubergine klein und holt eine Packung Spaghetti aus dem Schrank. „Ich hab es heute Abend ein bisschen eilig. Du bleibst doch zum Essen, Tris?"

Auch ich drehe mich zu ihm um. Ein Lächeln huscht über sein Gesicht, als sich unsere Blicke treffen, aber dann schüttelt Tristram den Kopf. „Tut mir leid, ich kann nicht. Muss noch ... lernen."

Zu meiner Überraschung versucht Lali nicht, ihn zu überzeugen. Sie zuckt nur mit den Schultern und dreht sich wieder zum Herd um. „Das geht vor. Bis die Tage!"

„Macht's gut." Tristram sieht mich noch einmal an – bilde ich mir das ein, oder wird er dabei rot? –, dann verschwindet er fast fluchtartig durch die Küchentür.

Ich lasse mich auf einen der Stühle am Tisch sinken. Meine Lider sind bleischwer. Die neuen Eindrücke haben mich mehr erschöpft, als ich gedacht hätte.

„Danke fürs Kochen", murmle ich. „Ich helfe dir gleich." Aber Lalis Antwort bekomme ich nicht mehr mit, denn die Küche verschwimmt vor meinen Augen, meine Muskeln entspannen sich und dann bin ich weg. Und bekomme keine Luft mehr. Panik überrollt mich wie eine gewaltige Flutwelle. Ich will schreien, aber nur Luftblasen steigen aus meinem Mund auf. Kälte überschwemmt schmerzhaft meine Lunge. Die Wasseroberfläche, ein matter, dunstiger Lichtkreis in der Ferne, scheint unerreichbar. Ich strecke Arme und Beine aus, strample aus Leibeskräften und stoße mich vom Nichts ab. Der Schmerz frisst sich durch meinen Brustkorb, breitet sich wuchernd aus. Mit jedem Herzschlag lechzt mein Körper durstiger nach Sauerstoff. Da greifen Hände nach mir. Riesige, monströse Hände. Sie ziehen mich hoch und betten mich weich. Über mir erkenne ich unser Haus, die Spinnweben kleben in denselben Ecken wie immer. Aber alles ist riesengroß. Oder bin *ich* so klein? Ich höre, wie Menschen sich streiten, aber ich verstehe kein Wort. Bis sich plötzlich Satzfetzen aus dem Stimmengewirr lösen und zu mir herübergetragen werden wie totes Laub im Wind: *Sie muss zum Institut … Bring sie ans Aconite.*

Das seltsame Wort klingt gleichzeitig fremd und vertraut. Dann geht ein Ruck durch meinen Körper und mir wird schwindelig. Beim Blick zurück erkenne ich auf dem Esstisch eine kleine Stoffpuppe, nass und kaum daumengroß.

„Runa? Ist alles in Ordnung?" Lalis besorgte Stimme zieht mich wieder in die Wirklichkeit.

Ich stöhne leise und reibe mir die Schläfen. Ein Frösteln schüttelt mich. Dieser Traum begleitet mich schon seit Jahren, aber noch nie hat er sich so real angefühlt wie heute.

„Ja, alles … gut. Mir sind nur kurz die Augen zugefallen." Ich lehne mich auf meinem Stuhl zurück. „Kann ich dir vielleicht irgendwie helfen?"

Lali schüttelt den Kopf, schaltet den Herd aus und seiht die Nudeln ab. „Nein, ist alles schon fertig."

Es ist mir fast unangenehm, wie sehr sie sich um mich kümmert. „Bist du zu allen Neuen so nett?", frage ich.

Grinsend verteilt sie das Besteck auf dem Tisch. „Nur zu meinen Mitbewohnerinnen. Die Letzte ist mit ihrem Freund zusammengezogen. Seitdem ist es hier wirklich öde, also sorge ich mal besser dafür, dass du dich wohlfühlst."

Ich lache und erspare mir die Erwiderung, dass ich so schnell sicher nicht ausziehen werde, schon gar nicht wegen eines Typen. Wahrscheinlich sollte ich mich einfach freuen, dass Lali mich aus unerfindlichen Gründen mag. Trotzdem bleibt ein Funken Argwohn zurück, den ich nicht ersticken kann. Aber vielleicht wird zwischenmenschliche Interaktion, mit all ihren komplizierten Regeln, irgendwann auch für mich ganz normal sein.

Ich atme auf, als Lali verkündet, dass sie heute wieder auswärts übernachten will. „Das scheint ja was Ernstes mit euch zu sein", necke ich sie.

Lalis wissendes Lächeln ist mir Antwort genug.

Bei der Vorstellung, dass sie heute Nacht nicht allein sein wird, fährt ein Stich durch meinen Brustkorb, den man leicht als Eifersucht missverstehen könnte. Aber am Alleinsein habe ich mich nie gestört. Nur an der Einsamkeit, die man unter Menschen findet.

Gerade, als ich aufstehen will, fällt mein Blick auf die toten Fliegen auf dem Fensterbrett.

# Abschied

## RUNA

Kaum dass ich die Augen geschlossen habe und in den Schlaf gleite, spüre ich es: Die Albträume werden schlimmer, dieser ist so intensiv wie lange nicht mehr. Wieder zieht es mich in die Nacht hinaus und obwohl ich kaum etwas erkennen kann, sind meine Bewegungen zielstrebig. Unter meinen nackten Füßen spüre ich Holz, kalten Stein und schließlich feuchtes Gras. Ich laufe weiter, ertaste glattes Pflaster. Straßenlaternen erleuchten die verwinkelten Gassen, die mir vertraut und gleichzeitig fremd vorkommen, und über der Stadt thront in einer Wolke aus dunstigem Licht das Castle. Links und rechts der Straße öffnen sich Hauseingänge und die spärlich belaubten Zweige der Bäume rascheln im Wind. Wie ferngesteuert erklimme ich eine Treppe, biege ab und laufe immer weiter. Weder die Kälte noch die Dunkelheit können mir etwas anhaben. In mir wächst ein Drang, der mich fiebern lässt. Ein Auftrag. Ich erinnere mich an eine bestimmte Nacht vor neun Jahren, und eine dunkle Vorahnung steigt in mir auf.

Ich weiß nicht, wie lange ich schon durch die Straßen irre, als meine Füße plötzlich innehalten. Egal, wie sehr ich mich anstrenge, ich kann keinen Schritt weitergehen. Hier muss es sein. Ich sehe mich in der verlassenen Gasse um, die kaum mehr als ein Trampelpfad ist, begrenzt von Schuppen und Garagen und erhellt von einer einzelnen Laterne. In der Nähe scheint ein Fluss zu sein, denn ich höre Wasser gurgeln. Ansonsten ist es totenstill. Angestrengt lausche ich in die Dunkelheit. Der Geruch nach kaltem Kaminrauch hängt in der Luft, aber die letzten Häuser liegen weit hinter mir und ihre Lichter sind erloschen. Trotzdem bin ich mit einem Mal sicher, nicht allein zu sein.

Die Vermutung wird zur Gewissheit: Da ist noch ein Geräusch. Jemand atmet. So leise und ungleichmäßig, dass ich mir die röchelnden Laute auch nur einbilden könnte – wie genau genommen alles hier, oder? Jetzt ein Husten. Panisch blicke ich mich um. Mein Herz rast und mir wird übel.

Da sehe ich ihn: Ein Mann mittleren Alters liegt am Ende der Gasse, lehnt gegen den kalten Stein der Mauer. Ich eile auf ihn zu. Seine Stirn ist schweißnass und seine Augäpfel zucken. Er trägt einen braunen Anzug und presst die Hände auf den Bauch.

Entsetzt ringe ich nach Luft. Meine Beine sind bleischwer und es dauert eine kleine Ewigkeit, bis ich es schaffe, mich neben den Mann zu knien.

„Mein Gott. Was ist passiert?“ Im dämmrigen Licht der Straßenlaterne taste ich nach seinem Jackett. Der feuchte Tweed fühlt sich unter meinen Fingern kalt an und ein metallischer Geruch steigt mir in die Nase. Langsam schüttelt der Fremde den Kopf. Er öffnet den Mund, hustet und spuckt dabei einen Schwall Blut aus.

Das Adrenalin rauscht übermächtig durch meine Adern. Alle Gefühle – Angst, Hilflosigkeit und Ekel – sind wie ausgeschaltet. Stattdessen übernimmt mein Verstand das Kommando. Ich funktioniere einfach. Zuerst muss ich die Blutung stoppen, also zerre ich dem Mann den Schal vom Hals, knülle ihn zusammen und presse den Stoff unterhalb seiner Hände auf die Wunde.

In diesem Moment sieht der Fremde zu mir auf. Seine Augen sind trüb und selbst im künstlichen Licht wirken seine Lippen unnatürlich blass. Die Panik kehrt zurück und schnürt mir die Kehle zu. Ich drücke den inzwischen blutgetränkten Stoff fester auf die Wunde und blicke über meine Schulter, aber noch immer ist die Straße leer. „Ich hole Hilfe", stammle ich. „Ich … bin gleich wieder da. Es wird alles gut." Mit zitternder Hand streiche ich dem Fremden eine dunkle Haarsträhne aus der Stirn, um meine Worte zu bekräftigen. Die Fingerkuppen hinterlassen dabei blutige Schlieren auf seiner Haut.

Noch während ich auf die roten Abdrücke starre, dreht sich die Welt um mich herum schwindelerregend und plötzlich bin ich nicht mehr bei dem Verletzten in der Gasse. Nicht mal in Edinburgh oder in England. Stattdessen stehe ich auf der Rialtobrücke in Venedig – Mum hat mir einmal Fotos von irgendeiner Studienfahrt gezeigt. Und da entdecke ich auch sie selbst, so jung wie ich, und vollkommen unbeschwert.

Neben ihr steht ein Mann, von dem ich nicht viel mehr sehe als den dunklen Schopf, der meinen eigenen Haaren verräterisch ähnlichsieht. Er hält ihre Hand und sie blicken auf den Canal Grande hinab, dann küssen sie sich. *Diesen* Teil hat Mum bei ihren Erzählungen definitiv ausgelassen.

Das Bild verblasst. Mit einem Mal bin ich auf Flat Holm und sehe alles aus der Vogelperspektive, sogar mich selbst. Aber mein Gesicht ist seltsam verschwommen und obwohl ich sicher bin, mich auf meiner Heimatinsel zu befinden, stimmt etwas nicht. Das ist Flat Holm, wie es sich jemand vorstellt, der noch nie dort war. Ich erspähe Mum, sie läuft über die Klippen auf den Leuchtturm zu. Als ich ihren Namen rufe, reagiert sie nicht. Unter ihrer Bluse wölbt sich ein Babybauch. Aber sie ist nicht mit Rose schwanger, denn sie kann höchstens Mitte zwanzig sein, sondern mit mir. Noch bevor ich darüber nachdenken kann, was das bedeutet, verändert sich die Landschaft und ich stehe am Abflugterminal eines Flughafens. Mum ist auch da, an ihrem Kragen leuchtet die rote Mohnblume aus Papier, die sie sich immer in den Wochen vorm *Remembrance Day* mit einer Nadel ans Revers steckt. Und wieder steht der Fremde bei ihr. Ich sehe ihn nur von hinten, doch ich bin sicher, dass es derselbe Mann ist: Er trägt genauso einen Tweedanzug wie der Verletzte in der Gasse. In seinen Händen funkelt etwas Goldenes, das er Mum überreicht: Es ist die Kette, die ich ihr schon als Kind aus dem Schmuckkästchen geklaut habe; ein mit Rosenquarz besetztes Medaillon mit ein paar Haaren darin, eine dunkle Locke, die sie mir als Baby abgeschnitten haben will. Aber irgendwie hatte ich schon immer das Gefühl, dass mehr dahintersteckt. Nach ewigem Bitten und Betteln hat Mum mich die Kette behalten lassen und seither trage ich sie jeden Tag.

*Ich habe es bei einem Goldschmied anfertigen lassen*, sagt er.

Vielleicht denkt er es auch nur.

*Rosenquarz steht für die Liebe. Liebe, die alles überwindet, die Jahrhunderte überdauert. Du findest darin, was du brauchst, um mir nah zu sein.*

Jetzt dreht er sich um und geht, das Gesicht totenbleich, an mir vorbei. Ja, es ist der Fremde, wenn auch deutlich jünger. Ich lenke meine Aufmerksamkeit auf meine Mum: Tränen laufen ihr über das Gesicht, die Wimperntusche hat schwarze Ränder unter ihren Augen hinterlassen. Ich weiß nicht, ob ich sie je so aufgelöst gesehen habe. Mein Herz zieht sich schmerzhaft zusammen.

Erst, als ich auf der Anzeigetafel über dem Schalter „Cardiff" lese, begreife ich, was sich hier vor meinen Augen abgespielt hat: Der Moment, in dem Mum Edinburgh verlässt. Und meinen Vater.

*Was bedeutet, dass der Verletzte mein Vater ist.*

Wie eine Marionette hefte ich mich an seine Fersen. Wirre Gedankenfetzen strömen durch mein Bewusstsein. Ich sehe die Universität, sehe Kolleginnen und Kollegen, Freunde; nichtssagende Gesichter, von denen keines so klar ist wie das meiner Mutter. Ich sehe Kyril, der mich anscheinend noch immer bis in meine Albträume verfolgt, sehe einsame Tage in Bibliotheken, durchwachte Nächte am Schreibtisch, die Studierenden und diesen sogenannten Warden, zu viel Whisky, zu wenig Liebe. Und während all das vorüberzieht, wird mein Brustkorb immer enger. Mir ist, als drohten all die fremden Erinnerungen, mich innerlich zu zerreißen. Der Schmerz schwillt an, bis ich es unmöglich länger aushalten kann. Ein Name erscheint deutlich vor meinem inneren Auge: *Ruben Leblanc*. Dann reißt der Bilderstrom schlagartig ab.

Ich schrecke hoch und betrachte das wächserne Gesicht des Fremden. Mein Blick ist voller Zuneigung, obwohl ich diesen Mann doch gar nicht kenne, und ich bilde mir ein, seiner ist es ebenfalls. Er sieht mich noch einmal direkt an und röchelt, dann erschlaffen seine Gesichtszüge. Die großen Pupillen starren leer an mir vorbei, sein Mund klappt auf und seine Hände fallen herab. Ich erzittere: Für eine kostbare Sekunde ist der Mann ganz nah bei mir, dann ist er fort. Wie ein Glühwürmchen, gefangen in der hohlen Hand und freigelassen, damit es zum Himmel schwirrt.

Aus seinen reglosen Fingern fällt etwas in den Dreck. Ich hebe es auf und halte den kleinen Gegenstand näher an mein Gesicht. Als ich begreife, was es ist, gefriert mir beinahe das Blut in den Adern: Eine winzige Puppe aus Stoff. Aus ihrem Brustkorb ragt eine Stecknadel. Instinktiv ziehe ich sie heraus.

Dabei zwängt sich ein Schluchzen über meine Lippen. Mein Herz weiß, was mein Verstand noch längst nicht begriffen hat, und ich fasse nur noch einen klaren Gedanken, bevor der Schwindel alles Denken unmöglich macht. Dieser Mann war mein Vater. Und jetzt ist er tot.

# Ein ungleiches Paar

## KYRIL

Selbst das gleichmäßige Plätschern des Water of Leith, das sich zwischen den grün gesäumten Straßen von Dean Village entlangschlängelt, kann mich heute Abend nicht beruhigen. Obwohl es erst kurz nach neun ist, liegt das Dorf verlassen da, weshalb ich mich erst recht wie ein Eindringling fühle.

Aber Ruben hat keine Familie, mit der er jetzt beim Abendessen sitzen könnte, nicht einmal eine Freundin, von der ich wüsste. Und an einem normalen Arbeitstag würde er jetzt gerade einmal Feierabend machen. Vielleicht ist er nicht zu Hause, dann werde ich vor der Tür auf ihn warten, oder aber er packt gerade seinen Koffer für Palermo.

Ich trete schneller in die Pedale, bis mir der Fahrtwind angenehm kühl ins Gesicht schlägt. Mein klappriges Rad schlittert auf dem taufeuchten Asphalt und ich muss mich konzentrieren, um in den Kurven nicht wegzurutschen. Trotzdem kommen Gedanken in mir hoch, die ich schon Dutzende Male durchgespielt habe und die nirgendwohin führen. Die Frage, ob es nicht besser wäre, alles für mich zu behalten. Mich nicht in Dinge einzumischen, die mich nichts angehen, statt den Hass des wichtigsten Mannes am Institut auf mich zu ziehen. Wieder ist mir überdeutlich bewusst, dass mich das meine Zukunft kosten könnte, oder noch mehr.

Aber das wäre feige. Und für Feigheit gibt es keine Entschuldigung, nicht für mich, niemals.

Ich reiße den Lenker herum und biege an der Dean Bridge ab. Mit Sorge beobachte ich den schummrigen Himmel: Mir bleibt nicht viel Zeit. Sobald es vollkommen finster ist, nach der astronomischen Dämmerung, tickt die Uhr. Dann hat nicht nur Ruben Wichtigeres zu tun, sondern auch ich. Ein ungutes Gefühl macht sich in meiner Magengegend breit und als ich in die Balgreen Road einschwenke, verstärkt sich meine Unruhe noch. Obwohl mein Entschluss feststeht, habe ich Angst. Und diese Angst macht mich gleichzeitig wütend auf mich selbst.

Ich schlucke die widersprüchlichen Gefühle hinunter und folge der Gasse, bis das Pflaster uneben wird und schließlich ganz verschwindet. Ruben wohnt abgeschottet am Ende des Weges, in einem ehemaligen Gartenhäuschen, das zu Wohnzwecken umgebaut wurde und deshalb nicht an der besiedelten Straße liegt. Gleich müsste ich es im Schein der Laterne erahnen können.

Aber stattdessen fällt mein Blick auf eine zusammengekauerte Gestalt am Boden. Vor Schreck falle ich fast vom Fahrrad. In den Pedalen stehend lege ich eine Vollbremsung hin, springe ab und lasse mein Rad einfach liegen. Mit wenigen großen Schritten bin ich da. Es ist Runa.

Sie kniet auf der Erde und hat sich über jemanden gebeugt, einen Mann in einem braunen Tweedanzug. *Ruben.* Panik erfasst mich. Da ist Blut, überall Blut! Ich ringe um Luft und brauche ein paar Atemzüge, bis ich mich wieder gefasst habe. Aber dann geht alles umso schneller.

„Was ist passiert? Du musst einen Notruf absetzen", rufe ich Runa zu, die ein Stück von mir zurückgewichen ist. Dann beuge ich mich zu meinem Professor hinab, nehme Rubens Kopf in beide Hände, überstrecke ihn, lege mein Ohr an seinen Mund und halte selbst den Atem an. Aber sein Brustkorb hebt sich nicht und kein Luftzug streift meine Wange.

Ich greife nach Rubens Handgelenk, um nach dem Puls zu fühlen. Eine unerträgliche Sekunde vergeht, dann noch eine. Und ich spüre nichts. Verzweifelt versuche ich es an der Halsschlagader, hebe Rubens Gesicht und klopfe wie in Trance auf seine Wange. „Nein … nein, nein, nein! Komm schon."

Ich bette ihn zurück auf die feuchte Erde, zerre an seinem Kragen und knöpfe das Hemd auf, um mit der Herzdruckmassage zu beginnen. Als ich die Hände auf Rubens kalten Brustkorb gesetzt habe, drehe ich mich noch einmal nach Runa um. Wieso unternimmt sie denn nichts?

„Jetzt mach schon!", fahre ich sie an.

Runa schüttelt stumm den Kopf. Ihre Augen sind weit aufgerissen, ihr Gesicht ist leichenblass und sie zittert am ganzen Körper. Erst jetzt bemerke ich, dass sie nur einen Schlafanzug trägt und keine Tasche – also auch kein Handy – dabeihat. Ich will meines aus der Jacke ziehen, aber ihr entgeisterter Blick lässt mich innehalten.

Und dann trifft mich die Erkenntnis, weshalb sie hier ist, eiskalt: Ruben hat sie selbst gerufen. Und das bedeutet, dass kein Arzt der Welt ihm noch helfen kann.

„Er … er lag hier“, setzt sie an. „Ich habe mit seinem Schal versucht, die Blutung zu stoppen, aber es war zu viel und dann …“

Ich lege eine Hand auf Runas Stirn, die sich kühl und klamm anfühlt. Wie lange sitzt sie schon hier draußen?

Mit einem Mal verschwinden meine Angst, die Verzweiflung und die Wut. Zurück bleibt lediglich ein Gefühl der Leere. Ich empfinde nicht einmal Trauer, obwohl die Gewissheit, dass Ruben tot ist, mir jetzt zweifelsfrei vor Augen steht. Ihm kann ich nicht mehr helfen, aber Runa muss zurück ins Institut. Sie steht unter Schock und wahrscheinlich ist sie auch unterkühlt.

„Halt dich an mir fest“, sage ich, fasse unter ihre Achseln und ziehe sie zu mir hoch. Sie hakt mechanisch einen Arm um meine Taille. Unter dem metallischen Gestank, der in der Luft liegt, steigt ihr Geruch in meine Nase. Es fühlt sich komisch an, ein Mädchen zu umarmen, das ich kaum kenne und das ich nicht einmal besonders mag, aber schon im nächsten Moment setzt der Autopilot wieder ein und der Gedanke ist vergessen. Ich schließe die Augen und stelle mir das Institut vor, so intensiv, bis ich jede Ritze in den verwitterten Sandsteinmauern erkennen kann und der Boden unter meinen Füßen schwankt.

Die Welt löst sich im Schatten auf und wir finden uns auf dem Avicenna Quad wieder, direkt vor dem St. Elizabeth-Flügel, der die Krankenstation beherbergt und an die Kapelle grenzt. Ich muss den Schwindel unterdrücken, denn Runa sackt jetzt mit ihrem ganzen Gewicht gegen mich. Mehrmals hintereinander rufe ich ihren Namen, aber sie reagiert nicht. *Fuck!*

Ich vergewissere mich kurz, dass der Platz verlassen ist. Würde mich jemand dabei beobachten, mich mit einer Neuen vor der Initiation zu teleportieren, wäre das Grund genug, vom

Aconite zu fliegen. Als wäre meine Liste potenzieller Rauswurfgründe nicht ohnehin schon ellenlang.

Aber das ist im Moment mein geringstes Problem. Ich beiße die Zähne zusammen und wuchte Runas schlaffen Körper hoch, einen Arm um ihre Schultern gelegt, den anderen unter ihren Kniekehlen. Es bleibt mir nichts weiter übrig, als sie die Stufen hinauf zum Eingang der Station zu tragen.

Auf dem Treppenabsatz angekommen, drücke ich mit dem Ellenbogen die Klinke hinunter und öffne die schwere Eichenholztür. Als ich rücklings in den Flur trete, fällt mein Blick auf Runas Oberkörper. In meinen Armen geht ihr Atem flach, aber gleichmäßig. Sie sieht fast friedlich aus und ich muss mit aller Macht den Gedanken verdrängen, dass sich das ändern wird, sobald sie aufwacht und sich daran erinnert, was passiert ist.

Immerhin habe ich Glück: Der Wartebereich ist leer. Nur der spärliche Schein einer einzelnen Schreibtischlampe fällt auf das Parkett. Ich kann die unbesetzten Stapelstühle an der gekachelten Wand erahnen, die noch daran erinnert, dass dieser Teil des Gebäudes ursprünglich ein Badehaus war. Addies grauer Dutt ragt hinter dem Empfangsschalter hervor. Rings um sie türmen sich Aktenstapel, dazwischen eine Tasse vermutlich kalten Kaffees. Sie tippt träge auf der Tastatur herum, dann sieht sie plötzlich auf. Das Licht scheint in ihr Gesicht, ihre Augen weiten sich hinter der runden Brille und ihre Miene erstarrt.

„Gütiger Himmel, was ist passiert?“ Sie drückt sich aus ihrem Stuhl hoch und kommt auf mich zu. Fassungslos schüttelt sie den Kopf. „Etwa wieder zu viel Alkohol?“

„Nein.“ Ich versuche, nicht an meinen letzten Besuch im Krankenflügel zu denken, aber zu spät: Die Bilder steigen unaufhaltsam in mir auf. Auch wenn es schon fast ein Jahr her ist, habe ich den Anblick meines besten Freundes, der versucht hat, seine Trauer in Alkohol zu ertränken, nicht vergessen. Auch er ist nur noch am Institut, weil Addie so eine treue Seele ist. Und verschwiegen, denn die Regeln hier sind streng. Aus gutem Grund.

„Sie steht unter Schock, ich glaube, sie ist ohnmächtig geworden." Mehr muss Addie nicht wissen, um Runa zu helfen, und ich habe auch keine Ahnung, wie ich ihr den Rest erklären sollte.

Die Krankenschwester legt den Kippschalter an der Wand um. Der Deckenleuchter erstrahlt und taucht den Raum in kaltes Licht. Addie mustert mich sichtlich erschrocken von Kopf bis Fuß. Erst jetzt bemerke ich, dass sowohl Runas als auch meine Kleider blutverschmiert sind.

„Du bist sicher nicht verletzt?"

Ich schüttle den Kopf.

„Kannst du sie ins Krankenzimmer tragen?"

Als ich nicke, dringt ein leises Keuchen an mein Ohr. Runa schlägt die Augen auf. Unsere Blicke verhaken sich für einen Moment und mit einem Mal wird mir überdeutlich bewusst, wie nah wir uns sind. Beinahe lasse ich sie fallen.

Wahrscheinlich denkt Runa dasselbe, denn sie stemmt plötzlich die Arme gegen meinen Brustkorb.

Trotzdem setze ich sie so sanft wie möglich ab. Ohne ein einziges Wort taumelt Runa zu Addie. Die Krankenschwester legt ihr einen Arm um die Schultern, um sie zu stützen, wirft mir einen warnenden Blick zu und führt Runa ins Krankenzimmer.

Ich sehe den beiden nach, dann drehe ich mich um. Dabei bemerke ich einen Gegenstand am Boden. Er sieht aus wie eine dieser kleinen Sorgenpuppen, die Kinder sich mancherorts unters Kopfkissen legen. Runa muss sie verloren haben, als ich sie abgesetzt habe. Ich bücke mich nach der Puppe und hebe sie auf. Aber bei genauerem Hinsehen wird mir klar, dass ich mich getäuscht habe: Dieses Exemplar ist nicht farbenfroh, sondern aus ehemals grauem Stoff, der jetzt mit Blut und Erde besudelt ist. Auf den Rumpf, genau dort, wo Rubens Stichwunde war, hat jemand ein Kreuz aufgezeichnet. Und ich bilde mir ein, sogar ein kleines Loch wie von einer Nadel zu erahnen.

Schlagartig stellen sich meine Nackenhaare auf. Widerstrebend stecke ich die Puppe ein, damit sie niemand sonst findet. Dann sinke ich erschöpft auf einen der Stühle im Wartebereich und versuche, meine Gedanken zu ordnen. Eigentlich dachte ich, dieser Abend könnte nicht schlimmer werden. Ich stütze den Kopf in die Hände und fahre mir durchs Haar. Es ist feucht – ob von Schweiß oder Blut, kann ich nicht sagen. Fest steht, dass ich die Nacht über hierbleiben werde. Wenn Runa sich ausgeruht hat, muss ich mit ihr sprechen. Und es wäre wohl gut, wenn ich dann nicht mehr blutbesudelt bin, um sie nicht noch mehr zu verängstigen.

Schwerfällig stehe ich auf und öffne die Tür zur Herrentoilette, um mich zu waschen. Als das eiskalte Wasser über meine Handgelenke läuft, realisiere ich erst wirklich, was geschehen ist: Ruben ist tot. Er hatte eine Stichwunde in der Bauchgegend. Und weil ich sicher bin, dass er sich niemals selbst etwas angetan hätte, bedeutet das, dass er ermordet wurde. Mein Gott. Ich kann mir nicht vorstellen, dass auch nur ein Mensch auf der Welt Grund dazu gehabt hätte.

Und das gruselige Fundstück … allein der Gedanke an das unheimliche Etwas in meiner Jackentasche jagt mir einen Schauer über den Rücken. Ausgerechnet eine Puppe – kann das Zufall sein?

Obwohl ich am ganzen Körper zittere, zwinge ich mich dazu, die Panik zurückzudrängen. Es wäre ratsam, jetzt rational vorzugehen: Ich habe Rubens Leiche angefasst, genau wie Runa, und mit Sicherheit haben wir Spuren hinterlassen. Rubens Blut klebt ja immer noch an meiner Jacke, die ich ausgezogen und über den Heizkörper gehängt habe.

Was soll ich jetzt tun? Was wird geschehen, wenn man seine Leiche findet? Ich kann die Polizei nicht einschalten, das wäre zu gefährlich. Für mich und auch für alle anderen am Institut. Und wenn ich zurück nach Dean Village springe? Ruben in sein Haus bringe, wo so schnell niemand suchen wird, weil alle glauben, er wäre in Palermo? Der Schlüssel, den er mir gegeben hat, als ich vor zwei Jahren sein Mitarbeiter wurde, hängt noch immer an meinem Schlüsselbund und ausnahmsweise bin ich dankbar für meine chaotische Ader.

Ich drehe das Wasser ab, schnappe meine Jacke und verlasse den Krankenflügel. Eilig überquere ich den Quad und halte auf den Park zu, um mich im Schutz der Dunkelheit aufzulösen. Alle Pläne, die ich hatte, fallen in diesem Moment in sich zusammen wie ein Kartenhaus – das Studium schaffen, vielleicht promovieren oder einfach nur meinen verdammten Essay fertigbekommen. Und vor allem: herausfinden, was Octavian wirklich in den Katakomben treibt.

Nur noch eins steht mir klar vor Augen: Ab jetzt bin ich auf mich allein gestellt.

# Tee mit Charon

## RUNA

Wieder erwache ich völlig erschöpft. Dämmerlicht taucht die Stuckdecke in zartes Rosa und eine sonderbare Schwere durchströmt meinen Körper. Fast gleite ich wieder in den Schlaf, aber dann erfasst mich das ungute Gefühl, dass hier irgendwas nicht stimmt.

Zum Beispiel erinnere ich mich nicht daran, dass mein Studentenzimmer mit Stuck versehen gewesen wäre. Ich schrecke hoch, bereue es aber sofort, weil bei der Bewegung ein Schmerz wie von Dutzenden Nadelstichen hinter meiner Stirn explodiert. Mir fällt auf, dass das Bett, auf dem ich liege, verstellbar ist, wie bei den Modellen im Krankenhaus. Weiße Vorhänge sind vor die deckenhohen Fenster auf der gegenüberliegenden Wand gezogen und rechts von mir entdecke ich auf dem Nachtschrank ein Wasserglas und eine Pillendose. Für jeden Wochentag liegt eine Tablette darin.

Die Erinnerung flutet mich unvorbereitet. An das freundliche Gesicht einer Krankenschwester und an … Blut, so viel Blut. Mir wird übel und ich drehe den Kopf zur anderen Seite. Vor dem Kamin, neben einer riesigen altmodischen Standuhr, sitzt jemand.

Erschrocken zucke ich zusammen und ziehe mir die Bettdecke bis zum Kinn. So, als könnte ich damit die Monster davon abhalten, in mein Bett zu kriechen. Dabei bin ich längst kein Kind mehr und was ich letzte Nacht gesehen habe, ist zu schrecklich, um ein Hirngespinst zu sein, oder? Ich wage einen zweiten Blick und erkenne eine vertraute Silhouette: Kyril hat ein Bein angewinkelt, den Ellenbogen darauf gestützt und den Kopf in der Handfläche verborgen. Jetzt sieht er auf. Im weichen Licht des Morgens wirkt er erschöpft.

„Du bist wach – wie fühlst du dich?" Er zieht seinen Stuhl näher ans Bett.

Weil ich nicht weiß, was ich sagen soll, greife ich nach dem Wasserglas, trinke und schlucke mühsam. Aber der Kloß in meinem Hals bleibt.

„Hör zu, Runa." Beim Klang meines Namens bin ich plötzlich hellwach. Ich sehe Kyril in die Augen und zum ersten Mal fällt mir auf, wie intensiv grün sie sind. So grün wie der Rasen hinter dem Pförtnerhäuschen. Vielleicht sogar so grün wie die Weiden auf Flat Holm. Irritiert schüttle ich mich, um den Gedanken zu verscheuchen.

Er vermeidet es, mir in die Augen zu schauen und verschränkt demonstrativ die Arme. „Wahrscheinlich hast du ein paar Fragen wegen letzter Nacht. Ich glaube nicht, dass ich sie alle beantworten kann, aber sei versichert: Es gibt für alles, was passiert ist, eine logische Erklärung."

Ich bin zu erschöpft, um höflich zu sein. „Dafür, dass mein Vater gestorben ist?"

Jetzt sieht Kyril mich doch wieder an, die Stirn in Falten gelegt. „Dein Vater? Runa, du … du bist wahrscheinlich noch verwirrt von den Medikamenten."

Mein Brustkorb wird eng und ehe ich etwas erwidern kann, fährt Kyril fort: „Addie hat dir ein Schlafmittel gegeben. Das solltest du auch in den nächsten Tagen weiter nehmen." Er deutet mit dem Kopf auf den Nachttisch.

Ich beiße die Zähne zusammen, setze mich ruckartig auf und schlage die Bettdecke zurück. Ich habe es satt, dass immer andere über mich bestimmen.

Kyrils Augen weiten sich vor Schreck. „Was hast du vor?"

„Ich gehe in mein Zimmer. Ich bin nicht krank, also muss ich auch nicht hierbleiben." *Und vor allem muss ich keine Tabletten nehmen.*

„Willst du wissen, was passiert ist, oder nicht?" Trotz der direkten Worte klingt Kyril nicht wütend, sondern irgendwie gleichgültig. Abgestumpft.

Schweigend setze ich mich auf die Bettkante. Dabei stelle ich fest, dass ich nicht mehr meinen Pyjama trage, sondern nur Unterwäsche und ein zu großes graues T-Shirt. Was ist wohl peinlicher – hier halb nackt sitzen zu bleiben, oder meinen Körper panisch in die Bettdecke zu wickeln? Ich entscheide mich fürs Sitzenbleiben und verschränke die Arme vor der Brust.

„Du kannst dich später für das Shirt bedanken", sagt Kyril mit einem trockenen Lachen. „Addie wird deine Sachen waschen und sie dir dann aufs Zimmer bringen." Sein Tonfall lässt mich erahnen, dass er nicht sicher ist, ob mein Lieblingsschlafanzug noch zu retten ist.

„Na schön, bringen wir es hinter uns. Was ich dir jetzt erzähle, muss unter uns bleiben, klar? Eigentlich dürftest du das alles erst in ein paar Tagen erfahren. Und zwar nicht von mir."

Ich nicke.

Kyril schließt für einen Moment die Augen und atmet lange aus, dann setzt er an: „Das Aconite ist nicht das, wonach es aussieht. Wir studieren zwar hier und wir machen unseren Abschluss in einem Fach, aber wir werden am Institut auch noch in einer anderen Disziplin ausgebildet. Weil wir über eine Fähigkeit verfügen, die nur wenige Menschen auf der Welt besitzen." Er hält inne, so als hätte er Mühe, den nächsten Satz über die Lippen zu bringen, weil er ihn schon tausendmal gesagt oder gehört hat. „Eine Gabe, die besondere Verantwortung mit sich bringt. Deshalb bist du hier am Institut gelandet, so wie alle von uns."

*Disziplin? Gabe?* Klingt nach einem schlechten Witz. Und genau genommen hat meine Mutter alles getan, um zu verhindern, dass ich hierherkomme. „Was soll das heißen?"

Kyril beugt sich näher zu mir und sucht meinen Blick. „Wir werden von Menschen gerufen, deren Zeit gekommen ist. Und wir geleiten ihre Seelen ins Jenseits."

Es dauert einen Moment, bis ich antworten kann. „Willst du mir sagen, dass du ein Todesengel bist? Der Sensenmann, Schnitter, Gevatter Tod höchstpersönlich?"

„So etwas Ähnliches. Auch wenn ich mich eher mit Charon, dem Fährmann der griechischen Mythologie, vergleichen würde. Und du bist das übrigens auch."

Ich muss mich beherrschen, um nicht aufzulachen. „Mach jetzt keine Scherze, okay? Sag mir einfach die Wahrheit." Bittend sehe ich zu ihm hinunter.

„Tut mir leid, aber das ist die Wahrheit."

Ich versuche, zu verstehen, was er gesagt hat, aber mein Kopf ist vollkommen leer. Selbst die Bilder der vergangenen Nacht sind verschwunden.

Schweigen breitet sich beinahe heilsam zwischen Kyril und mir aus. Es lässt mich seine Worte, die keinen Sinn ergeben, vergessen. Einen kostbaren Moment lang steht die Zeit still. Nur der anbrechende Morgen – die lichter werdenden Farben im Zimmer – beweist, dass sich die Welt um uns herum weiterdreht.

„Glaubst du an Gott, Runa?", fragt Kyril plötzlich. „Oder von mir aus an Karma, das Universum, an irgendetwas Übernatürliches? Oder kannst du sicher sagen, dass das Leben nach dem Tod vorbei ist und von uns nichts als ein Häufchen Erde übrig bleibt?"

Ich hole Luft, aber meine Gedanken wollen sich nicht zu sinnvollen Sätzen formen. Fakt ist, dass ich nicht weiß, ob ich an irgendetwas glaube. Mit meinen Problemen im Diesseits war ich schon beschäftigt genug, also habe ich das Jenseits weit von mir geschoben. Zumindest bis jetzt. Andererseits habe ich mir mehr als einmal gewünscht, dass es wirklich Dämonen gäbe, Vampire, Höllen-Rocker meinetwegen. Irgendwas Übernatürliches, um mich von der Tatsache abzulenken, dass der Mensch das einzige Monster auf der Welt ist.

Kyril scheint mir die Zweifel an der Nasenspitze abzulesen. Die Falte zwischen seinen Augenbrauen wird tiefer. „Körper sterben, aber Seelen sind unvergänglich." Er lehnt sich zurück und mustert mich. „Ist dir in deinem bisherigen Leben nie irgendwas merkwürdig vorgekommen?"

Schlagartig drängen Erinnerungsfetzen an die Oberfläche. Erlebnisse, die so wirr sind, dass ich nicht mehr weiß, ob sie Traum oder Wirklichkeit waren. „Du meinst, wie dass ich ständig toten Tieren begegne?“, frage ich spöttisch.

„Du wirst von ihnen angezogen. Der Tod hat eine Sogwirkung auf uns, der wir uns nicht entziehen können, selbst wenn wir wollen. Das liegt in der Natur der Sache. Jetzt, wo du weißt, dass es zu dir gehört, wirst du die Tiere bald nicht mehr bemerken, das nennt man selektive Wahrnehmung.“

Ungläubig schüttele ich den Kopf.

„Ich weiß, wie das klingt, und von mir aus kannst du mich jetzt für einen Freak halten, aber bald wirst du mit eigenen Augen sehen, dass ich die Wahrheit sage.“

Das klingt wie eine Drohung und ich unterdrücke einen Anflug von Panik.

„Du gehörst zu den Schattenspringern, Runa, du bist eine von uns. Der Tod bestimmt unser Leben – ob wir wollen, oder nicht.“

*Ich will nicht,* schreit alles in mir. Ich will nur die Zeit zurückdrehen und mein beschissenes altes Leben zurück. Selbst der ewige Streit mit Mum, das Geschrei von Rose und die Fragen, die mir niemand beantwortet hat, waren mir tausendmal lieber als alles, was in den letzten Stunden geschehen ist. Zum ersten Mal, seit ich in Edinburgh bin, frage ich mich, ob es vielleicht die falsche Entscheidung war, herzukommen. Ob ich auf Mum hätte hören sollen.

Noch immer sieht Kyril mich an. Ich kann seinen bitteren Gesichtsausdruck, die ebenmäßigen und trotzdem so harten Züge, vor allem aber diesen intensiven Blick nicht länger ertragen.

„Ich bin sehr müde“, sage ich und lasse mich zurück in das Kissen fallen. „Bitte geh jetzt.“

Kyril erwidert nichts. Obwohl ich an die Decke starre und ihn nicht sehen kann, bilde ich mir ein, seine Ernüchterung zu spüren. Prompt meldet sich mein schlechtes Gewissen. Aber gerade, als ich ansetze, noch etwas zu sagen, irgendetwas, höre ich, wie der Stuhl knarzend an die Wand gezogen wird. Schritte hallen über das Parkett und dann fällt die Zimmertür hinter Kyril zu.

*

Zwar habe ich es irgendwie geschafft, zurück in mein Zimmer zu finden, aber ich kann nicht wieder einschlafen. Es ist gerade kurz nach sechs, Lalis Bett ist leer und bis auf die *Freshers' Fair*, die erst um zwölf Uhr beginnt, habe ich heute Vormittag nichts vor. Mein erster Impuls ist, Mum anzurufen und sie mit der Frage zu konfrontieren, die mir keine Ruhe lässt: *Was sind Schattenspringer und wer zur Hölle ist Ruben Leblanc?* Aber ich weiß, dass ich im Moment nichts außer Geschluchze hervorbringen würde. Also bleibe ich liegen, bis ich die Stille nicht mehr ertrage, dann gehe ich ins Bad und ziehe mich aus. Das graue T-Shirt werfe ich über den Heizkörper in der Ecke, möglichst weit weg von mir.

Als das heiße Wasser auf mich herunterprasselt, brechen auch meine Dämme. Ich weine wie ein Baby und fühle mich hundeelend. All die Jahre, in denen ich mich an die Hoffnung geklammert habe, irgendwann den Menschen zu treffen, dem ich ähnlich sein muss, weil mich so wenig mit Mum verbindet, waren eine Illusion. Wie unfassbar dumm von mir, zu glauben, ich würde in dieser Stadt endlich Antworten bekommen. Bitte, lass das alles einen meiner verdammten Albträume sein!

Ich wehre mich gegen die Vorstellung, dass mein Vater tot ist. Dass er in meinen Armen gestorben ist, ohne dass ich ihm helfen konnte. Trotzdem weiß ich tief in mir, dass es keinen Zweifel gibt. Was ich gesehen habe, ist wahr, das spüre ich.

Größer als meine Fassungslosigkeit ist allerdings die Wut. Wut auf denjenigen, der das zu verantworten hat und Wut auf Mum, die mir die Chance genommen hat, Dad früher kennenzulernen. Jetzt ist es dafür zu spät.

Der Refrain des *Wellerman* unterbricht meine Gedanken. Erst halte ich es für Einbildung, dann drehe ich das Wasser ab und lausche: Tatsächlich, jemand singt. Scheinbar ist Lali zurückgekommen, und zwar in bester Laune. Für einen Moment bin ich versucht, sie einfach zu ignorieren und mich weiter in Selbstmitleid zu suhlen, aber die Vernunft siegt. Lali ist drauf und dran, die einzige Freundin zu werden, die ich je hatte, und ich habe keine Kraft, ihr etwas vorzuspielen. Vielleicht wird es sogar guttun, mit jemandem zu reden.

Ich steige aus der Dusche, trockne mich ab und werfe meinen blauen Plüschbademantel über, den ich oft in den kalten Nächten auf Flat Holm getragen habe, wenn der Wind so heftig über die Insel fegte, dass sogar die Möwen hin- und hergeworfen wurden wie Blätter. Zaghaft drücke ich die Türklinke hinunter.

Lali liegt auf ihrem Bett und hat die Nase in einem Buch vergraben. Als ich mich auf meine Matratze gegenüber fallen lasse, sieht sie auf.

„Was liest du da?“, frage ich schniefend. Selbst in meinen eigenen Ohren klinge ich erbärmlich.

Sofort klappt Lali das Buch zu. „Simone de Beauvoir, wieso?" Sie setzt sich neben mich auf die Bettkante.

„Passt irgendwie zu dir." Ich zwinge mich zu einem matten Lächeln.

Seufzend schüttelt Lali den Kopf. „Du siehst schrecklich aus! Ist es wegen 'nem Typen? Sag mir seinen Namen, dann rede ich ein Wörtchen mit ihm."

Obwohl mir gar nicht danach zumute ist, muss ich lachen. „Nein, ist es nicht." Aber Kyrils Augen flackern in meinem Gedächtnis auf und ich denke: Eigentlich ja doch.

Lali legt eine Hand auf meine Schulter, mehr nicht. Sie schweigt und gibt mir Zeit, mich zu sortieren. Worte für das Unbegreifliche zu finden. Und gerade, als ich denke, wie peinlich das ist, dass ich hier sitze und sie anschweige, völlig verheult und neben der Spur, sprudeln die Worte aus mir heraus. Ziemlich zusammenhanglos zwar, aber das scheint ihr nichts auszumachen. Sie hört mir aufmerksam zu, ohne sich zu regen. Ich zwinge mich, kein Detail auszulassen. Selbst, als ich von dem Toten erzähle, zuckt sie nicht einmal mit der Wimper.

„Ich brauche einen guten Psychiater, oder?", frage ich halb im Scherz und halb in der Hoffnung, dass sie zustimmt und mir so die deutlich unangenehmere Alternative erspart.

Aber Lali sagt nichts. Stattdessen nimmt sie mich in den Arm. Ich lege den Kopf auf ihrer Schulter ab und ihr weiches Haar kitzelt meine Wange. In diesem Moment wird mir bewusst, wie einsam ich bin. Wie lange mich niemand mehr so umarmt hat. Aus Mitgefühl und nicht, um unangenehme Fragen zu ersticken. Wieder steigen mir Tränen in die Augen, aber ich halte sie tapfer zurück und atme stattdessen Lalis schweren, süßlichen Duft tief ein.

Als sie sich wieder von mir löst, liegt ein schmerzvoller Ausdruck in ihrem Gesicht. „Nein, Runa. Alles, was du brauchst, ist Zeit."

Erneut regt sich Protest in mir. „Aber – "

„Was Kyril gesagt hat, ist wahr. Alles davon."

Mir fehlt die Kraft zum Widersprechen, deshalb schweige ich.

„Nur, dass du zu früh dran bist."

Ich sehe auf. „Ach ja?"

„Ja. Wir erben zwar die Anlagen für unsere Kräfte, aber erst am Institut werden sie aktiviert."

„Aktiviert? Wie denn das?"

„Durch den Kontakt mit dem Tod. Beim sogenannten Initiationsritual. Erst danach kannst du es spüren, wenn die Seelen Sterbender nach dir rufen."

Ich will wissen, was bei diesem ominösen Ritual passiert, aber dann drängt sich eine wichtigere Frage in den Vordergrund: „Warum geschehen dann jetzt schon all diese merkwürdigen Dinge mit mir?"

Lalis Mundwinkel sinken nach unten. „Das weiß ich nicht. Aber ich weiß, dass es gefährlich ist, wenn du deine Kräfte einsetzt, obwohl du sie noch nicht beherrschst. Sowohl für dich als auch für die Seelen."

Ich verstehe zwar nicht, was daran gefährlich sein soll, wenn sowieso nur Sterbende nach mir rufen, doch Lali lässt mir keine Gelegenheit für einen Einwand. „Ehrlich gesagt habe ich so einen Fall selbst noch nie erlebt. Ich denke, wir sollten uns an den Warden wenden, damit du in den nächsten Tagen Unterstützung bekommst – "

„Nein!“, unterbreche ich sie harscher als beabsichtigt. „Das möchte ich nicht.“ Ich will nicht schon wieder die Außenseiterin sein. Der komische Vogel von der Insel. Die mit den Albträumen. Die, mit der irgendwas nicht stimmt.

„Aber irgendjemand muss ein Auge auf dich haben.“

Ich stehe auf und streiche mir die Haare aus dem verweinten Gesicht. Mit dem Kopf deute ich in Richtung des Buchs, das noch auf Lalis Kopfkissen liegt. „Ach ja? Und was würde Simone dazu sagen, die Vorreiterin des Feminismus, wenn ich mich nicht täusche?“

Lali lacht und verdreht die Augen. „Weißt du, wenn ich dich nicht ziemlich gernhätte, würde es mich echt nerven, dass du so stur bist!“

Ich kann nicht verhindern, dass sich auch meine Lippen zu einem Lächeln biegen.

„In der Angelegenheit ist das letzte Wort noch nicht gesprochen“, mahnt Lali. „Aber jetzt lass uns erst mal vernünftig frühstücken.“

Als ich mich angezogen und fertig gemacht habe, hält Lali mir die Tür auf. „Lass mich mal überlegen“, murmelt sie, „wo wir am besten hingehen …“

Ich trete über die Schwelle und erschrecke, weil vor meinen Füßen ein in Papier eingewickeltes Paket liegt. Als ich es aufhebe und öffne, flutet mich Erleichterung: mein karierter Lieblingsschlafanzug!

Im gleichen Moment fällt am anderen Ende des Flurs eine Zimmertür zu. Kyril hält erschrocken inne und unsere Blicke kreuzen sich. Ob er mir eben den Schlafanzug vorbeigebracht hat? Und ob ihm jetzt, genau wie mir, klar wird, dass das alles, was letzte Nacht passiert ist, kein Albtraum war?

„Guten Morgen", begrüßt Lali ihn freundlich. Ich kann mich nur zu einem Kopfnicken durchringen.

„Hey", kommt es verschlafen zurück.

„Danke für den Schlafanzug", beginne ich. „Ich glaube, ich habe auch noch ein T-Shirt von dir – " Erst nachdem ich die Worte ausgesprochen habe, wird mir klar, wie zweideutig sie klingen. Ich spüre Lalis neugierigen Blick überdeutlich auf mir.

„Schon gut, kannst du behalten." Kyril schultert seine Tasche und will gerade die erste Stufe der Treppe nehmen, da hebt Lali eine Hand. „Kyril, warte mal …"

„Ja?" Er sieht sich nach uns um.

„Wir suchen was zum Frühstücken. Wie heißt noch mal das kleine Café, in das du so gerne gehst? Du weißt schon, das mit der niedlichen Blümchentapete."

Bei dieser Bemerkung schießt Kyril unübersehbar die Röte ins Gesicht. „*Clarinda's Tearoom*?"

„Genau!" Lalis Augen leuchten. „Das war irgendwo auf der Canongate, oder?"

„Ja. Über die High Street solltet ihr in einer guten Viertelstunde da sein."

„Kommst du mit? Du weißt doch, wie schlecht mein Orientierungssinn ist. Und so, wie die Küche aussieht, bin ich ziemlich sicher, dass du auch noch nicht gefrühstückt hast."

Die rote Gesichtsfarbe verdunkelt sich noch und auch mir wird plötzlich unangenehm warm. Was hat Lali da vor? Ich bin sicher, dass sie irgendwas im Schilde führt. Vielleicht denkt sie nach unserem Gespräch, es wäre gut, wenn ich mich mit Kyril ausspreche oder so. Dabei hat sie doch eben selbst gesagt, dass ich Geduld haben und auf das System vertrauen soll.

Resigniert lässt Kyril die Schultern hängen. „Na schön, ich wollte eigentlich in die Bibliothek, aber ich bringe euch noch schnell hin. Und, um das klarzustellen", er wirft mir einen Seitenblick zu, „ich mag das *Clarinda's* nicht wegen der Tapete, sondern wegen der hausgemachten Scones. Gegen Scones ist nichts einzuwenden, oder?"

„Und auch nicht gegen Blümchentapete", stichelt Lali.

Gegen meinen Willen muss ich schmunzeln. Die Stimmung lockert sich, während wir durch die Old Town spazieren. *Clarinda's Tearoom* verbirgt sich hinter einer unscheinbaren Ladenfront am Ende einer schier endlosen Straße, der Canongate. Wir kommen an einem kleinen Friedhof vorbei, dann sind wir da.

„Clarinda war übrigens eine gute Freundin von Robert Burns", erklärt Kyril. „Sie ist nebenan bestattet. Und im Café kann man nachlesen, wie die beiden sich kennengelernt haben – "

„Warum man niemals mit einem Historiker frühstücken gehen sollte, brauchst du nicht nachlesen", unterbricht ihn Lali. „Der Beweis wurde gerade erbracht."

Kyril verdreht schmunzelnd die Augen. „*Ihr* habt mich gebeten, mitzukommen. Bitte." Er hält die Tür auf.

Tatsächlich ist *Clarinda's Tearoom* einfach nur bezaubernd: alte Möbel, Rosenporzellan, Spitzendeckchen, goldgerahmte Porträts. Und natürlich besagte Millefleurs-Tapete. Wir setzen uns an einen Tisch in der hinteren Ecke und ich genieße das bisschen Normalität, das sich wie Balsam über die Wunden legt, die diese wenigen Tage in der Stadt meiner Vorfahren bereits aufgerissen haben. Nach einem üppigen Frühstück tupft sich Lali den Mund trocken. „Wir sollten ein Erinnerungsfoto machen!"

Kyril zieht eine Augenbraue hoch, aber er schweigt. Es entgeht meiner Mitbewohnerin trotzdem nicht.

„Jetzt hab dich nicht so! Für Runa ist das hier alles neu, bestimmt würde sie sich über ein Andenken freuen." Fragend dreht sie mir den Kopf zu.

„Ähm … klar, von mir aus." Ich taste nach meinem Smartphone in der Hosentasche und ziehe es hervor.

„Nicht mit dem Handy!", protestiert Lali. „Da verschwinden die Bilder doch bloß auf Nimmerwiedersehen im Datennirvana. Nein, wir machen Fotos in einer Fotobox. Bei *Boots* gibt es welche und ich brauche sowieso noch ein paar Sachen aus der Drogerie."

Zu meiner Überraschung ergibt sich Kyril in sein Schicksal und am Ende des Ausflugs halte ich tatsächlich einen Fotostreifen in den Händen, von dem mich ein missmutiger Kyril und eine strahlende Lali ansehen. Auf einem hat er Hasenohren, auf den anderen streckt sie die Zunge raus oder macht einen Kussmund. In der Mitte ich mit einem Gesichtsausdruck, der zwischen verhaltenem Lächeln und Fremdschämen schwankt. Und trotzdem kann ich nicht leugnen, dass mir der Schnappschuss mehr bedeutet als so gut wie jedes andere Foto, das ich jemals besessen habe.

## Gilmerton, 26 Tage nach dem 2. November 1590

*„Du hast dein Leben verwirkt."*

*Ein halbes Dutzend Männer sitzt im Halbkreis um mich herum, die Kapuzen tief in die Gesichter gezogen. Ich erkenne kaum mehr als ihre Augen, die mich feindselig anstarren. Dafür spüre ich die Hitze des Feuers überdeutlich. Nur einen großen Schritt entfernt von mir, in ihrer Mitte, prasseln seine Flammen. Doch Feuer ängstigt mich nicht mehr.*

*Entschlossen balle ich die Hände zu Fäusten. Die Nägel bohren sich in meine Haut und es kostet mich alle Selbstbeherrschung, überhaupt Worte zu finden. Am liebsten würde ich dem obersten Ältesten an die Kehle springen, ihm die alberne Robe vom Leib zerren und meine Wut einfach hinauslassen. Die Wut und den Schmerz. Über die Ideale, für die er steht, kann ich nur noch lachen. Denn ich weiß, dass sich hinter dem blasierten Gebaren ein feiger, alter Mann verbirgt.*

*Aber ich bringe nichts weiter hervor als: „Ihr begeht einen schweren Fehler."*

*„Du kennst die Regeln", kommt es donnernd zurück. „Du hast geschworen, sie zu befolgen und mit allem, was du hast, zu verteidigen."*

*„Und jetzt habe ich nichts mehr." Bitterkeit trieft aus meinen Worten. Von mir aus sollen sie mich foltern oder wegsperren. Keine Strafe könnte schlimmer sein als die Hölle, in der ich lebe.*

*„Ab heute gehörst du nicht mehr zu uns", sagt der Älteste. „Du bist geächtet. Keiner von uns wird je wieder mit dir sprechen, keiner von uns wird dich berühren." Er nickt einem der anderen zu, der auf sein Geheiß hin das Eisen ins Feuer hält. Der Brennstab ist geformt wie ein X. Er glüht rot, als er ihn aus den Flammen hebt.*

*Mein Herz hämmert schmerzhaft gegen meinen Brustkorb, wie zum Protest. Aber innerlich bin ich ganz ruhig. Angst ist ein Luxus derer, die etwas zu verlieren haben. Mein Stolz verbietet mir jede Regung und als der Vollstrecker meinen Hemdsärmel hochschiebt, sehe ich unablässig in seine kalten, leeren Augen. Für einen Moment frage ich mich, ob ich nicht dankbar sein sollte, ausgestoßen zu werden. Nicht länger zu denen zu gehören, die ich so verabscheue.*

*Das Metall verbrennt die Haut, der Schmerz schießt heiß in meinen Arm und der süßliche Geruch von versengtem Fleisch steigt mir in die Nase. Ich beiße mir auf die Zunge und schmecke Blut, aber ich bleibe stumm. Kein Schrei kommt über meine Lippen. Dann zieht der andere das Eisen weg und kühle Luft streicht wohltuend über die Wunde.*

*Erleichtert lege ich den Kopf in den Nacken und lache. Die Laute perlen nur so von meinen Lippen. Ich habe mich losgesagt. Sie werden mich nie wiedersehen. Und selbst die zerklüftete Decke der Höhle ist mir in diesem Moment ein grenzenloser Himmel.*

# Zwei Gärten
## KYRIL

Auf dem Weg zum Institut lasse ich mir mehr Zeit als nötig. Lali und Runa sind noch für ein paar Erledigungen in der Stadt geblieben – und das hätte ich auch tun sollen. Meine Schritte schlurfen resigniert über das Pflaster, seit ich eben mein E-Mail-Postfach abgerufen habe: Die Absage für das Stipendium hat mich kalt erwischt. Meine Noten sind tadellos und Ruben war so zuversichtlich gewesen. Aber offenbar hat das Thema meiner Abschlussarbeit einfach *nicht genügend Relevanz.*

Allein beim Gedanken an diese fadenscheinige Begründung steigt bittere Galle in mir auf. Wie es aussieht, werde ich wohl oder übel bald wieder vom Geld meines Vaters abhängig sein.

Der Avicenna Quad, der hinterste der Innenhöfe, ist bereits voller Menschen. Wie Ameisen laufen Studierende kreuz und quer über den Platz und bauen das riesige Zelt für die *Freshers' Fair* auf – die Messe, mit der jedes Jahr die Neulinge am Institut begrüßt werden. Wenn Ruben nicht darauf bestanden hätte, dass ich wegen meiner Abschlussarbeit davon ausgenommen bin, wäre ich jetzt auch mit den Vorbereitungen beschäftigt. Tränen steigen mir in die Augen. Das alles erscheint mir nicht mehr wichtig. Und weshalb sollte ich an einem Essay weiterschreiben, wenn es ohnehin niemanden interessiert und mein betreuender Professor tot ist?

Trotzdem ist mein Schreibtisch im Lesesaal der einzige Ort, an dem ich mich sicher fühle. Zwischen den anderen, die nichts von alledem ahnen, kann ich für einen Moment vergessen. Dort werde ich bleiben bis zum Abend. Bis ich im Schutz der Dunkelheit aufbrechen kann, um herauszufinden, was Ruben zugestoßen ist. Ich werde seinen Mörder finden. Das habe ich mir heute Nacht, nachdem ich ihn in sein Haus gebracht habe, geschworen.

Mein Blick gleitet weg von den Menschenmassen und über den Friedhof, einen kleinen, abgeschiedenen Teil des Parks, der an den Quad grenzt. Ich will mich wieder umdrehen, aber etwas lässt mich innehalten: Hinter den Buchsbaumhecken blitzt Tristrams rötlicher Schopf hervor.

Ich zögere einen Moment. Vielleicht will er allein sein. Aber dann biege ich doch ab. Es ist beschissen, allein zu sein, wenn es einem nicht gut geht.

Das taubedeckte, hohe Gras raschelt unter meinen Schritten und Feuchtigkeit sickert durch meine Hosenbeine. Tristram sitzt auf der Holzbank mit Blick auf die Gräber, die von einem niedrigen Eisenzaun umschlossen sind. Er dreht sich nicht um, als ich hinter ihm stehen bleibe und die Hände in den Hosentaschen vergrabe. Zwischen knorrigen alten Platanen ragt ein halbes Dutzend Steinkreuze aus vergangenen Jahrhunderten in die Höhe. Dazwischen ein einzelner, viel jüngerer Gedenkstein.

Der weiße Granit funkelt in der Vormittagssonne. Von hier aus kann man die Inschrift nicht lesen, aber ich kenne sie ohnehin auswendig: *Isobel Alistair. 30/05/2003–19/10/2022. Sadness Is But a Wall Between Two Gardens.*

Ich schlucke das Brennen in meiner Kehle hinunter und lege eine Hand auf Tristrams Schulter. Unter meiner Berührung sackt er ein wenig in sich zusammen, dann dreht er sich nach mir um. Auf seinen Lippen liegt ein leichtes Lächeln. „Hey. Du sahst auch schon mal besser aus."

„Schlimme Nacht", sage ich, sonst nichts. Dabei würde ich zu gern mit jemandem sprechen, meinem besten Freund erzählen, dass Ruben ermordet wurde. Aber einerseits ist es wohl besser, wenn ich Tris vorerst nicht mit hineinziehe. Und andererseits ist jetzt bestimmt nicht der richtige Zeitpunkt. Das hier ist sein Rückzugsort, nicht meiner.

Schweigend setze ich mich neben ihn. Es gibt keine Worte, die ungeschehen machen könnten, was letztes Jahr passiert ist, und inzwischen habe ich mich an die Hilflosigkeit gewöhnt. Es gibt bessere und schlechtere Tage und mir bleibt nichts anderes übrig, als zu warten, bis die Zeit seine Wunden heilt. Und in den letzten Wochen habe ich die Hoffnung gefasst, dass das tatsächlich irgendwann geschehen könnte.

Ich räuspere mich. „Wie war's im Museum?"

Tris zieht einen Mundwinkel hoch. „Du warst da doch öfter als ich."

„Du weißt, was ich meine."

„Ja, weiß ich." Er klingt erschöpft.

Die Sonne fällt durch das Geäst über unseren Köpfen und das Spiel aus Licht, Schatten und sanft rieselnden Blättern verleiht dem Ort etwas Unwirkliches. Ich atme die klare Luft tief ein. „Ich denke, du solltest Runa zu einem Kaffee einladen."

Tristram schnaubt. „Eigentlich hatte ich den Eindruck, du magst sie nicht besonders."

Entschuldigend ziehe ich einen Mundwinkel hoch. „Dein Geschmack war schon immer eigenartig."

Tristrams heiseres Lachen erfüllt den Moment. Er kennt mich viel zu gut, um mir meine direkte Art übelzunehmen.

„Vielleicht nach der *Freshers' Fair*?", schiebe ich hinterher. „Ich glaube, es geht gleich los."

Ich halte inne und überlege, wie ich noch einmal das Thema ansprechen kann, das seit letztem Herbst zwischen uns steht – die Tatsache, dass Tris sich keine professionelle Hilfe suchen will, weil er fürchtet Izzy dann für immer zu verlieren. Und ich kann das nachvollziehen – selbst wenn eine verdammte Seele nur noch ein Schatten der verstorbenen Person ist, ist das vielleicht besser als nichts. Seit ihrem Tod begleitet ihn Izzy auf Schritt und Tritt, aber sie zehrt auch von seiner Energie, weshalb er nie wieder richtig glücklich sein wird, wenn er sie nicht loslässt.

Die passenden Worte wollen mir nicht einfallen und ich habe Angst, Tris zu verärgern. Angst um unsere Freundschaft, die in letzter Zeit schon zu viel aushalten musste. Also schweige ich und stehe auf.

Tris bleibt sitzen. „Ich komme nach, ja? Gib mir noch einen Moment."

„Okay. Ich gehe noch eine Runde spazieren und warte dann am Zelt auf dich." Mit diesen Worten drehe ich mich um und schlendere zum Quad zurück.

# Falsche Freunde

## RUNA

„Voilà.“ Lali macht eine ausladende Handbewegung und bleibt ein paar Meter vor dem riesigen weißen Zelt stehen, das fast den gesamten Innenhof bedeckt. „Wir befinden uns auf dem Avicenna Quad, dahinter liegt der Park mit dem Wildgehege.“ Sie deutet auf einen mit intensiv blauen Blumen übersäten Grünstreifen hinter dem Zelt. „Sehr idyllisch, das musst du dir mal ansehen. Aber nicht heute. Heute gehen wir auf die *Freshers' Fair*!“ Obwohl mir nach *Clarinda's Full Scottish Breakfast* mit Porridge, Baked Beans, Würstchen und *Square Sausage* jede Bewegung zu viel ist, lasse ich mich von Lali mitziehen.

Drinnen ist es stickig und basslastige Musik wummert aus den Boxen. Die *Freshers' Fair* ist genau das, wonach sie klingt: ein flirrender Jahrmarkt aus fremden Stimmen und Gesichtern. Noch bevor ich die neuen Eindrücke verarbeitet habe, kommt ein Pärchen im Regency-Kostüm auf mich zu. Er trägt Frack und Zylinder, sie ein ausladendes Kleid mit Reifrock. Im nächsten Moment drücken sie mir eine Broschüre in die

Hand, so schnell, dass ich nicht mal sagen kann, wer von beiden es war.

Lali schnalzt mit der Zunge und schiebt mich weiter. „Verschwende deine Zeit nicht mit den Nerds. Oder interessierst du dich etwa für historisches Live-Rollenspiel?"

„Ähm ... nicht unbedingt. Ich habe auch gar keine Zeit für einen Club, weil ich mir dringend einen Nebenjob suchen muss, um – " Weiter komme ich nicht, denn schon wieder ruft uns irgendjemand etwas zu. „Willkommen am Aconite! Wir sind der Debattierclub. Wollt ihr auf dem Laufenden bleiben? Tragt einfach eure E-Mail-Adresse hier ein." An jedem Stand versuchen Studierende, mich für ihre Gruppe oder ihren Verein zu gewinnen. Von Improvisationstheater über Polo und Schach ist alles vertreten. Es gibt Gratiskugelschreiber, alkoholfreie Cocktails und jede Menge Flyer, die ich in dem Jutebeutel verstaue, den ich praktischerweise beim Buchclub geschenkt bekommen habe. Der könnte sogar etwas für mich sein – irgendwann, wenn ich mich eingelebt habe.

„Nicht schlecht, oder?" Lali reicht mir einen Becher mit hausgemachter Limonade von der improvisierten Bar, die nur aus einer Bierbank, einem Tisch und einer schwarzen Husse besteht.

Ich nicke und nippe an meinem Getränk.

Sie mustert mich mit gespitzten Lippen. „Du bist der sportliche Typ, würde ich sagen – Volleyball vielleicht? Oder Schwimmen? Cross-Country Mountainbiking?"

Ich unterdrücke ein Lachen. „Deine Menschenkenntnis scheint heute nicht sehr zuverlässig zu sein: Ich hasse Sport." *Das ist nicht wahr,* protestiert etwas in mir, *früher bist du bei ruhiger See gerne geschwommen.*

„Dann lieber etwas Musisches?“, fragt Lali. „Was hältst du von Aquarellmalerei oder Fotografie?“

„Um ehrlich zu sein, wollte ich mich vor allem auf das Studium konzentrieren.“ Ich trinke noch einen Schluck aus meinem Becher.

Lali wirft mir einen ungläubigen Blick zu und wir schlendern weiter. An der Stirnseite des Zeltes sticht mir ein Stand ins Auge, der doppelt so groß ist wie die anderen. Über dem Klapptisch prangt ein schwarz-silbernes Banner: *Oriendo Morior, Moriendo Orior.* Ich war zwar nie besonders gut in Latein, aber wenn ich richtig liege, müsste das so viel heißen wie: *Im Entstehen vergehe ich, im Vergehen entstehe ich.*

Vorsichtig stupse ich Lali an. „Was ist das für ein Club? Ciceros Freunde?“

Sie schüttelt den Kopf, aber das erwartete Lachen bleibt aus. „Fast. Das ist der Stand der *Nox Aeterna* – die einzige Studentenverbindung am Aconite. Alter Geldadel, lauter verwöhnte Söhne und Töchter. Glaub mir, zu denen willst du nicht gehören.“

Das stimmt zwar, aber mein Interesse ist jetzt erst recht geweckt. Ich lasse den Blick aus der Ferne über die Broschüren in der Auslage gleiten, kann aber nicht viel erkennen. Gerade, als ich weitergehen will, fixiert mich die junge Frau hinter dem Stand. Mit einem Mal fühle ich mich völlig fehl am Platz. Was suche ich eigentlich hier? Selbst, wenn ich wollte, könnte ich nie zu einer so elitären Gruppe dazugehören.

Ich lächle entschuldigend, spüre, wie mir das Blut in den Kopf schießt, und drehe mich hastig wieder zu Lali um. Die verbrauchte Luft, die fremden Menschen, das alles ist mir gerade zu viel.

Sie mustert mich besorgt. „Geht's dir nicht gut?"

„Doch, ich muss nur mal frische Luft schnappen."

„Soll ich mitkommen?"

„Nein, es geht schon. Danke." Mit diesen Worten dränge ich mich durch die Menge zum Ausgang des Zeltes.

Draußen ist es angenehm kühl. Ich schlendere über den Weg, der zum Park führt, dann halte ich inne. Vielleicht sollte ich einfach zurück auf mein Zimmer gehen, denn ich habe keine Lust, irgendeinem Club beizutreten und ich bin so müde, als hätte ich tagelang nicht geschlafen. Und genau genommen ist das auch der Fall.

Gerade, als ich mich frage, ob es sehr unhöflich wäre, zu gehen, ohne mich von Lali verabschiedet zu haben, höre ich Schritte hinter mir. Sicher wird meine Mitbewohnerin Verständnis haben, wenn ich ihr sage, dass ich mich nicht gut fühle. Mit einem erleichterten Seufzer drehe ich mich um.

Aber hinter mir steht nicht Lali, sondern die Frau von vorhin. Sie trägt einen Pullover, auf dem neben dem Institutswappen – zwei überkreuzte, gekrönte Eisenhutdolden – auch das lateinische Banner aufgestickt ist, und ist vielleicht ein bisschen älter als ich. Der Wind weht ihr ein paar kastanienbraune Strähnen ins Gesicht.

„Hi", sagt sie und streckt mir ihre Hand hin. „Ich bin Dilan."

„Runa." Ich muss mich zwingen, ihr ebenfalls die Hand zu geben. Ihre Finger liegen kühl und steif in meinen.

„Du bist ein *Fresher*, oder?"

Ich nicke, obwohl ich sicher bin, dass ihre Frage rhetorisch war.

„Wir bieten ein Stipendium für Erstsemester an, ich dachte, vielleicht interessiert dich das."

Mein Herz schlägt ein bisschen schneller, aber bevor ich etwas sagen kann, fährt Dilan fort: „Allerdings können sich nur Mitglieder der *Nox Aeterna* bewerben. Wir treffen uns regelmäßig. Schau doch mal vorbei, wenn du möchtest. Zum Beispiel Donnerstag Nachmittag. Ich könnte dich hier abholen?" Sie zwirbelt eine Haarsträhne um ihren Zeigefinger und ich bemerke, dass sie einen silbernen Siegelring an der linken Hand trägt.

Weil ich plötzlich einen Kloß im Hals habe, schlucke ich. Die Stimme meines Verstandes wird immer lauter: *Jetzt sag schon* Ja*! Was hast du denn zu verlieren?* Aber irgendetwas hält mich zurück. Vielleicht die Tatsache, dass Dilan während unseres Gesprächs kein einziges Mal gelächelt hat.

Gerade als die Stille unangenehm wird, mischt sich eine weitere Stimme ein. „Dilan! Lass sie in Ruhe."

Es ist Kyril. Ich drehe mich um und sehe, dass er vom Park aus zielstrebig auf uns zuläuft. Anscheinend hält er sich für meinen Babysitter. Peinlich berührt wende ich mich wieder ab.

Dilan wirft ihr langes Haar über eine Schulter und begrüßt Kyril mit einem warnenden Blick. „Halt dich doch einfach aus Dingen raus, die dich nichts angehen, Ironmonger."

Er macht noch einen Schritt auf sie zu. „Nein, *du* hältst dich da raus. Ich meine es ernst."

Obwohl ich eben noch genervt war, dass er sich einmischen will, steigt jetzt ein mulmiges Gefühl in mir auf. Was geht hier vor sich? „Danke, aber ich kann auf mich selbst aufpassen", bringe ich leiser als beabsichtigt hervor.

Kyril beachtet mich gar nicht. Er sieht Dilan so eindringlich an, als wäre das ein Wettstarren und ich weiß nicht, ob ich das dämlich oder beängstigend finden soll.

Plötzlich durchschneidet ein spöttisches Lachen meine Gedanken. „Was ist? Hast du schlecht geschlafen, Ironmonger? Hat Mummy wieder vergessen, das Licht anzulassen?"

Kyrils Atmung beschleunigt sich hörbar und er ballt die Hände zu Fäusten. Ich hätte nicht gedacht, dass er sich so leicht aus der Fassung bringen lässt, aber Dilan scheint einen wunden Punkt getroffen zu haben. Seine Stimme bebt, als er antwortet. „Du wirst die Finger von ihr lassen, hast du verstanden?"

Sie lächelt engelsgleich. „Gott, das ist ja putzig. Und ich dachte, du hättest ein Herz aus Stein."

Plötzlich legt mir jemand von hinten eine Hand auf die Schulter. Ich zucke zusammen, drehe mich um und sehe in Tristrams Gesicht.

„Hey, alles in Ordnung?"

Ich nicke stumm und sehe irritiert wieder zu Kyril. Unsere Blicke kreuzen sich für eine Millisekunde, dann wendet er sich ab.

Auch Dilan dreht sich um und läuft an mir vorbei. „Wir sehen uns." Mit diesen Worten verschwindet sie in Richtung des Zeltes.

Die Jungs starren sich schweigend an, aber die Luft ist wie elektrisiert. Voller ungesagter Worte. Gerade als ich die absurde Stille durchbrechen will, um mich zu verabschieden und endlich zurück in mein Zimmer – und mein Bett – zu kommen, ruft Kyril laut: „Verdammt!"

Ich weiß nicht, ob ich ihn schon mal habe fluchen hören.

„Entschuldige", schiebt er hinterher. „Ich muss weg."

Ohne ein weiteres Wort dreht Kyril sich um und läuft in den Park. Ich sehe gerade noch, wie er halb hinter einer der alten

Platanen verschwindet, dann löst er sich auf. Entweder bin ich so müde, dass meine Augen mir einen Streich spielen, oder genau das passiert: Kyril geht weg, eine seiner dunkelblonden Locken wirbelt im Wind und im nächsten Moment zersplittert der Anblick in tausend Scherben, die flimmern wie das Rauschen eines kaputten Fernsehers. Gleich darauf ist er verschwunden.

Ich sehe ihm nach und bemerke erst nach einer Weile, dass mein Mund offen steht. Und, dass Tristram mich immer noch ansieht. „Was in Gottes Namen – “

Aber noch während ich in Gedanken ein Dutzend Fragen formuliere, dämmert es mir: Kyril hat gesagt, er sei ein *Schattenspringer*. Und genau das hat er gerade getan. Aber was er kann, müsste ich auch können. Zum Beispiel, um mich ungesehen durch das Institut zu bewegen und herauszufinden, wer Ruben Leblanc wirklich war – und wer einen Grund gehabt hätte, ihn zu töten.

Tristram räuspert sich „Ich glaube, er muss noch an seinem Essay arbeiten. Möchtest du zurück zur Fair, oder sollen wir vielleicht einen Kaffee – “

„Gern“, sage ich, bevor er seinen Satz beenden kann und obwohl ich sicher bin, dass Kyril nicht an den Schreibtisch gesprintet ist. Kaffee ist genau das, was ich jetzt brauche, um einen klaren Kopf zu bekommen. Und wenn ich Lali eine WhatsApp-Nachricht schicke, wird sie mir bestimmt nicht übel nehmen, dass ich nicht wieder zurückgekommen bin.

Eine Viertelstunde später betreten Tristram und ich den *Edinburgh Press Club*, ein gemütliches Café mit rustikalen Backsteinwänden, Möbeln im Industrialstil und alten Schreibmaschinen als Deko. Ich lasse mich auf den Stuhl an einem der runden

Tische fallen, atme das herbe Aroma der gerösteten Kaffeebohnen tief ein und fühle mich sofort wohl.

Tristram setzt sich mir gegenüber und blättert durch die Getränkekarte, ohne hinzusehen. „Der Kaffee ist hier wirklich gut, ansonsten kann ich die Ingwerlimonade empfehlen ..."

Ich schenke ihm ein Lächeln. „Kaffee klingt perfekt."

Als der Kellner kommt und unsere Bestellung aufnimmt, fühle ich mich wie eine ganz normale Studentin. *Siehst du, Mum,* schießt es mir durch den Kopf, *ich hab's doch geschafft: Hier sitze ich, in einem Café in Edinburgh und in ein paar Tagen fängt mein Studium an.*

Aber dann fällt mir wieder ein, dass meine mickrigen Ersparnisse nicht mehr lange reichen werden und ich, wenn mir kein Plan B einfällt, den Traum vom Jurastudium getrost vergessen kann. Selbst wenn die Gebühren am Aconite gering sind, kann ich nicht nur von Luft und Liebe leben. Vielleicht frage ich nachher mal an der Theke, ob hier zufällig eine Aushilfe gesucht wird. Auch Dilans Angebot schwirrt mir noch durch den Kopf. Ein Stipendium käme für mich einem Lottogewinn gleich.

Der Kellner stellt den Kaffee vor uns ab und ich bedanke mich. Als ich meine Hände um die warme Tasse schließe, wallt Dankbarkeit in mir auf. Ich bin kaum ein paar Tage hier und schon habe ich Menschen gefunden, die mich mögen. Bekanntschaften, aus denen irgendwann Freunde werden könnten. Na gut, vielleicht nicht aus allen ...

Ich räuspere mich. „Tris, kann ich dich etwas fragen?"

Er hebt die Augenbrauen und wirkt für einen Moment verlegen, dann lächelt er. „Klar doch."

„Was ist zwischen Kyril und Dilan vorgefallen?“

Seine Mundwinkel bewegen sich ein Stück nach unten und plötzlich wirkt Tristram müde. „Das ist eine lange Geschichte, aber es ist vielleicht wirklich besser, wenn du dich von der Verbindung fernhältst …“

„Ich habe Zeit.“

„Es ist aber auch nicht meine Geschichte, weißt du?“ Er überlegt einen Moment. „Kyril und Dilan sind schon lange Konkurrenten, weil sie beide für Professor Leblanc arbeiten.“

Beim Klang des vertrauten Namens legt sich eine unsichtbare Last auf meine Schultern. Am liebsten würde ich Tristram auf der Stelle mein Herz ausschütten, aber ich habe Angst, dass er mich, wie Lali, drängt, die Sache öffentlich zu machen. Außerdem sitzen wir in einem belebten Café – ich kann doch nicht einfach sagen: *Gestern ist ein Mensch in meinen Armen gestorben und ich hab keine Ahnung, was ich tun soll.* Also beschließe ich, zu schweigen, ihn reden zu lassen und die Sache selbst in die Hand zu nehmen. Gleich heute Nacht.

„Die Hilfskraftstellen sind rar gesät und die Promotionsplätze sowieso“, fährt Tristram fort. „Dazu kommt, dass Kyril schlechte Erfahrungen mit den *Nox Aeterna* gemacht hat.“

Ich horche auf. „Dieser Studentenverbindung? Wie das? Wollte er beitreten?“ Das passt so gar nicht zu dem Bild, das ich bisher von ihm habe.

„Nein.“ Tristram schüttelt entschieden den Kopf. „Er hatte den Verdacht, dass die Noxe am Institut mehr Einfluss haben, als sie haben sollten. Es ging um Bestechung, aufpolierte Noten und so was.“

„Ist da was dran?“

„Ich weiß es nicht, aber Kyril wollte das unbedingt beweisen. Sich undercover einschleusen."

Jetzt rutscht mir das Herz in die Hose. *Undercover* klingt ziemlich gefährlich. „Was ist passiert?"

Tristram seufzt und legt seine Hände auf der Tischplatte ab, die Handflächen nach oben. „Tut mir leid, aber dazu kann ich nichts sagen."

Es sieht so aus, als wollte er noch etwas hinzufügen, etwas wie *Frag ihn am besten selbst*, aber wahrscheinlich weiß Tristram genauso gut wie ich, dass das zwecklos wäre.

Ich stütze den Kopf in eine Hand und rühre lustlos in meinem Flat White herum, bis von der kunstvollen Latte Art nichts mehr zu sehen ist.

„Hey." Tristram klingt bedrückt. „Ich meine das nicht böse – "

„Ich weiß. Aber es ist einfach ein … dämliches Gefühl, wenn einem niemand irgendetwas sagt. Ich bin doch kein Kind mehr!" Ich sehe ihn an. So direkt, dass ich die hellen Sprenkel auf seinen Iriden erkennen kann.

Er lächelt sanft. „Bald wird alles Sinn ergeben, versprochen." Er sagt das in verständnisvollem Tonfall, sodass ich ihm fast glaube.

„Nach dem ominösen Initiationsritual, meinst du? Lali hat mir davon erzählt."

Tristram nickt.

„Über das du mir wahrscheinlich auch nichts sagen darfst?"

Noch ein Nicken, diesmal begleitet von einem schelmischen Zucken seiner Mundwinkel. Ich lache, weil diese Unterhaltung, die genau genommen gar keine ist, sich so unwirklich anfühlt.

Tris beugt sich ein Stück näher an mich heran. „Leider darf ich dir nichts verraten, aber keine Sorge, es läuft meistens alles glatt." Gleich darauf scheint ihm bewusst zu werden, dass das genau die falschen Worte waren, und seine Züge erstarren.

„Meistens?", frage ich atemlos zurück. „Ist dabei denn schon mal was schiefgegangen?"

Die Stille, die sich zwischen uns ausbreitet, ist mir Antwort genug. Schlagartig verfliegt jedes Gefühl von Behaglichkeit und Normalität.

„Tristram, du musst mir sagen, was da auf mich zukommt!" Ich sehe ihm so direkt in die Augen, dass Ausflüchte unmöglich sind.

„Meine Freundin", beginnt er heiser. „Sie ist ums Leben gekommen."

Das fühlt sich an wie ein Schlag ins Gesicht. Ich schlucke schwer und zwinge mich zu einem leisen „Das tut mir leid." Obwohl die Worte hohl klingen, meine ich es ernst. Eigentlich sollte wohl meine Angst überwiegen, aber wie Tristram dasitzt, in sich zusammengesunken, den Kopf gesenkt, tut er mir einfach unendlich leid. Am liebsten würde ich ihn umarmen, aber der Tisch steht zwischen uns. Also strecke ich nur die Hand aus und taste nach seinen Fingern, die immer noch auf der Tischplatte liegen. Er umschließt meine und sieht auf. Da ist zu viel Hoffnung in seinem Blick.

Mein Herz zieht sich panisch zusammen. Das ist nicht fair von mir, obwohl ich in ihm nicht mehr als einen Freund sehe. Was nur eine unverfängliche Trostgeste sein sollte, fühlt sich plötzlich zu intim an. Und ich habe zu wenig Erfahrungen mit Gleichaltrigen, um sagen zu können, wo die Grenze liegt.

Die Gedanken schwirren zusammenhanglos durch meinen Kopf, während ich verzweifelt versuche, mich wieder auf unser Gespräch zu besinnen. Die Initiation, seine Freundin …

„Also ist es gefährlich?", hake ich nach.

Tristram atmet lange aus. „Eigentlich nicht. Es war ein Unfall, Izzy konnte nichts dafür. Ich meine … niemand konnte etwas dafür. Glaub mir, so was wird sicher nicht noch einmal passieren." Er drückt vorsichtig meine Hand.

Ich nicke stumm, ziehe die Finger zurück und trinke meinen Kaffee aus. Erst als wir bezahlen – Tristram lädt mich trotz Protest ein – fällt mir auf, dass er die Frage damit genau genommen gar nicht beantwortet hat.

Wir verlassen den *Press Club* und schlendern die malerisch gewundene Cockburn Street wieder hinauf in Richtung Institut.

„Vermisst du deine Familie? Oder deine Heimat?", fragt er plötzlich. „Wenn mir alles zu viel wird, gehe ich meistens eine Runde joggen. Durch einen der Parks oder am Arthur's Seat entlang …"

„Leider bin ich ziemlich unsportlich – und genau genommen auch ganz froh, dass ich mal Ruhe vor meiner Familie habe", erwidere ich. „Hast du Geschwister?"

Tristram erzählt von seinen vier älteren Schwestern und Brüdern, die Ärztinnen oder Anwälte sind und in der ganzen Welt verstreut leben, und ich von Rose. „Sie schreit, schläft und macht in die Windel. Damit weißt du auch schon über alles Bescheid."

Er lacht und hakt sich bei mir ein. Zum Glück fragt er nicht nach meinem Vater, den ich in der Erzählung ausgelassen habe.

Ich erwähne sogar den Streit mit Mum und die Geldsorgen, obwohl es mir sonst immer unangenehm ist, darüber zu sprechen. Bei Tris kann ich ganz offen sein.

„Wenn du willst, höre ich mich mal wegen eines Nebenjobs um", meint er. „Das Institut ist eigentlich immer auf der Suche nach Aushilfen für die Bibliothek oder die Küche."

„Danke, das wäre super." Ich schenke Tristram ein ehrliches Lächeln und bin versucht, ihn noch tausend andere Dinge zu fragen; nach meinen Kräften, nach Ruben Leblanc oder nach dem, was mich in den kommenden Wochen erwartet. Aber die Herbstsonne kitzelt meine Nase, der Wind treibt ein paar Blätter den Berg hinauf und die Statue des Golden Boy thront funkelnd auf einem fernen Kuppeldach. Der Vormittag ist zu schön, um ihn mit Fragen kaputt zu machen.

Tristram bringt mich auf den Lucusta Quad und bis in den Flügel, in dem unsere Apartments liegen. Am Treppenabsatz vor dem Flur bleibt er plötzlich stehen.

„Ich muss noch ein paar Sachen erledigen, du findest den restlichen Weg ja sicher allein." Er lächelt und schiebt die Hände in die Hosentaschen.

„Auf jeden Fall. Danke fürs nach Hause bringen."

„Danke fürs Zuhören."

Ich will etwas sagen, aber mein Kopf ist plötzlich leer, also nicke ich nur.

Auch Tristram schweigt. Sein Blick huscht für einen Moment zu meinen Lippen, dann sieht er mir wieder in die Augen. Seine Wangen nehmen plötzlich Farbe an. „Ich hoffe, wir wiederholen das bald."

„Von mir aus gern."

Ich kann sehen, dass er schluckt. „Runa …“ Er streckt eine Hand aus, hält kurz inne, wie um sich zu vergewissern, dass ich nicht zurückweiche, und streicht mir eine Haarsträhne aus der Stirn. Die Berührung ist so ungewohnt, dass ich erstarre und viel zu perplex bin, um zu reagieren.

„Es wird alles gut, versprochen.“ Tristrams Stimme stockt. Er beugt sich zu mir.

Sein Gesicht kommt meinem immer näher und ich weiß nicht, ob ich den Kopf wegdrehen oder einfach abwarten soll, was passiert. Ich weiß nur, dass ich Tristrams Worte glauben will. Weil mir das viel leichter fällt, wenn sie aus seinem Mund kommen, statt sich in meinem eigenen Kopf in einer Endlosschleife nichtssagend zu wiederholen.

Ich bemerke die Sommersprossen auf seinen Wangen, die mir vorher nie aufgefallen sind, und den rotbraunen Schimmer seiner Wimpern, als Tristram die Augen schließt. Mir wird ein bisschen schwindelig, dann geht mit einem Mal alles ganz schnell. Eine Hand legt sich kühl an meine Wange und etwas Warmes berührt meinen Mund. Hitze schießt mir ins Gesicht. *So fühlt es sich also an, geküsst zu werden.* Aber ist das hier richtig oder falsch? Ich kann es nicht sagen und ich kann auch nicht mehr denken, weil das dumpfe Pochen meines Herzens alles übertönt. *Mein Gott, Runa, was ist nur los mit dir?*

Ich versuche, die Gedanken abzuschalten und mich fallen zu lassen, aber da drängen die Bilder der letzten Nacht mit aller Macht wieder an die Oberfläche. Die schönen, nicht die schrecklichen: Arme, die mich auffangen, Hände, die mich halten. Ein Herz, das unter meiner Wange ein gleichmäßiges Stakkato schlägt.

Als Tristrams Zungenspitze über meine Lippen fährt, fühle ich mich noch einsamer als zuvor. Und ich begreife, dass ich einen Fehler gemacht habe.

Ruckartig ziehe ich den Kopf zurück. Verdammt. Irgendetwas stimmt mit mir ganz und gar nicht.

Denn plötzlich kann ich nur noch an Kyril denken.

## *Melrose Abbey Gardens, viereinhalb Monate nach dem 2. November 1590*

*Die Luft ist geschwängert von der schweren Süße der Pfingstrosen und in den Pfützen auf dem ausgetretenen Kiesweg spiegelt sich der Vollmond. Sein Schein fällt durch die gotischen Fenster, taucht die Ruine der Abtei in gespenstisches Licht.*

*Ich bin nicht zum Lustwandeln hier und doch bleibe ich stehen und rieche an einer Blüte. Sie liebte Blumen so sehr. Jeden Tag stand ein frischer Strauß auf dem Tisch im Speisezimmer. Nun wird der Duft von Rosen sie nie mehr erfreuen.*

*Ich drehe mich um und sehe in ihr mondbeschienenes, verkohltes Gesicht – gerade lange genug, dass sich das Bild unauslöschlich in mein Gedächtnis brennt. Sie weiß, dass ich ihren Anblick nicht ertrage, deshalb bleibt sie stets ein paar Schritte hinter mir. Trotzdem schnüren mir Schmerz und Reue beständig die Kehle zu. Es ist wie in jeder Nacht der letzten Monate: Nur wenn ich mich darauf konzentriere, was vor mir liegt, warum ich hier bin, lässt der Druck auf meinen Brustkorb nach und ich kann wieder atmen.*

*Ich gehe weiter. In dem verlassenen Klostergarten interessieren mich nur die Arzneipflanzen. Die, deren Blätter man trocknen und mahlen kann. Aus denen man Pulver bereitet, welche in geringer Menge heilen und in der richtigen Dosis töten. Besonders solche, die das quälend langsam tun.*

*Mein Herz schlägt höher beim Anblick der blauen Eisenhutdolden, die im Nachtwind hin- und herwiegen. Man mischt sie in Salben, die Lepra heilen sollen, aber sie bewirken noch mehr. Andächtig streiche ich mit den Fingern über die anmutigen Blüten. Fast bilde ich mir ein, ihre samtige Textur durch den Handschuh hindurch zu spüren. Ein wohliger Schauer rieselt über meinen Rücken. Zufrieden lasse ich die letzten Monate im Geiste noch einmal Revue passieren: Dem Richter habe ich einen gnädigen Tod gewährt. Er ist im Schlaf erstickt, denn er war bloß ein Werkzeug und ich bin kein Unmensch.* Dimitte illis; non enim sciunt quid faciunt – *vergib ihnen, denn sie wissen nicht, was sie tun. Derjenige, der das Feuer am Scheiterhaufen entzündet hat, ist durch den Dolch gestorben – denn er sah mit eigenen Augen, was er vollbrachte, und es ist gerecht, dass er Schmerzen litt.*

*Aber das Beste habe ich mir bis zum Schluss aufgehoben. Für die wahren Schuldigen; die Männer, die meine Hilfe suchende Hand herzlos weggeschlagen haben. Ihnen stehen Krämpfe und Lähmungen bevor. Erst versagt die Zunge, dann das Herz.*

*Vorsichtig zupfe ich eine der Blüten vom Stängel. So ist es viel befriedigender, als irgendeine Tinktur zu kaufen, die man leicht genug bekommen kann, wenn man, wie ich, vermögend ist. Ich schließe für einen Moment die Augen. Das Kraut selbst zu ernten, zu trocknen und zu zerreiben, erfüllt mich mit einem Gefühl, das mich an Glück erinnert. Glück, wie ich es früher gekannt habe. Dieser flüchtige Rausch rechtfertigt alles.*

*Ich drehe mich um und schaffe es, meiner Tochter ein Lächeln zu schenken.*

# Vor aller Augen

## KYRIL

„Möchtest du hier drin übernachten?“ Liz deutet mit dem Kopf zu den deckenhohen Fenstern an der Westseite der Bibliothek, wo nur noch ein leichter rötlicher Schimmer davon zeugt, dass die Sonne schon vor einer Stunde untergegangen ist.

Ohne eine Miene zu verziehen, halte ich den Blick der Bibliothekarin. Auch, wenn sie genervt klingt, weiß ich, dass sie insgeheim eine Schwäche für mich hat. Und ich bin mir nicht zu schade, dass heute ausnahmsweise auszunutzen. „Das kommt drauf an, machst du auch Frühstück?“

Sie verdreht die Augen und stößt ein undefinierbares Geräusch aus, das halb Schnauben, halb Kichern ist, dann hievt sie sich ihre Umhängetasche über die Schultern und greift nach dem Schlüsselbund auf dem Bibliothekstresen. „Dafür musst du dir schon ein bisschen mehr Mühe geben. Ich schließe jetzt das Hauptportal ab, aber du weißt ja, wo es rausgeht.“

Stumm nicke ich und sehe ihr nach, bis sie durch die Flügeltür auf den Flur verschwunden ist. Ich habe Glück, dass Liz nichts weiter gesagt hat, denn für gewöhnlich nimmt sie ihren Job sehr ernst. Und weil ich nicht mehr für Ruben arbeite, hätte ich meinen Schlüssel für den Seiteneingang, der durch das Archiv führt und den Professoren vorbehalten ist, längst abgeben müssen.

Ich lasse meinen Blick zum schwach erleuchteten Avicenna Quad wandern: Das Zelt der *Freshers' Fair* ist noch aufgebaut, aber verlassen, und ich weiß, dass heute Abend ein Pub-Quiz und eine Stadtführung für die Neuen angeboten werden. Meine Chancen, unbemerkt in den Bürotrakt gegenüber zu gelangen, stehen daher gut. Ich packe meine Sachen zusammen, ziehe den Reißverschluss der Collegejacke bis zum Hals zu und schultere die Tasche. Jede Minute, die ich warte, bietet mir mehr Schutz. Aber jede Minute, die ich warte, ist auch ein Risiko, das ich nicht eingehen kann. Heute Nacht werde ich herausfinden, was mit Ruben geschehen ist – und ich darf mich durch nichts davon abhalten lassen.

Ich schleiche durch die leeren Schreibtischreihen, vorbei an den meterhohen Bücherregalen zu der unscheinbaren Tür am hinteren Ende des Lesesaals, direkt neben dem offenen Kamin, in dem noch nie ein Feuer geprasselt hat, seit ich am Institut studiere. Den Leuchter im Saal lasse ich brennen, damit etwas von dem Licht durch die Fenster auf den Platz fällt. Einen Moment lang überlege ich, mich zu teleportieren, entscheide mich aber wegen des Verbots dagegen und beschließe, das Ganze mit Oldschool-Methoden anzugehen. Bleibt zu hoffen, dass die alten Krimiserien, die ich so oft mit meinem kleinen Bruder geguckt habe, doch für etwas gut waren. Ich schließe die Tür des Seiteneingangs auf und in dem Moment, als der unscheinbare Eisenschlüssel durch meine Finger gleitet, muss ich den Gedanken unterdrücken, wie sehr sich mein Leben verändert hat, seit ich das letzte Mal diese Abkürzung genommen habe. Wie sehr ich wünschte, die Zeit einfach um ein paar Monate zurückdrehen zu können! Selbst mit den Bergen von Rechercheliteratur, durch die ich mich für meinen Abschlussessay wühlen musste, und Tristram, der zu dieser Zeit nur schwer allein sein konnte, kommen mir meine Probleme von früher im Vergleich zu denen von heute unbedeutend vor. Denn damals fühlte ich mich hier sicher.

Meine Füße gleiten beinahe lautlos über die unebenen Steinstufen, die viel älter sind als die geschwungene Marmortreppe im Hauptportal. Ich haste durch das Archiv, vorbei an wurmzerfressenen, unordentlichen Sekretären, in denen sich Bücher und lose Blätter stapeln, die nicht im Bibliothekskatalog registriert sind. Spinnweben kleben in den Ecken und das einzige Fenster des Raums ist mit Brettern vernagelt, damit das Tageslicht die kostbaren Dokumente nicht beschädigt. Unwillkürlich halte ich die Luft an, die hier so muffig ist, dass der Staub in meiner Nase kratzt.

Dann trete ich endlich ins Freie und sauge die Nachtluft tief in meine Lunge. Hier, unweit des angrenzenden Parks, ist sie mit dem schweren Geruch blühender Lilien und den würzigen Noten der Kräuter durchtränkt. Die Rehe schrecken hoch, als ich hinter dem Zelt am antiken Metallzaun entlangschleiche. Ihre Hufe rascheln im trockenen Blattwerk des Gebüschs und ich verdränge den wehmütigen Gedanken, dass diese Herbsttage die letzten sind, die sie auf den Weideflächen des Instituts verbringen werden.

Eine niedrige Treppe mit breiten, abgewetzten Stufen führt zum Verwaltungstrakt hinauf. Die Tür ist nicht abgeschlossen – manche Professoren leben für ihren Beruf und sitzen bis spät in die Nacht an ihren Schreibtischen. Ich kann nur hoffen, dass sie mit der Nase so tief in den Fachbüchern stecken, dass mich niemand bemerken wird. Dem Flur fehlt im kalten Licht der Neonröhren der altertümliche Charme, den die älteren Teile des Instituts versprühen. So leise und so unauffällig wie möglich folge ich dem menschenleeren Gang. Hektik wirkt immer verdächtig. Wenn mich jemand entdeckt, kann ich immer noch vorgeben, dass Ruben meine Hilfe noch einmal in Anspruch genommen und mir per E-Mail aus Palermo Arbeitsaufträge hat zukommen lassen: Ich wäre bei Weitem nicht der erste Student, der sich bei den Professoren in der Hoffnung auf gute Noten weit über das übliche Maß hinaus beliebt machen will.

Ich kann Rubens Bürotür bereits am Ende des Flurs erahnen, da dringt plötzlich ein lautes Rattern durch das Gebäude und hallt von den Wänden wider. Ich erschrecke mich beinahe zu Tode; mein Herz hämmert gegen meinen Brustkorb und es dauert einen Moment, bis ich begreife, dass das nur die Kaffeemaschine war. Die Teeküche liegt direkt neben Rubens Büro. Ich beschleunige meine Schritte und eile auf die rettende Tür zu. Meine Finger sind feucht, aber nach einer kleinen Ewigkeit finde ich endlich den passenden Schlüssel und schlüpfe in das Zimmer, das mir so lange ein Zufluchtsort war, wenn ich Rat oder Zuspruch brauchte.

Der Raum liegt verlassen da, trotzdem traue ich mich nicht, das Licht einzuschalten, denn das wäre vom Quad aus zu sehen. Und auch, wenn niemand weiß, dass Ruben tot ist, denken alle, er sei in Palermo. Doch ich bin sicher, dass es zumindest *eine* Person gibt, für die die Nachricht seiner Ermordung nichts Neues wäre. Ich spinne den Gedanken weiter: Mein Dozent hatte kein Privatleben, er war bekannt für seinen Ehrgeiz und für unzählige Überstunden. Wenn ihm jemand etwas Böses wollte, muss diese Person, Rubens Mörder, innerhalb der Institutsmauern zu finden sein. Bei dem Gedanken läuft mir ein kalter Schauer über den Rücken, aber ich versuche, mich auf die Fakten zu konzentrieren. Dass ich die Leiche versteckt habe, verschafft mir Zeit, auch wenn es nur ein paar Tage sind. Zeit, die ich nutzen muss, um herauszufinden, was wirklich geschehen ist.

Ich ziehe mein Smartphone aus der hinteren Hosentasche und schalte die Taschenlampenfunktion ein. Der Lichtstrahl wandert durch den Raum, über den aufgeräumten Schreibtisch und die traurige Efeutute, die wahrscheinlich niemand mehr gegossen hat, seit ich meine Hilfskraftstelle aufgegeben habe. Alles scheint so auszusehen wie immer. Ich stoße frustriert die Luft aus. Was habe ich auch hier zu finden gehofft? Drohbriefe vielleicht, oder gar die Tatwaffe? *Sei nicht albern, das hier ist keine Krimiserie, sondern bittere Realität.* Ich ziehe die Schreibtischschubladen auf, aber auch darin wirkt alles unverdächtig. Gerade, als ich wieder gehen will, ertönen Schritte auf dem Flur. Fuck!

Die Klinke wird heruntergedrückt. Ich habe gerade noch genügend Zeit, mich hinter dem Türblatt an die Wand zu pressen. Mein Puls rast und ich bekomme kaum Luft, trotzdem zwinge ich mich, so flach wie möglich zu atmen.

# Fairy Tales
## RUNA

Wow, wer hätte gedacht, dass das so einfach ist? Weder die Eingangstür war verschlossen noch die Tür zum Büro von Prof. Leblanc. Nur das Teleportieren habe ich nach einer erfolglosen Viertelstunde entnervt aufgegeben – ich kann auch immer noch nicht fassen, dass so etwas tatsächlich möglich sein soll. Genau wie alles andere, was Kyril mir offenbart hat. Ein Teil von mir ist fest davon überzeugt, dass ich in einem meiner Albträume gefangen bin und der andere … hat zu viel Angst, um darüber nachzudenken, ob Kyril tatsächlich recht haben könnte.

Dank des Institutsplans, der in der Einführungsveranstaltung verteilt wurde, habe ich das Büro problemlos gefunden, jetzt starre ich ratlos in den dunklen Raum. Irgendwo hier sind die Antworten versteckt, nach denen ich mich sehne. Antworten auf die Fragen, die seit meiner Ankunft in Edinburgh immer nur verwirrender werden. Ich taste über die Wand neben der Tür, bis meine Finger auf einen Schalter treffen und Kunstlicht das Büro flutet. Das Büro *meines Vaters.*

Ich sollte nervös sein, vielleicht sogar ängstlich, weil ich hier heimlich herumschnüffle, aber stattdessen bin ich ganz ruhig. Ich habe ein Recht, hier zu sein. Ein Recht darauf, endlich die Wahrheit zu erfahren, auch wenn sich anscheinend die ganze Welt gegen mich verschworen hat, um genau das zu verhindern.

Zögerlich mache ich einen Schritt ins Zimmer und schließe die Tür hinter mir. Ich schaue mich im Raum um und sauge gierig jedes noch so unbedeutende Detail in mich auf. Im Gegensatz zu mir hatte mein Vater offenbar keinen grünen Daumen. Und er hatte wohl auch nichts für Dekoration übrig, denn das Zimmer wirkt so steril wie eine Arztpraxis. Enttäuschung steigt in mir auf, aber ich dränge das Gefühl zurück. Mein Vater kann nichts dafür, dass ich mir aus Unwissenheit alle möglichen unrealistischen Vorstellungen von ihm gemacht habe.

Obwohl ich mich plötzlich wie ein Eindringling fühle, gehe ich zum Schreibtisch hinüber und ziehe die oberste Schublade auf: lose Blätter, Kugelschreiber, eine Schachtel Minzkaugummis, ein Päckchen Taschentücher und sogar ein Beutel von dem Lakritztee, den ich so liebe. Kann das etwa Zufall sein? Ich schlucke und schiebe den Krimskrams mit den Fingerspitzen beiseite. Ein Stück lindgrünes Papier, das darunter hervorblitzt, erregt meine Aufmerksamkeit. Als ich es aus der Schublade ziehe, bemerke ich, dass es sich um einen Briefumschlag handelt. So einen, wie aus dem Briefpapierset, das ich Mum vor ein paar Jahren zum Geburtstag geschenkt habe. Bis auf Rubens Adresse – *Prof. Leblanc, Aconite Institute, Fakultät für Altertumswissenschaften, South Bridge, Edinburgh EH8 9YL* – ist er unbeschriftet und zudem scheint leider jemand den Brief daraus entfernt zu haben. Aber die geschwungene Handschrift, in der er adressiert wurde, erkenne ich sofort. Mein Mund wird trocken. Hatte Mum etwa all die Jahre Briefkontakt zu meinem Vater und hat es mir verschwiegen?

„Leg das wieder hin!"

Die Stimme klingt so forsch, dass ich zusammenzucke. Erst danach fällt mir auf, dass ich sie kenne. Hastig hebe ich den Kopf und sehe direkt in Kyrils misstrauisch zusammengekniffene Augen. Der Typ hat wirklich ein Händchen dafür, sich anzuschleichen. Und in den unpassendsten Situationen aufzutauchen.

„Was machst du hier?", frage ich und ärgere mich darüber, dass meine Stimme zittert.

„Dasselbe wie du, würde ich sagen. Mit dem Unterschied, dass ich im Besitz eines Schlüssels bin und die Erlaubnis habe, hier zu sein."

Nur mit Mühe gelingt es mir, ein verärgertes Schnauben zu unterdrücken. „Findest du nicht, dass ich ein Recht darauf habe, zu erfahren, was Ruben zugestoßen ist?"

„Nein. In einer perfekten Welt – vielleicht. Aber wir leben nicht in einem Märchenbuch, Runa. Niemand hat ein Recht auf irgendwas."

Kyrils Arroganz treibt mich in den Wahnsinn. Kaum zu fassen, dass ich mir vor wenigen Stunden noch eingebildet habe, irgendetwas an ihm anziehend zu finden. Sofort wandern meine Gedanken wieder zu dem verhängnisvollen Nachmittag und dem Kuss mit Tristram zurück und das Blut schießt mir heiß in die Wangen. Ich schüttle mich unwillkürlich, lasse den Umschlag zurück in die Schublade fallen und schiebe sie so leise wie möglich zu.

„Ich kenne deine Gründe nicht, aber das hier sieht ganz danach aus, als würdest du in Rubens Leben herumschnüffeln", zischt Kyril. Er stützt sich mit den Handflächen auf dem Schreibtisch ab und beugt sich näher zu mir. „Du bist nicht Sherlock Holmes, also rate ich dir dringend davon ab."

Ich verschränke die Arme. „Ach, aber du bist der geborene Detektiv?"

„Zumindest weiß ich mehr über Ruben als du."

Tränen schießen mir in die Augen, ohne dass ich es verhindern kann. Plötzlich bin ich unfähig, auch nur ein Wort hervorzupressen. Dabei hätte dieser Angeber eine schlagfertige Erwiderung mehr als verdient.

Aber Kyril scheint zu merken, dass etwas nicht stimmt. Seine Mimik verändert sich, wird weicher. Ich bin fast sicher, dass er gleich wieder eine seiner vermeintlich verständnisvollen Reden halten wird, da ruft hinter der geschlossenen Bürotür eine Frauenstimme über den Flur: „Gute Nacht, James! Und machen Sie nicht mehr so lange, ja?"

Die Schritte, die dann zu hören sind, hasten direkt vor Rubens Büro vorbei. Wie gebannt starre ich auf den Türschlitz, unter dem flackernde Schatten ins Zimmer kriechen. Kyril folgt meinem Blick, aber nur kurz. Dann bückt er sich und hebt etwas auf, das neben dem Bücherregal auf dem Boden liegt.

„Was hast du da?", frage ich und eile zu ihm. Bevor er es in seiner Collegejacke verschwinden lassen kann, strecke ich mich nach dem in dunkelblaues Leder gebundenen Büchlein aus. „Ein Notizbuch?" Die Frage ist mehr an mich selbst gerichtet als an Kyril.

„Rubens Terminkalender. Er muss ihm runtergefallen sein, als er seine Sachen für den Kongress zusammengepackt hat."

„Gib ihn her!", fordere ich so energisch, dass ich mich selbst kaum wiedererkenne.

„Nein. Wer es findet, darf es auch behalten."

Ich strecke mich nach Kyrils Hand aus und versuche verzweifelt, den Kalender zu erwischen, den er in die Höhe hält, aber weil er gut einen Kopf größer ist als ich, erweist sich das als nahezu unmöglich. „Du bist so – ", setze ich an, das *kindisch* bleibt mir allerdings im Halse stecken, als sich ein ziehendes und irgendwie vertrautes Gefühl mit ungewohnter Heftigkeit durch meinen Körper frisst. Mist!

Ich widerstehe dem Drang, die Augen zu schließen und mich dem Gefühl hinzugeben. Dann spüre ich Kyrils Hände an meinen Schultern. Er sagt etwas, aber ich verstehe es nicht. Einem plötzlichen Impuls folgend schaue ich zum Fenster. Die Jalousien sind nicht vollständig geschlossen und durch einen Spalt zwischen den Lamellen erspähe ich den Quad. Etwas regt sich in der Dunkelheit, oder bilde ich mir das nur ein? Nein, es sieht ganz so aus, als ginge da jemand spazieren. Eine Gestalt zieht ihre Runden, gehüllt in einen langen Mantel, der fast alles von seinem Träger verbirgt. Plötzlich dreht sich der Mann um, eine Laterne in der Hand, und unsere Blicke kreuzen sich im Kerzenschein. Etwas an seinen blassen Augen, die direkt auf den Grund meiner Seele zu blicken scheinen, gruselt mich. Wie dumm von mir, das Licht einzuschalten, obwohl es draußen schon dunkel ist.

„Da", presse ich hervor und bedeute Kyril mit einer Geste, ebenfalls aus dem Fenster zu sehen.

Ich weiß nicht, ob er der Aufforderung gefolgt ist, aber sein Griff festigt sich jetzt. „Du hättest deine Tabletten nehmen sollen", flüstert er. „Mach die Augen zu. Und dann lass los."

Ich bin zu schwach für Widerworte und mein Körper gehorcht. Der Schwindel überwältigt mich und der unheimliche Spaziergänger löst sich mitsamt Rubens Büro in einem Strudel flimmernder Dunkelheit auf.

# In Liebe
## KYRIL

Immerhin kein Kind. Ich beobachte Runa, wie sie verloren am Bett der Frau steht, die um die achtzig Jahre alt sein muss. Die Sterbende hält sich die Brust und ringt nach Luft. *Herzinfarkt.* Nach all den Jahren sehe ich meistens schon in der ersten Sekunde, was den Menschen fehlt. Zumindest denen, die nach uns rufen, bevor sie sterben – denjenigen, die sich vorbereitet haben und bereit sind. Normalerweise macht es mir nichts mehr aus, ihnen nicht helfen zu können, doch jetzt zieht sich irgendetwas in mir schmerzhaft zusammen. Es muss an Runa liegen. An diesem Blick aus ihren braunen Augen, der zugleich anklagend und Hilfe suchend ist. Ich weiß genau, wie sie sich fühlt, trotzdem kann ich nichts gegen ihre Hilflosigkeit ausrichten.

„Was sollen wir hier?" Sie sieht zwischen der Frau und mir hin und her. „Ist es … ist es, was ich denke – "

Ich nicke stumm und fordere sie mit einer Geste auf, an das Bett zu treten.

„Ich kann nicht." Runa schüttelt energisch den Kopf.

„Doch, du kannst. Du hast es schon einmal geschafft. Und nur du kannst sie von ihrem Leid erlösen."

In Runas Augen regt sich etwas. Ich kann sie förmlich denken hören, ihre Optionen gegeneinander abwägen, so wie ich es früher getan habe. Nur, um zu dem Schluss zu kommen, dass ich keine Wahl habe.

„Ich kann nicht", wiederholt sie leise. Die Worte dringen kaum hörbar an mein Ohr.

Ich zwinge mich, nicht einzuknicken, dabei kann ich mir selbst nicht erklären, weshalb es mir so wichtig ist, dass Runa ihre Aufgabe gut macht. „Du willst nicht", gebe ich eisern zurück. „Aber hier geht es nicht darum, was du willst. Oder was ich will."

„Fang jetzt nicht wieder mit deinem Märchenbuch-Mist an!" Sie wirkt auf einmal verzweifelt.

Die alte Frau keucht auf und starrt uns mit Augen an, die tief in den Höhlen liegen und sich kaum von der wächsernen Haut abheben.

„Runa." Vorsichtig trete ich einen Schritt näher an sie heran. „Du schaffst das." Ich greife nach ihrer Hand. Sie zieht sie nicht weg. Ein warmes Gefühl durchströmt meine Fingerspitzen und ich verscheuche den Gedanken, dass das hier, an diesem Ort, und jetzt, bei dem, was wir tun, völlig unangebracht ist.

Behutsam platziere ich unsere Hände auf dem Brustkorb der Frau. Ihr Gesicht entspannt sich sofort und im selben Moment strömen die Bilder durch mein Bewusstsein. Ich fasse noch einen letzten klaren Gedanken, nämlich, dass niemals jemand hiervon erfahren darf, dann übernimmt die Seele der Sterbenden. Sie reißt mein Denken, mein Fühlen, mein ganzes Sein an sich.

Man könnte wohl sagen, dass diese Frau ein schönes Leben hatte. Seit Jahrzehnten wohnt sie in dem Häuschen am Stadtrand, in dem wir uns befinden, ihr Ehemann ist schon vorausgegangen, aber sie hinterlässt drei Kinder, fünf Enkelkinder und einen ungeborenen Urenkel, den sie leider nicht mehr kennenlernen wird. Sie bereut, was die meisten Menschen bereuen: Streitigkeiten mit ihren Lieben wegen Dingen, die im Angesicht des Todes weniger als nichts bedeuten. Trotzdem hat sie ihren Frieden gemacht, das spüre ich. Und ich bin aus ganz eigennützigen Gründen froh darüber – dieser Auftrag ist perfekt für Runa, ein Anfängerjob. Manche Menschen klammern sich ans Leben und bringen sich und uns damit in größere Gefahr, als ihnen bewusst ist. Nicht aber diese Frau hier, sie ist erschöpft, sie will schlafen.

Ich sehe ihrer Seele nach, die in meiner Vorstellung wie ein Vogel zu den Wolken segelt. *Marjorie Woodford.* Wie immer nehme ich mir einen Moment, um ihren Namen stumm mit den Lippen zu formen, um ihr Leben und ihr Wesen mit dieser unscheinbaren Geste zu würdigen, bevor alles, was sie ausgemacht hat, zu einer blassen Erinnerung zerfällt. Obwohl ich Marjorie nicht kannte, betrachte ich sie voller Zuneigung. In Liebe kommen und in Liebe gehen wir, ein tröstlicher Gedanke. Ich halte ihre kalte Hand, bis sie erschlafft. Und erlaube mir, einen Moment lang selbst Dankbarkeit zu spüren für diese Pflicht, die ich schon ein Dutzend Mal verflucht habe und die trotzdem zu mir gehört. Es ist eine einzigartige Form von Glück, die Aufgabe zu erfüllen, für die man geschaffen wurde.

Als ich die Augen wieder öffne, spüre ich Runas wachsamen Blick auf mir. Ihre Unterlippe zittert kaum merklich, ansonsten wirkt sie gefasst und nichts weist darauf hin, was wir gerade erlebt haben. Ich bewundere ihre Stärke. Anscheinend habe ich sie unterschätzt.

Sie atmet hörbar aus und lässt plötzlich meine Hand los, als hätte sie sich daran verbrannt.

„Gern geschehen", bringe ich trocken hervor, ernte aber nur ein Kopfschütteln, und schiebe verunsichert die Hände in die Hosentaschen.

„Wie kommen wir hier wieder raus?"

„So, wie wir reingekommen sind – wir teleportieren uns." Ich lächle entschuldigend und drehe mich um, bereit, aus dem Licht der Nachttischlampe in den Schatten zu treten. Sie hat ja gerade deutlich gemacht, dass sie keine Hilfe möchte.

„Warte!"

Aber ein Blick über die Schulter zeigt mir, dass Runa unschlüssig die Hand ausgestreckt hat. „Ich … weiß nicht, wie das geht."

„Halt dich an mir fest." Ich strecke einen Arm aus und sie greift zu. *Hoffentlich wird dieses Händchenhalten nicht zur Gewohnheit*, meldet sich eine spöttische Stimme in meinem Kopf. Ich ignoriere sie und konzentriere mich auf das Bild der South Bridge, die mit ihren gut besuchten Pubs und Restaurants vor meinem inneren Auge Gestalt annimmt. Vielleicht ist das ein Fehler und ich sollte uns lieber direkt ins Institut bringen. Vielleicht will Runa so schnell wie möglich wieder in ihr Zimmer – und in ihr Bett – , aber falls sie Fragen hat, werde ich ihr Rede und Antwort stehen. Warum auch immer ich plötzlich das Gefühl habe, mir diese Verantwortung aufbürden zu müssen. Und wenn nicht, ist es besser, sie geht zu Fuß zu ihrem Apartment, als dass man uns beim Teleportieren erwischt.

Wir landen hart auf gepflastertem Untergrund – aber nicht vor dem Haupteingang des Instituts, wie geplant, sondern daneben. Hier führt ein barrierefreier Zugang durch einen kleineren Torbogen und einen schmalen Gang ebenfalls auf das Gelände. Normalerweise ist die Gasse von Laternen erleuchtet, aber heute sind sie bereits erloschen. Die Dunkelheit ist so undurchdringlich, dass es einen Moment dauert, bis ich überhaupt etwas erkennen kann. Ich versuche, an irgendetwas anderes zu denken, irgendetwas *Schönes*, aber die Erinnerung überfällt mich so heimtückisch wie ein Dieb, der seinen Opfern in der Nacht auflauert: Ich bin gefangen und ich bin allein. Allein mit meinen Gedanken, vor denen es kein Entrinnen gibt. *Luft*, ist alles, was ich denken kann. Ich bekomme keine Luft. Ich muss hier raus.

Am Ende der Gasse liegt die rettende Straße. Ich spüre, dass Runa mich immer noch festhält, doch jede Berührung ist jetzt zu viel. Sie sagt irgendetwas, wahrscheinlich, um mich zu beruhigen. Trotzdem drücke ich sie mit beiden Händen von mir weg und flüchte mich, dem Licht entgegen, auf den Bürgersteig.

Kurz darauf höre ich ihre Schritte hinter mir. Runa bleibt etwas entfernt auf dem Gehweg stehen.

„Ist alles in Ordnung?" Ihre Stimme ist gesenkt, so als fürchte sie, mich zu erschrecken. Dabei will ich gar nicht behandelt werden, als wäre ich aus Porzellan. Schon gar nicht von ihr.

„Ja." Meine Stimme zittert. „Alles gut. Wir sind nur nicht ganz dort herausgekommen, wo ich das geplant hatte. War wohl etwas abgelenkt." Ich ringe mir ein Lächeln ab. *Und es ist offensichtlich, wovon,* spottet die Stimme in meinem Kopf. Sie hat recht: Ich darf mich nicht noch einmal von Runa aus dem Konzept bringen lassen, denn das könnte für uns beide gefährlich werden.

„Okay, dann danke für die, ähm, Mitfahrgelegenheit."

„Gerne." Ich zucke die Schultern und überspiele die Tatsache, dass mein Puls sich noch immer nicht beruhigt hat. „Nur, weil du mich nicht ausstehen kannst, heißt das nicht, dass ich kein Gentleman bin."

Schnaubend pustet Runa sich eine dunkle Haarsträhne aus der Stirn. In diesem Moment wirkt sie älter, als sie ist, und irgendwie abgeklärt. Im gelblichen Schein der Straßenlaterne werfen Runas lange Wimpern Schatten auf ihr Gesicht. In ihren Augen lese ich nichts mehr von dem Schrecken, den ich in Marjories Haus darin zu erkennen geglaubt habe. Unwillkürlich muss ich an etwas denken, das Ruben einmal zu mir gesagt hat: *Schwimmen lernt man nur im Wasser.* Und ich werde das Gefühl nicht los, dass Runa mich bald mit großen Zügen überholen wird.

„Es könnte sein", ich räuspere mich, weil meine Stimme plötzlich belegt klingt, „dass diese Nacht noch ein paar Aufträge reinkommen. Also entweder, du gehst zurück in dein Zimmer und nimmst brav deine Tabletten – "

„In ein paar Tagen bin ich sowieso eine von euch, oder?"

Ich nicke und versuche, die Abscheu, die in ihren Worten mitschwingt, nicht an mich herankommen zu lassen.

„Dann will ich lieber jetzt die Wahrheit wissen. Und ich meine die ganze Wahrheit, keine Kalendersprüche."

Ich verkneife mir eine Erwiderung und streiche mein Haar mit beiden Händen zurück. „Okay. Es gibt einen Pub die Straße runter.“ *Eine Einladung in die schäbigste Bar der Stadt? Nice.* Aber immer noch besser, als sie auf mein Zimmer zu bitten, hoffe ich. Vor allem, weil ich es mir mit Tris teile.

„Schön, von mir aus. Ich hab sowieso noch nicht gegessen.“

„Es wundert mich, dass du überhaupt noch Appetit hast.“

„Du hältst mich für ein naives Mädchen, oder?“

„Nein! Ehrlich nicht.“ Abwehrend hebe ich die Hände. „Aber dass ein *Fresher* vor der Initiation gerufen wird, ist auch für mich eine neue Situation und ich möchte den Schaden begrenzen, so gut es geht. Zu deinem *und* meinem Wohl.“

„Du unterschätzt mich“, erwidert sie.

„Wahrscheinlich. Und du weißt zu wenig über die Welt, in der wir leben, um dich allein darin zurechtzufinden.“ Ich gebe Runa nur eine Millisekunde, um zu widersprechen. Sie schweigt. „Also, wie sieht es aus? Ich habe doch nichts getan oder gesagt, das ich nicht mit einem Ale und einem Sandwich wiedergutmachen könnte, oder?“

Als einer ihrer Mundwinkel kaum wahrnehmbar nach oben zuckt, machen sich ein paar Schmetterlinge in meinem Magen breit, die da nicht sein dürften. Auf gar keinen Fall. Ich denke an Tristram und zwinge mich, Runas Lächeln nicht zu erwidern. Aber gleichzeitig sagt mir mein Bauchgefühl, dass ich in der Klemme stecke. Und leider liegt es meistens richtig.

# Ale und Antworten

## RUNA

Das *Whistlebinkie's* ist eine gemütliche Bar mit klebrigen Holztischen. Bunte Scheinwerfer strahlen eine kleine Bühne an, auf der ein einzelner Sänger mit Gitarre trotz übersteuertem Mikro gegen die Unterhaltungen der Gäste ansingt. Und in der Luft liegt ein durchdringender, süßlicher Geruch nach Ale. Ich brauche einen Moment, um mich daran zu gewöhnen, aber eigentlich bin ich dankbar, dass Kyril eine Bar ausgewählt hat, die gut besucht ist. In dem Gewimmel wird uns niemand beachten – und hoffentlich wird uns auch niemand zuhören.

„Du hast dich vorhin gut geschlagen", setzt Kyril an, nachdem wir uns einen Tisch in der Ecke gesucht und unsere Bestellung aufgegeben haben.

Ich schweige, unschlüssig, ob ich mich für das Kompliment bedanken soll. Dann schnappe ich nach Luft. „Was muss ich tun, wenn der nächste Auftrag reinkommt?" Der Gedanke ist mir plötzlich durch den Kopf geschossen und auch, wenn es vielleicht dringendere Fragen gibt, spreche ich ihn aus, um das

Eis zu brechen. „Ich meine, wie machst *du* das? Du kannst doch nicht jede Nacht auf heißen Kohlen sitzen? Irgendwann musst du schlafen. Und was ist überhaupt mit den Menschen, die tagsüber sterben?"

Kyril senkt den Kopf, sodass die halblangen dunkelblonden Locken ihm vor die Augen fallen. Er streicht sie nicht beiseite. Trotzdem entgeht mir nicht, dass er lächelt. Aber nicht unbeschwert, sondern irgendwie wehmütig. Vielleicht erinnere ich ihn gerade an eine jüngere Version von sich selbst. „Prinzipiell können wir zu jeder Zeit gerufen werden – auch tagsüber. Aber die meisten Menschen sterben nun mal nachts. Das liegt vor allem an unserem Gesundheitssystem, weil die Versorgung nachts …" Er schüttelt den Kopf, so als wolle er diesen Gedanken jetzt nicht weiterspinnen. „Na ja, es liegt auch daran, dass es den Menschen nachts leichter fällt, das Leben loszulassen. In den Einführungswochen ist es uns verboten, uns im Institut zu teleportieren, aber bald wirst du sehen, dass Studierende auch mitten am Tag, oder mitten in einer Vorlesung, verschwinden."

Ich nicke und bete stumm, dass er weiterspricht.

„Aber wir gehen nicht willkürlich zu einem Sterbenden, sondern nur zu bestimmten Seelen. Seelen, die … die uns irgendwie ähnlich sind. Meine Aufgabe ist es, den Menschen beizustehen, die mich gerufen haben – und nur diesen. Allen anderen kann ich nicht helfen."

„Du hast also keinen Einfluss darauf, wann, von wem oder wie oft du gerufen wirst? Es gibt keinen Schichtplan, oder so?"

Kyril lacht und erstaunlicherweise freue ich mich darüber, dass es mir gelungen ist, ihn aufzuheitern. Auch, wenn meine Fragen in seinen Ohren unglaublich naiv klingen müssen.

Bevor er antworten kann, stellt der Kellner zwei Pint Ale vor uns ab.

„Nein." Kyril greift nach seinem Glas. „Das alles liegt nicht in unseren Händen. Und wenn es tatsächlich einen Schichtplan oder so etwas gibt, kenne ich ihn zumindest nicht." Er räuspert sich. „So, wie Kinderseelen sich nicht aussuchen können, in welche Familie sie hineingeboren werden, verteilen sich auch die Seelen vor ihrer letzten Reise nach einem eigenen, uns verborgenen System."

Ich schlucke und denke über Kyrils Worte nach. Mir scheint, es schwingt zwischen den Zeilen noch etwas anderes mit, das man nur allzu leicht überhören könnte. Vielleicht ein Hinweis auf seine eigene Familie.

Aber mein Kopf dröhnt, ich bin zu hungrig und zu müde, um länger darüber nachzudenken, und wir kennen uns noch nicht gut genug, um ihn danach zu fragen.

Er legt die Ellenbogen auf dem Tisch ab. „Ich sehe das so: Wir tun unseren Dienst an der Gemeinschaft, in der Hoffnung, dass auch die anderen uns diesen Dienst erweisen, wenn unsere Zeit gekommen ist."

Ich blinzle verblüfft. „Das klingt schrecklich diplomatisch."

„Ist es auch. Aber darüber musst du dir jetzt keine Gedanken machen." Kyril hebt sein Ale. „Stoßen wir an?"

Ich halte mein Glas ebenfalls in die Höhe. „Auf, ähm …"

„Das Leben und das Sterben", ergänzt er.

„Wie du willst." Sein Glas klirrt gegen meines und ich trinke einen Schluck auf nüchternen Magen.

Kyril sieht aus dem Fenster in die Ferne, auf die spärlich beleuchtete Straße hinaus. „Darf ich dir auch eine Frage stellen, Runa?"

Bevor ich es verhindern kann, schießt mir das Blut heiß in den Kopf. „Klar."

„Keine Sorge, es ist nichts Persönliches. Ich frage mich nur, warum es dir so wichtig ist, Rubens Tod aufzuklären. Du kanntest ihn doch kaum."

Von wegen *nichts Persönliches.* Ich beiße mir auf die Zunge und halte mich davon ab, Kyril darauf hinzuweisen, dass er mir nicht glauben wollte, als ich ihm diese Frage zum ersten Mal beantwortet habe. „Er war mein Vater."

Sofort dreht er mir wieder den Kopf zu. „Aber ... ich versteh nicht ganz ... Ruben hatte keine Kinder. Es gab nicht mal eine Frau in seinem Leben, soweit ich weiß."

„Anscheinend weißt du nicht so viel über ihn wie gedacht." *Aber immer noch mehr als du,* mahnt eine Stimme in meinem Kopf.

Kyril betrachtet mich fassungslos, wirkt aber nicht verärgert. Falls ihn meine Spitze getroffen hat, lässt er sich nichts anmerken. „Ich bin auf *Ynys Echni* oder Flat Holm aufgewachsen, einer Insel in Wales", erkläre ich. „Bei meiner Mutter, denn angeblich hat mein Vater uns noch vor meiner Geburt verlassen. Aber ich wusste, dass er aus Edinburgh stammt, also habe ich beschlossen, ihn auf eigene Faust zu suchen. Deshalb bin ich hier."

Kyril schluckt sichtbar. „Ruben war so verantwortungsbewusst und warmherzig. Es ist unvorstellbar, dass er seine Familie im Stich gelassen hätte."

„So kann man sich in einem Menschen täuschen", presse ich bitterer als beabsichtigt hervor. „Ich weiß jedenfalls, was ich gesehen habe, in der Nacht, als ..." Zum Glück kommt in diesem Moment unser Essen und liefert mir einen Vorwand, erst mal nichts mehr sagen zu müssen. Trotzdem geistern Erinnerungsfetzen wie Szenen aus einem schlechten Horrorfilm durch meinen Kopf und mir wird ein wenig übel.

„Tut mir leid, ich glaube dir ja." Kyril sieht tatsächlich bedrückt aus. „Es ist nur ... Ruben und ich, wir standen uns auch menschlich nah, dachte ich zumindest. Er war nicht nur mein Professor, sondern auch mein Mentor im ersten Studienjahr. Alles, was ich weiß, weiß ich von ihm. Er hat mir so viel beigebracht. Ich hätte da sein müssen, als er – " Kyril verstummt und sieht mich schmerzerfüllt an. Der Bissen Weißbrot, zu dem ich mich überwunden habe, bleibt mir fast im Hals stecken.

„Du dachtest, dass er nach dir rufen würde", folgere ich.

„Ja. Aber ich wusste auch nichts von ... von seiner Tochter."

„Ich hatte ja selbst keine Ahnung, aber was ich gesehen habe, als ich ihm helfen wollte, fühlte sich so echt an."

Kyril nickt. „Wenn wir eine Seele hinüberbringen, ziehen die wichtigsten Ereignisse ihres Lebens an uns vorbei."

„Der klassische *Film*, der kurz vor dem Tod vor dem inneren Auge abläuft?"

„Genau. Die Schwierigkeit ist, all diese fremden Erinnerungen und Emotionen auszuhalten."

„Hätte ich dann nicht auch den Mörder meines Vaters sehen müssen?" Der Gedanke kommt wie aus dem Nichts, aber gleichzeitig flammt neue Hoffnung in mir auf.

Auch Kyrils Pupillen weiten sich überrascht. „Eigentlich schon, ja. Kannst du dich denn an gar nichts erinnern?"

Ich schüttle resigniert den Kopf.

„Vielleicht hast du die Erinnerung nur verdrängt und sie kommt irgendwann wieder."

Schulterzuckend spüle ich den letzten Bissen Sandwich mit meinem Ale herunter und lehne mich auf dem Stuhl zurück. „Ich würde so gern wissen, was für ein Mensch mein Vater war."

„Dir bleibt noch viel Zeit, das herauszufinden."

Kyrils Worte klingen wie ein Versprechen, trotzdem würde ich ihn am liebsten bitten, mir gleich jetzt von Ruben zu erzählen. Mir irgendetwas Tröstliches zu geben. Eine Anekdote vielleicht, die ich so lange in Gedanken durchspielen kann, bis sie mir vorkommt wie meine eigene Erinnerung. Vielleicht ist Kyril die einzige Chance, die ich habe, um überhaupt etwas über meinen Vater herauszufinden.

Fast scheint es, als hätte er meine stumme Bitte gehört.

„Du hast seine Augen", sagt er leise. „*Fawn Eyes*."

Auf diese Bemerkung folgt beklemmende Stille und nur langsam sickert zu mir durch, was Kyril gerade gesagt hat. Ich betrachte ihn mit einer Mischung aus Verwunderung und Faszination, dann entwischt mir ein Lachen. Er findet also, dass ich Rehaugen habe. „Soll das etwa ein Kompliment sein?"

# Tausend Kraniche

## KYRIL

*Wow. Warum zur Hölle musstest du so etwas Dummes sagen?* Ich ärgere mich über mich selbst und senke den Kopf, um zu verbergen, dass ich auch noch errötet bin.

„Ich will wissen, was mit ihm passiert ist." Als ich aufsehe, wirkt Runa mit einem Mal wieder ernst.

„Da sind wir schon zwei."

„Zeig mir seinen Kalender. Ich kann nicht tatenlos in einem Pub herumsitzen, wenn der Mörder meines Vaters noch auf freiem Fuß ist."

Meine Hand wandert an meine Tasche, aber dann halte ich inne und schüttle den Kopf. „Nein."

„Wie bitte?"

„Ich weiß zu schätzen, dass du mir helfen willst. Und es liegt auf der Hand, dass du Rubens Tod aufklären möchtest, genau wie ich. Aber offenbar hatte Ruben Feinde, von denen wir nichts wissen, und wir haben gesehen, wie gefährlich diese Menschen sind. Du bist neu am Institut, du kennst dich nicht aus und du kannst deine Kräfte noch nicht beherrschen – "

Sie schnappt nach Luft. „Ich dachte eigentlich, ich hätte gerade erfolgreich einer alten Dame beim *Entschlafen* geholfen, oder nicht?"

Ich mag ihren Kampfgeist. Aber er ist so charmant wie gefährlich.

„Das ist etwas anderes. Es gibt noch vieles, was du nicht weißt. Ungeschriebene Regeln und Gesetze am Institut und ..." Ich halte inne und stoße mit einem Seufzen die Luft aus. „Runa, du musst mir vertrauen, bitte. Nur so haben wir eine Chance, die Wahrheit herauszufinden."

„Ich kenne dich zu wenig, um dir zu vertrauen." Sie fixiert mich mit einem wachen Blick aus ihren braunen Augen, die plötzlich alles andere als sanft wirken. Dann späht sie zu der Ledertasche, die über der Lehne meines Stuhls baumelt. Direkt neben mir. Runa fordert mich heraus. Will sie testen, ob ich sie aufhalten werde, wenn sie sich einfach nimmt, was sie haben möchte?

Ihre Finger bewegen sich nur wenige Millimeter in meine Richtung, aber mein Arm schnellt reflexartig vor. Ich umfasse ihr Handgelenk. Sanft, aber fest genug, um meine Worte zu bekräftigen: „Denk nicht mal daran."

Sie sucht meinen Blick und hält ihn, Zorn funkelt in ihren Augen und ich fürchte, mein Protest bewirkt lediglich, dass sie meine Tasche erst recht an sich bringen will.

„Bitte, lass das", versuche ich es noch einmal gefasster. „Wenn wir gegeneinander arbeiten, bringt uns das auch nicht weiter."

Runas Hand sinkt kraftlos auf den Tisch. Inzwischen ist mir klar, dass sie niemals zugeben wird, dass ich recht habe. Aber solange ich nicht weiß, was in diesem Terminkalender steht, kann ich ihn Runa unmöglich aushändigen. Es ist einfach zu gefährlich. Ruben wollte nicht nach Palermo, er war auf der Flucht. Und ich bin sicher, dass er gute Gründe dafür hatte.

„Du möchtest etwas, das dich an deinen Vater erinnert, oder?"

Sie nickt und weicht meinem Blick aus. Trotzdem bemerke ich, dass ihre Augen feucht sind. Bei dem ungewohnten Anblick schnürt sich mein Brustkorb enger zusammen. Da fällt mir etwas ein. Hektisch krame ich in der Tasche meiner Collegejacke. Ich ziehe die zur Faust geballte Hand wieder heraus, öffne die Finger und strecke Runa mein Fundstück hin. Zum Glück habe ich das Blut letzte Nacht noch abgewaschen.

„Das … woher hast du das?", stammelt sie.

„Ich hab's gefunden, als ich dich in den Krankenflügel gebracht habe. Kommt dir die Puppe bekannt vor?"

„Ja, die … die lag neben Ruben auf der Straße, als …" Sie schüttelt den Kopf, wie um die unangenehme Erinnerung zu vertreiben, aber dann nimmt sie die Puppe so schnell an sich, dass ihre Fingerspitzen kaum meine Handfläche streifen. Trotzdem wandert eine Gänsehaut meinen Arm hinauf.

Runa hält das Fundstück zwischen zwei Fingern hoch und betrachtet es im spärlichen Licht der Bar. „Unheimlich, oder? Was glaubst du, was das ist? Eine Voodoo-Puppe?"

Ich muss an die Markierung denken, die ich auf dem Stoff entdeckt habe, die Runa allerdings noch nicht bemerkt zu haben scheint, und erschaudere.

„Vielleicht. Oder nur ein Talisman – soweit ich weiß, erzählen in Mexiko Kinder solchen Puppen ihre Sorgen und verstecken sie dann unter ihrem Kopfkissen."

Runa schnaubt. „Was hätte mein Vater dann damit gewollt?"

„Er war Ethnologieprofessor und hat sich viel mit anderen Kulturen beschäftigt, wusstest du das nicht?"

Tatsächlich wirkt sie verblüfft. Sie blinzelt und betrachte die Puppe mit neuem Interesse. „Nein, nicht direkt. Trotzdem … das Ganze ist merkwürdig."

„Glaubst du an Voodoo?" Ich bereue meine Frage sofort. War es nicht mein Plan, Runa aus alledem herauszuhalten?

Sie zuckt mit den Schultern. „Ich glaube an das, was ich mit eigenen Augen sehen kann – nicht mehr und nicht weniger."

Ich schmunzle in mich hinein, weil ich für einen Augenblick das Gefühl habe, mein Professor säße leibhaftig wieder vor mir. Ich kann seine Stimme förmlich hören: *In einer entzauberten Welt sind Logik und Deduktion die einzigen verlässlichen Leitprinzipien, Kyril.*

Aber da schiebt Runa hinterher: „Allerdings hätte ich mir bis vor Kurzem auch nicht träumen lassen, dass es Menschen gibt wie … dich und mich."

Ehe ich mich davon abhalten kann, lege ich eine Hand auf ihren Unterarm. „Keine Sorge. Bald werden deine Fragen beantwortet werden, versprochen."

Sie nickt und steckt die Puppe ein, aber wirklich überzeugt sieht sie nicht aus.

„Komm", sage ich. „Lass uns bezahlen und ins Institut zurückkehren. Es könnte eine lange Nacht werden."

„Moment mal."

„Ja?“

„Wenn du den Schlüssel zu Rubens Büro hast, hast du dann vielleicht auch einen Schlüssel zu seinem Haus?“

Ich bringe es nicht übers Herz, sie anzulügen. „Da können wir nicht hingehen.“

„Bitte“, fleht sie. „Ich möchte nur einmal kurz sehen, wie er gelebt hat.“

„Wir würden Spuren hinterlassen.“

„Ich habe keine Ahnung, wie sein Alltag aussah. Was er morgens gefrühstückt hat, auf welchem Sofa oder Sessel er seinen Feierabend verbrachte. Vielleicht hängt ja irgendwo ein Bild von mir an der Wand.“

Meine Kehle schnürt sich immer enger zu. „Runa, es geht wirklich nicht, weil … weil ich ihn dort versteckt habe.“

„Was? Warum denn das? Warum hast du nicht die Polizei gerufen?“

„Weil die Polizei nur die halbe Wahrheit über Rubens Leben kennt. Sie weiß nichts von uns Schattenspringern, und das muss auch so bleiben. Aber bis sich die Behörden früher oder später einschalten werden, kann ich selbst Nachforschungen anstellen.“

Als der Schreck aus Runas Gesicht gewichen ist, wirkt sie wieder so entschlossen wie zuvor. „Okay. Trotzdem möchte ich hin. *Bitte.*“ Sie sieht unter dunklen Wimpern zu mir auf.

„Meinetwegen. Wir gehen rein. Aber nur für fünf Minuten. Mitten in der Nacht wird uns hoffentlich niemand bemerken. Wenn wir bezahlt haben, teleportiere ich uns hin.“

Runas Miene erhellt sich. „Danke.“ Verlegen kaut sie auf ihrer Unterlippe herum. „Kyril?“

„Ja?“

„Wieso gelingt es mir nicht, mich ebenfalls zu teleportieren?“

Ich muss unbewusst die Luft angehalten haben und atme aus. „Das ist reine Übungssache. Je öfter du es versuchst, desto besser wird es klappen. Das Wichtigste ist, sich den Zielort so detailliert wie möglich vorzustellen.“

„Und wenn man noch nie dort war?“

„Dann musst du auf deine Vorstellungskraft bauen und auf das zurückgreifen, was du kennst. Wenn du zum Beispiel in eine Bibliothek möchtest, versuche, die vollen Regalwände vor dir zu sehen. Die Reihen von Buchrücken, die kleinen Aufkleber mit den Katalognummern oder sogar die feine Staubschicht auf den Buchschnitten. Oder du stellst dir den Geruch von altem, vergilbten Papier vor und das Rascheln von Blättern, das Surren einer schlecht gewarteten Heizung …“

Runa sieht mich ungläubig an.

„Das ist halb so wild, man lernt es schnell.“ Ich lächle aufmunternd und rufe den Kellner herbei.

Bevor Runa ihr Portemonnaie hervorziehen kann, bezahle ich für uns beide. „Als Entschuldigung für den ganzen Ärger, den ich dir mache“, sage ich zwinkernd und wohl wissend, dass genau genommen *sie* mir Ärger gemacht hat. Wir nehmen den Hinterausgang, ich halte die Tür auf und Runa tritt auf die Niddry Street hinaus, über die ein kühler Wind fegt. Schweigend laufen wir zusammen ein paar Meter, bis sich mit den dunklen Arkaden des Hotels, das die Straße säumt, eine gute Gelegenheit bietet.

„Möchtest du?“, frage ich und suche ihren Blick.

Runa nickt, schließt die Augen und legt mir eine Hand auf die Schulter. Selbst diese flüchtige Berührung jagt mir einen

Schauer über den Rücken. Vorsichtig umfasse ich ihre Taille, um mich festzuhalten. Die Luft flackert und weil wir uns so nah sind, erkenne ich trotz der Dunkelheit, dass Runas Stirn konzentriert in Falten liegt. Ich kann ihre Anspannung förmlich spüren.

„Du machst das gut“, sage ich leise.

Ihre Mundwinkel zucken kaum merklich. Im nächsten Moment reißt es mir den Boden unter den Füßen weg.

Wir kommen in der Gasse vor Rubens Haus auf. Mein Brustkorb wird eng: Genau hier ist es passiert. Mit einem Mal sehe ich Runas vor Schreck blasses Gesicht erneut vor mir, habe den Geruch von Blut in der Nase, stechend und süß. Und wieder überrollt mich die Hilflosigkeit mit ungeahnter Wucht.

Auch Runa scheinen die Erinnerungen zu überwältigen. Ich halte sie noch immer und ihr Körper zittert unter meinen Händen. Erschrocken lasse ich los. „Ist alles okay?“

Sie wendet den Kopf ab. Mit stapfenden Schritten geht sie voraus. „Ja. Los, bringen wir es hinter uns.“

Ich folge ihr, so schnell ich kann, und schließe die Haustür des schmalen Backsteinhauses auf. Runa tritt vor mir über die Schwelle. Plötzlich packt mich die Angst. Immerhin habe ich Ruben in den Schuppen im Garten gebracht, sodass Runa dieser Anblick erspart bleibt. Dennoch ist mir mulmig zumute. „Wir beeilen uns, okay? Einmal umsehen und dann verschwinden wir wieder. Und fass nichts an; ich war ein paar Mal hier, also sind meine Fingerabdrücke sowieso überall.“

Sie nickt und sucht den Lichtschalter. Ich komme ihr zuvor und knipse ihn an. Im Flur sieht alles aus wie immer, im Wohnzimmer ebenso. Auf der Fensterbank stapeln sich Schuhkartons voller weißer Miniaturvögel aus Papier. Origami-Kraniche, um genau zu sein. Entgegen meinem Vorsatz, nichts anzurühren, gehe ich hinüber, nehme einen der Kraniche und lasse ihn in meine Manteltasche gleiten. Als Andenken an meinen Professor und als Erinnerung an einen Freund.

Runa bemerkt davon nichts; ihr Mund steht offen, als sie den Blick durch den Raum schweifen lässt – über die Aquarelle von Venedig und Ansichten Edinburghs an den Wänden und die verstaubten Bücherregale bis zu den kleinen gefalteten Kunstwerken. Es müssen weit mehr als die angestrebten tausend sein.

Ich räuspere mich. „Das war sein Hobby, wenn man so will. Er hat mir einmal erzählt, dass einer japanischen Legende nach die Götter demjenigen einen Wunsch erfüllen, der tausend Origamikraniche faltet. Wahrscheinlich hat Ruben diese Zahl sogar übertroffen. Auch, wenn ich keine Ahnung habe, was er sich gewünscht hätte."

Bei diesen Worten dreht sich Runa zu mir um. Tränen glitzern in ihren Augenwinkeln und ich schlucke kräftig, weil mir das Herz beinahe in der Brust zerspringt. Ich habe etwas Falsches gesagt, aber ich weiß nicht, was, weil schon ein Blick von ihr mich völlig aus dem Konzept bringt.

Jetzt rollt eine Träne langsam über ihre Wange. Instinktiv wische ich sie mit dem Daumen fort. „Tut mir leid, ich …" Meine Stimme versagt und plötzlich wird mir klar, dass unsere Gesichter nur noch wenige Zentimeter voneinander entfernt sind. Vielleicht auch nur Millimeter. Runa sieht mich an, ohne zu blinzeln. Ich glaube, sie versucht, stark zu sein. Mit einem Mal überkommt mich das Gefühl, dass ich der erste Mensch bin, vor dem sie sich so verletzlich zeigt.

Fuck, ich habe keine Ahnung, wohin meine Gedanken wandern. Mein Daumen ruht noch immer an ihrer Wange und ihre hellroten Lippen ziehen mich zu sich. Ich berühre sie mit Blicken, obwohl ich weiß, wie unangebracht das ist. Aber ich kann nicht anders. Runas Brustkorb hebt und senkt sich schneller, oder vielleicht bilde ich mir das auch nur ein. Ich spüre ihren Atem auf meinem Gesicht und ansonsten nur schwindelerregende Übelkeit, weil mein Herz so schnell klopft, als wollte es sich in meinem Brustkorb überschlagen. Dann gleitet auch Runas Blick zu meinem Mund.

*Kling, klang, klong.* Die Hammerschläge von Rubens verdammter Standuhr erschrecken mich beinahe zu Tode. Der Moment zerspringt, ich ziehe hastig meine Hand zurück und trete einen Schritt zur Seite.

Auch Runa wendet den Kopf ab. Sie räuspert sich und geht ein paar Schritte im Zimmer auf und ab. Vor dem Fenster, das auf den kleinen Garten hinausblickt, steht Rubens wuchtiger Schreibtisch, dort bleibt sie stehen. Alles ist penibel aufgeräumt – zu penibel für meinen Professor mit der chaotischen Ader. Neben dem edlen Stifthalter aus Rosenholz und Leder liegt nur ein einziger Block Briefpapier auf der Tischplatte.

Runa deutet auf das Papier. „Er hat einen Brief geschrieben. Und … und das da …“ Sie beugt sich so weit hinunter, dass ihre Nasenspitze beinahe das Blatt berührt. „Das ist doch Asche!“

Ungläubig komme ich näher und betrachte den Block.

„Der Stift hat durchgedrückt“, sagt Runa und im selben Moment bemerke ich es auch. „Wenn wir das mit Bleistift schraffieren, können wir vielleicht lesen, was auf dem verbrannten Bogen stand.“ Ehe ich sie abhalten kann, hat sie eine Hand mit dem Ärmel ihres Pullovers umwickelt und das Blatt abgerissen. Sie hält es ins Licht und saugt erschrocken die Luft ein, dann reicht sie es mir. Ich ziehe hastig ein Taschentuch aus meiner Jackentasche und nehme das Papier entgegen. Ich erstarre. Da steht: *Du bist nicht besser als er.*

„Was hat das zu bedeuten?“ Runa sieht ernst zu mir auf, während ich das Blatt im Schein der Deckenlampe drehe und wende. „Ich weiß es nicht.“

Aber Runa hat sich bereits wieder dem Schreibtisch zugewandt. Jetzt, wo sie etwas auf der Spur zu sein glaubt, scheint es für sie kein Halten mehr zu geben. Trotz meines Protests zieht sie die Schubladen auf. Zum Glück hat sie die Hand immer noch mit dem Ärmel umwickelt und fasst den Inhalt nicht an, aber bei der untersten Lade stößt sie einen erschrockenen Schrei aus.

Ich bleibe hinter ihr stehen, das Blatt immer noch in der Hand, und beuge mich über ihre Schulter. Die Schublade ist voller Briefe, verfasst in einer geschwungenen Schrift, die mir merkwürdig vertraut vorkommt. „Die sind von Dilan“, hauche ich, bevor ich es wirklich realisiert habe. „Dilan Shaw, sie hat wie ich als Hilfskraft für Ruben gearbeitet.“ Ich überfliege die ersten Zeilen des Briefes, der obenauf liegt.

*Leblanc, ich weiß, dass du mich willst. Es ist sinnlos, das länger zu leugnen.*

*Ich kann dich hören, wenn du abends allein in deinem Bett liegst und meinen Namen schreist. Ich weiß ganz genau, dass du jeden Tag an mich denkst und an all die verbotenen Dinge, die wir miteinander tun könnten. Wieso lassen wir diese Fantasie nicht Wirklichkeit werden? Wenn du auf mich hörst, muss ich dir nicht wehtun. Aber auch, wenn du lieber ein böser Junge sein willst, werden wir viel Spaß haben, da bin ich sicher.*

Mein Mund ist plötzlich trocken und ein unangenehmer Schauer sorgt dafür, dass sich meine Nackenhaare aufstellen.

Runa dreht sich zu mir um, blankes Entsetzen spricht aus ihrem Gesicht. „Das ist widerlich", flüstert sie voller Abscheu.

„Lass uns gehen", stammele ich und ärgere mich darüber, dass meine Stimme bebt. Eine ungewohnte Mischung aus Wut und Euphorie strömt durch meine Adern. Wut, weil Ruben so etwas nicht verdient hat. Euphorie, weil dieser Brief unsere erste heiße Spur sein könnte.

Runa schnappt sich das Blatt aus der Schublade und auch das, das ich halte. Ich ergreife ihre Hand – diesmal entschiedener als vorhin – und dann bringe ich uns weg. In Sicherheit.

„Willst du drüber reden …?", frage ich, als wir vor dem Institut herauskommen. Der Pförtner ist in seine Zeitung vertieft und beachtet uns nicht.

Runa zögert kurz, dann schüttelt sie den Kopf. Noch immer hält sie die Blätter, die wir gefunden haben, umklammert. „Nein. Ich denke, ich möchte allein sein. Aber danke für das Angebot."

Ich nicke. „Okay, dann gute Nacht. Ich schaue noch in mein *Pidgeon Hole.*" Ob ich Runa zum Abschied umarmen soll? Ich war ihr heute ohnehin schon viel zu nah, also entscheide ich mich dagegen und drehe mich zum steinernen Rundbogen neben dem Pförtnerhäuschen um.

„Warte mal." Ihr entschlossener Tonfall lässt mich innehalten. Und die Tatsache, dass sie eine Hand nach meiner Schulter ausstreckt.

Hastig fahre ich herum. „Ja?"

„Was bitte ist ein *Pidgeon Hole*?“

„Das ist eine Art Postfach. Wenn dir jemand einen Brief oder ein Päckchen schickt, kannst du es dort abholen.“

„Haben alle so ein *Pidgeon Hole*? Auch die Professoren?“

„Alle, die zum Institut gehören“, gebe ich zähneknirschend zurück. Wieso bin ich da nicht früher drauf gekommen? „Aber zu den Postfächern der Professoren haben wir keinen Zutritt.“

Ich kann Runa förmlich denken hören. Sie schaut zu dem Zeitung lesenden Pförtner und dann durch das kleine Butzenfenster im Gang, hinter dem man den Nebenraum mit den quadratischen Regalfächern erahnen kann.

„Daran solltest du nicht mal im Traum denken“, flüstere ich zum zweiten Mal in dieser Nacht. „Wenn sie dich erwischen, fliegst du vom Institut.“

Trotzig zuckt sie mit den Schultern, wendet sich dann aber ab und wünscht mir trocken „Ebenfalls gute Nacht.“

Perplex sehe ich Runa nach, wie sie über den Quad in Richtung der Arkaden schlendert. Ich würde viel Geld darauf wetten, dass sie später noch einmal zurückkehren wird. Aber im Gegensatz zu mir weiß sie nicht, wann Garry seine Zigarettenpausen macht.

# *Bonanza*

## RUNA

„Lali?"

Meine Mitbewohnerin sitzt an ihrem Schreibtisch, umringt von turmhoch gestapelten Büchern. Die Zimmertür gleitet mir aus den Händen und fällt mit einem Knall ins Schloss.

Lali zuckt zusammen, schwenkt auf dem Drehstuhl zu mir herum und unterdrückt ein Gähnen mit dem Handrücken. „Ach, du bist's."

„Hi." Ich beschließe, gleich auf den Punkt zu kommen. „Hast du schon mal ein fremdes *Pidgeon Hole* geplündert?"

Sie rückt ihre Brille zurecht. „So viel kriminelle Energie hätte ich dir gar nicht zugetraut. Setz dich doch erst mal."

Ich lasse mich auf mein Bett fallen und starre an die Zimmerdecke. „Bist du heute Abend nicht bei deiner Freundin?"

„Zu viele Einsätze und zu viel zu lernen. Außerdem: Jetzt, wo du weißt, was Sache ist, muss ich nicht mehr jede Nacht flüchten. Und Chelsea hat auch mal eine Pause von mir verdient. Also, wo drückt der Schuh?"

„Bin ich jetzt etwa in der Sprechstunde bei Dr. Prasad?“, scherze ich.

Sie mustert mich skeptisch. „Noch habe ich meinen Doktortitel nicht. Brauchst du denn einen Arzt?“

Hastig schüttle ich den Kopf. Ich will nicht, dass sich meine einzige Freundin Sorgen macht. „Nein, alles gut. Zumindest körperlich.“

„Okay. Was ist dann los?“

Ich atme lange aus, während ich überlege, wie sich meine Situation möglichst treffend zusammenfassen lässt. „Ich habe dir ja von dem Toten erzählt, der wahrscheinlich mein Vater war. Ich habe in seinem Büro herumgeschnüffelt, aber Kyril hat mir das einzige wertvolle Beweisstück, das einen Hinweis auf seine Ermordung geben könnte – seinen Terminkalender – vor der Nase weggeschnappt. Außerdem habe ich einer alten Frau den Tod gebracht. Und mich teleportiert, irgendwie zumindest. Mit Kyril. Er hat mich auf ein Ale und ein Sandwich eingeladen, das muss ich ihm zugutehalten. Trotzdem … ich brauche diesen Kalender. Und ich muss an das *Pidgeon Hole* meines Vaters herankommen. Und zu allem Übel habe ich heute Nachmittag den falschen Typen geküsst und wurde von den *Nox Aeterna* zu einer ihrer Versammlungen eingeladen – “

Lali hebt eine Hand und schüttelt den Kopf. „Moment, ich glaube, da komme ich nicht ganz mit. Zuerst das Wichtigste: Wen hast du geküsst?“

Natürlich schießt mir unter ihrem neugierigen Blick das Blut in die Wangen. Ich verschränke die Arme. „Tristram. Aber genau genommen hat *er mich* geküsst und das ist jetzt eigentlich mein kleinstes Problem …“

Lali stößt einen Pfiff aus. „Sweet. Ihr würdet ein hübsches Paar abgeben, wenn du mich fragst – “

„Es war ein Fehler. Ich will nichts von ihm.“

„Sondern …?“ Ein schelmisches Lächeln liegt auf Lalis Lippen und plötzlich wird mir noch heißer.

„Nichts *sondern.* Verdammt, mein Leben ist ein einziger Scherbenhaufen, was soll ich da mit einem Kerl?“ Ein vertrautes Brennen steigt in meinem Hals auf und ich bete stumm, dass ich jetzt nicht – schon wieder! – vor Lali in Tränen ausbrechen werde.

Sie scheint zu begreifen, wie ernst es mir ist. „Hey.“ Lali setzt sich neben mich auf die Bettkante und legt einen Arm um meine Schultern. „Du hast in den letzten Tagen viel durchgemacht. Und ich helfe dir, wo ich kann, okay?“ In ihrem Blick lese ich eine Mischung aus Mitgefühl und Zuneigung und ich frage mich wieder einmal, womit ich ihre Freundschaft eigentlich verdient habe.

„Was das *Pidgeon Hole* angeht … welcher Pförtner hat heute Dienst? Ein älterer Mann mit Halbglatze?“

„Genau.“ Ich nicke eifrig.

Lali steht auf und geht Richtung Tür. „Zufällig habe ich die Tage *Laddu* gekocht. Für Notfälle, aber das ist eindeutig ein Notfall. Ich hole es schnell aus dem Kühlschrank.“

Sie verschwindet auf den Flur hinaus und kommt kurz darauf mit einem Einmachglas voller karamellfarbener, in Sesam gewälzter Bällchen zurück. „Kichererbsenkonfekt“, erklärt sie. „Unfassbar lecker. Und Garry, der Pförtner, ist verrückt danach.“

Mein Herzschlag beschleunigt sich, aber gleichzeitig überkommt mich ein schlechtes Gewissen.

Lali liest es mir an den Lippen ab. „Keine Sorge, wo das herkommt, gibt es noch mehr." Sie zwinkert. „Also, das ist der Plan: Ich lenke Garry ab und du teleportierst dich zu dem *Pidgeon Hole* deines Vaters."

„Aber ich habe mich noch nie allein irgendwohin teleportiert", protestiere ich. „Ich kann das nicht."

„Und ob du kannst." Lali klingt entschlossen. „Bist du an Bord oder nicht?"

Mehr als ein Nicken bringe ich nicht zustande.

„Dann komm."

Ich folge Lali durch das Treppenhaus hinunter und über den Quad. Kurz vor dem Pförtnerhäuschen bleibt sie stehen. „Auf mein Zeichen", flüstert sie und klopft an die Scheibe des Sichtfensters.

Garry hebt den Kopf. Als er Lali erkennt, hellt sich das Gesicht des Pförtners schlagartig auf. Freudig streckt sie das Einmachglas mit dem Laddu in die Höhe.

Garry schiebt die Fensterscheibe hoch. „Ist das etwa für mich?"

Lali nickt. „Ich glaube, ich schulde dir noch eine Entschädigung, nachdem ich mich neulich so schusselig ausgesperrt habe …"

Er winkt ab. „Ach, das ist doch längst vergessen. Sind das etwa die mit Sesam? Die mag ich am liebsten."

„Ich weiß." Lali deutet mit dem Kopf in meine Richtung. „Meine Freundin wollte sowieso zu ihrem *Pidgeon Hole*, da dachte ich, ich schaue schnell vorbei."

„Alles klar." Garry nickt mir zu. „Du kannst einfach durchgehen."

In diesem Moment wirft auch Lali mir einen eindringlichen Blick zu. Das muss dann wohl das erwähnte Zeichen sein. Ich murmele ein „Danke schön“ und trete durch den Torbogen in den Flur neben dem Pförtnerhäuschen. Zwei Räume zweigen hier ab, einer zu meiner Rechten und einer, dessen Eingang direkt hinter Garrys Arbeitsplatz liegt. Mein Gefühl sagt mir, dass ausgerechnet dieser die *Pidgeon Holes* der Professoren beherbergt. Nur ein staubiges Butzenfenster gibt den Blick auf das Zimmer frei. Aber wenn ich dort entlangspaziere, wird Garry mich definitiv bemerken, selbst wenn er für den Moment noch mit seinen Kichererbsenbällchen beschäftigt ist.

Also bleibt mir keine Wahl.

Ich betrete den vorderen Raum – der, den zu betreten mir erlaubt ist. Vom Gang her fällt spärliches Licht herein, aber ich drücke mich in den Schatten, dicht an die meterlangen Regale. Dann schließe ich die Augen und denke an Kyrils Worte.

Mit aller Macht stelle ich mir Fächer voller Briefe und Päckchen vor. Mit Namenschildern daran. Auf einem steht *Prof. Ruben Leblanc.* Ich sage mir seinen Namen immer wieder vor, obwohl jede Silbe anfühlt wie ein Stich in meinen Brustkorb. *Ruben. Ruben Leblanc.* Die Luft um mich herum beginnt zu flimmern und der Gedanke droht mir zu entwischen. Aber ich halte ihn fest. Genau genommen halte *ich* mich wohl an ihm fest. An allem, was mir von meinem Vater geblieben ist. Denn was ich noch von ihm habe, liegt in diesem Postfach, falls es nicht leer ist. Ich schiebe die Zweifel beiseite, so gut es geht, und versuche es noch einmal. *Ruben Leblanc.* Holzwurmfraß in den Eichenbrettern. Verwischte Poststempel. Briefmarken mit dem Konterfei der Queen.

Das Blut strömt aus meinem Kopf und mir wird flau im Magen. Der Boden unter meinen Füßen schwankt. Es ist ein altbekanntes Gefühl, wie einschlafen, wenn einem die Welt langsam entgleitet. Als säße ich in einem Karussell, das mich in schwindelerregender Höhe durch die Luft wirbelt, immer schneller, bis ich jede Orientierung verliere.

Bevor ich die Augen wieder öffne, schicke ich ein stummes Stoßgebet gen Himmel, in der Hoffnung, dass ich nicht gleich die falschen Regalwände vor mir haben werde.

Tatsächlich erspähe ich im Halbdunkel ein paar Schritte entfernt von mir Postfächer. Und es sind nicht dieselben wie vorhin: Diese hier sind aus dunklem, polierten Holz gefertigt. Ich trete näher. Und atme erleichtert aus. An dem Fach, das sich direkt vor meiner Nase befindet, klebt ein Etikett mit dem Namen meines Vaters.

In Rubens Postfach liegt nur ein einzelner, dicker Umschlag. Euphorie prickelt in meinen Adern. Ich strecke eilig die Finger danach aus und lasse ihn in die Manteltasche gleiten. Dann schließe ich die Augen wieder. Frustriert stelle ich fest, dass ich mir den ersten Raum mit den *Pidgeon Holes* der Studierenden nicht besonders detailliert eingeprägt habe. Aber die Zeit drängt. In meinem Kopf überschlagen sich die Gedanken, dann habe ich den rettenden Einfall, einfach denselben Trick anzuwenden wie vorhin: Ich denke an den einzigen Namen, der mir in diesem Moment einfallen will. An jemanden, der am Institut studiert und definitiv sein Postfach im ersten Zimmer hat. Weil ich eben gesehen habe, wie er hineingegangen ist. *Kyril Ironmonger*.

Diesmal geht alles schneller; ich wiederhole seinen Namen wieder und wieder, der altbekannte Schwindel überkommt mich und mit dem nächsten Wimpernschlag bin ich im Nebenzimmer.

Zu meinem Erstaunen stapeln sich die Umschläge in Kyrils Postfach – ich hätte ihn für ordentlich und organisiert gehalten. Und war er nicht erst heute Abend hier? Aber das müssen vier oder fünf Briefe sein, die er nicht abgeholt hat. Ich erhasche einen Blick auf den Absender: Neben einem imposanten Familienwappen mit zwei Eidechsen und drei Schwenkringen prangt der Name *Kieran Ironmonger*.

Ich zucke zusammen. Ob das Kyrils Bruder ist? Ein Onkel vielleicht, oder gar sein Vater? Aber bevor ich länger darüber nachdenken kann, dringt Lalis Stimme an mein Ohr: „Hey, Süße, bist du dann so weit?"

„Komme schon", rufe ich und eile aus dem Zimmer. Bleibt nur zu hoffen, dass mein glühendes Gesicht mich nicht verrät. Ich bin leider nicht so gut darin, etwas Verbotenes zu tun, wie ich gern wäre. Aber Garry winkt uns zur Verabschiedung nur kauend zu. Erleichtert atme ich auf. Das war einfacher als gedacht. Trotzdem klopft mir das Herz immer noch bis zum Hals.

„Und, hast du was gefunden?", fragt Lali, als wir wieder auf unserem Zimmer sind.

„Ja." Meine Stimme klingt heiser. Ich schließe die Tür hinter mir ab, obwohl ich mir selbst nicht erklären kann, wovor ich mich plötzlich fürchte. Dann erst ziehe ich den Mantel aus und den Umschlag hervor. Er wiegt schwer in meinen Händen.

Lali betrachtet das schlichte weiße Papier erwartungsvoll. „Kein Absender?"

Ich schüttle den Kopf. Außer Rubens Namen und seiner Institutsadresse gibt der Umschlag nichts preis.

„Nun mach ihn schon auf!“, fordert Lali.

„Bin ja schon dabei“, stammele ich. Mit einem Mal schnürt sich mir die Kehle zu, und ohne dass ich etwas dagegen unternehmen kann, spielen sich vor meinem inneren Auge alle möglichen Szenarien ab: Vielleicht hat mein Vater mir einen Brief geschrieben. Einen sehr langen Brief, der alles erklärt, einfach alles. Falls es überhaupt eine Erklärung dafür geben kann, seine Frau und seine ungeborene Tochter zu verlassen.

Allerdings konnte Ruben wohl kaum wissen, dass ich ans Institut kommen würde. Zudem ist diese Vorstellung viel zu tröstlich, um realistisch zu sein. Wahrscheinlich erwarten mich stattdessen Werbeprospekte oder unbezahlte Rechnungen.

Ich hole tief Luft und habe trotzdem das Gefühl, dass kein Sauerstoff in meiner Lunge ankommt. Geistesgegenwärtig reicht mir Lali einen Brieföffner von ihrem Schreibtisch. Ich nehme ihn entgegen und öffne den Umschlag mit einem langen Schnitt, während ich krampfhaft versuche, nicht in Tränen auszubrechen. Meine Fingerspitzen fühlen sich taub an, als ich nach dem Inhalt taste. Dann stoßen sie auf Papier. Aber es ist zu dünn, um zu einem Briefbogen zu gehören, und fühlt sich seltsam glatt an.

Ich ziehe einen Stapel heraus und dann noch einen und noch einen. Bis ich etliche rote Fünfzig-Pfund-Noten in den Händen halte.

„Wow.“ Lali stößt einen beeindruckten Pfiff aus.

Fassungslos schüttele ich den Kopf. „Das … das ist …“

„Jede Menge Schotter“, vervollständigt sie meinen Satz. „Runa, das müssen mehrere tausend Pfund sein.“

„Wie kommt so viel Geld in das *Pidgeon Hole*?“ Obwohl Lalis Augen strahlen, gelingt es mir nicht, mich von ihrer Freude anstecken zu lassen. Ein Brief meines Vaters wäre mir viel mehr wert gewesen als alles Geld der Welt.

Ich will den Umschlag gerade frustriert auf mein Bett werfen, da ertasten meine Finger noch etwas anderes. Mit klopfendem Herzen befördere ich ein gefaltetes Blatt Papier heraus. Genau genommen ist das nicht korrekt, denn ich erkenne sofort, was ich vor mir habe: einen Origami-Kranich, der aus den Kartons in Rubens Haus entwischt sein muss.

„Was ist das?" Lali zieht skeptisch eine Augenbraue hoch.

„Ein Kranich." Gegen meinen Willen muss ich lächeln. Und dann kommt eine Erinnerung hoch, die lange verschüttet war: Mir fällt ein, dass auch ich mich mit zehn oder elf an der japanischen Kunst des Papierfaltens versucht habe. Zwar bin ich damals kläglich gescheitert, aber ich erinnere mich wieder, dass Mum einen wehmütigen Glanz in den Augen hatte, als sie mich dabei beobachtete. Ich dachte, sie wäre stolz auf meine missratenen Papiervögel. Aber jetzt erscheint mir ihre Reaktion in neuem Licht.

„Mein Vater war Ethnologe", sage ich mehr zu mir selbst als zu Lali. „Und offenbar hat er sich auch für Origami interessiert." Andächtig fahre ich mit den Fingerspitzen über das Papier. Das Papier, das die Finger meines Vaters berührt und geformt haben.

Ich wische mir eine Träne aus dem Augenwinkel, lächle Lali entschuldigend zu und setze den Kranich auf das Fensterbrett, von wo aus er mich stumm anblickt.

Meine Zimmergenossin greift nach meiner Hand, dann macht sie eine Kopfbewegung in Richtung des Geldes. „Damit sind einige deiner Probleme fürs Erste gelöst, oder?" Als ich sie verständnislos anblinzele, fügt sie hinzu: „Wolltest du dir nicht einen Job suchen?“

Kurz klappt mir die Kinnlade herunter, dann fange ich mich wieder. „Ja, ich … ich denke, das kann jetzt noch ein Weilchen warten. Andererseits – “

„Oh nein.“ Lali schüttelt entschieden den Kopf. „Diesen Gedanken schlägst du dir ganz schnell aus dem Kopf, Süße, hörst du? Du hast das Geld gefunden und du behältst es auch.“

„Ich weiß nicht“, gebe ich kleinlaut zurück. „Vielleicht vermisst es jemand.“

„Ein Postfach im Institut ist bestimmt kein typischer Ort für eine Lösegeldübergabe oder so was. Die Räume mit den *Pidgeon Holes* sind ja nicht mal abgeschlossen! Da könnte jeder hineinspazieren. Aber niemand außer dir hatte einen Grund, dort nach etwas zu suchen, oder? Außerdem habe ich mein Laddu bestimmt nicht umsonst hergegeben!“

Bei Lalis letzten Worten muss ich schmunzeln. Vielleicht hat sie recht. „Zumindest müsste ich mich dann nicht um das Stipendium bewerben. Ehrlich gesagt war mir sowieso nicht ganz wohl bei dem Gedanken, mich mit dieser Dilan zu treffen …“

Lalis Gesichtszüge erstarren. „Etwa Dilan Shaw? Was hast du denn mit ihr zu tun?“ Aber noch bevor ich antworten kann, umfasst Lali meine Schultern mit beiden Händen. „Runa, ich weiß nicht, was sie dir versprochen hat, aber halte dich bitte von ihr fern.“

„Sie muss ja ein richtiges Biest sein“, scherze ich. „Kyril hat mich auch vor ihr gewarnt.“

„Und er hat allen Grund dazu.“

„Wie meinst du das?“ Ich weiß, dass ich es auf sich beruhen lassen sollte. Das geht mich nichts an und ich habe schon jetzt ein schlechtes Gewissen wegen des Geldes, da muss ich mich nicht auch noch in Kyrils Privatleben einmischen. Aber meine Neugier gewinnt die Oberhand. „Ich meine, Tristram hat erwähnt, dass Kyril Ärger mit der Verbindung hatte, aber ich weiß nicht, was passiert ist."

„Wenn ich es dir verrate, schweigst du dann wie ein Grab?"

Ich nicke und wir setzen uns auf Lalis Bett.

„Kyril hat sich mit Dilan angelegt, weil er ihr nachweisen wollte, dass die *Nox Aeterna*, deren stellvertretendes Oberhaupt sie ist, Noten manipulieren. Wo sicherlich etwas dran ist, wenn ich mir Dilan angucke. Jedenfalls wollte er der Studentenverbindung beitreten, um Beweise zu sammeln, aber Dilan hat den Braten natürlich gerochen und deshalb hat sie sich für Kyril ein besonderes ‚Aufnahmeritual' überlegt."

Ein eisiger Schauer läuft mir über den Rücken. „Was soll das heißen?"

Lali seufzt leise. „Die Noxe haben ihn in ein Verlies in den Katakomben des Instituts gesperrt. Einen kleinen, fensterlosen Raum, wo Kyril die Nacht in völliger Dunkelheit verbracht hat. Erst am Abend des nächsten Tages hat man ihn wieder rausgelassen."

Die grausamen Bilder, die ich jetzt vor mir sehe, übertreffen alles, was ich mir hätte ausmalen können. „Dann war er vierundzwanzig Stunden allein in der Dunkelheit? Ohne Nahrung, Trinken oder …"

„Das kommt hin."

„Mein Gott." Ich stütze meine Ellbogen auf die Knie und verberge den Kopf in den Händen. Also habe ich mir doch nicht eingebildet, dass Kyril vorhin nach dem Teleportieren seltsam war. Dass er gezittert hat und irgendwie panisch wirkte. Jetzt kenne ich auch den Grund.

„Das ist schrecklich." Ich hebe den Kopf wieder und starre Lali in Erwartung einer Erklärung an. Gleichzeitig weiß ich, dass es keine gibt.

„Jetzt kannst du sicher nachvollziehen, warum ich dir rate, dich von den *Nox Aeterna* fernzuhalten. Von der ganzen Verbindung, nicht nur von Dilan Shaw. Nimm das Geld, Runa, und konzentriere dich auf dein Studium."

Ich nicke, obwohl ich immer noch nicht weiß, ob ich es übers Herz bringen werde, etwas von meinem Fund auszugeben. „Und was machen wir jetzt?"

Lali schüttelt verblüfft den Kopf. „Es ist schon …", sie wirft einen Blick auf ihre Armbanduhr, „… nach Mitternacht. Jetzt gehen wir ins Bett. Du wirst noch früh genug herausfinden, dass Schlaf die eigentliche Währung unserer Welt ist."

Es ist ein merkwürdiges Gefühl, mit Lali in einem Zimmer zu schlafen. Mit *irgendjemandem* in einem Zimmer zu schlafen. Ich liege lange wach und lausche auf die gleichmäßigen Atemzüge meiner Mitbewohnerin. Aus Angst, dass es jeden Moment wieder losgehen könnte – mit Sterbenden, mit Seelen, mit den Albträumen, ob fiktiv oder real – habe ich mich nicht getraut, meinen Pyjama anzuziehen. In Jeans und T-Shirt liege ich im Bett und habe trotzdem das Gefühl, alles falsch zu machen. Irgendwann fallen mir endlich die Augen zu.

Ich erwache erst, als die Sonnenstrahlen durch die Vorhänge fallen. Offenbar war es eine ruhige Nacht.

Als ich mich aufgerichtet habe, kommt Lali gerade aus dem Bad. „Guten Morgen!" Sie wirkt so fröhlich wie immer und völlig ausgeruht. Aber vielleicht hat sie sich im Gegensatz zu mir einfach schon an den Schlafmangel gewöhnt.

„Morgen", gebe ich gähnend zurück. „Steht heute irgendetwas an?"

„Nicht wirklich. Heute haben die *Fresher* frei, um sich auf den großen Tag morgen vorzubereiten."

Schlagartig sitze ich kerzengerade im Bett. „Den großen Tag?"

Sie stopft ein paar Bücher vom Schreibtisch in ihre Collegetasche. „Die Initiation. Das hast du doch nicht vergessen?"

„Nein", lüge ich, korrigiere mich dann aber zu einem „Vielleicht."

„Keine Panik, das wird schon. Ich muss jetzt in die Bibliothek, meine Lerngruppe trifft sich. Aber hab einen wunderbaren Tag, Süße!"

„Danke." Ich versuche, nicht zu enttäuscht zu klingen, schließlich ist Lali nicht mein Babysitter. Allerdings habe ich keinen blassen Schimmer, was ich ganz alleine in dieser riesigen Stadt anstellen soll.

Die Tür fällt hinter Lali zu und ich versuche, mir selbst Mut zu machen. Edinburgh hat so viel zu bieten: Ich könnte mir das Castle ansehen, den Holyrood Palace besichtigen, Calton Hill hinaufwandern oder einfach ein bisschen durch die Altstadt schlendern. Aber zuerst werde ich irgendwo frühstücken gehen. Und zwar außerhalb des Instituts, um dabei nicht von gruseligen Porträts umgeben zu sein.

Nach einer Dusche packe ich meine wichtigsten Sachen zusammen. Dabei fällt mein Blick auf mein Handy: Mum hat etliche Male versucht, mich anzurufen. Aber ich will nicht mit ihr sprechen. In den letzten Tagen war unser Kontakt sporadisch:

Sie hat mir Fotos von Rose geschickt, ich habe mich gefreut, meine Schwester zu sehen, und versucht, das eifersüchtige Stechen in meinem Brustkorb zu ignorieren, das mich daran erinnert, dass sie selbst jetzt schon so viel mehr hat als ich. Aber geantwortet habe ich nie. Die zwei blauen Häkchen, die Mum zeigen, dass ich die Bilder gesehen habe, mussten als Lebenszeichen ausreichen.

Auch jetzt entdecke ich Nachrichten von ihr auf dem Display: *Runa, geht es dir gut? Bitte melde dich, ich mache mir Sorgen.* Dann noch zwei weitere mit ungefähr dem gleichen Inhalt.

Wütend knalle ich das Smartphone auf den Nachttisch. Wenn ich es auf dem Zimmer lasse, kann ich Mums Kontaktversuche ignorieren. Andererseits wäre es bei meinem Orientierungssinn wohl besser, für alle Fälle die Navigationsapp parat zu haben. Mit einem Seufzen greife ich wieder nach dem Telefon. Vielleicht sollte ich mich dem Konflikt mit Mum endlich stellen – es heißt doch, der kürzeste Weg aus einer unangenehmen Lage heraus führt mittendurch. Und ich würde viel dafür tun, wieder meine Ruhe zu haben. Also beginne ich zu tippen: *Wie du willst: Ich melde mich. Und zwar mit einer Frage.*

Ich halte inne. Eine einzige Frage ist niemals genug, denn mir liegen so viele bittere, ungesagte Worte auf der Zunge, dass ich glaube, bald daran ersticken zu müssen. Also das Dringlichste zuerst: *Mein Vater ist tot. Ich konnte ihn nicht mehr kennenlernen. Du hast mal wieder bekommen, was du wolltest. Wirst du mir jetzt die Wahrheit sagen?*

Bevor mein Gewissen mich davon abhalten kann, schicke ich die Nachricht ab. Ich habe es gerade mal durch das Treppenhaus auf den Lucusta Quad geschafft, da klingelt mein Handy. Natürlich ist es Mum.

Mei Herz rast. Ich gebe mir eine Sekunde, um mich zu beruhigen, dann nehme ich den Anruf wortlos entgegen.

„Runa?“ Mum klingt verzweifelt. „Geht es dir gut?“

„Ich bin am Leben, wenn du das meinst. Im Gegensatz zu Dad.“ Gegen meinen Willen schießen mir Tränen in die Augen.

Sie schweigt einen Moment lang. „Wie meinst du das?“

„Soll ich dir jetzt von der Gabe der Schattenspringer erzählen, obwohl du das alles längst weißt? Von Albträumen, die keine sind, und von all den Dingen, die du mir mein Leben lang verschwiegen hast?“

Am anderen Ende der Leitung seufzt meine Mutter hörbar auf. „Mein Schatz, ich …“

„Nein! *Ich* rede jetzt.“ Ich weiß, dass es kindisch ist, Mum nicht zu Wort kommen zu lassen, aber meine Wut muss irgendwohin. Ich ertrage dieses erdrückende Gefühl nicht länger. Hastig sehe ich mich um. Auf dem Quad ist zum Glück nicht viel los, trotzdem drehen sich ein paar Studierende nach mir um. Erschöpft lasse mich auf eine Bank unter den Arkaden sinken. „Er ist in meinen Armen gestorben, Mum“, flüstere ich. „Seine Seele hat nach mir gerufen: Ruben Leblanc ist tot.“

„Das kann nicht sein!“, widerspricht meine Mutter. In ihren Worten klingt nicht so viel Schmerz mit, wie ich erwartet hätte. Schließlich hat sie meinen Vater einmal geliebt. Andererseits ist das lange her.

„Aber es ist die Wahrheit. Wirst du mir jetzt von ihm erzählen? Ich glaube, dass er ermordet wurde, und es ist wichtig, dass ich mehr darüber herausfinde, um – “

„Halt. Stopp.“ Plötzlich schlägt Mum einen ganz anderen Tonfall an und ich fühle mich wieder wie ein kleines Kind, das etwas ausgefressen hat. Denkt sie vielleicht, sie könnte immer noch so mit mir reden? Ich fasse es nicht! Am liebsten würde ich das verdammte Handy gegen die steinerne Statue auf der anderen Seite des Ganges schleudern – eine Frau in wallender Toga, mit offenem Haar und einem Kelch in der Hand. *LVCVSTA* steht auf dem Sockel.

Mums Stimme dringt wie durch dichten Nebel an mein Ohr. „Was auch immer geschehen ist, du wirst nicht auf eigene Faust ermitteln, hörst du, Runa? Hast du mich verstanden?“

Ich schweige, denn ich lasse mich nicht von ihr einschüchtern.

„Es ist viel zu gefährlich!“

„Wirst du mir von meinem Vater erzählen oder nicht?“

„Man soll die Toten ruhen lassen.“

Das ist zu viel. Ich schwanke zwischen Enttäuschung, Zorn und Trotz und fühle mich dabei so hilflos wie ein Blatt im Wind. Und gerade kommt Sturm auf.

Aber bevor mich meine Gefühle überwältigen können, will ich dieses Gespräch beenden. Ein für alle Mal. „Du kannst dir deine Nachrichten sparen“, sage ich so gefasst wie möglich. „Und auch die Anrufe. Ich will nichts mehr von dir hören, okay? Lass mich einfach in Ruhe!“ Ohne eine Antwort abzuwarten, lege ich auf.

Statt Erleichterung verspüre ich allerdings nur eine unbestimmte Enge in meinem Brustkorb, die nicht nachlassen will, egal, wie oft ich mir sage, dass ich das Richtige getan habe.

„Runa!“ Eine vertraute Stimme ruft meinen Namen und am liebsten würde ich weglaufen. Aber dafür ist es jetzt zu spät:

Tristram kommt über den Quad auf mich zu. In einem Bogen der Arkaden bleibt er stehen. Die Strahlen der Morgensonne lassen sein rötliches Haar leuchten wie Feuer, auf seinen Lippen liegt ein leichtes Lächeln und seine Wangen sind in einen verräterischen Schimmer getaucht. „Hey. Genießt du das schöne Wetter?“

„Nicht wirklich“, gebe ich mit einem unterdrückten Seufzen zurück. „Ich habe nur kurz telefoniert.“ Die Erklärung könnte ich mir wohl auch sparen, weil er das mit Sicherheit selbst gesehen hat. „Ärger mit meiner Mutter.“ Ich zucke mit den Schultern, so als würde mir das überhaupt nichts ausmachen. Wenn es doch bloß so wäre.

Tristram kommt näher und deutet auf die Bank. Ich nicke, rutsche aber instinktiv ein Stück von ihm weg und schaue auf den Boden. Ich will auf keinen Fall, dass diese Begegnung wieder in einem Kuss endet.

„Willst du drüber reden?“

„Eigentlich nicht.“ Eilig stecke ich das Handy in meine Jackentasche, dann wende ich Tristram den Kopf zu. „Aber danke, dass du fragst.“

Er zieht einen Mundwinkel hoch. „Eltern können echt eine Plage sein.“ Mir entweicht ein Schnauben, da schiebt er hinterher: „Aber keine Sorge, irgendwann gewöhnen sie sich dran, dass man eigene Wege geht. Ich glaube, meine haben nur zwei Jahre gebraucht.“

Weil ich mir beim besten Willen nicht vorstellen kann, dass Mum irgendwann lockerlassen wird, lächle ich nur matt. Tristram scheint meine wortkarge Art heute Morgen zum Glück nichts auszumachen, er strahlt mich geradezu an. Aber so sehr ich auch in mich hineinhorche, da sind keine Schmetterlinge in meinem Bauch, wenn ich ihn ansehe. Nicht mal eine winzig kleine Raupe, die sich irgendwann verpuppen könnte. Natürlich wäre es schön, nicht allein zu sein, aber … ich darf seine Freundlichkeit nicht ausnutzen. Ich muss mit ihm reden, nur wie? Wie bricht man jemandem möglichst schonend das Herz? Andererseits bedeute ich ihm vielleicht gar nichts und es war nur ein Ausrutscher. Es gibt schließlich Männer, die –

Aber ich kann nicht mal den Gedanken zu Ende führen, denn die Vorstellung, dass Tristram herumläuft und ahnungslose Erstsemester küsst, ist einfach nur absurd.

„Hast du heute schon was vor? Es ist der perfekte Tag für einen Spaziergang. Zum Beispiel durch die Princes Street Gardens oder den Saughton Park, dort gibt es einen Rosengarten und Gewächshäuser voller exotischer Pflanzen –" Tristram bricht ab und sucht fragend meinen Blick.

„Tut mir leid", bringe ich hervor, „aber ich glaube, heute möchte ich lieber allein sein."

„Okay." Er lässt sich nichts anmerken, doch ich bin sicher, dass er enttäuscht ist.

„Wegen neulich", setze ich an und halte dann inne, um angestrengt nach den richtigen Worten zu suchen. Falls es die überhaupt jemals gibt. „Es war falsch von mir, dich zu küssen." Jetzt habe ich die Bombe platzen lassen. *Und auch noch mit so viel Fingerspitzengefühl*, spottet meine innere Stimme.

Prompt läuft Tristram knallrot an. Das ist wohl einer der Nachteile, wenn man einen so hellen, sommersprossigen Teint hat. „Ich … ich wollte dich nicht überrumpeln", stammelt er.

Ich weiche seinem Blick aus. „Nein, es hat gar nichts mit dir zu tun. Ich mag dich, aber … ich fühle mich einfach nicht bereit für – “ Ja, für was eigentlich? Für eine Beziehung, für einen Flirt, für einen bedeutungslosen Kuss? Mein Gott, wahrscheinlich blamiere ich mich gerade bis auf die Knochen. Trotzdem will ich ehrlich zu Tristram sein. Hilflos zucke ich mit den Schultern, in der Hoffnung, dass er irgendwie versteht, was ich sagen möchte. „Mein Leben ist das reinste Chaos. Ich meine, erst komme ich her und erfahre, dass ich eine Schattenspringerin bin, und dann die Sache mit Ruben …“

„Der verstorbene Professor? Du kanntest ihn, oder?“

Ich zucke zusammen. Ich hatte Tristram nichts davon gesagt, oder?

„Kyril es mir erzählt“, sagt er. „Nur ganz grob, keine Details – “

„Schon gut. Ich hätte mir ja denken können, dass ihr keine Geheimnisse voreinander habt.“

Tristram schmunzelt. „Nicht wirklich, nein.“

Es muss schön sein, so einen guten Freund zu haben. „Um deine Frage zu beantworten: Ja, ich kannte ihn.“ Genau genommen ist das nicht wahr. „Er war mein Vater.“

Tristrams Gesichtszüge entgleisen für einen Moment. Er schüttelt fassungslos den Kopf und zieht mich dann ohne Vorwarnung in seine Arme.

Überrascht halte ich die Luft an – ich weiß nicht, wie ich es finden soll, dass wir uns schon wieder so nah sind. Aber dann bemerke ich, dass sich diese Umarmung anders anfühlt. Tristram will mich nur trösten und verdammt, was ist eigentlich los mit mir?

„Das tut mir so leid“, flüstert er.

Ich bin kurz davor, ihm die ganze Geschichte zu erzählen, aber was bringt es, wenn ich die alles verzehrende Wut von vorhin wieder heraufbeschwöre? Also belasse ich es bei einem schlichten „Danke."

„Du weißt, dass du immer auf mich zukommen kannst, wenn du jemanden zum Reden brauchst?" Er räuspert sich. „Oder, wenn du dir doch noch den Saughton Park ansehen willst."

Gegen meinen Willen muss ich lächeln. „Ja. Und auch dafür vielen Dank."

„Okay, also dann ..." Tristram steht auf und rückt den Kragen seines Mantels zurecht. „Wir sehen uns."

„Tris?"

„Ja?" In seinem Blick liegt ein hoffnungsvoller Glanz, der mir einen Stich versetzt.

„Kann ich dich noch etwas fragen? Wegen morgen."

Schlagartig erstarren seine Gesichtszüge. Es vergeht nur eine Millisekunde, bis er sich wieder unter Kontrolle hat und mich so freundlich ansieht wie zuvor. Trotzdem macht sich ein ungutes Gefühl in mir breit. „Muss ich noch irgendetwas wissen? Gibt es einen Dresscode oder so was?"

Der letzte Satz war eigentlich als Scherz gedacht, ich wollte nur noch einmal hören, dass schon alles gut werden wird und ich mir keine Sorgen machen brauche. Aber Tristram nickt.

„Ja, der Dresscode bei der Initiationsfeier ist *White Tie*."

„*White Tie?*", wiederhole ich ungläubig. „Also ein Cocktailkleid?"

„Streng genommen müsste es bodenlang sein."

Es kostet mich Überwindung, nicht panisch aufzulachen.

„Die Herren tragen einen Frack und die Damen Abendkleider mit einer Stola, manchmal Handschuhe dazu. Das volle Programm eben."

„Und wahrscheinlich auch die Familienjuwelen?"

Er zieht einen Mundwinkel hoch und zuckt entschuldigend mit einer Schulter.

Mein Gott. Offenbar muss ich dringend shoppen gehen. Als ob ich nicht schon genug Probleme hätte!

„Keine Sorge, ich bin mir sicher, du wirst bezaubernd aussehen."

Ich weiß nicht, ob das einfach nur nett gemeint, oder wieder ein Flirtversuch ist, trotzdem bedanke ich mich.

Tris deutet scherzhaft eine Verbeugung an und entfernt sich dann über den Quad.

# Zum Scheitern verurteilt

## KYRIL

Natürlich habe ich im *Pidgeon Hole* nichts gefunden. Ruben wäre niemals so nachlässig gewesen, dort nicht aufzuräumen, obwohl er hier offensichtlich alle Zelte abbrechen wollte. Und genau danach sieht es im Moment aus, denn mein Bauchgefühl sagt mir, dass er nicht bloß vorhatte, für ein paar Tage zu einem Kongress nach Palermo zu fliegen.

Auch der Terminkalender meines Professors sieht danach aus: Die kommenden Seiten sind über Wochen leer. Nur für morgen Abend ist die Notiz *GF NN MN* vermerkt.

Ich sitze schon den ganzen Morgen an meinem Schreibtisch, brüte über dem Kalender und versuche, die Bedeutung dieser kryptischen Abkürzung zu entschlüsseln. Dass die Buchstaben ganz unten auf der Seite stehen, legt nahe, dass es sich um einen Termin handelt, der für den Abend angesetzt war. Und ich kenne Rubens strukturierte Art – wahrscheinlich hat er sich auch seine Termine in einer bestimmten Art und Weise notiert. Erschöpft reibe ich mir die Schläfen und muss plötzlich an unsere Exkursion nach North Berwick im letzten Jahr denken. Für die Organisation habe ich viele E-Mails an meinen Professor geschickt und da war doch was …

Sofort bin ich hellwach. Ich klappe den Laptop auf, öffne mein Postfach und klicke mich durch die Ordner. Wenig später habe ich die gesuchte Mail gefunden. Der Betreff: *WS EX 9AM.* Oder genauer: *Waverley Station, Exkursion, 9 Uhr morgens.* Ich bin sicher, dass der obige Code nach einem ähnlichen Prinzip funktioniert.

Noch während ich darüber nachdenke, wird die Tür aufgerissen. Tristram kommt herein, ich erkenne ihn schon am schwungvollen Gang. Aus dem Augenwinkel sehe ich, dass er seine Umhängetasche neben das Bett wirft und sich auf die Matratze fallen lässt.

„Hi", sage ich, ohne vom Kalender aufzusehen. „Wenn du verabredet bist und der Ort ist mit *GF* abgekürzt, an was denkst du dann?"

„In Edinburgh?"

„Ja, nehmen wir das mal an."

„Na ja, als Erstes natürlich an den Greyfriars, aber ich würde mich wohl kaum auf einem Friedhof verabreden, also – "

„Doch!", unterbreche ich ihn. „Das muss es ein!"

Tris starrt mich verständnislos an. „Du hast ein Date auf dem Friedhof?!"

„Wer weiß. Vielleicht habe ich dort auch etwas anderes vor, etwas, das man mit *NN* abkürzen könnte … Nomen Nescio?"

„Mir scheint, du kennst den Namen deiner Angebeteten nicht." Tristram lacht in sich hinein.

Ich lasse mich von seinem Witz nicht aus dem Konzept bringen. Mein Herz pocht so hektisch, dass ich jeden einzelnen Schlag spüre, und mein Bauchgefühl sagt mir, dass ich auf der richtigen Spur bin. Was wollte Ruben bloß auf dem Greyfriars? Mit *MN* kann ich rein gar nichts anfangen, deshalb forme ich stumm alle möglichen Worte, in denen ein M und ein N vorkommen: *Monday, Money, Mountain, Morning, Midnight …*

„Midnight!", rufe ich aus. „Ruben war morgen um Mitternacht auf dem Friedhof verabredet!"

Tristram setzt sich auf, ungläubig den Kopf schüttelnd. „Wie kommst du denn darauf?"

„Sieh selbst, das hier ist sein Terminkalender."

„Du bist nicht ernsthaft in sein Büro eingebrochen?" Tristram zieht skeptisch die Augenbrauen hoch.

„Es ist kein Einbruch, wenn man einen Schlüssel hat."

Jetzt steht mein Mitbewohner auf, zieht einen zweiten Stuhl an meinen Schreibtisch und wirft ebenfalls einen Blick in den Kalender. Nachdenklich fährt er sich mit dem Zeigefinger über das Kinn. „Aber was sollte Ruben nach der Initiation dort gewollt haben? Ich meine, du weißt, wie dieser Abend meistens – "

„Du hast recht", werfe ich eilig ein, um Tristram daran zu hindern, weiterzusprechen. Nach der Initiation der neuen Schattenspringer herrscht am Institut das reinste Chaos. Meist sind auch die Professoren damit beschäftigt, sich um die Schützlinge und Mentoren zu kümmern; sie helfen im Speisesaal aus oder auf der Krankenstation. So war es in meinem ersten Jahr und auch der Abend in meinem zweiten Jahr verlief nach Plan, bis Izzy an die Reihe kam. Ich erinnere mich an die Studentin: ein dunkelhaariger Wirbelwind mit einer niedlichen Zahnlücke, die sie nicht davon abhielt, bei jeder Gelegenheit zu lachen. Tristram hatte sie gerade mal zweieinhalb Wochen vorher kennengelernt, aber manchmal reichen wohl schon ein paar Tage, um ein Leben für immer zu verändern. Und als Izzys Seele ihren Mentor wählte, war niemandem mehr zum Lachen zumute.

Ich schlucke und vertreibe die düsteren Gedanken. „Auf den ersten Blick ergibt es nicht viel Sinn", ergänze ich. „Andererseits hat Ruben vielleicht genau diesen Abend gewählt, um nicht gesehen zu werden. Warum sonst hätte er sich nur eine rätselhafte Abkürzung aufschreiben sollen? Alle anderen wären mit den Initiationsfeierlichkeiten beschäftigt und somit abgelenkt gewesen." Ich schnappe nach Luft, als mir noch ein anderer Einfall kommt: „Es gibt jedenfalls einen Weg, um herauszufinden, was Ruben vorhatte: Ich muss morgen um Mitternacht auf den Friedhof."

„Nein!" Tristram springt auf. „Das kannst du nicht ernsthaft vorhaben. Du solltest wirklich nicht länger in der Sache mit Ruben herumschnüffeln, es ist viel zu gefährlich."

Als ich Tris von dem Vorfall vor ein paar Tagen erzählt habe, war er genauso schockiert wie ich – allerdings auch der Meinung, ich sollte lieber gleich die Polizei einschalten. Zugegebenermaßen habe ich bei der Vorstellung, dass Rubens Leichnam immer noch im Schuppen liegt, auch ein flaues Gefühl im Magen. Aber für einen Rückzieher ist es jetzt zu spät: Ich muss herausfinden, was mit Ruben passiert ist, und ich werde mich dabei allein auf mich selbst verlassen.

Ich schüttle den Kopf „Das bin ich Runa schuldig."

Tristram erwidert nichts. Gerade durch die Stille wird mir schlagartig das Gewicht dessen bewusst, was ich gesagt habe. *Das bin ich Runa schuldig.* Wo kommt dieser Gedanke auf einmal her? Ursprünglich wollte ich doch den Mord an meinem Professor aufklären. Ich bin es *Ruben* schuldig, nicht Runa. Entweder hat mein Mitbewohner diesen Versprecher überhört, oder er schweigt absichtlich. Auf jeden Fall werde ich ihn nicht auf meinen Ausrutscher hinweisen.

Jetzt lässt sich Tristram wieder auf die Matratze fallen und verschränkt die Arme hinter dem Kopf. „Ich hab' sie vorhin gefragt, ob sie mit mir spazieren gehen will." Er klingt beinahe trotzig. „War wohl eine blöde Idee. Ich glaube, ich habe sie gestern völlig überrumpelt."

„Quatsch", sage ich etwas zu schnell. Tristram hat mir erst heute Morgen von dem Kuss erzählt und ist seither überhaupt nicht wiederzuerkennen. Ich bin hin- und hergerissen zwischen der Angst, dass er sich in etwas verrennt, und der Hoffnung, dass er die Sache mit Izzy endlich hinter sich lassen könnte. Und vielleicht fühle ich mich auch schuldig, weil ich Runa aus einer Laune heraus letzte Nacht beinahe viel zu nah gekommen wäre. „Gib ihr einfach noch ein bisschen Zeit, sich an alles zu gewöhnen. Für die Neuen sind die ersten Wochen wirklich viel, weißt du nicht mehr?"

Er zuckt die Schultern. „Doch, natürlich. Aber was … was, wenn wir die nicht haben?"

Verwirrt starre ich meinen Freund an.

„Zeit", erklärt er.

*So viel zum Hinter-sich-Lassen.* Mit einem Seufzen setze ich mich auf die Bettkante. „Machst du dir Sorgen? Dass sich der Vorfall wiederholen könnte?"

Tristram stößt ein höhnisches Schnauben aus und ich erschrecke über diesen ungewohnt abfälligen Laut. So kenne ich ihn kaum. „Ob ich mir Sorgen mache? Ich kann an nichts anderes mehr denken!"

Ich schweige. Manchmal kommt es mir vor, als hätte mein bester Freund zwei Gesichter, als spräche ich mit zwei vollkommen unterschiedlichen Menschen. Und zu einem davon, dem verzweifelten, hoffnungslosen Tris, kann ich nicht durchdringen, egal, wie sehr ich mich bemühe. Dabei würde mir der Tris, der für seine Freunde durchs Feuer geht, immer zuhören. Ganz egal, worum es geht. „Tris, hör mal."

Er schüttelt schwach den Kopf.

Ich umfasse mit einer Hand seine linke Schulter. „Ich meine es ernst: Bitte, hör mir zu."

Jetzt sieht er zu mir auf.

„Es wird alles klappen, okay? Du wirst dich in Schale schmeißen und verboten gut aussehen – "

Ein Schmunzeln, noch nicht ganz ohne Spott, schleicht sich auf seine Lippen.

„– und die Feier genießen, zusammen mit Runa. Das wird euer Abend!"

Tristram zieht eine Augenbraue hoch. „Klingt verlockend."

„Außerdem besteht immer noch die Möglichkeit, dass du gar nicht als ihr Mentor ausgewählt wirst." Tristram weiß genau wie ich, dass niemand Einfluss darauf hat, wer zueinanderfindet. Die Seelen von Mentor und Schützling müssen zusammenpassen; darin liegt der Reiz, aber auch die Gefahr des Rituals. Wenn man allerdings bedenkt, wie viel Zeit diese Teams in Zukunft miteinander verbringen werden und wie viel

Verantwortung sie füreinander tragen, macht das durchaus Sinn.

„Na wunderbar! Soll mich das vielleicht aufmuntern? Ich glaube kaum, dass ich sie mit jemand anderem teilen will", widerspricht Tris nur halb im Scherz.

„Na also, so gefällst du mir schon besser." Ich ziehe einen Mundwinkel hoch. „Ihr beide verbringt einen romantischen Abend und ich sehe mich währenddessen ein bisschen auf dem Friedhof um."

„Du solltest da nicht hingehen, Kyril. Wirklich nicht. Schon gar nicht allein."

Ich seufze, erwidere aber nichts. Denn Tristram mitzunehmen, wäre erst recht keine gute Idee. Nicht an diesem Abend, der ihm so viel bedeutet, und an dem ich mich nicht darauf verlassen kann, im entscheidenden Moment dem richtigen Tris gegenüberzustehen.

„Hast du schon deine Lackschuhe geputzt?", frage ich, um möglichst schnell vom Thema abzulenken.

„Du hast wirklich eine merkwürdige Vorstellung von einem freien Tag." Tristram hievt sich von der Matratze hoch und zieht seine Kleiderschranktür auf. „Ich geh joggen, wir sehen uns nachher!"

Obwohl ich erleichtert bin, ihn für den Moment aufgemuntert zu haben, bleibt ein ungutes Gefühl in meiner Magengegend zurück.

# Ein neuer Mensch

## RUNA

„Ich kann so nicht rausgehen."

Ungläubig starre ich in den Badezimmerspiegel, während Lali, die hinter mir steht, an meinen Haaren herumzupft und ab und zu eine gezielte Ladung Haarspray darauf sprüht. „Warum denn nicht?" Sie wirft mir über die Reflexion im Spiegel einen fragenden Blick zu.

„Keine Ahnung, aber das … das sieht viel zu – "

„Sexy, extravagant, umwerfend aus?"

Ich muss lachen, obwohl mir gar nicht danach zumute ist. Genau genommen treffen wohl alle drei Beschreibungen zu. „Das sieht gar nicht nach mir aus."

Lali umfasst meine Schultern. „Ich kann mir vorstellen, dass es ungewohnt für dich ist. Schließlich hast du auf einer Einsiedlerinsel gelebt, nichts für ungut, wo es nicht viele Gelegenheiten gab, sich in Schale zu schmeißen, oder?"

Wenn sie wüsste, wie recht sie damit hat. Der letzte feierliche Anlass war die Taufe meiner Halbschwester Rose und dafür habe ich wie immer eine dunkle Hose und meine petrolgrüne Bluse aus dem Schrank geholt – weil das bis vor zwei Stunden das einzige ansatzweise elegante Outfit war, das ich überhaupt besaß. Jetzt stehe ich in einer schwarzen, bodenlangen Robe aus Chiffon in unserem Bad, die zu allem Überfluss auf einer Seite schulterfrei ist, sodass ich mich trotz des cremefarbenen Schals, den Lali mir in Ermangelung einer Stola gegeben hat, ziemlich nackt fühle. Daran ändern auch die dunklen Handschuhe, die meine Arme bis zu den Ellenbogen bedecken, nicht viel. Der einzige Vorteil des Kleides ist, dass ich meine ausgelatschten, aber heißgeliebten Chucks anbehalten kann, weil sie bei dem Outfit sowieso niemand sehen wird. Zusammen mit meiner Kette, deren Anhänger im Ausschnitt der Robe verschwindet, vermitteln sie mir das Gefühl, wenigstens noch ein bisschen ich selbst zu sein.

Meine Mitbewohnerin legt die Stirn in Falten, wahrscheinlich habe ich zu laut gedacht. „Gefällt es dir nicht?"

„Doch", gebe ich eilig zurück. „Danke noch mal, für … alles."

Das Lächeln kehrt auf Lalis Gesicht zurück und ich bin ihr wirklich sehr dankbar. Bestimmt hätte sie sich nach dem anstrengenden Treffen mit ihrer Lerngruppe lieber entspannt, als stundenlang mit mir durch die *Thrift Shops* der Stadt zu ziehen und sich durch Kleiderständer voller Secondhandmode zu wühlen. Worauf ich bestanden habe, um so wenig wie möglich von dem Geld, das gar nicht mir gehört, auszugeben.

Ich drehe mich noch einmal zum Spiegel um. Keine Ahnung, wie sie es geschafft hat, meine Haare zu einem perfekt sitzenden, dunkel glänzenden Bob zu frisieren. Zusammen mit den Smokey Eyes hat mich das in einen ganz anderen Menschen verwandelt. Mein Blick wandert sehnsüchtig zu meinem geliebten

Plüschbademantel, der über dem Heizkörper hängt, aber für heute Abend werde ich mich wohl an die neue Runa gewöhnen müssen. Irgendwo in meinem Hinterkopf ruft mir eine leise Stimme in Erinnerung, dass das später meine geringste Sorge sein wird. Denn ich weiß immer noch nicht, was bei der Initiation wirklich auf mich zukommt.

„Lali?"

„Ja?" Sie löst sich von mir und zieht mich langsam aus dem Bad, zum Bett, wo wir uns setzen. Ich habe in dem engen Kleid Mühe, dabei nicht über meine eigenen Füße zu stolpern.

„Was passiert heute Nacht?"

Verständnislos blinzelt Lali mich an. „Na ja, zuerst trinken wir noch gemütlich eine Tasse von dem Lakritztee, den du so gern magst, das ist auch gut gegen die Aufregung. Dann schäle ich mich aus den Schlabberklamotten", sie deutet auf ihre Jeans und den Kapuzenpullover, „werfe mich in Schale und dann versammeln wir uns auf dem Avicenna Quad. Der Warden hält eine sterbenslangweilige Rede, aber danach gehen wir zusammen zum Dinner im Speisesaal. Es gibt gutes Essen und Wein, und wahrscheinlich werden die meisten der Neuen schon betrunken sein, bevor – "

„Nein." Ich verschränke die Arme, weil mich plötzlich fröstelt. „Das meine ich nicht. Ich meine die Initiation an sich. Wie soll das funktionieren? Bekomme ich einen sprechenden Hut aufgesetzt oder so was?"

Meine Freundin lacht und legt eine Hand auf mein Knie. Durch den dünnen Chiffon spüre ich die Wärme ihrer Haut. „Süße. Mach dir bitte keine Sorgen, okay? Es ist einfach nur ein aufgeblasenes Ritual. Eine Show für den Geldadel, mehr nicht."

Sie verzieht den Mund. „Es gibt Angenehmeres, aber du wirst das super machen. Trink am besten nicht so viel von dem Wein."

„Hatte ich auch nicht vor." So wirklich beruhigt mich das nicht, aber ich lasse es auf sich beruhen, damit Lali noch genug Zeit hat, sich fertig zu machen.

Sie streicht mir aufmunternd über den Rücken und verschwindet dann im Bad. Ich lasse den Blick aus dem Sprossenfenster gleiten und beobachte, wie die Regentropfen gegen die Scheibe prasseln und in geschwungenen Bahnen daran hinunterlaufen. Natürlich muss es an so einem Tag auch noch regnen – hoffentlich ist wenigstens der Speisesaal gut beheizt, ich habe nämlich keine Jacke, die zu meinem aufgedonnerten Aufzug passt.

Eine schier endlose Viertelstunde später steht Lali wieder vor mir. Sie ist in einen bodenlangen, fliederfarbenen Traum aus Spitze gehüllt, trägt ihre Haare offen, strahlt mich an und sieht dabei einfach atemberaubend aus. „Wir haben noch zwanzig Minuten, bis es losgeht. Bestehst du auf den Tee oder sollen wir schon mal anstoßen?"

„Ich dachte, Alkohol ist verboten?", frage ich.

„Heute Abend wird das nicht so streng gesehen." Lali verschwindet in Richtung Küche und kehrt mit zwei Sektgläsern zurück. Eins davon reicht sie mir.

Das Glas liegt feucht und kühl in meinen Fingern. Obwohl ich selten etwas trinke, bin ich heute dankbar und hoffe, so zumindest meine Nervosität ablegen können.

Lali hebt ihr Getränk. „Auf den Abend und auf uns!"

Ich lasse mein Sektglas gegen ihres klirren. „Auf … uns."

# Letzter Ausweg
## KYRIL

„Wir könnten Zwillinge sein", scherze ich.

Tris zieht eine Augenbraue hoch, ohne den Blick vom Spiegel abzuwenden. „Deine Fliege sitzt schief, dein linker Manschettenknopf ist offen und auf deinem Revers klebt ein Fussel."

Ich schnippe ihn vom Satin. „Meine Güte, du bist echt eine Nervensäge."

„Und du hast keinen Geschmack."

„Touché." Ich lege meinem Freund einen Arm um die Schultern und lehne mich gegen ihn, einen Fuß hinter dem anderen verschränkt. „Trotzdem: Ich finde, wir sehen gut aus."

Tristram nickt knapp. „Müsste gehen." Er löst sich von mir und wirft ungeduldig einen Blick auf die Uhr.

Seine Anspannung überträgt sich auf mich. Die letzten Minuten bis zur feierlichen Eröffnung des Abends ziehen sich wie Kaugummi in die Länge.

„Warst du schon am Grab?" Die Frage kommt über meine Lippen, ehe ich sie zurückhalten kann. Vielleicht liegt es am

Regen, der heute Nachmittag eingesetzt hat und das Institut in eine wabernde Nebelwolke hüllt, vielleicht ist es auch meine ungewohnt edle Aufmachung im Frack. Auf jeden Fall macht sich eine unangenehme Mischung aus Aufregung und Besorgnis in meiner Magengegend breit. Ich knete meine kalten Fingerknöchel und beobachte, wie Tristram langsam nickt. „Ja. Ich habe vorhin Blumen hingebracht. Nachher wird ja die Hölle los sein."

„Stimmt. Guter Einwand." Bei der Initiationsfeier gibt es traditionell Wild und obwohl das Essen für das Dinner wahrscheinlich längst im Ofen schmort, wird der heutige Abend wie jedes Jahr mit Schüssen im Wildgehege – direkt neben dem Friedhof – eröffnet werden. Das Fleisch der erlegten Tiere kommt dann im nächsten Jahr auf den Tisch.

Ich lege meinem Freund eine Hand auf die Schulter und halte ein Seufzen zurück. „Morgen sieht die Welt schon ganz anders aus."

Plötzlich dreht sich Tristram zu mir um. „Du hast recht. Bringen wir es hinter uns, ja?"

„Okay." Ich halte ihm eine flache Hand hin und er schlägt ein, wobei ein mattes Lächeln über seine Lippen huscht. Aber das ist mehr, als ich erwartet hätte, denn ich weiß, dass er heute mit seinen Gedanken woanders ist. Er hat Angst, dass sich wiederholen könnte, was vor genau einem Jahr geschehen ist. Dass ausgerechnet er als Runas Mentor ausgewählt werden könnte und dann, im entscheidenden Moment –

Bisher habe ich mir nie wirklich erlaubt, den Gedanken weiterzuspinnen. Tristram ist mein bester Freund und ich wollte einfach nur, dass er diese verdammte Nacht übersteht. Aber je ruhiger er wirkt, desto nervöser werde ich. Plötzlich tauchen

Bilder vor meinem geistigen Auge auf, die so schrecklich sind, dass mir der Atem stockt. Ich sehe Runa, reglos am Boden liegend. Ihre Augen sind glasig und ein dünnes Rinnsal Blut läuft aus ihrem Mundwinkel. *Nein!* Mit einem Mal ist alle Kälte verflogen und stattdessen wird mir so heiß, dass mir der Schweiß auf der Stirn ausbricht.

„Alles in Ordnung?“, fragt Tristram besorgt.

„Ja“, lüge ich, „mir ist nur … ein bisschen schwindelig.“

Mit diesen Worten flüchte ich ins Bad und schließe die Tür hinter mir. Ich stütze beide Hände auf den Waschbeckenrand. *Es ist ein Abend wie jeder andere*, versuche ich mich zu beruhigen. *Nur mit ein bisschen mehr Tamtam als sonst.* Aber ich schaffe es nicht, meinen eigenen Worten zu glauben. Ohne dass ich den Grund dafür genau beziffern könnte, spüre ich, dass sich etwas verändert hat. Heute Abend steht nicht nur für Tristram, sondern auch für mich viel auf dem Spiel. Und es hat mit Runa zu tun.

Mit dieser Erkenntnis steigt auch Wut in mir auf: Ich hätte nicht so viel Zeit mit ihr verbringen dürfen. Sie ist ein *Fresher* wie jeder andere, oder nicht? Weshalb habe ich mir die Verantwortung für sie aufgebürdet? Und was ist, wenn Tristram doch versagen sollte, so wie es schon einmal geschehen ist?

Ich schäme mich für den gehässigen Gedanken und verbiete mir, ihn weiter zu verfolgen. Mit einem Ruck drehe ich den Wasserhahn auf und lasse mir den eiskalten Schwall über die Handgelenke laufen, bis sie sich taub anfühlen. Dann trockne ich meine Hände ab und werfe einen Blick auf die Uhr: Viertel vor sechs. So langsam wird es Zeit, sich auf den Weg zu machen.

Ich zwinge ein Lächeln auf mein Gesicht und drücke die Badezimmertür auf. Tristram läuft vor seinem Bett auf und ab, die Hände in den Hosentaschen vergraben.

„Ich wäre dann so weit."

„Prima. Ich dachte schon, du musst dich noch schminken und pudern."

„Nein, heute setze ich auf natürliche Schönheit."

Tristram schmunzelt in sich hinein und obwohl ich weiß, dass er nur Witze macht, um seine Nervosität zu überspielen, atme ich erleichtert auf.

Wir stecken unsere Portemonnaies und Handys ein und Tristram gibt sich einen Spritzer Parfüm auf den Hals, während ich eine Strähne meiner Haare hinters Ohr streiche, die ich heute ausnahmsweise mit Gel zu bändigen versucht habe. Dann verlassen wir unser Apartment. Jetzt ist es also so weit. Ich kämpfe gegen den Drang an, mich noch einmal nach unserer Zimmertür umzusehen.

Denn es gibt ohnehin kein Zurück mehr.

Auf dem ausladenden Avicenna Quad hat sich fast das gesamte Institut versammelt – die Teilnahme an der Initiationsfeier ist auch für Studierende der höheren Semester verpflichtend, denn jeder von ihnen könnte als Mentor ausgewählt werden und einen Schützling zugewiesen bekommen. Ich lasse meinen Blick über die festlich gekleidete Menge schweifen, während wir uns von den Arkaden her nähern. Alle haben den Dresscode befolgt, aber die *Nox Aeterna* heben sich mit ihren Pelzstolen und dem übertriebenen Pomp trotzdem von der Masse ab. Rubine, Diamanten und Perlen funkeln im schwindenden Tageslicht. Sie haben sich ganz nach vorn gedrängt, nah an die Statue des namensgebenden Arztes und Wissenschaftlers heran, vor der Octavian steht. Er selbst trägt einen roten Talar über seinem Frack und dazu wie immer Handschuhe und eine altmodische weiße Lockenperücke. Unsere Blicke kreuzen sich für den Bruchteil einer Sekunde und mich fröstelt.

Zum Glück finden Tristram und ich einen Platz am Rand; ich möchte den Abend einfach nur so schnell wie möglich hinter mich bringen, und zwar, ohne aufzufallen. Und wahrscheinlich geht es Tristram genauso. Ich werfe meinem Freund einen besorgten Seitenblick zu, aber seine starren Gesichtszüge geben nichts davon preis, wie es wirklich in ihm aussieht. Trotzdem lege ich eine Hand auf seine Schulter.

Dann beobachte ich weiter die Menschenmasse. Ich erkenne viele vertraute Gesichter, entdecke aber auch ungefähr zwei Dutzend neue Studierende. Runa ist nicht dabei. Ob sie sich verspäten wird? Plötzlich beschleunigt sich mein Herzschlag. Gerade wegen ihrer außergewöhnlichen Fähigkeiten ist dieser Abend wichtig für sie. Mehr als das – wenn sie nicht hier ist, bringt sie uns alle in Gefahr. Denn normalerweise hätten sich ihre Kräfte vor der Initiation noch gar nicht bemerkbar machen dürfen, dennoch hat Runa Seelen ins Jenseits geleitet. Und sie hat Glück gehabt – es hätte auch eine Seele dabei sein können, die zu stark für sie ist. Deshalb braucht sie einen Mentor: Ohne das Ritual ist sie auf sich allein gestellt.

Sie muss einfach kommen. Oder wieder nach Hause reisen.

Ich erschrecke über meinen eigenen Gedanken, obwohl er so naheliegend ist. Wäre das wirklich eine Lösung? Oder würden Octavians Schergen ihr bis in den letzten Winkel der Erde folgen, um sie zurückzuholen? Inzwischen bin ich nicht mehr sicher.

Die Jäger haben sich bereits am Zaun positioniert. Es sind ranghohe Mitglieder der *Nox Aeterna*, wie sollte es auch anders sein. Ihre polierten Waffenläufe glänzen im Licht Dutzender Kerzen, die in schmiedeeisernen Laternen den Platz säumen. Das Wild scheint zu spüren, dass etwas nicht stimmt. Die meisten Rehe haben sich in das Gebüsch oder zwischen die hohen Bäume zurückgezogen, nur ein vereinzelter Bock trottet über die Weide.

Der Warden lässt seinen Blick wissend über die Menge gleiten, die erwartungsvoll zu ihm aufsieht. Niemand traut sich, auch nur mit dem Nachbarn zu tuscheln und bis auf das leise Zischen des Windes, der um die alten Gemäuer zieht, ist es plötzlich totenstill. Ich weiß, dass Octavian seine Macht genießt, und manchmal bilde ich mir sogar ein, dass er sich an den zwiegespaltenen Gefühlen der neuen Schattenspringer – ihrer gespannten Erwartung, ihrer Aufregung und ihrer Angst – weidet. Mein Magen zieht sich bei der Vorstellung immer fester zusammen, bis mir speiübel ist. Dieser Mann widert mich an.

„Meine Damen und Herren, ich heiße Sie am *Aconite Institute* willkommen", beginnt er. Sein Tonfall ist unaufgeregt, weil er es gewohnt ist, die volle Aufmerksamkeit seines Publikums zu bekommen, trotzdem hält er inne, um den Worten mehr Gewicht zu verleihen.

„Bevor die Feierlichkeiten beginnen, möchte ich Ihnen unseren Wildpark zeigen: Wir erlegen und schlachten das Wild selbst."

Er deutet mit einer nachlässigen Geste zu den Jägern und kurz darauf zerreißt ein Schuss die gespannte Stille. Und dann noch einer. Ein paar Neulinge kreischen erschrocken auf. Im Gebüsch fällt eine Ricke um. Sie ist beinahe sofort tot, die Jäger haben einen geübten Blattschuss gesetzt. Ich spüre, wie die Seele des Tiers in der kühlen Abendluft umher wabert. Im Gegensatz zu uns Menschen wird sie ihren Weg allein finden.

Octavian dreht sich zu den Schützen um. „Vielen Dank." Dann sieht er wieder in die Menge. „Die Jagd ist eine Kunst mit jahrhundertelanger Tradition in unserem Land. Dass wir die Tiere, deren Fleisch wir essen, selbst töten, mag manchem grausam erscheinen, aber ist es nicht viel grausamer, Tiere zu essen, über deren Leben und Sterben wir nichts wissen?" Er macht eine Kunstpause. „Seien Sie versichert: Hier am Institut werden Sie die Angst vor dem Tod schnell verlieren."

Die Noxe, die das Reh erlegt haben, öffnen das schmiedeeiserne Tor und eilen auf das Gehege, um die Beute wegzutragen. Sie wird dann in der Wildkammer im Keller unter dem Bürotrakt *aufgebrochen*, wie es in der Fachsprache heißt. Aber natürlich lassen es sich die Jäger nicht nehmen, die Kadaver auf dem Weg dorthin wie eine Trophäe an den Erstsemestern vorbeizutragen. Ich halte es kaum aus, ihre entsetzten Gesichter zu sehen, denn ich weiß noch genau, wie verstörend ich selbst das alles vor zwei Jahren fand.

Da spüre ich einen Blick in meinem Rücken. Ich sehe über die Schulter und erspähe Runa, die zusammen mit Lali weiter hinten steht. Für einen Moment stockt mir der Atem: In dem bodenlangen Kleid sieht sie so verändert aus, dass ich sie fast nicht erkannt hätte, würde sie mich nicht mit der wohlbekannten Mischung aus Trotz und Misstrauen mustern. Und nicht mal der mürrische Gesichtsausdruck ändert etwas daran, dass sie wunderschön ist. Es hat keinen Zweck, das abzustreiten. Aber es spielt auch keine Rolle.

Plötzlich ist mir trotz des kühlen Abends viel zu warm. Ich drehe mich hastig wieder um und werfe Tristram einen verstohlenen Seitenblick zu. Er starrt stur geradeaus, zu der Statue, aber ich bin sicher, dass er mit den Gedanken weit weg ist. Jetzt dreht er mir doch das Gesicht zu und flüstert: „Hast du Runa schon gesehen?"

Instinktiv schüttle ich den Kopf und sofort überkommt mich ein schlechtes Gewissen. Ich sollte meinen besten Freund nicht anlügen, unter keinen Umständen. Aber jetzt, wo ich sie gesehen habe, bin ich sicher: Ich kann sie nicht blind in ihr Verderben laufen lassen, ich muss mit ihr sprechen. Und zwar allein.

„Entsetzen ist zunächst eine natürliche Reaktion auf den Tod, der uns an unsere eigene Vergänglichkeit erinnert", fährt Octavian fort. „Wie sollte es auch anders sein? Ihre Eltern haben Sie ein Leben lang vom Tod ferngehalten." Er hebt bedeutungsvoll eine Hand. „Sie glauben mir nicht? Nun, wer von Ihnen hat seine Großeltern zu Grabe getragen? Oder sein Haustier? Haben Sie überhaupt schon mal einen toten Spatz oder einen zertretenen Käfer gesehen?"

Schweigen. Niemand traut sich, auch nur zu atmen, wie mir scheint. Und während sich die Worte des Wardens in meinem Kopf wiederholen, wird mir klar, warum Runa so anders ist: Sie hat mir von toten Tieren erzählt. Die sie nicht hätte sehen dürfen. Es muss irgendwas geschehen sein, was ihre Kräfte vor der Zeit aktiviert hat.

„Sie sind hier, weil Sie etwas Besonderes sind. Und heute ist es an der Zeit, sich dieser Wahrheit zu stellen."

Ich kenne diese Rede beinahe auswendig, so sehr hat sich jedes Wort in mein Gedächtnis gebrannt, als ich in meinem ersten Jahr auf genau diesem abgewetzten Kopfsteinpflaster stand, den harschen Wind im Haar und den Geruch von Blut in der Nase.

Mir läuft die Zeit davon.

Fieberhaft überlege ich, wie ich Runa vor dem Dinner abpassen kann, aber nach der Rede müssen sich die Neuen in Zweierreihen anordnen und werden in Richtung Speisesaal geführt. Es gibt also keine Möglichkeit, oder doch? Nervös knete ich meine Finger, aber sie bleiben eiskalt. Ich schiebe sie in die Manteltaschen, wo sie auf etwas Spitzes stoßen. Der Kranich!

Behutsam ziehe ich den Papiervogel hervor und umschließe ihn mit der Faust, darauf bedacht, das kleine Kunstwerk nicht zu zerstören. Ich sehe über die Schulter und suche Runas Aufmerksamkeit. Mit dem Kopf deute ich in Richtung der Arkaden, die zum Lucusta Quad führen, und öffne gleichzeitig die geschlossene Hand hinter meinem Rücken, sodass der Kranich zu sehen ist. Ich kann nur hoffen, dass Runa versteht, dass ich mit ihr sprechen muss und dass es wichtig ist. Auch, wenn es genau genommen nicht um Ruben geht.

Daraufhin verstaue ich das Papiertierchen wieder, knöpfe den Mantel ein Stück weit auf und ziehe mein Taschentuch aus der Innentasche des Jacketts, bevor ich einen Hustenanfall vortäusche, mir das Tuch ins Gesicht drücke und mich mit einer entschuldigenden Geste zu Tristram aus der Menge entferne. Ich habe schon bessere Vorstellungen abgeliefert und das wird auf jeden Fall Ärger geben, aber im Moment ist mir das egal.

Die Bogengänge liegen im Halbdunkeln da und ich verstecke mich hinter einer Säule. Ich habe das Taschentuch gerade wieder verstaut und sehe auf, da zucke ich erschrocken zusammen: Runa steht direkt vor mir.

„Wie bist du so schnell hergekommen?", frage ich perplex.

„Teleportation", erwidert sie finster. „Ich dachte, ihr macht das hier so?"

Ich hole Luft, um ihr zu erklären, dass das sehr dumm und sehr gefährlich war, aber ihr fordernder Blick nimmt mir den Wind aus den Segeln.

„Es gibt Neuigkeiten zu Rubens Ermordung?", hakt sie nach. „Jetzt spuck's schon aus!"

„Nicht direkt", gestehe ich halblaut. „Ich wollte dich wegen etwas anderem sprechen."

Ihr Mund steht nur einen Wimpernschlag lang offen. „Und das hätte nicht warten können, bis diese alberne Zeremonie vorbei ist?"

Wow. Runa scheint das viel gelassener zu nehmen als ich damals. Andererseits hat sie in ihren ersten Tagen am Institut bereits so viel Leid und Tod gesehen, dass sie ein paar Tierkadaver wohl nicht mehr schockieren. „Du musst hier weg", bringe ich hastig hervor. „Es ist gefährlich – "

„Ich verstehe dich nicht. Erst bestehst du darauf, dass ich lerne, meine Kräfte zu beherrschen, und jetzt soll ich plötzlich gehen?"

Hektisch sehe ich mich um. „Ich habe keine Zeit, dir alles zu erklären. Bitte, vertrau mir."

„Wir kennen uns doch kaum!"

Autsch. Runas Worte setzen mir mehr zu, als ich erwartet hätte, und kurz bringen sie mich völlig aus dem Konzept. Aber vielleicht hat sie recht. *Nein*, rüge ich mich selbst, *sie hat ganz sicher recht.* Und es ist auch besser, wenn das so bleibt.

Aber ich würde es mir nie verzeihen, wenn ihr etwas zustößt.

„Noch ist es nicht zu spät. Nach der Initiation kannst du nicht mehr zurück, aber jetzt ... setz dich in den nächsten Zug nach Hause und verschwinde von hier!"

Ich glaube, Spott in ihrem Gesicht zu lesen. „Ich habe kein Zuhause, zu dem ich zurückkehren könnte, Kyril."

Ich möchte Runa nur helfen, aber sie macht mehr als deutlich, dass sie keine Hilfe will. Wie kann man nur so stur sein? Und was zur Hölle soll ich jetzt tun? Ich weiß ja nicht mal, wovor ich mich mehr fürchte – davor, dass Tristram im entscheidenden Moment versagen könnte, oder vor den verräterischen Saltos, die mein Magen jedes Mal macht, wenn ich nur an Runa denke.

„Bis später", sagt sie, bevor ich etwas erwidern kann.

Dann flackert die Luft und sie ist verschwunden. Und ich habe mit meiner Aktion lediglich dafür gesorgt, dass Runa den *Nox Aeterna* ihre besonderen Kräfte quasi unter die Nase gerieben hat. Noch vor der Initiation. *Bravo*. Aber noch während ich mich über meine eigene Dummheit ärgere, steigt ein anderes Gefühl übermächtig in mir auf: blanke, übelkeiterregende, animalische Angst.

# In Vino Veritas
## RUNA

„Wo warst du denn?“ Lalis Frage dringt als kaum hörbares Flüstern an mein Ohr, trotzdem zucke ich erschrocken zusammen. Natürlich war mir klar, dass ich nicht einfach so unbemerkt verschwinden kann – mitten in der ominösen Begrüßungsrede des Wardens, eines alten Mannes, der in Wirklichkeit nicht halb so furchteinflößend wirkt wie auf seinem Porträt. Bis auf die Augen, die mir einen kalten Schauer über den Rücken jagen. Ja, das war wahrscheinlich sogar eine meiner schlechtesten Ideen. Aber um herauszufinden, was meinem Vater zugestoßen ist und für Gerechtigkeit zu sorgen, würde ich über Leichen gehen. Vielleicht sogar über meine eigene.

Lali stupst mir mit dem Ellbogen in die Seite, was mich aus den Gedanken reißt. In meinem Hirn überschlagen sich die Ausreden, eine unglaubwürdiger als die andere. „Ich, ähm, musste mal“, bringe ich hervor.

Aus dem Augenwinkel sehe ich, dass Lali fassungslos den Kopf schüttelt. Immerhin scheint außer ihr niemand mein Fehlen bemerkt zu haben. Der Warden ist immer noch mit seiner Rede beschäftigt: „Und diese Person, Ihren Mentor, werden Sie heute Nacht treffen. In der dunkelsten Stunde wird er Ihnen beistehen. Darum fürchten Sie sich nicht, auch, wenn manches beängstigend erscheint, sondern vertrauen Sie auf die Gabe, die in Ihren Genen schlummert. Ihr altes Leben endet heute, aber so, wie der Pelikan seine Jungen mit seinem eigenen Herzblut wieder auferweckt, werde ich Sie noch mächtiger auferstehen lassen."

Diese kryptischen Worte ergeben nur wenig Sinn und den wichtigsten Teil habe ich offenbar verpasst, trotzdem liegt mir ein gefühlt zentnerschwerer Stein im Magen. Der Warden verstummt und lässt seinen Blick forschend über die Neulinge wandern, bis verhaltener Applaus erklingt. Dann setzt sich die Menschenmenge plötzlich in Bewegung, alle drängen in unterschiedliche Richtungen. Ich komme mir vor wie auf einem Rockkonzert – oder zumindest stelle ich mir so ein Rockkonzert vor, denn ich habe ja noch nie eines besucht. Aber der Andrang auf meiner Heimatinsel Flat Holm, wenn das einzige Boot zum Festland anlegt, ist damit auf jeden Fall vergleichbar.

Lali greift nach meiner Hand und zieht mich weiter, den anderen hinterher, die sich jetzt in Zweierreihen aufstellen. An der Spitze erkenne ich eine ältere Studentin mit langen, kastanienbraunen Haaren – Dilan. Sie wendet den Kopf und ich sehe eilig wieder weg, aber ich bin sicher, dass sie mich trotzdem bemerkt hat.

Im Gänsemarsch ziehen wir zum Speisesaal im angrenzenden Quad. An der Türschwelle steige ich über eine Spur aus feinen weißen Kristallen, die aussehen wie Salz. Ob das auch so eine sonderbare, althergebrachte Tradition ist? Dahinter ist die imposante Halle für den heutigen Anlass festlich geschmückt. Kerzenflammen werfe lange Schatten auf die weißen Tischtücher und das Tafelsilber, die polierten Armleuchter verstärken den Effekt noch. In den Duft nach Essen, der mich an Mums Weihnachtstruthahn erinnert, mischen sich süßliches Bienenwachs und die schweren Noten der Blumenbouquets. Was für sich genommen angenehme Gerüche sind, lässt in dieser Mischung Übelkeit in mir aufsteigen. Ich bemerke, dass jeder Platz mit Namensschildchen versehen ist. Noch während ich mich frage, wie ich meines finden soll, macht Lali eine Kopfbewegung in Richtung des Platzes direkt vor uns und zieht den Stuhl zurück. „Die höheren Semester sitzen weiter hinten", sie deutet auf eine lange Tafel am anderen Ende des Saals, „aber du schaffst das auch ohne mich, das weiß ich."

Perplex nicke ich und starre auf das Kärtchen aus teuer wirkendem Büttenkarton, das neben dem Gedeck steht: *Ms Runa Davies*. Was genau soll ich eigentlich schaffen? Das Festmenü verdrücken? Bis eben war ich noch einigermaßen gelassen – habe ich mich tatsächlich vor aller Augen teleportiert, um mich davonzustehlen? Aber jetzt macht sich ein Anflug von Panik in mir breit. Ich will mich nicht von Lali trennen.

„Es wird alles gut", flüstert sie mir zu. Und obwohl sie nur versucht, mich zu beruhigen, macht mich das noch nervöser. Als Lali gegangen ist, setze ich mich und schaue zu meinen Sitznachbarn, einem Mädchen und einem Jungen etwa in meinem Alter, begleitet von einem knappen „Hallo."

Sie nicken mir zu und an ihren verwirrten Gesichtern kann ich ablesen, dass sie ebenfalls neu am Institut sind. Und vielleicht genauso viel Angst haben wie ich.

Aber wovor fürchte ich mich überhaupt? Es ist nur ein Essen, mehr nicht. Ich entdecke Kyril im vollbesetzten Saal, der nur ein paar Plätze neben Lali sitzt. Für den Bruchteil einer Sekunde sieht er mich an, aber ich kann keinen Zorn mehr in seinen Zügen erkennen, nicht mal die Spur irgendeiner Emotion. Genau genommen hat er mich wahrscheinlich noch nie so friedfertig angesehen wie jetzt, dabei lächelt er nicht, sondern wirkt irgendwie resigniert. Aber für ihn ist das alles ja auch nicht so aufregend wie für mich.

Zumindest hoffe ich, dass das der einzige Grund ist. Ich schlucke, unterbreche unseren Blickkontakt und sehe stattdessen zu Tristram. Er wiederum lächelt mir zu. Zaghaft erwidere ich es. Nach dem heutigen Abend wird alles anders sein; besser, da bin ich mir sicher. Es wird mir leichter fallen, meine Kräfte zu beherrschen, und ich werde endlich dazugehören.

In der Ecke des Saals, direkt neben dem Kopfende der Tafel, wo der Warden sitzt, beginnt jetzt ein Streichtrio zu spielen. Ich lehne mich in meinem Stuhl zurück und versuche, die ungewohnt opulente Atmosphäre zumindest ein bisschen zu genießen, auch wenn ich mich völlig fehl am Platz fühle. Aber allmählich werde ich ruhiger und als eine Kellnerin mit der Weinflasche fragend neben mir stehen bleibt, nicke ich, obwohl nicht viel für Wein übrig habe. Aber Wasser aus dem geschliffenen Kristallkelch zu trinken, käme mir auch komisch vor.

Der Warden spricht einen Toast, aber ich höre nicht hin, denn mit der nachlassenden Aufregung spüre ich, wie müde ich bin. Vielleicht bestelle ich mir nach dem Wein einen Espresso, falls man hier überhaupt etwas *bestellen* kann.

Die Rede scheint zu Ende zu sein, denn um mich herum applaudieren alle und heben ihre Gläser. Ich tue es ihnen gleich und trinke einen großen Schluck. *Igitt.* Vielleicht wäre Wasser doch keine schlechte Idee. Der Rotwein ist trocken und ich stelle ihn eilig wieder beiseite. Inzwischen bedienen sich die meisten anderen an dem Brot und der gesalzenen Butter, die vor dem ersten Gang gereicht werden. Statt einer Vorspeise bringt ein halbes Dutzend Kellner gleich darauf den Wildbraten. Aber mein Appetit ist dahin. Stattdessen habe ich ein merkwürdig kratziges Gefühl im Hals. Ich trinke den restlichen Wein aus, greife nach der Wasserflasche auf der Tischmitte und schenke mein Glas voll. Ich leere es fast in einem Zug. Aber vergeblich: Mein Rachen fühlt sich an wie betäubt. War ja klar, dass ich mir in diesem dünnen Fetzen eine Erkältung weghole. Ich tröste mich mit dem Gedanken an eine warme Dusche – sobald ich das Dinner überstanden habe – und schaue zu Lali rüber. Sie lächelt mir zu, aber ihr Lächeln wirkt nicht so herzlich wie sonst, sondern irgendwie angespannt. Verwirrt sehe ich mich nach Kyril um und dann nach Tristram, der direkt neben ihm sitzt. Beide beobachten mich mit versteinerter Miene. Was haben denn alle auf einmal? Sie starren mich an, als gäbe es hier irgendetwas Besonderes zu sehen. Ich fühle mich beinahe wie im Zoo. Zu der Taubheit gesellt sich jetzt auch ein kribbelndes Gefühl um den Mund herum. Ich kratze mich so unauffällig wie möglich und hoffe, dass sich nicht gerade ein unansehnlicher Ausschlag über meine Wangen ausbreitet. Vielleicht reagiere ich auf irgendetwas allergisch? Andererseits habe ich ja nur den Wein getrunken. Im nächsten Moment kribbelt es auch in meinen Fingerspitzen und den Zehen. Das unangenehme

Gefühl breitet sich mit jedem Herzschlag weiter aus, bis es meinen gesamten Körper überzieht. *Verdammter Mist.* Gleichzeitig bricht mir der Schweiß auf der Stirn aus, obwohl mir so kalt ist, dass ich zittere. Das ist bestimmt keine Allergie und auch keine Erkältung: Was passiert hier mit mir?

Hilfe suchend sehe ich mich um, den anderen scheint es auch nicht besonders gut zu gehen. Mein Sitznachbar krümmt sich und das Mädchen steht abrupt auf, stürzt durch die Tür und erbricht sich lautstark auf dem Flur. *Mein Gott.* Blanke Panik erfasst mich und mir wird schwindelig. Schmerz überrollt mich in heißkalten Wellen, strömt durch meinen Bauch und weiter in die Gliedmaßen, bis mein ganzer Körper in eisigen Flammen zu stehen scheint.

Ich stoße einen erstickten Schrei aus und sacke gegen die Lehne meines Stuhls. Wieso tut denn niemand etwas? Ich will weglaufen, in mein Zimmer, zum Krankenflügel oder *irgendwohin*, wo mir geholfen wird, aber ich bin unfähig, auch nur einen Finger zu rühren. Mit letzter Kraft schaffe ich es, den Kopf ein Stück zur Seite zu drehen: Tristram ist aufgestanden, er will zu mir. Doch Kyril hält ihn fest.

Meine Gedanken wirbeln durcheinander, ohne dass ich sie zu fassen bekomme. Dann wird mir schwarz vor Augen.

Aber die Dunkelheit macht mir keine Angst, im Gegenteil: Sie fühlt sich an wie nach Hause kommen.

# Soul Mates
## KYRIL

Fast kann ich Runas Schmerz spüren. In jedem Muskel, in jeder noch so kleinen Zelle. Aconitin ist eines der wirksamsten Gifte. Es ist schnell, effizient und … tödlich. Wahrscheinlich gehört es deshalb zu Octavians Lieblingen.

Bisher habe ich es geschafft, Tristram abzulenken, und er schlägt sich tapfer, aber ich fühle mich außerstande, ihm länger gut zuzureden. Das sind nicht nur die tragischen Erinnerungen an letztes Jahr, die beim Anblick der Erstsemester, die sich allesamt quälen, in mir aufsteigen. Da ist noch mehr: Ich kann mich nicht von Runas reglosem Körper abwenden. Alles an mir strebt zu ihr hin, aber ich weiß, dass ich dem Gefühl nicht nachgeben darf. Weil es nicht *meine* Aufgabe ist, sie zu retten.

„Nicht zu fassen", zischt Tristram halblaut. „Wieso dauert das so lange? Bei Izzy ging es ganz schnell – "

Er hat recht, aber mir ist so übel, dass ich den Mund lieber geschlossen halte. Ich will mich nicht in Anwesenheit der Noxe, die uns gegenübersitzen und sich im Gegensatz zu den anderen ihr Essen schmecken lassen, übergeben. Dilan mustert mich bereits so misstrauisch und hasserfüllt wie immer. Ob Octavian dazu übergegangen ist, auch unsere Gläser mit Gift zu bepudern? Aber dafür gibt es keinen Grund, schließlich braucht er uns. Die Neuen brauchen uns.

Der Schmerz ist kaum noch zu ertragen, es ist, als wollte sich mein Innerstes nach außen kehren. Eine Erinnerung blitzt grell in meinem Verstand auf: Ich sitze mit Tris auf der Bank am Friedhof, wir sind beide gerade einmal dreihundertfünfundsechzig Tage jünger und trotzdem noch halbe Kinder. *Wie fühlt es sich an?*, frage ich. Er schüttelt den Kopf, so als hätte die Sprache nicht genügend Mittel für eine Antwort. Aber dann, nach einer gefühlten Ewigkeit, flüstert er: *So, als wärst du völlig am falschen Platz. Im falschen Körper und im falschen Leben. Jeder Atemzug wird zur Qual.*

Ich habe ihn angeschwiegen und erfolglos versucht, mir vorzustellen, wovon er sprach, aber jetzt weiß ich es genau. Panisch ringe ich um Luft, trotzdem dringt kein Quäntchen Sauerstoff in meine Lunge. Ich zittere am ganzen Körper und alles an mir will kapitulieren; dem Ziehen nachgeben, um endlich von diesen Schmerzen erlöst zu werden. Nur ein einziger Gedanke hält mich davon ab: Ich will noch nicht sterben. Nicht, bevor ich überhaupt richtig gelebt habe.

Es gibt so vieles, was ich noch tun möchte. Menschen, die ich nicht richtig kennenlernen konnte, und Lippen, die ich nie geküsst habe …

Sehnsucht überrollt mich heimtückisch und macht mich schwach. Im nächsten Moment verliere ich den Halt. Es fühlt sich an, als würde ich mich ganz und gar auflösen. Der Schmerz verpufft so abrupt, wie er gekommen ist, dafür spüre ich jeden Herzschlag und selbst das Rauschen des Blutes in meinen Adern. Erleichtert atme ich auf und die kühle Luft strömt erlösend in meinen Brustkorb. Ich bin am Leben.

Ich öffne die Augen und sehe Runa, die auf dem Boden liegt. Um uns herum ist nichts als wabernde Dunkelheit, immer in Bewegung und sich ständig verändernd. Würde ich genauer hinsehen, könnte ich direkt in Runas Seele blicken – oder in meine eigene. Aber das tue ich nicht. Wir sind in der Schattenwelt, oder dem Äther, wie die Gelehrten diesen fragilen Zustand zwischen Leben und Tod früher nannten. Jeder Fehler ist gefährlich. Nein, ich bin nur hier, um eine einzige Aufgabe zu erfüllen.

Ich bücke mich und hebe Runas schlaffen Körper behutsam auf. So, wie ich es schon einmal getan habe. Aber auch diese Erinnerung vertreibe ich mit aller Macht. Wo soll ich hin? Ich sehe nach links und glaube, den Speisesaal zu erahnen, in dem nur noch wenige Plätze besetzt sind. Ich weiß, dass wir zurückmüssen. Aber dann drängt mich eine schmeichelnde Stimme, in die andere Richtung zu sehen.

Ich bin zu schwach, um zu widerstehen. Dort, wo sich das Institut befinden sollte, sind jetzt nur noch Ruinen. Blumen und Kräuter haben die alten Steine überwuchert, der Duft nach Frühling liegt in der Luft. Ich weiß, was das bedeutet: Die Schattenspringer sind Vergangenheit und ich bin frei. *Wir* sind frei. Wir können leben, wo und wie wir wollen. Irgendwo im Grünen.

Bei diesem Gedanken formen sich die Nebel zu einem Cottage inmitten saftiger Wiesen. Es steht sonnenbeschienen auf einem Hügel unweit der Klippen. Ich kann das Meer an die Küste branden hören und den salzigen Wind auf meiner Haut spüren. Runas Lachen dringt aus dem Haus. Wir sind weit, weit weg. Und wir sind zusammen.

*Nein.* Das alles ist nur ein Traum. Eine Fata Morgana. Und es ist falsch.

Ruckartig drehe ich mich um. Plötzlich wiegt Runas lebloser Körper so schwer, dass ich sie kaum halten kann. Jede Faser meiner Muskeln brennt. Mit letzter Kraft taumle ich auf die Tür des Speisesaals zu. Ich muss es einfach schaffen. Für sie, für mich … und für Tris.

Wir landen unsanft auf dem gefliesten Boden. Obwohl ich mich wie betäubt fühle, geht mir das dumpfe Geräusch unserer Körper, die auf den harten Untergrund prallen, durch Mark und Bein. Allein mein Arm, der unter Runas Kopf gehakt ist, bremst ihren Fall. Und verhindert hoffentlich Schlimmeres.

Der Träger des Kleides ist von ihrer Schulter gerutscht, die Haut darunter wirkt wächsern, totenbleich.

„Runa!“ Ich richte mich auf, bis ich sitze. Heiser rufe ich ihren Namen, wieder und wieder. Als ich kräftig auf ihre Wangen klopfe, öffnet sie die Augen.

*Oh Gott.* Ein Teil von mir ist in Panik. Der andere versucht irgendwie, die Kontrolle zu behalten. *Komm klar! Du darfst jetzt auf keinen Fall die Nerven verlieren.*

Ich habe den Ernstfall so oft in Gedanken durchgespielt, habe ein Dutzend Mal eingetrichtert bekommen, was ich zu tun habe. Und trotzdem fühle ich mich jetzt wie gelähmt.

Runa fasst sich an die Brust und hustet. Das plötzliche Geräusch reißt mich aus meiner Schockstarre. Ich lege Runas Kopf ab und greife nach dem messingfarbenen Becher auf der Tafel, der vorhin noch nicht dort stand. „Runa, du musst etwas trinken." Ich beuge mich wieder zu ihr hinunter, ziehe ihren Oberkörper weiter hoch, bis sie an der vertäfelten Wand lehnt, und flöße ihr die widerliche klare Flüssigkeit ein. Der Becher rutscht nicht ein einziges Mal aus meinen Händen. Ich weiß nicht, woher ich die Ruhe nehme, aber in diesem Moment funktioniere ich einfach.

Runa protestiert nicht. Sie trinkt und schluckt, dann dauert es nur ein paar Sekunden, bis ihr Körper krampft. Hastig dreht sie sich von mir weg. Ich halte ihr Haar zurück, so gut es geht, sie würgt und übergibt sich in den Mülleimer neben der Tür. Salzwasser ist die schnellste Möglichkeit, das Gift wieder loszuwerden. Und obwohl ich mir so sicher war, das Richtige zu tun – dass es für Runa am besten wäre, wenn ihre Kräfte so bald wie möglich aktiviert würden – , weiß ich bei diesem Anblick nicht, wie ich ihr jemals wieder in die Augen sehen soll.

Sie dreht sich um, lässt sich gegen das Holzpaneel sacken und starrt mich ausdruckslos, mit kaltem Schweiß auf der Stirn, an. Geistesgegenwärtig reiche ich ihr eine Serviette vom Tisch. „Besser?"

Runa öffnet den Mund, aber dann nickt sie nur, so, als würde es sie zu viel Kraft kosten, zu sprechen.

Ja, vielleicht habe ich ihr gerade das Leben gerettet. Aber ich habe es nicht geschafft, sie vor alldem zu bewahren. Ich habe versagt. Und, was schlimmer ist: Ab sofort liegt Runas Schicksal in meiner Hand.

## Inveraray, zweihundertfünfundzwanzig Jahre und fünf Tage nach dem 2. November 1590

*Das Faksimile liegt auf meinem Schreibpult, so dick und schwer, dass man beinahe ein ganzes Leben braucht, allein, um es zu entziffern und zu verstehen. Gut, dass Zeit eines der wenigen Dinge ist, die ich entbehren kann.*

*Trotzdem kostet es mich Selbstbeherrschung, die papiernen Seiten nicht herauszureißen und ins Feuer zu werfen. Grimoires, Höllenzwänge, Zauberbücher. Auf meinen Reisen durch Europa habe ich unzählige Abschriften von Werken der schwarzen Magie gesammelt, aber keines dieser Bücher hat mich meinem Ziel nähergebracht. Im Gegenteil, es ist, als wollte das Schicksal mich verspotten, indem es mich zwingt, meine Tage vor den Schriften zu verbringen, die Schuld an* ihrem *Tod sind, weil sie den Menschen den Gedanken eingepflanzt haben, es gäbe eine böse, gottähnliche Macht, die sich beherrschen ließe. Den Teufel, Hexen und Dämonen. So erklären sie sich, was sie nicht begreifen können.*

*Und trotzdem suche ich fieberhaft nach einem Funken Wahrheit zwischen den verhassten Zeilen. Nach einer Möglichkeit, die Toten wiederauferstehen zu lassen, wie es bereits die Bibel berichtet.*

*Der Wind rüttelt unbarmherzig an den Fensterscheiben und der Nebel, der über Loch Fyne liegt, ist seit Tagen so dick, dass man kaum die Hand vor Augen sehen kann. Dennoch ist das Dorf in den Highlands der beste Ort, mich den verbotenen Küsten zu widmen – in einer Stadt wie Edinburgh lassen sich die Leute nicht so leicht mit Geld zum Schweigen bringen. Ich bin gerade erst von meiner Reise dorthin zurückgekehrt und fast spüre ich ihre misstrauischen Blicke noch auf mir.*

*Der Argandbrenner flackert. Als ich aufstehe, um den Fischtran nachzufüllen, bemerke ich die Schatten vor dem Fenster. Panik erfasst mich für einen flüchtigen Moment, dann erinnere ich mich daran, dass Angst ein Instinkt der Lebenden ist. Derjenigen, die etwas zu verlieren haben.*

*Früher, als ich noch ein Schattenspringer war, hätte ich mich an einen anderen Ort teleportiert. Aber mein Herz liegt gut verwahrt unter der Erde, in siebzehn kleinen Särgen, und ich bin nichts als eine Hülle. So verharre ich wie ein Wal im Netz, entschlossen, mich in mein Los zu fügen.*

*Es sind drei junge Männer – offenbar überschätzen sie meine schwindende Kraft. Meine Nachbarin will mich bei okkulten Ritualen beobachtet haben. Das ist der Nachteil des Dorflebens, die Menschen haben ihre Augen überall. Ich nehme ihr den Verrat nicht übel. Man bringt mich ins Gefängnis, direkt neben dem Gericht, wo ich auf meinen Prozess warten soll. Die winzige Zelle teile ich mir mit drei anderen Häftlingen: einem Mann mit Spiel-*

*schulden, einem jungen Einbrecher von gerade einmal acht Jahren und einer Frau, die Tag und Nacht mit sich selbst spricht.*

*Den Geschworenen gegenüber zeige ich mich reumütig und gebe alles zu. Es liegt auf der Hand, dass mich die Wahrheit in nur noch größere Schwierigkeiten bringen würde. Dreißig Tage Haft lautet mein Urteil und obwohl das angesichts der Tage, die hinter mir liegen, nur ein Wimpernschlag ist, legt sich eine schwere Melancholie über mich.*

*Die Tage ziehen trotz Werg zupfen und Netze knüpfen an mir vorbei. Ich ignoriere den hysterischen Singsang meiner Mitinsassin und die Wutausbrüche des Schuldners. Nur der Junge ist ganz still, so wie ich, und wirkt in sich gekehrt. Beinahe friedlich. Einmal beobachte ich, wie er an der hinteren Wand unserer kleinen Zelle steht, konzentriert und versunken. Ich trete näher und sehe, dass er einen Knopf zwischen den Fingern hält, einen aus Perlmutter, von der Art, die meine jetzt zerschlissene Weste noch zierten, als man mich hier eingesperrt hat.*

*„Was machst du da?", frage ich mit aufrichtigem Interesse.*

*„Ich male." Er zuckt die Schultern und tritt einen Schritt beiseite. Tatsächlich hat er mit dem Knopf ein kleines Segelboot in den Lehm gekerbt. „Mein Vater war Fischer. Wenn ich freikomme, werde ich auch Fischer."*

*Obwohl der Junge nur ein paar Tage einsitzen muss, kürzer sogar als ich, bewundere ich den hoffnungsvollen Unterton in seinen Worten. Ich hätte gedacht, dass schon ein einziger Tag in diesem stinkenden Loch ausreicht, um jedem* Menschen *den Lebensmut zu nehmen. Beeindruckt schweige ich.*

*Der Junge dreht sich zur Zellentür mit dem kleinen vergitterten Fenster um. Da huscht der Schatten eines Wärters vorbei.*

*„Manchmal stelle ich mir vor, sie wären eingesperrt und wir wären frei", sagt der Bursche plötzlich.*

*Erschrocken bemerke ich, dass ich eine Hand auf die Schulter des Jungen gelegt habe, und ziehe sie zurück. Seine Worte setzen etwas in mir in Gang, einen Gedanken, der sich unaufhaltsam weiterspinnt, und noch bevor ich ihn richtig zu fassen bekomme, weiß ich, dass ich dem Ausweg aus meiner Bedrängnis so nah bin wie nie zuvor.*

# Kaltes Blut

## RUNA

Wenn das ein Albtraum ist, ist er schlimmer als alle bisherigen. Die Übelkeit ebbt auf und ab, was noch zermürbender ist, als wenn ich mich einfach wieder übergeben müsste. Obwohl ich in eine flauschige Decke gehüllt bin, zittert mein Körper unkontrolliert. Ich möchte die Augen öffnen, aber meine Lider sind bleischwer, also versuche ich, mich mithilfe der anderen Sinne zu orientieren. Ich lausche auf die vertrauten Stimmen, die an mein Ohr dringen.

„Was ist passiert?", fragt Tristram heiser.

„Woher soll ich das wissen? Im Gegensatz zu dir hatte ich noch nie einen Schützling!" Kyril. Er scheint wütend zu sein.

„Bravo. Immer schön Salz in die Wunde streuen." Bei dem bitteren Hohn, den ich Tristram nicht zugetraut hätte, fröstelt mich noch mehr. Wahrscheinlich ist es ein Trugschluss, überhaupt zu glauben, man könnte einen Menschen jemals kennen. Die Gedankenfetzen schwirren haltlos durch mein Bewusstsein, ohne dass ich sie richtig zu greifen bekomme. Ich bin zu müde, mein Hals und Magen sind wund, und der Schmerz vernebelt mir den Kopf.

„Fuck!"

Jemand schlägt die Fäuste gegen die Wand. Zumindest hoffe ich, dass es die Wand ist. Ja, Kyril ist definitiv wütend. „Sorry", schiebt er schließlich hinterher, „das war nicht fair." Einen Moment lang herrscht Stille, dann seufzt er leise. „Es ist fast Mitternacht, ich muss gehen."

„Du willst das wirklich durchziehen? Nach Einbruch der Dunkelheit ist das Tor zum Friedhof abgeschlossen."

„Umso besser, ich hatte sowieso nicht vor, wie ein Tourist durch den Haupteingang zu spazieren. Und nein, ich will nicht – aber ich muss."

Schritte poltern unruhig über das Parkett, dann bleibt jemand ganz nah bei mir stehen. „Kümmerst du dich so lange um Runa? Sie sollte bald aufwachen, und dann wird sie sicher Fragen haben."

*Und ob ich die habe.*

Seiner Stimme nach trennen Kyril und mich nur noch ein paar Zentimeter. Ob er sich zu mir hinuntergebeugt hat? Fast glaube ich, einen warmen Atemhauch auf meinem Gesicht zu spüren. Ich könnte die Hand ausstrecken. Oder die Augen öffnen. Aber in der Luft liegt eine sonderbare, drückende Atmosphäre; eine explosive Mischung aus Angst und Anspannung, Reue und Schuld. Ich fürchte, dass schon der kleinste Fehler ausreichen könnte, um die Bombe in die Luft zu jagen.

„Ich habe auch eine." Tristram klingt wieder so beherrscht wie immer.

„Was?“ Die Schritte entfernen sich hastig von mir.

„Eine Frage, Kyril. Ich will wissen, ob sie dir etwas bedeutet.“

Mein Herzschlag, der bis eben so träge vor sich hin dümpelte, dass ich nicht wusste, ob ich tot oder lebendig bin, beschleunigt sich abrupt, noch bevor ich wirklich verstehe, was Tristram da gesagt hat.

Die Stille, die auf seine Worte folgt, macht alles noch schlimmer. Ich muss die Antwort hören. Ich habe keine Ahnung, warum, aber ich muss es wissen.

„Tris“, setzt Kyril an, „lass den Blödsinn. Wir können in Ruhe über alles reden, aber … nicht jetzt. Und nicht so.“

„Doch. Wir klären das genau jetzt. Und genau so. Du bist mein bester Freund und ich will dir vertrauen, aber in letzter Zeit weiß ich nicht, wem ich glauben soll. Sag mir, dass ich mich täusche und dass da nichts zwischen euch ist. Bitte, Kyril, sag mir, dass Runa dir nichts bedeutet.“

„Hör auf damit! Wer hat dir so einen Mist erzählt? Ich war immer für dich da Tris, ich … ich wäre für dich durch die Hölle gegangen, verdammt – “

„Sag es.“

Nichts. Die Sekunden dehnen sich zu einer Ewigkeit, aber Kyril antwortet nicht. Er schweigt. Irgendwann wird die Tür aufgerissen und fällt mit einem lauten Knall wieder ins Schloss.

Trotzdem bin ich nicht allein; die Atemzüge eines anderen Menschen erfüllen den Raum. Zusammen mit einem unterschwelligen, kaum hörbaren Geräusch. Jemand schluchzt. Dann ein Flüstern.

Aber die Worte sind nicht an mich gerichtet.

„Izzy, ich bin so ein Idiot."

So sehr ich mich auch bemühe, ich empfinde kein Mitleid für Tristram. Stattdessen kehrt das ungute Gefühl von eben zurück. Die Temperatur im Raum scheint noch weiter zu fallen und mir ist eisig kalt.

# Tod auf dem Friedhof

## KYRIL

*Feigling, Feigling, Feigling.*

Die hämische Stimme in meinem Kopf weigert sich, zu verstummen. Ich zwinge mich, wegzuhören und an gar nichts zu denken. Mein Blick gleitet über die neoklassizistische Fassade in der Chambers Street und die ausladenden Treppen, die zum Museum hinaufführen. Ich bin noch nicht bereit, mich zu sortieren und in Worte zu fassen, was eben geschehen ist. Aber die Gewissheit, dass ich einen schweren Fehler begangen habe, lastet erdrückend auf mir. Tristram ist mein bester Freund – und ich habe ihn, ohne ihm die Wahrheit zu sagen, zurückgelassen.

Zielstrebig eile ich weiter in Richtung Kreuzung. Alles sieht unverdächtig aus, die Straße ist beinahe verlassen. Trotzdem ist es mir lieber, zu laufen, meine Umgebung im Blick zu behalten und mich erst dann zu teleportieren, wenn es nicht mehr anders geht.

Ein paar Partygänger haben auf dem Bürgersteig vor der Bar *Revolution* eine Traube gebildet und ich weiche auf die andere

Straßenseite aus. Trotzdem geht mir ihr ausgelassenes Lachen durch Mark und Bein. Manchmal kommt es mir vor, als hätte diese Stadt zwei Seiten: Eine helle, zauberhafte, viel besungene. Und eine dunkle, fernab aller Touristenführungen, die man nur zu Gesicht bekommt, wenn man bereit ist, sich der hässlichen Wahrheit zu stellen. Die Seele Edinburghs ist längst nicht so malerisch wie das Antlitz der Stadt in den Reiseführern.

Als ich an der Statue von Bobby, dem Skye Terrier, vorbeikomme, strecke ich reflexartig einen Zeigefinger nach seiner Nasenspitze aus. Die abgewetzte Bronze fühlt sich kühl an meiner Haut an. Im Gegensatz zur restlichen dunkel angelaufenen Statue funkelt sie im Schein der Straßenlaternen golden, weil jeder, der herkommt, ebendiese Hundenase streichelt. Dabei ist die Geschichte Bobbys, der nach dem Tod seines Herrchens angeblich vierzehn Jahre lang an dessen Grab ausgeharrt hat, höchstwahrscheinlich ein Märchen. Tröstlich ist sie trotzdem.

Ich ziehe die Hand wieder zurück und werfe einen Blick auf die Uhr: noch fünf Minuten bis Mitternacht. Am Zugang zum Friedhof, einer schmalen Gasse, die unscheinbar zwischen dem nach Bobby benannten Pub und einem Laden für Künstlerbedarf verläuft, bleibe ich stehen. Ich ziehe mir die Kapuze über den Kopf und vergrabe das Gesicht in meinem Schal. Zusammen mit der Dunkelheit sollte mir das helfen, unerkannt zu bleiben. Normalerweise habe ich keine Angst, beobachtet zu werden – die meisten Menschen gehen ohnehin blind durchs Leben und sehen nur, was sie sehen wollen, weshalb sie niemals einen Schattenspringer zu Gesicht bekommen werden. Aber Ruben war hier mit jemandem verabredet.

Jemand, der nach ihm suchen wird. Und der mich nicht erkennen soll.

Ich drücke mich an die Wand des Pubs und löse mich auf, um hinter dem hohen, schmiedeeisernen Tor zu landen, das bereits verschlossen ist. Eine Krähe hat mich bemerkt und stößt wie zum Protest einen spitzen Schrei aus. Ich hebe den Kopf und bemerke den Todesboten im Blattwerk einer der uralten Platanen neben der Friedhofskapelle. Die beleuchtete George Heriot's School hinter der Flodden Wall, einem Teil der alten Stadtmauer, wirft einen gelben Schein auf die Gräberreihen und die ewig frische Brise zieht vom Meer her durchs Geäst. Noch immer habe ich keinen Schimmer, wo genau Ruben auf dem Friedhof verabredet ist.

Die Kirchglocken beginnen zu läuten und ich fahre zusammen. Dann besinne ich mich und zähle die Schläge, um mich zu beruhigen. Ich weiß ohnehin, dass es sechzehn sind: Mitternacht.

*GF NN MN*. Das Kürzel aus dem Terminkalender blitzt in meinen Gedanken auf und plötzlich steht mir klar vor Augen, wofür das zweite Akronym steht: Ruben wollte sich am Grab von Anonima treffen, dem unbekannten Mädchen, zu dem ich seit Monaten forsche. Wieso bin ich nicht früher darauf gekommen?

Das Steinkreuz steht verwittert im Schatten eines knorrigen Apfelbaumes, der zu dieser Zeit die letzten Früchte abwirft. Es wurde zum Gedenken an eine Unbekannte aufgestellt, von der nur wenige Lebensdaten bekannt sind: Anfang der Achtzigerjahre hatten Bauarbeiter eine alte Wasserleitung repariert, die direkt über den Friedhof verlief, und dabei die Überreste einer jungen Frau gefunden. Untersuchungen der Knochen ergaben, dass sie ungefähr fünfzehnjährig vermutlich Ende des sechzehnten Jahrhunderts gestorben war. An und für sich nichts Ungewöhnliches, aber der kostbare Schmuck als Grabbeigabe legt nahe, dass Anonima aus wohlhabendem Hause stammte; warum also war sie anonym beerdigt worden?

Die knorrigen Äste eines Apfelbaums verdecken den Himmel fast vollständig. Ich trete aus seinem Schatten, von der Wiese auf den Weg. Der Kies knirscht unter meinen Sohlen, als ich mich dem schwarzen Mausoleum nähere. Heute Nacht glaube ich fast, dass dort tatsächlich der Geist von *Bloody Mackenzie* sein Unwesen treibt, dem unerbittlich grausamen Verfolger der Covenanters im siebzehnten Jahrhundert. Seit ein Obdachloser in den Neunzigern versucht hat, den Sarg des für seine grausamen Foltermethoden bekannten Advokaten zu öffnen, soll dessen Geist angeblich auf dem Friedhof spuken. Um die Jahrtausendwende ist sogar ein Exorzist gestorben, nachdem er versucht hatte, das Gespenst zu vertreiben. Das Unkraut, das aus der steinernen Kuppel der Grabstätte wächst, leuchtet im Laternenlicht auf wie ein Heiligenschein.

„Da bist du ja. Und ich nehme an, du möchtest nicht im *Bobby's* auf unsere Freundschaft anstoßen?“

Die dunkle Stimme reißt mich aus meinen Gedanken und lässt meinen Puls in die Höhe schnellen. Sie ist mir nur allzu vertraut. Kann das sein …?

„Ich habe gehört, dass deine Koffer gepackt sind, und ich weiß, was du vorhast. Das ist mutig von dir. Und unfassbar töricht. Du gehst nirgendwohin.“

Ich sehe mich um, aber nur die schiefen, halb verwitterten Grabsteine umgeben mich im Halbdunkel; ich kann niemanden erkennen.

„Noch kannst du deinen Entschluss überdenken. Vielleicht jagt dir der Tod keine Angst ein, aber ich habe Mittel und Wege, um dir auch das Leben zur Hölle zu machen. Dir und allen, die dir lieb und teuer sind. Ich kann dich vernichten, Ruben Leblanc, und deinen Namen vom Antlitz der Erde radieren. Sag mir, dass du einen Fehler gemacht hast und umkehren wirst."

Octavians Worte sind kaum mehr als ein Flüstern, das der Wind über den Friedhof trägt. Was hatte er mit meinem Professor zu besprechen, über das man nicht im Büro reden kann, sondern nur auf einem verlassenen Friedhof? Und welchen Grund hatte der Warden, Ruben derart zu drohen? Was hatte er gegen ihn in der Hand?

Meine Gedanken überschlagen sich schwindelerregend. Ich weiß, dass ich reagieren und irgendetwas sagen muss, aber ich habe keinen blassen Schimmer, was. Schweiß bricht auf meiner Stirn aus. Ich öffne den Mund. Träge löst sich meine Zunge vom Gaumen. Aber gerade, als ich Luft geholt habe, trifft mich ein Schlag mit solcher Wucht, dass ich Sterne sehe. Und die Welt scheint sich plötzlich etwas langsamer zu drehen, ich fühle mich wie betäubt.

Das war keine Faust, realisiere ich, sondern etwas viel Gefährlicheres. Vielleicht eine Eisenstange aus einem der rostigen Käfige, die in vergangenen Jahrhunderten die Gräber vor Leichenräubern schützen sollen.

Eine warme Flüssigkeit rinnt mir die Schläfe hinunter und meine Arme rudern haltlos durch die Luft, dann prallt mein

Hinterkopf gegen etwas Hartes. Anonimas Grabkreuz. Mit ein wenig Verzögerung explodiert der Schmerz umso heftiger in meinem Schädel. Die Landung auf dem Rücken presst das letzte bisschen Luft aus meiner Lunge. *Wie ironisch, auf einem Friedhof zu sterben.* Das ist mein letzter klarer Gedanke, dann greift die Bewusstlosigkeit mit klammen Fingern nach mir. Und doch sehe ich ein Gesicht vor mir wie im Traum. *Runa.* Ihre rehbraunen Augen, die ewig skeptische Falte zwischen ihren Augenbrauen und das wohlbekannte Halblächeln um die vermutlich viel zu weichen Lippen. Alles an ihr wirkt so real, als könnte ich sie berühren, würde ich es nur schaffen, einen Finger zu heben. Sie wird zu mir kommen, um mich weit, weit wegzubringen. Ich spüre, dass sie sich bereits auf den Weg gemacht hat. Noch einmal darf ich bei ihr sein.

Dann, bald, bin ich zu Hause.

# Apple of My Eye

## RUNA

Tristram hat mir Wasser gebracht. Eine Tasse Lakritztee steht dampfend auf dem Nachtschrank, daneben ein Teller mit Zwieback.

Als ob damit alles wieder gut werden würde. Aber dafür bräuchte ich schon ein komplett neues Leben.

Gerade ist er auf die Toilette verschwunden, sodass ich endlich einen klaren Gedanken fassen kann. Ich weiß, dass er es nur gut meint, aber im Moment wäre ich am liebsten allein; ich möchte nicht reden, weil mein Kopf voller Fragen ist, die so grausam sind, dass ich sie nicht über die Lippen bringe. Und weil ich es nicht ertragen könnte, wieder keine Antwort zu bekommen.

Wurde ich tatsächlich heute Abend vergiftet? Habe ich mir die Seele aus dem Leib gekotzt, weil der Warden des Instituts Gefallen daran findet, die Neulinge erst zu verstören und dann wie die Fliegen sterben zu lassen? Oder kommt jeden Moment jemand mit einer Kamera um die Ecke? Wo zur Hölle bin ich hier gelandet und warum hat mich von meinen vermeintlichen Freunden niemand gewarnt? Die widersprüchlichen Gefühle – Wut, Erschöpfung, Fassungslosigkeit – machen das Denken beinahe unmöglich.

Ich will gerade doch nach dem Tee greifen, um wenigstens den sauren Geschmack in meinem Mund fortzuspülen, als ein heftiger, stechender Schmerz meinen Kopf schießt. Ich falle zurück auf die Matratze und blinzle gegen den Schwindel und die Übelkeit an. Ein metallischer Geruch steigt in meine Nase, dann fährt ein vertrautes Ziehen durch meinen Körper. *Nein. Ich kann nicht, nicht jetzt.* Fröstelnd schlinge ich die Decke enger um meine Schultern. Ich trage noch immer das dämliche Abendkleid, aber darüber einen College-Hoodie, der mir sehr vertraut vorkommt.

Wahrscheinlich bilde ich mir das Gefühl nur ein, oder es ist eine Nachwirkung des vergifteten Weins. Ich kann jetzt nicht raus in die kalte, unberechenbare Nacht. Zu einem fremden Menschen, der meine Hilfe braucht, obwohl ich rein gar nichts mehr zu geben habe. Schon gar nicht allein. Kyril sollte bei mir sein und mir sagen, was ich tun muss. Aber er ist verschwunden, so als ginge ihn das Ganze nichts an.

Als wären Mädchen, die sich übergeben und vor Schmerzen die Besinnung verlieren, nicht sein verdammtes Problem. Das Ziehen wird stärker, bis es jede Zelle meines Körpers durchdringt.

Mit einem gurgelnden Geräusch wird der Wasserhahn im Bad aufgedreht. Tristram! Er könnte meine Rettung sein. Aber er kommt zu spät, denn mir fehlt die Kraft, um mich länger gegen meine Bestimmung zu wehren.

Ich lasse los und ergebe mich der Dunkelheit. Sie trägt mich fort, alles dreht sich rasant und als ich die Augen öffne, schlägt mir ein eisiger Wind ins Gesicht. Blätterrauschen dringt an mein Ohr und in der Luft liegt der modrige Geruch nach feuchter Erde. Aber das alles ist mir egal, denn ich registriere nur unbewusst, dass ich mich auf einem Friedhof befinde und dass mein Kopf immer noch schmerzt. Gleich darauf erkenne ich die Gestalt, die vor mir im Gras liegt. Unter einem Baum, umgeben von Gräbern.

Es ist Kyril!

Mein Herz setzt einen Schlag aus, nur, um die blanke Panik in der nächsten Sekunde umso schneller durch meine Adern zu pumpen. Das darf nicht sein!, denke ich. Oder ist das ein Test, gehört das vielleicht alles zur Show?

Ich stolpere die letzten Meter über das feuchte Gras und sinke neben Kyril auf die Knie. Rings um uns liegen gärende Äpfel auf der Wiese verstreut und verströmen einen süßsäuerlichen Gestank. Prompt ist die Übelkeit zurück. Tau sickert durch den Chiffon meines Kleides, aber das ist mir egal. Kyrils Gesicht ist totenblass, seine Lider sind geschlossen und ich zittere so sehr, dass ich nicht sagen kann, ob sein Brustkorb sich noch hebt und senkt. Blut läuft in einem klebrigen Rinnsal über seine rechte Wange. Mein Blick folgt der roten Spur bis zu einer Stelle am Kopf, an der sein blondes Haar dunkel verfärbt ist. Das ist definitiv kein Test. Was ist nur passiert? Ist er Rubens Mörder auf die Spur gekommen und bezahlt jetzt die Rechnung für unser beider Neugier?

Ich muss einen Krankenwagen rufen, aber ich habe kein Handy dabei und der Friedhof ist verlassen. Soll ich zum Pub laufen und Hilfe holen? Uns direkt ins Krankenhaus teleportieren? Wie ging noch mal die stabile Seitenlage? Und gelten für Schattenspringer überhaupt die gleichen Regeln wie für normale Menschen?

Die Fragen überfordern mich. Ich habe das Gefühl, egal, was ich tue, es wird die falsche Entscheidung sein. Also schalte ich das Denken aus, nehme instinktiv Kyrils Kopf in beide Hände und versuche, ihn ein Stück anzuheben. Seine Haut ist kalt und sofort strömen die Bilder durch mein Bewusstsein. Ich sehe Ruben, Tristram und … mich. Vor allem mich. All unsere Begegnungen der ersten Tage am Institut laufen erneut vor meinem inneren Auge ab, nur dass ich sie jetzt aus Kyrils Perspektive wahrnehme. Offenbar fand er mich doch nicht so nervig, wie ich dachte, denn er hat sich jedes Detail meines Gesichts genau eingeprägt.

„Nein", murmele ich atemlos. „Bitte … bitte nicht."

Ich lasse ihn los, als hätte ich mich verbrannt. Ich kann das nicht. Ich *will* das nicht.

*Du musst,* flüstert Kyrils Stimme in meinem Kopf. Da stößt eine Krähe im Geäst über uns einen Schrei aus und ich realisiere, was hier gerade geschieht. Kyril wird sterben. Und ich soll ihm den Tod bringen.

Ich werde nie wieder sein herablassendes Lächeln erleben – die hochgezogene Augenbraue, den Leberfleck auf der Wange. Werde niemals mehr seine allwissenden Sprüche ertragen müssen. Mein Brustkorb zieht sich bei diesem Gedanken schmerzhaft zusammen.

Aber ich werde auch niemals eine Gelegenheit bekommen, Kyril das zu sagen. Ihm zu sagen, was er mir wirklich bedeutet.

Die Nachtluft streicht über meine nassen Wangen und erst durch den kühlen Zug bemerke ich, dass ich weine. Ich schlucke, hole zitternd Luft und stütze mich mit den Armen neben seinem Kopf ab. „Das kannst du vergessen", flüstere ich und beuge mich so nah an ihn heran, dass meine Nasenspitze nur Millimeter über seiner schwebt. Und über seinen bleichen Lippen, die ich küssen will, bis sie wieder die altbekannte Farbe angenommen haben. Bis sie wieder voller Leben sind.

*Du hast zu viele Märchenfilme gesehen*, spottet eine Stimme in meinem Kopf und ich muss ein Schluchzen unterdrücken, als ich mich daran erinnere, wie Kyril einmal etwas Ähnliches zu mir gesagt hat. Und doch kann ich nicht anders, als es wenigstens zu versuchen. Eine unsichtbare Kraft zieht mich näher zu ihm hin. Die Kopfschmerzen und der Schwindel halten mich nicht ab. Ich will leben. *Er* soll leben.

Ich schließe die Augen und senke meinen Mund auf Kyrils. Vielleicht, um mich zu entschuldigen. Vielleicht, um wenigstens irgendetwas zu tun. Vielleicht aus purem Egoismus.

Die Bilder kommen wieder, aber ich dränge sie zurück und konzentriere mich mit aller Macht auf Kyrils Lippen, die ich weich und kühl unter meinen spüre. Und tatsächlich verblassen die Bilder. Aber statt Glück fühle ich nur Verzweiflung. Wo Schmetterlinge sein sollten, liegt mir ein schwerer Stein im Magen. Tränen tropfen von meiner Nasenspitze auf Kyrils Wange. Gleichzeitig ist es, als würde mit einem Mal all meine eigene Kraft schwinden. Erschöpft ziehe ich den Kopf zurück.

Was ist überhaupt in mich gefahren? Jetzt ist nicht der richtige Moment für Gefühlsduselei. Und ich habe Kyril geküsst, ohne zu wissen, ob er das auch gewollt hätte. Bei diesem Gedanken überkommen mich Scham und ein tonnenschweres schlechtes Gewissen.

„Tut mir leid", murmle ich. Kurz darauf spüre ich ein Zittern. Kaum merklich schwillt es an, breitet sich zwischen Kyril und mir aus. Eine undefinierbare Muskelspannung, nicht mehr als ein Vibrieren der Luft, aber doch: Etwas ist anders.

Und während ich mich noch frage, ob ich mir diese Veränderung vielleicht nur einbilde, berührt mich etwas an der Taille. Ich zucke erschrocken zusammen. Es dauert eine Sekunde, bis ich realisiere, was passiert: Kyril zieht mich näher zu sich. Ich öffne die Augen und starre direkt in seine geweiteten Pupillen. Zwei schwarze Inseln in tiefgrüner See.

Ich weiß nicht, ob ich Kyril jemals so nah war, auf jeden Fall hat sich nichts jemals so intim angefühlt wie dieser Blick.

„Oh Gott", schluchzt jemand heiser auf. Ich bin das, ich schluchze: Kyril lebt. Erleichterung flutet mich. Ich gebe der Forderung der fremden Hände nach, lasse mich fallen und lehne meine Stirn an seine. Einen kostbaren Augenblick lang kann ich Kyrils Herzschlag unter meinem Brustkorb spüren, seinen Atem auf meinem Gesicht und sogar seinen Puls, der unter meinen Fingerspitzen in seiner Halsschlagader rast. Es ist, als hätte das, was eben geschehen ist – und ich habe keine Ahnung, was genau das war – all meine Sinne geschärft.

„Runa." Kyril hustet. „Du musst gehen."

Ich schüttle entschieden den Kopf, dann erst bemerke ich, dass Kyril die Augen wieder geschlossen hat. „Um nichts in der Welt", antworte ich und frage mich selbst, wo meine Entschlossenheit auf einmal herkommt. Dabei ist es wohl längst so eine Art Hobby von mir, ihm schon aus Prinzip zu widersprechen. „Ich bringe dich ins Krankenhaus."

Für einen Moment greift bei diesem Gedanken die pure Angst nach mir. Vor ein paar Tagen hat Kyril mich in den Krankenflügel des Instituts getragen; in einem anderen Leben, wie es scheint. Aber seine Verletzung ist nichts, was man mit Pflastern und Bandagen beheben könnte.

„Du bist un...verbesserlich."

Ich schmunzle über die Bemerkung, die aus seinem Mund fast wie ein Kompliment klingt, und schlinge die Arme fester um Kyrils Schultern. Er braucht mich jetzt. Gerade, als ich die Augen schließen will, um uns fortzubringen, bleibt mein Blick an einem der Falläpfel hängen. Im Gegensatz zu den anderen ist er nicht wurmstichig oder faul. In einem Anflug von Sentimentalität greife ich nach der Frucht und stecke sie in die Tasche des Hoodies. Für später. Falls es ein später gibt.

Konzentriert male ich mir dann jedes Detail des Krankenhausflurs aus, zu dem es mich in meiner ersten Nacht in der Stadt gezogen hat. Diesmal geht es mir viel leichter von der Hand. Ein Gedanke und wir sind da.

Ich stütze mich reflexartig mit einem Arm an der Wand ab, aber Kyril sackt mit seinem ganzen Gewicht gegen mich. Zum Glück dreht gerade eine Nachtschwester ihre Runde. Sie mustert erst Kyril, dann mich mit entsetztem Gesichtsausdruck und eilt auf uns zu.

„Er ist gestürzt", stammele ich und gleichzeitig wird mir klar, dass ich nicht die geringste Ahnung habe, wo Kyrils Verletzung tatsächlich herkommt.

Dann geht auf einmal alles ganz schnell. Die Schwester alarmiert per Telefon die Ärzte. Sie fragt mich, ob ich mit Kyril verwandt sei. „Ich bin seine Freundin“, lüge ich, ohne rot zu werden. Ich hätte auch behauptet, seine Mutter zu sein, wenn uns das jemand geglaubt hätte. Hauptsache, ich muss ihn nicht allein lassen. Trotzdem fordert man mich an der Tür zum Behandlungsraum der Notaufnahme auf, draußen zu bleiben. Kyril wird auf eine fahrbare Liege gebettet. Als die Schwester ihn hineinschieben will, ruft der Arzt, der gerade aus dem Zimmer kommt, nach ihr. Sie geht hinüber und die beiden wechseln ein paar Worte. Medizinische Begriffe und Anweisungen, in denen es um seine Behandlung geht.

Kyril reagiert bemerkenswert schnell. Er streckt eine Hand nach mir aus und ich beuge mich zu ihm, weil ich glaube, dass er etwas sagen will. Vielleicht, was in Gottes Namen ich jetzt tun soll. Aber stattdessen streicht er mir die Haare aus der Stirn. Seine Finger fahren zärtlich über meine Wange und seine Lippen suchen noch einmal meine.

Hitze strömt ohne Vorwarnung durch meinen ganzen Körper und die Glücksgefühle, die ich vorhin erwartet hätte, breiten sich jetzt so schlagartig aus, dass ich mich sicherheitshalber an der Liege festhalte. Vorsichtig tastet Kyrils Zungenspitze nach meiner. Umfängt mich nur für den Bruchteil einer Sekunde und ohne den Hunger zu stillen, den jede seiner Berührungen entfacht. Trotzdem: Das ist kein Du-bist-vielleicht-der-letzte-Mensch-den-ich-auf-Erden-sehen-werde-Kuss, das hier fühlt sich völlig anders an.

Aber ich habe auch nicht vergessen, dass wir uns in einem Krankenhaus befinden. Mit hallenden Schritten kommt die Schwester zurück und ich löse mich widerwillig von Kyril.

„Sie können im Wartezimmer Platz nehmen", weist die Schwester mich an.

Ich gehorche, sehe ihr nach, als sie Kyril davonschiebt, und lasse mich auf einen der Stühle fallen. Außer mir ist niemand dort. Schweigend starre ich auf meine Hände, die ich trotz der blutigen Schlieren nicht waschen will. Nie wieder. Vielleicht ist das ja der richtige Zeitpunkt, um mit dem Beten zu beginnen.

*Bitte, Gott,* forme ich stumm mit den Lippen, *lass Kyril überleben. Alles andere ist egal. Er kann von mir aus eine hässliche Narbe davontragen – das wäre vielleicht sogar gut gegen seine Arroganz. Aber, um alles in der Welt, lass ihn nicht sterben.*

Und ich, ich muss irgendwie diesen Fluch brechen, der bewirkt, dass allen Menschen, die mir etwas bedeuten, Schlimmes zustößt.

Irgendetwas an dem College-Hoodie, der unter dem Waschpulverduft viel zu vertraut riecht, nach Scones und den alten Holzschreibtischen in der Bibliothek, pikst mich. Ich taste mit tauben Fingern den Sweatstoff ab. Nichts. Also ziehe ich den Reißverschluss auf. Die Taschen sind so genäht, dass sie auf der Innenseite einen kleinen Beutel bilden. Ich kann darin etwas Längliches, Glattes erfühlen – einen Streifen Papier. Aufgeregt ziehe ich ihn hervor und starre auf die Fotos, die ich mit Lali und Kyril nach unserem Besuch bei *Clarinda's* geschossen habe. Tränen schießen mir in die Augen, als ich realisiere, dass Kyril die Bilder bei sich getragen hat.

Nach einer gefühlten Ewigkeit darf ich endlich zu ihm. Er wurde auf ein Krankenzimmer auf der Inneren Station verlegt.

Die Schwester ermahnt mich, dass ich mich kurzfassen soll, weil er Ruhe braucht, dann lässt sie uns allein. Sein Kopf ist verbunden und in seinem linken Arm steckt eine Kanüle, an die die Schwester eine Infusion angeschlossen hat. Immerhin hat sie auch das Blut aus seinem Gesicht gewaschen und unter der Blässe kehrt allmählich Farbe in seine Wangen zurück.

# Lügner
## KYRIL

Mein Kopf ist benebelt von den Schmerzmitteln und es dauert einen Moment, bis sich mein Blick klärt. Runa steht vor meinem Bett, mit einem Sicherheitsabstand von gut zwei Armlängen, und hat die Hände unschlüssig in den Taschen ihres Hoodies vergraben. Nein, *meines* Hoodies. Ein Lächeln zuckt über meine wunden Lippen. Obwohl ihr der Pullover locker zwei Nummern zu groß ist, glaube ich nicht, dass ich es übers Herz bringen werde, ihn zurückzufordern.

„Du bist wach“, sagt sie.

„Hi … Fawn.“

Runas Mundwinkel zucken. Von ihrem festlichen Make-up des Vorabends ist nicht mehr viel übrig und die schwarzen Schatten unter ihren Augen sind wohl der Müdigkeit geschuldet. Sie hat in den letzten Stunden so viel durchgemacht. Zwar bin auch ich nur knapp dem Tod entronnen, aber im Gegensatz zu ihr wurde ich seit Jahren auf diesen Moment vorbereitet. Und bis vor Kurzem hätte ich nicht gesagt, dass ich besonders viel zu verlieren habe.

Ich räuspere mich und bringe krächzend ein „Danke" hervor. Dabei will ich noch so viel mehr sagen: … *für alles, was du heute Nacht getan hast, auch, wenn es unfassbar dumm war. Und für den Kuss. Dafür, dass du einfach da bist.* Aber mein Hals ist trocken und mein Herz ist schwer. Sehnsüchtig schaue ich zum Wasserglas auf dem Nachtschrank.

„Möchtest du etwas trinken?" Sie reicht es mir und ich nehme dankbar einen Schluck. Dabei zittern meine Muskeln so sehr, dass ich Mühe habe, mich nicht zu bekleckern.

Sie nimmt das Glas wieder entgegen, stellt es ab und zieht sich einen Stuhl an mein Bett. „Du hast mir einiges zu erzählen, glaube ich."

Ich zwinge mich zu einem ernsten Tonfall. „Das stimmt. Runa, du – "

Sie hebt eine Hand. „Nein, warte. Zuerst die wichtigste Frage: Wie ist das passiert? Und erzähl mir nicht, dass du gestürzt bist."

„Octavian hat mich niedergeschlagen", bringe ich hervor. „Ich konnte nicht viel sehen, aber ich habe seine Stimme erkannt."

Runas Gesichtszüge entgleisen. „Der Warden? Aber warum? Was hast du ihm getan?"

„Nicht ich", korrigiere ich sie, „sondern Ruben. Er hielt mich für ihn, sie waren auf dem Friedhof verabredet." Erst jetzt wird mir klar, dass Runa das nicht wissen kann, schließlich habe ich ihr den Eintrag in Rubens Kalender verschwiegen. „Es … es stand in seinem Terminkalender."

Zorn zeichnet sich auf Runas weichen Zügen ab und ihr Unterkiefer spannt sich an.

„Vielleicht war das falsch", versuche ich eine Rechtfertigung, „jedenfalls muss ich dir noch etwas anderes sagen: Du ahnst wahrscheinlich, dass ich jetzt dein Mentor bin."

Sie nickt knapp.

„Und es tut mir leid, dass alles so gekommen ist, aber … das liegt nicht in unserer Hand. Heute Nacht, Runa …", ich muss mich überwinden, die Worte auszusprechen, und hole tief Luft, „… hättest du mir den Tod bringen sollen."

Sie verschränkt die Arme vor der Brust. Da ist es wieder, das trotzige Funkeln in ihrem Blick, das ich allmählich lieb gewinne. *Von wegen Rehaugen.* Verdammt, ich sollte mich zusammenreißen.

„Das hätte ich vielleicht auch tun sollen, als Dankeschön für die versuchte Vergiftung", murmelt sie angriffslustig.

Ich seufze leise. „Jetzt ist die Zeit gekommen, um reinen Tisch zu machen, also …" Ich hole tief Luft, obwohl dabei ein stechender Schmerz in meinen Kopf fährt. „Beim Initiationsritual sollen die Neulinge selbst mit dem Tod in Berührung kommen, bevor sie Fremde beim Sterben begleiten. Ihr Mentor muss sie retten, ehe sie durch den Äther ins Jenseits übergehen. So werden ihre Fähigkeiten als Schattenspringer aktiviert. Und ich war dazu bestimmt, dich zu retten. Zwischen Mentor und Schützling besteht eine besondere Verbindung, die während der Ausbildung immer schwächer wird, bis sie sich ganz löst, sobald der Schützling bereit ist. Meist nach dem ersten Jahr. Aber vorher schadet es beiden, wenn einer von ihnen in Gefahr gerät. Genauso kann einer dem anderen etwas von seiner Kraft abgeben. Und genau das hast du heute Nacht getan. Du hast mich auf dem Friedhof gerettet, ohne es zu wissen."

Runas Mund öffnet sich, aber ich lasse sie nicht zu Wort kommen – noch nicht. „Du musst mir versprechen, das nie wieder zu tun, okay? Ich will dich in Sicherheit wissen."

Die letzten Worte spreche ich leiser, weil mit ihnen das wohlige Gefühl zurückkehrt, das mich in den letzten Tagen immer dann erfüllt, wenn ich an Runa denke. Oder sie sehe. Oder sie *küsse*, heilige Scheiße. Ein warmes Kribbeln breitet sich über meinen Körper aus und vertreibt die letzte Kälte der Nacht. Ich zwinge mich, es zu ignorieren.

Langsam schüttelt sie den Kopf. „Das wäre nicht passiert, wenn ich dich auf den Friedhof begleitet hätte."

„Vielleicht. Aber vielleicht würden wir in dem Fall jetzt beide hier liegen."

Sie lacht leise auf und obwohl ich nicht lockerlassen will, bevor Runa mir ihr Wort gegeben hat, sich nie wieder meinetwegen in Gefahr zu bringen, ist ihr Lachen ansteckend.

„Okay", beginnt sie, „Also Mentor und Schützling sind verbunden. Dann hast genau genommen auch du mich mit deinem Alleingang in Gefahr gebracht, oder nicht?"

Ich spüre, wie mir das Blut in den Kopf schießt. Wieder einmal habe ich das Gefühl, dass Runa mir weit voraus ist. „Ich hätte nicht gedacht, dass unsere Verbindung so stark ist", gestehe ich. „Das ist … selten." Für diesen Nachsatz könnte ich mich ohrfeigen.

Runa schweigt. Ich kann nicht sagen, ob sie wütend ist oder nur verblüfft. Die Stille scheint sich zwischen uns auszubreiten; trennt uns wie eine unsichtbare Mauer. Runas Hände liegen locker auf ihren Oberschenkeln, nur wenige Zentimeter entfernt von meinem rechten Arm. Der jetzt wie von selbst zuckt, bis sich unsere Finger erst berühren und schließlich verflechten. Und obwohl ich erleichtert bin, dass Runa nicht wütend zu sein scheint, erinnert mich eine leise, vertraute Stimme daran, wie falsch das ist, was wir tun: mein Gewissen, zweifellos.

„Keine Geheimnisse mehr", fordert sie und sieht von unseren Händen auf.

„Keine Geheimnisse. Und eins musst du noch wissen." Wahrscheinlich liegt es am Schmerzmittel, dass meine Zunge so locker sitzt. Aber Runa ist mir wichtig und ich kann sie nicht blind in ihr Verderben rennen lassen. Es ist meine Aufgabe, sie zu beschützen! „Das Institut ist ein gefährlicher Ort. Ganz besonders den *Nox Aeterna* darfst du nicht vertrauen, hörst du? Vor ein paar Wochen habe ich eine Nacht in den Katakomben verbracht – "

„Ich weiß. Sie haben dich da unten eingesperrt." Runa schluckt. „Tut mir leid, ich will nur nicht, dass du alles noch mal erzählen musst, wenn dir das schwerfällt."

Die ungesagten Worte bleiben mir im Hals stecken. Dabei hätte mir klar sein müssen, dass die Geschichte, die sich dank Dilan wie ein Lauffeuer am Institut verbreitet hat, auch zu Runa durchgedrungen ist.

„Es geht nicht nur darum, was sie mir angetan haben", sage ich und fühle mich dabei, als müsste ich mich für meine Angst rechtfertigen. „Es geht um viel mehr: Normalerweise hätte ich mich einfach an einen anderen Ort teleportieren können, es war schließlich dunkel genug. Und das habe ich auch versucht, aber ohne Erfolg. Erst dachte ich, ich wäre zu schwach, aber inzwischen bin ich sicher, dass mehr dahintersteckt. An meinem Unterarm habe ich später einen feinen, frischen Schnitt entdeckt, er blutete noch. Außerdem habe ich mich da unten umgesehen, als Dilan mich wieder freigelassen hat. Die Gänge und Gewölbe unter dem Institut bilden ein verwinkeltes Labyrinth. In einer der alten Grabkammern bin ich … auf etwas gestoßen. *Puppen*, Runa."

Ihr erschrockener und zugleich vorwurfsvoller Blick spricht Bände. Er sagt: *Wieso hast du mir nicht früher davon erzählt?*

„Ich wusste nicht, an wen ich mich wenden soll. Wer hätte mir auch geglaubt, nach dieser Nacht, nach allem, was ich erlebt hatte?" Ich beiße auf die Innenseite meiner Wange. Der Schmerz hilft mir, die Wut im Zaum zu halten.

„Du glaubst, man hätte dich für verrückt erklärt?"

„Vielleicht. Jedenfalls ich bin sicher, dass Dilan mit den Puppen etwas im Schilde führt, auch, wenn ich keine Ahnung habe, was." Ein eisiger Schauer läuft meinen Rücken hinunter.

Runa schüttelt energisch den Kopf. „Ich kann nicht fassen, dass du mir das verschwiegen hast! Schließlich hatte auch mein Vater eine Puppe bei sich, als – "

Sie verstummt und ihre Hand, die immer noch in meiner liegt, fühlt sich mit einem Mal kalt und schwer an.

„Ich glaube nicht, dass Dilan Ruben etwas angetan hätte. Denk an die Briefe, die wir gefunden haben – sie war wie besessen von ihm."

„Liebe kann die Menschen dazu bringen, die abscheulichsten Dinge zu tun." Runas Stimme ist fest.

Ich schlucke, weil ich plötzlich einen Kloß im Hals habe, und nicke. „Versprich mir, dass du dich von Dilan fernhältst. Sie ist vielleicht nicht unsere Mörderin, aber gefährlich ist sie so oder so."

„Ich bin zwar noch nicht von ihrer Unschuld überzeugt, aber … heißt das, wir arbeiten ab jetzt zusammen, um den Mord an meinem Vater aufzuklären?"

„War das etwa ein Versprechen?" Ich ziehe einen Mundwinkel hoch.

„Wenn das auch eines ist? Keine Alleingänge mehr?"

„Versprochen." Ich drücke Runas Finger und muss mich davon abhalten, ihren Handrücken zu mir zu ziehen, um ihn zu küssen.

Auch Runas Blick wandert suchend über mein Gesicht, von meinen Augen zu meiner Nasenspitze und zu meinen Lippen, wo er schließlich hängen bleibt. Sie beugt sich näher zu mir.

Und ich will nichts mehr, als ihr nah zu sein. Ihre Haut auf meiner zu spüren. Sie zu fühlen, zu riechen und zu schmecken.

Aber ich kann nicht. Tristrams Gesicht weigert sich, aus meinem Kopf zu verschwinden.

„Es tut mir leid", flüstere ich und drehe mich weg. „Das vorhin war falsch und wir … wir können nicht – "

„Tris." Selbst in diesem knappen Wort ist Runas Enttäuschung greifbar.

Ich nicke und bringe es nicht übers Herz, sie anzusehen, als ich frage: „Freunde?"

„Freunde." Sie schluckt hörbar.

Irgendwie werde ich das Gefühl nicht los, dass keiner von uns dem anderen diese Lüge abkauft.

# Schlaflied
## RUNA

Die nächsten Tage ziehen an mir vorbei wie im Traum. Zwar kein Albtraum, aber auch kein besonders schöner. Einfach ein Zustand irgendwo zwischen wach und völlig neben der Spur sein. Auch die Vorlesungen, die jetzt endlich beginnen und die leider ziemlich trocken sind, können mich nicht ablenken.

Ich weiß nicht, wie Kyril das gemacht hat, aber am Institut erzählt man sich, er sei die Treppe hinuntergestürzt und habe sich eine leichte Gehirnerschütterung zugezogen, weshalb er ein paar Tage im Krankenhaus bleiben müsse. Lali hat mir sogar erzählt, sie wüsste das von Addie persönlich, die als Institutsschwester über alle Krankheitsfälle informiert ist. Ich hätte sie nicht einweihen müssen, aber ich habe es trotzdem getan, weil ich sie nicht belügen konnte.

Dennoch und obwohl sie mir wie immer zugehört und mich getröstet hat, ist die Stimmung zwischen uns unterkühlt. *Nur ein aufgeblasenes Ritual*, hatte sie vor der Initiationsfeier gesagt. Eine Show, mehr nicht. Von wegen. Ich weiß, dass es ihr verboten war, mich einzuweihen, trotzdem: So sehr ich meine Bitterkeit hinunterschlucken möchte, ich kann nicht vergessen, dass sie mich ins offene Messer laufen lassen hat, und fühle mich wieder so allein wie an meinem ersten Tag in der Stadt.

Außer in den Nächten. Kyril hat gesagt, dass er mir bei den Aufträgen hilft, und er hält sein Wort. Die meisten Menschen, die sterben, sind alt oder waren lange krank, was es leichter macht, sich mit meiner Aufgabe anzufreunden. Trotzdem begleitet mich jedes Mal ein bedrückendes Gefühl; ein Ziehen im Brustkorb, halb Sehnsucht und halb Trauer. Sehnsucht nach Kyril, obwohl er neben mir steht, und Trauer um das, was wir haben könnten, würde nicht so viel zwischen uns stehen. Und das ist nicht nur Tristram, das ist auch meine Angst und der Mord an meinem Vater, der wie eine dunkle Wolke über uns schwebt.

Ich sitze voll bekleidet auf meinem Bett in dem verlassenen Zimmer, Lali ist noch im Einsatz, als mein Blick auf den Apfel fällt. Mondlicht fließt durch einen Spalt zwischen den Vorhängen und spiegelt sich in seiner glatten Schale. Wenn ich es nicht bald übers Herz bringe, den Apfel zu essen, wird er verschrumpeln.

Dabei würde ich ihn am liebsten für immer konservieren. Den Apfel und den Moment, als ich ihn aufgesammelt habe. Die Panik und die Sorge um Kyril sind mir komischerweise gar nicht mehr präsent. Aber dafür ein samtweiches Gefühl – seine Lippen unter meinen – und außerdem ein Geruch, der so vertraut wie aufregend ist und Zuversicht in mir entfacht. Einen Funken Hoffnung darauf, dass ich mich tatsächlich irgendwann wieder zu Hause fühlen könnte. Nicht an einem Ort, sondern bei einem Menschen.

Wahrscheinlich habe ich den Apfel, der jetzt trostlos auf der Fensterbank verrottet, deshalb mitgenommen. Kurz entschlossen strecke ich die Hand nach der Frucht aus. Dabei drängt sich mir der Gedanke auf, ob ich es nicht eklig finden sollte, Obst zu essen, das auf einem Friedhof gewachsen ist, und ich muss über mich selbst schmunzeln. In den letzten Tagen habe ich genügend Dinge gesehen, bei denen sich anderen der Magen umgedreht hätte. Und ist die Erde, auf der wir leben, nicht genau genommen ein einziges Grab? Wo nichts entstehen kann, ohne dass etwas anderes vergeht? Wir wachsen aus der Geschichte unserer Eltern und Ahnen und sterben für die, die nach uns kommen. Wir essen und trinken, wir atmen jeden Tag den Tod.

Ich beiße in den Apfel. Er schmeckt süß und gleichzeitig sauer, wie eine Sorte, die sich eher zum Kuchenbacken eignet. Trotzdem esse ich ihn auf. Ich will die Erinnerung bei mir behalten, *in* mir, wenn es sein muss, ehe sie in einer Mülltonne vergammelt.

Eine Stimme in meinem Hinterkopf mahnt, dass das nur ein dämlicher Apfel ist, nicht mehr und nicht weniger. Und dass ich vielleicht allmählich den Bezug zur Realität verliere. Aber ich ignoriere sie, so gut es geht: Wenn deine Realität ein Albtraum ist, was hält dich dann dort?

Als ich bis auf das Gehäuse alles gegessen habe, halte ich es prüfend ins Licht des anbrechenden Tages. Die Samenkörner liegen nun ungeschützt in den Kernkammern. Ich meine, mich zu erinnern, dass es etwa zehn Stück sein müssten. Das sind zehn Apfelbäume, die wachsen und jemandem Schatten oder

Trost spenden könnten. Behutsam pule ich einen Kern aus dem Gehäuse und wische ihn am Ärmel meines Pullovers ab, bevor ich das Medaillon öffne, das ich um den Hals trage. Die Haarlocke liegt unversehrt darin. Ich platziere den Kern daneben, dann schließe ich den Anhänger vorsichtig wieder und nehme mir vor, irgendwann einen Apfelbaum zu pflanzen. Wenn ich mich wieder geborgen und sicher fühle. An meinem neuen Zuhause.

Dann mache ich mich fertig, weil die Jura-Einführungsvorlesung auf mich wartet, aber gerade, als ich aufbrechen will, kommt Lali überraschend ausgeschlafen herein, zwei Coffee-to-go-Becher und eine braune Papiertüte von *Costa* in der Hand.

„Guten Morgen!" Ihr Blick fällt auf meinen gepackten Rucksack. „Oh, musst du schon los? Ich begleite dich ein Stück. Wie gefällt dir eigentlich das Studentenleben?", Sie reicht mir einen der Kaffeebecher.

Ich zucke die Schultern und folge ihr die Treppe hinunter. Wir schlendern in Richtung des Parks. „Bisher hatte ich nur eine Überblicksvorlesung und ein Seminar, das auch als Vorlesewettbewerb aus den Gesetzestexten Englands und Wales' durchgehen könnte. Man könnte also sagen, meine Erwartungen wurden nicht gerade übertroffen."

Lali schmunzelt mitfühlend. „Spannend wird es später – die Neuen werden im ersten Jahr etwas geschont, weil … na ja, weil sowieso alles viel ist." Wir setzen uns auf eine der Bänke und sie streckt mir einen mit einer Serviette umwickelten Millionaire's Cake aus der Tüte hin. Vielleicht bin ich doch bestechlich, denke ich, als ich in das karamellgefüllte Shortbread beiße.

Lali wippt mit den Beinen vor und zurück und wärmt ihre Finger an dem Kaffeebecher. „Weißt du, das Studentenleben hat mehr zu bieten als schlaflose Nächte und langweilige Seminare. Bisher hattest du davon zugegebenermaßen noch nicht wirklich was, aber …“, sie hält bedeutungsvoll inne, „übermorgen schmeiße ich eine Party. Ich hab einen Club gemietet, wo wir – “

„Du hast was?“ Ich verschlucke mich beinahe an dem Shortbread, das ich eilig hinunterschlucke.

„Ich habe am ersten November Geburtstag und wollte angemessen reinfeiern.“

„Du hast Geburtstag und sagst mir das nicht?“

„Jetzt sage ich es dir doch. Um acht geht es los, im *Raging Bull*, nur eine Viertelstunde von hier. Auf der Lothian Road.“

„Und was ist, wenn wir in der Zeit gerufen werden?“

Lalis Augen weiten sich. „Das hält dich ab? Wir können unser Leben nicht komplett auf Pause stellen, Runa. Und eine Party ist die beste Gelegenheit, nach einem Einsatz wieder auf andere Gedanken zu kommen. Also, bist du dabei?“

„Mal sehen. Danke für die Einladung.“ Mehr bringe ich nicht raus, dabei ist ein bisschen Ablenkung gerade vielleicht genau das Richtige. Ich will mich freuen, für Lali und auf die Party, aber stattdessen fühle ich mich leer. Und verlogen, obwohl ich nur schweige.

„Das wird toll“, sagt sie und lächelt mir zu. „Und es ist Halloween, also muss ich nicht extra betonen, dass ich ein Kostüm erwarte, oder?“

Ich verziehe gequält den Mund.

„Das ist so ein Ding zwischen meiner Freundin und mir, ein Battle, wer die beste Party schmeißt. Halloween letztes Jahr war legendär. Aber ich würde sie gern wenigstens einmal übertreffen, außerdem ist es mein Geburtstag. Ich brauche ein paar coole Kostüme. Du lässt mich doch nicht hängen?"

„Na schön." Ich leere meinen Kaffee und überlege, ob ein paar aufgemalte Vampirzähne auch als Kostüm durchgehen. „Ich überlege mir was."

„Du bist die Beste." Lali strahlt, schaut auf die Uhr und umarmt mich dann flüchtig. „Ich muss los, die Anatomievorlesung wartet."

„Dann bis später."

Ich sehe ihr nach. Die Tüte mit dem Shortbread hat sie liegen lassen. Schuldbewusst nehme ich sie an mich, als mir klar wird, dass ich nur noch etwas mehr als einen Tag Zeit habe, um ein Kostüm *und* ein Geschenk zu besorgen.

Lali ist den ganzen Tag unterwegs, ich sehe sie nicht mehr und als ich nach einem einsamen Abendessen in unserem Zimmer sitze und über einem Auszug der *Halbury's Statutes* brüte, der die Gesetzgebung Großbritanniens erklärt, werde ich gerufen. Das ziehende Gefühl beginnt in meinen Zehenspitzen und wandert meinen Körper hinauf. Inzwischen bringt es mich kaum noch aus dem Konzept. Ich stelle die Teetasse beiseite, schlüpfe in meine Chucks und streife den College-Hoodie über, der genau genommen Kyril gehört. Dann lasse ich es einfach geschehen.

Gleich darauf finde ich mich auf einer verlassenen Landstraße wieder. Es ist dunkel, nur das Licht von ein paar Autoscheinwerfern durchschneidet die Nacht. Ich habe keine Ahnung, wo ich bin, aber eins ist offensichtlich: Der Wagen ist von der Fahrbahn abgekommen und frontal in einen Baum gekracht.

Das Herz klopft mir bis zum Hals, als ich mich dem Wrack nähere. Die Rückbank scheint verlassen zu sein, aber auf dem Fahrersitz erahne ich eine Gestalt.

Übelkeit wallt in mir auf und erst jetzt wird mir klar, dass ich allein bin. Sollte Kyril nicht hier sein? Mir sagen, was zu tun ist? Oder mir zumindest Mut zusprechen, weil ich eigentlich genau weiß, warum ich hier bin? Ich beiße die Zähne zusammen und packe den Griff der zerbeulten Autotür. Sie klemmt, gibt aber schließlich nach und schwingt mir entgegen. Am Steuer sitzt ein Mann, vielleicht vierzig Jahre alt. Sein Kopf liegt reglos auf dem Lenkrad und Blut läuft über sein Gesicht. Plötzlich habe ich das Gefühl, meinem Vater wieder gegenüberzustehen. Die Übelkeit wird so stark, dass ich die Luft anhalte, aus Angst, mich sonst jeden Moment übergeben zu müssen.

Da spüre ich eine Hand auf meiner Schulter.

Erschrocken fahre ich herum – und sehe in Kyrils besorgtes Gesicht. „Hi", flüstert er, „tut mir leid, dass ich spät dran bin – ich komme gerade aus dem Krankenhaus. Es hat ein Weilchen gedauert, bis ich mit einem eingeweihten Arzt sprechen konnte, der mich entlassen hat. Einfach abzuhauen, war leider keine Option, denn ein Patient, der spurlos aus dem Krankenhaus verschwindet, erregt zu viel Aufsehen." Erst jetzt scheint er zu bemerken, wie aufgelöst ich bin. „Es wird alles gut." Ich weiß nicht, wie oft mir das schon gesagt wurde, seit ich am Aconite angekommen bin. Zu oft, als dass ich noch daran glauben könnte.

Kyril deutet mit einem Kopfnicken auf den Fahrer. „Er hat dich gerufen, es ist deine Aufgabe. Ich bin nur das Back-up. Dein Sicherheitsnetz, wenn du so willst."

Ich will *nicht*. Nichts von alledem will ich. Aber ich weiß auch, dass ich keine Wahl habe. Und dass der Tod manchmal eine Erlösung ist. Zumindest sage ich mir das immer wieder, als ich langsam die Hand nach dem Fremden ausstrecke. Kurz bevor ich ihn berühren kann, öffnet er mit einem qualvollen Stöhnen die Augen. Ein Dutzend unausgesprochene Fragen liegen in seinem Blick.

„Keine Sorge, Sie sind in Sicherheit", sagt Kyril. Er hat offenbar mein Zögern bemerkt.

Der Mann ringt pfeifend um Luft. „Bringen … Sie mich zu meiner Familie? Ich muss nach Hause. Ich muss mit Susan reden, ich muss noch …"

Kyril nickt. „Für all das wird später Zeit sein."

Mein Atem stockt. Hat er diesen Mann gerade eiskalt angelogen?

Das schmerzverzerrte Gesicht des Fremden entspannt sich für einen Moment. Jetzt tritt Kyril näher, bis er direkt hinter mir steht; ich kann die Wärme seines Körpers spüren. Er umfasst mein Handgelenk und führt meine Finger mit sanftem Druck weiter, bis sie auf der Wange des Mannes liegen.

Dessen Haut fühlt sich kühl an, die Bilder sind dafür umso wärmer. Zunächst wehre ich mich dagegen: Ich will nicht in dieses fremde Leben eintauchen, will nicht sehen, was der Sterbende zurücklässt, weil erst das alles real macht. Den Unfall, den Tod, die Ungerechtigkeit. Aber dann ergebe ich mich. Niemand soll unnötig leiden, nur weil ich schwach bin.

Trotzdem fällt es mir diesmal schwer, die Seele hinüberzugeleiten. Ich fühle mich erschöpft, einfach unfassbar müde. Dann taucht Kyril in den fremden Gedankenfetzen auf und plötzlich ist alles viel einfacher. Er hat ja gesagt, dass ein Mentor seinen Schützling unterstützt.

Als der Mann gegangen ist, fühle ich mich unbeschreiblich leer. Die Kälte und die Verzweiflung sind fort, sogar die Übelkeit. Mein Körper scheint das Einzige zu sein, das dieses klaffende Nichts in mir zusammenhält.

In der Ferne gellt das Heulen von Sirenen durch die Nacht. Ängstlich sehe ich mich nach Kyril um. „Wir müssen verschwinden, oder? Werden uns die Sanitäter befragen? Oder die Polizei?“

Kyril schüttelt den Kopf. „Sie können uns nicht sehen, solange wir bei ihm sind. Wir befinden uns im Äther, losgelöst von den Regeln, die Raum und Zeit in unserer Welt bestimmen. Komm, lass uns gehen.“ Kyril und zieht mich von dem Fahrersitz, an dem ich immer noch stehe, fort.

„Wohin?“, frage ich tonlos. Dabei ist mir die Antwort ganz egal.

„Wohin du willst.“

Als ich nichts erwidere, schließt mich Kyril in seine Arme, der wohlbekannte Schwindel reißt mich fort und schon stehen wir auf dem Calton Hill. Das *National Monument* in Form eines griechischen Tempels erhebt sich vor uns, dahinter liegt die nächtlich erleuchtete Skyline der Stadt und am Horizont lässt sich das Meer erahnen.

„Manchmal komme ich zum Nachdenken her“, sagt Kyril. „Falls du darüber reden möchtest, was eben passiert ist, ist das ein guter Ort. Aber ansonsten weißt du ja, wie du zurück ins Institut kommst – “

„Ich will nicht zurück ins Institut! Und ich will auch nicht reden.“ Wut entflammt in mir und setzt rasant mein ganzes Denken in Brand. Die Taubheit von eben ist verschwunden. „Das heißt: Doch! Ich will reden – ich will wissen, warum du diesen Mann belogen hast." Meine Arme habe ich so fest verschränkt, dass es aussehen muss, als wollte ich mich selbst umarmen. „Du … du hast mir gesagt, dass wir die *Guten* sind! Nicht, dass wir lügen. Du hast behauptet, der Tod wäre etwas Friedliches, aber das … das da gerade eben …" Tränen füllen meine Augen und meine Stimme zittert. Dabei will ich stark sein.

„Runa. Das ist er auch. Wir bringen den Menschen Frieden. Und manchmal müssen wir dafür lügen."

Fassungslos schüttle ich den Kopf und trete einen Schritt zurück.

„Ich bin sicher, dass der Mann Frieden finden wird, auf die eine oder andere Weise."

„Nein!", widerspreche ich. „Das sind nur leere Worte. Er hatte eine Familie, was ist mit diesen Menschen? Du weißt nicht, wie es sich anfühlt, wenn du jemanden liebst, aber er ist so weit weg und plötzlich ist er fort und du konntest dich nicht mal verabschieden – " Ich verstumme, weil ich die Wut bemerke, die jetzt auch auf Kyril übergesprungen ist. Er hat die Augenbrauen finster zusammengezogen, sein Kiefer mahlt lautlos.

„Doch", presst er hervor. „Ich weiß genau, wie es sich anfühlt, jemanden zu verlieren, ohne auch nur das Geringste dagegen unternehmen zu können. Ich kenne die Hilflosigkeit und auch den Schmerz, die dich quälend langsam zerfressen, in jedem einzelnen Augenblick deines Lebens, selbst wenn du eigentlich glücklich bist."

Meine Wut verfliegt so schnell, wie sie gekommen ist. „Das tut mir leid", sage ich, obwohl ich keine Ahnung habe, wovon er spricht. Und irgendwie ja doch.

Kyril massiert die Haut zwischen seinen Augenbrauen und schüttelt dabei langsam den Kopf. „Nein, *mir* tut es leid. Komm her." Er streckt die Arme aus und zieht mich an sich.

Wahrscheinlich sollte ich dieser Aufforderung nicht nachgeben, aber ich bin zu schwach, um mich gegen etwas zu wehren, das mein Körper ganz eindeutig will.

Mein Kopf passt genau in Kyrils Halsbeuge. Sein vertrauter Geruch steigt in meine Nase, berauschend wie eine Droge. Trotzdem senke ich den Kopf ein wenig, sodass mein Ohr an Kyrils Brust liegt und ich seinen Herzschlag hören kann: Das Flüstern, das in diesem Moment mein Schlaflied ist, obwohl alles in mir dagegen aufbegehrt. Seine Arme wiegen mich behaglich, während der Küstenwind rau über den Hügel fegt.

Seine Stimme wiederholt sich leise an meinem Ohr. „Es wird alles gut, glaub mir, es wird alles gut."

Ich würde ihm jede Lüge glauben.

Weil das, was ich fühle, wenn wir zusammen sind, mir versichert, dass ich am Leben bin.

# Diebesgut

## KYRIL

Es fühlt sich gut an, wieder Herr über mein eigenes Leben zu sein. Das Leben, das mir Runa geschenkt hat. Auf einem Friedhof.

Und obwohl mein schlechtes Gewissen mich daran erinnert, dass ich es ihr schuldig bin, nichts zu tun, was meine Gesundheit gefährden könnte, habe ich es nicht länger im Krankenhaus ausgehalten. Im Fall der Fälle muss ich meinem Schützling beistehen können, so wie letzte Nacht. Die unter Schattenspringern verbreitete Losung: *Wann geht heute Abend die Sonne unter?*, genügte, damit der Oberarzt mich gehen ließ. Um das Geheimnis meiner Fähigkeiten zu bewahren, ist es wichtig, dass ich so weit wie möglich den Anschein von Normalität erwecke. Aber ich kann nicht immer auf so viel Glück setzen.

Runa gehen zu lassen, fiel mir diesmal schwerer als sonst. Unruhig liege ich auf meinem Bett, den noch etwas lädierten Kopf unter einer Beanie versteckt, und knete meine Finger, während ich auf den nächsten Einsatz warte.

„Du hättest nicht allein auf den Friedhof gehen sollen", sagt Tris, der am Schreibtisch sitzt, ein Glas und eine Flasche Wein neben sich. Ich habe ihn schon lange nicht allein trinken sehen, aber ich unterdrücke den Drang, ihn darauf anzusprechen.

„Ich bin die Treppe runtergefallen", widerspreche ich halbherzig.

Mein Freund zuckt die Schultern, ohne aufzusehen. „Spar dir die Worte – und hör das nächste Mal einfach auf mich."

Ich schweige, weil es wirklich nichts gibt, was ich darauf erwidern könnte. Behutsam richte ich mich auf und hoffe, dass Tristram sich einfach wieder auf seine Bücher konzentrieren wird.

Aber natürlich lässt er den Stift fallen und dreht sich abrupt zu mir um. „Wo willst du hin? Ein Schädelbruch ist keine Kleinigkeit. Du solltest dich schonen."

„Ich muss aufs Klo", gebe ich zurück. Es wäre keine gute Idee, Tris zu erzählen, warum es mir schon so viel besser geht – was Runa für mich getan hat. Nicht nach den letzten Tagen, in denen alles Erdenkliche schiefgegangen ist. „Hör zu." Ich lecke mir über die trockenen Lippen. „Wegen der Initiation … ich … es ist nicht, wie du denkst, wir sind nur – "

Das *Freunde* bleibt mir beim Anblick von Tristrams ungläubigem Gesichtsausdruck im Halse stecken.

„Lass es einfach gut sein, okay?" Tristram schnaubt und der Spott in seiner Stimme lässt mich hoffen, dass wirklich Gras über die Sache wachsen und bald wieder alles beim Alten sein könnte.

Plötzlich zieht Tristram eine gefaltete Zeitung unter den Büchern hervor und reicht sie mir.

„Was ist das?“, frage ich. „Die *Evening News?*“

„Lies die Titelschlagzeile.“

Dort steht: *Tragödie am* Aconite: *Professor (45) des altehrwürdigen Instituts tot aufgefunden. War es Selbstmord oder ein Gewaltverbrechen?*

Scheiße. Schlagartig rutscht mir das Herz in die Hose. „Sie haben Rubens Leiche gefunden.“

Tris nickt. „Die Zeit, Miss Marple zu spielen, ist damit wohl vorbei. Die schottische Polizei ermittelt jetzt offiziell.“

„Ich weiß nicht“, entwischt es mir halblaut, „aber Runa sucht nach Antworten und ich glaube nicht, dass die Polizei welche finden wird.“

„Warum nicht?“

Ich schlucke und lasse erschöpft das Blatt sinken. Mit einer Geste winke ich meinen Freund näher heran, dann lehne ich mich gegen das Kopfende des Bettes zurück. „Ich hab’ dir nie die ganze Geschichte erzählt, wie ich Runa in der Nacht, als ihr Vater starb, gefunden habe, oder?“

Tristram schüttelt den Kopf. Dabei ist sein Blick wach und scheint zu sagen: *Aber wenn du es jetzt tun willst, höre ich dir zu.*

Und ich will. Weil ich Tristrams Meinung schätze. Und weil ich ihm mein Vertrauen beweisen will. Geheimnisse verletzen und ich möchte einfach nur, dass es zwischen uns wieder so wird wie früher. Bevor Runa ans Institut kam; bevor Izzy gestorben ist. Als wir beide noch glaubten, ein ganz normales Studentenleben vor uns zu haben.

Ich hole tief Luft und versuche, meine Gedanken zu ordnen. Tristrams Blick ruht gespannt auf mir, aber im selben Moment wird mir klar, dass ich heute Nacht nicht dazu kommen werde, diese Geschichte zu erzählen. Weil ich woanders gebraucht werde. *Fuck!*

„Die Pflicht ruft?"

Mit einem Nicken stehe ich auf und nehme meinen Mantel vom Garderobenhaken. „Aber wir machen genau hier weiter, sobald ich zurück bin, okay?"

Wieder zuckt Tris die Schultern. „Pass auf dich auf."

Einen Schützling zu haben, bedeutet, im Prinzip doppelt so oft gerufen zu werden, weil man immer dabei ist. Er versteht das, trotzdem hasse ich mich dafür, jetzt gehen zu müssen. Denn allein dieser Umstand erinnert Tris wieder daran, was zwischen uns steht.

*

Die fremde Seele führt mich an einen allzu bekannten Ort: Vor mir liegt ein langer, heller Flur. Wenn ich um die Ecke biege, werde ich einen mit *Memento-Mori*-Symbolen bemalten, pferdegezogenen Leichenwagen aus dem siebzehnten Jahrhundert zu Gesicht bekommen. Und dann, am Ende des Ganges, einen Schaukasten voller vermeintlich harmloser Holzpuppen.

Ein ahnungsvoller Schauer kriecht über meinen Rücken, noch bevor ich mein Ziel erreicht habe. Ich spähe um die Ecke: Vor der Vitrine mit den *Fairy Coffins* liegt ein Mann bäuchlings am Boden. Sein Gesicht ist nicht zu sehen, aber der Anblick ist auch so schrecklich genug. Unter seinem blauen Anzug quillt Blut hervor, das sich auf dem hell gefliesten Boden zu einer immer größer werdenden Lache verteilt. In seiner stummen Grausamkeit übertrifft dieser Tod alles, was ich bisher erlebt habe. Und ich weiß, dass ich ergründen muss, was mit dem Museumswärter passiert ist, wenn ich ihn erlösen will.

Hinter mir ertönen Schritte: Runa.

*Fuck.* Ohne Vorwarnung flutet das Adrenalin meine Zellen. Ich drehe mich um, gehe auf sie zu und breite die Arme aus, um irgendwie zu verbergen, was geschehen ist.

„Da hinten?", fragt sie und ich glaube, die Angst aus ihrer Stimme herauszuhören. Anscheinend hat der Autounfall deutliche Spuren hinterlassen.

Ich nicke, dann schüttle ich den Kopf. „Das mache ich alleine."

Ihre Augenbrauen zucken ungläubig zusammen. „Aber ist das … geht das überhaupt – "

„Vertrau mir." Ich halte ihren Blick noch eine Millisekunde, dann drehe ich mich wieder um. Diese Frage hätte ich sowieso nicht beantworten können, weil ich noch nie versucht habe, was ich jetzt tun will. Ich weiß nur, dass *theoretisch* die Möglichkeit besteht, eine Seele für meinen Schützling zu übernehmen. Gleichzeitig ermahnt mich eine Stimme, dass diese Entscheidung irrational ist. Weil ich Runa nicht ewig beschützen kann. Aber es ist auch nicht mein Verstand, der mich zu dem Entschluss treibt.

Mit wenigen Schritten bin ich wieder bei dem Wärter. Ich hole noch einmal tief Luft, trotz des metallischen Gestanks, und lege zwei Finger in seinen blutüberströmten Nacken.

*Es ist Nacht, mein erster Arbeitstag. Mein Kollege hat sich den Magen verdorben und ist nach Hause gegangen. Jetzt bin ich allein in dem riesigen Museum voller Geschichte. In den schmalen Fluren fühle ich mich wohler als in der gigantischen Säulenhalle mit dem Walschädel und dieser unheimlichen* Millennium Clock.

*Nervös drehe ich meine Runden, aber alles sieht unverdächtig aus. Vor der Vitrine mit den Miniatursärgen halte ich inne. Von einem einzigen Strahler erleuchtet starren die kleinen Puppen im Halbdunkel mit leerem Blick zu mir zurück. Ich wische mir über die feuchte Stirn. Es sind nur ein paar Puppen, aber selbst nach all den Jahren wecken sie in mir noch dasselbe aufreibende Gefühl, halb Angst, halb Faszination.*

*Vielleicht wird es Zeit für einen Kaffee. Ich will mich umdrehen, aber da stimmt was nicht, ich spüre es ganz deutlich. Ein warmer Atemhauch streift meine Wange und ich zucke erschrocken zusammen. Jemand steht hinter mir.*

*Dann passiert alles so schnell, dass ich es erst begreife, als Blut mir warm und klebrig über den Hals rinnt.* Mein *Blut. Der Schmerz ist kurz und messerscharf, dann verschwimmt alles im Strudel der nahenden Bewusstlosigkeit. Das Gesicht meines Angreifers blitzt kaum eine Sekunde vor meinen Augen auf: Es ist eine Frau mit kastanienbraunem Haar.*

Dilan. Heilige Scheiße, das ist Dilan.

*Sie hält den Dolch erhoben, rot tropft es von der Klinge. Aber was meine Aufmerksamkeit anzieht, ist ihr Ring – ein goldgefasster Onyx mit geschnitztem Siegel. Auf einem gekrönten Schild mit zwei überkreuzten Blüten steht ein Spruch:* Oriendo Morior, Moriendo Orior. *Die lateinischen Worte verspotten mich. Ich will sie entschlüsseln, aber meine Kraft schwindet. Halb falle ich, halb stößt mich die Frau zu Boden, das Gesicht voran. Kühler Marmor drückt sich an meine Wange. Dazu das Geräusch von zersplitterndem Glas. Mir ist klar, worauf die Diebin es abgesehen hat. Die Puppen, die mich seit Jahren faszinieren und denen ich heute so nah war wie nie zuvor. Trotz allem mischt sich ein Hauch*

*Triumph in die Erkenntnis, dass ich sterbe. Mein letzter klarer Gedanke gilt einer unscheinbaren Schachtel im Souvenirshop des Museums, die ich markiert habe, um sie nach Dienstschluss zu kaufen wie etliche Besucher vor mir, die eine billige Holzfigur aus China als Andenken mit nach Hause genommen haben. So eine wie die, die ich in der Vitrine platziert habe. Weil mir eine Kopie nicht ausreicht. Dort wartet mein ganz persönlicher Talisman. Aber wie es scheint, hat er mir nur Unglück gebracht, denn auch ich bin ein Dieb.*

Blut färbt alles, was sich vor meinem inneren Auge abspielt, bräunlich-rot. Es tropft von den Rändern der Welt in das Innenleben der Seele. Ich weiß, dass ich mich konzentrieren muss, aber was ich gerade gesehen habe, ist so folgenschwer, das Sterben des Mannes war so qualvoll, dass meine Gedanken durcheinanderwirbeln: Die Noxe haben den Wärter erstochen und die *Fairy Coffins* gestohlen. Nur eine Puppe befindet sich noch im Museum.

Die Übelkeit wird immer stärker, die Bilder verblassen. Aber ich spüre keinen Frieden. Ich vertreibe die Gedanken und strecke mich nach der Seele aus, um sie festzuhalten. Ich kann sie nicht mehr finden. Die Panik reißt mich mit sich. Ich schluchze auf und kann nicht fassen, dass meine Kräfte mich verlassen. Ich habe versagt. Und meine erste Seele verloren.

Noch einmal schließe ich die Augen, mehr aus Gewohnheit, als weil ich wirklich hoffe, dass die Seele zurückkehrt. Aber Schattenspringer gehen immer auf Nummer sicher. Und tatsächlich ist sie wieder da. Genau wie Runa, die eine Hand auf meine Schulter legt und die andere auf die Stirn des Wärters gepresst hat. Die Erinnerungen des Sterbenden blitzen wieder auf, aber wir sehen nicht mehr seinen Tod, sondern einen Strom aus Alltäglichem, der dahinfließt, bis der Mann entschwebt.

Mit hektisch pochendem Herz schlage ich die Augen auf und sehe in Runas blasses Gesicht. „Danke", hauche ich mit sonderbar belegter Stimme. „Du hast mich gerettet. Und ihn auch."

Ihre Mimik verrät, dass ihr eine spöttische Erwiderung auf den Lippen liegt, die ich mehr als verdient hätte. Weil ich sie unterschätzt habe – und weil wir uns versprochen hatten, in Zukunft zusammenzuarbeiten. Aber dann erstarrt Runas Miene, sie zieht die Hand zurück und betrachtet fassungslos ihre blutgetränkten Finger. Ihre Augen werden glasig und ihr Kehlkopf tritt hervor, als sie schwer schluckt. Ich kann mir nur vage ausmalen, welche Gefühle sie in diesem Moment hinunterschluckt, aber ich würde alles geben, um ihr etwas davon abzunehmen.

Bevor ich fragen kann, ob sie gesehen hat, was ich gesehen habe, steht sie auf und dreht sich um. Ich reagiere gerade schnell genug, um sie am Handgelenk festzuhalten. Mit dem Kopf deutete ich in Richtung Fahrstuhl. „Komm, der Souvenirshop ist im Erdgeschoss."

# Greek Gift

## RUNA

Ich kann nicht begreifen, was ich gesehen habe, und funktioniere einfach. Keine Ahnung, wie es mir eben gelungen ist, Kyril zu helfen. Ich habe alles mitangesehen, so als würde ich unbeteiligt neben mir stehen, und ich fürchte mich vor dem Moment, in dem mir klar wird, dass das kein Albtraum war, sondern Realität.

Deshalb bin ich dankbar, dass wir für den Moment ein anderes Ziel vor Augen haben: Die Puppe in der markierten Schachtel im Shop des Museums. Mechanisch folge ich Kyril durch das verlassene Erdgeschoss. Er findet das Regal mit den Replikaten der *Fairy Coffins* sofort, überprüft jede einzelne Schachtel und zeigt mir schließlich einen Karton, der mit einer kleinen Bleistiftmarkierung gekennzeichnet ist. Ich weiß nicht genau, was wir damit anstellen sollen, aber in unseren Händen ist sie definitiv besser aufgehoben als in denen der *Nox Aeterna*. Auch wenn mir die in ein kariertes Leichenhemd gekleidete Holzfigur genau genommen schon Angst einjagt, wenn ich nur das auf der Verpackung abgedruckte Bild betrachte.

„Kyril?“, frage ich, als er nach meiner Hand greift, um uns zurück ins Institut zu bringen.

Sein Blick ist hellwach, obwohl es mitten in der Nacht ist, und wie immer nimmt er mich gefangen.

„Was wäre passiert, wenn wir die Seele des Wärters … wenn wir es nicht geschafft hätten?“

Er zögert einen Moment und gerade deshalb bin ich sicher, dass er mir die Wahrheit sagt. „Sie wäre dazu verdammt worden, ewig auf der Erde herumzuirren, ohne je Erlösung zu finden. Es gibt nur ein kurzes Zeitfenster, in dem die Seelen mit unserer Hilfe ins Jenseits gelangen können. Danach bleiben sie hier, für immer.“

„Sind sie gefährlich, die verdammten Seelen?“

„Eigentlich nicht. Aber manchmal bleiben sie bei dem Schattenspringer, der sie verloren hat, und zehren von seiner Energie. Die Schuld bewirkt oft, dass er nicht loslassen kann.“

Eine unheimliche Vorstellung, die mich erschaudern lässt.

„Aber vor allem besagt unser Codex, dass ein Schattenspringer seiner Aufgabe unter allen Umständen nachkommen muss. Versagt er, entscheidet der Ältestenrat darüber, was mit ihm geschieht.“

Ratlos ziehe ich die Augenbrauen hoch.

„Die Höchststrafe ist, seiner Kräfte beraubt und aus der Gemeinschaft verstoßen zu werden. Ein Leben ohne diese Verantwortung mag verlockend klingen, aber wir verlieren damit auch alle Privilegien des Schattenspringer-Daseins.“

Irgendetwas in meinem Hinterkopf macht *klick*. Ich bin ziemlich sicher, dass mit den Privilegien nicht die schlaflosen Nächte und die Fähigkeit zur Teleportation gemeint sind.

Als ich den Mund öffne, um weitere Fragen zu stellen, legt Kyril einen Finger an seine Lippen. „Später, okay?", flüstert er. „Zuerst lass uns hier verschwinden."

Die Dunkelheit verschluckt uns, aber diesmal finde ich mich nicht vor dem Haupteingang wieder und auch nicht in meinem Zimmer. Sondern in Kyrils.

Tristram zuckt zusammen, als wir plötzlich an seinem Bett stehen. Aber ich glaube nicht, dass wir ihn geweckt haben. Mit verschränkten Armen sieht er fragend von mir zu Kyril und wieder zurück.

Doch Kyril lässt ihn nicht zu Wort kommen. Er bietet mir mit einer Geste einen Platz auf seinem Schreibtischstuhl an und setzt sich selbst im Schneidersitz auf den Boden. „Tris, wir müssen reden."

Tristram knipst die Nachttischlampe an und seine Augen weiten sich, als er meine blutverschmierten Hände sieht. Dummerweise habe ich sie halbherzig an meiner Jeans abgewischt, die jetzt ebenfalls ruiniert ist. Eigentlich dürfte ihn dieser Anblick nicht überraschen, aber wahrscheinlich spricht mein Gesicht Bände.

„Alles okay?"

Jetzt spüre ich auch Kyrils Seitenblick auf mir. Ich nicke stumm.

Kyril zieht die Schachtel aus der Jacke und reicht sie seinem Freund. Tristram schüttelt verächtlich den Kopf. „Ihr habt nicht wirklich diesen Ramsch gekauft? Zugegeben, die Replikate sehen zwar täuschend echt aus, aber abgesehen davon ist die Qualität – "

„Mach sie auf."

„Na gut." Gespannt beobachte ich, wie Tristram das Klebeband abzieht und den Deckel hochnimmt.

„Oh mein Gott! Ist das … das ist ein Original! Ihr habt einen der *Fairy Coffins* gestohlen."

Tristram starrt uns an, als hätten wir damit alle sieben Todsünden gleichzeitig begangen.

„Wir haben ihn nicht gestohlen – oder zumindest nur mit guten Absichten." Kyril streicht sich eine gelockte Strähne aus dem Gesicht. „Runa und ich wurden heute Nacht ins Museum gerufen. Die *Nox Aeterna* haben einem Wärter die Kehle aufgeschlitzt, um die *Coffins* zu stehlen. Aber sie haben nicht damit gerechnet, dass der Mann selbst eine der Figuren durch eine Nachbildung ersetzt und das Original im Shop des Museums versteckt hatte. Wo wir es herhaben."

Bei Kyrils drastischer Wortwahl schlinge ich unbewusst die Arme enger um mich, weil mir plötzlich fröstelt. Statt zu antworten, legt Tristram die Schachtel wortlos beiseite, nimmt seine Decke, steht auf und legt sie um meine Schultern.

Vor Rührung muss ich lächeln, als ich zu ihm aufsehe.

Er setzt sich wieder und gleichzeitig stöhnt Kyril hörbar auf. „Die Noxe haben kaltblütig jemanden umgebracht! Und sie sind mitten unter uns. Ist dir nicht klar, was das heißt?"

„Ich glaube nicht, dass sie dahinterstecken." Tristram klingt gelassen, was Kyril erst recht auf die Palme zu bringen scheint.

„Wie bitte? Tris, du musst mir vertrauen. Du – " Er steht abrupt auf und rauft sich die Haare, während er in dem kleinen Zimmer auf und ab läuft. „Du vertraust mir doch?"

„Setz dich wieder hin. Natürlich vertraue ich dir. Aber das alles ist schon schwer genug für Runa. Es bringt nichts, da auch noch Gespenster zu sehen. Du hast traumatische Erfahrungen mit den Noxen gemacht und – "

„Ich sehe keine Gespenster, verdammt noch mal! Die Seele hat uns Dilan gezeigt!"

Okay. Das geht eindeutig zu weit. Ich atme tief ein, um meine Wut zu unterdrücken, schüttle die Decke ab und stehe auf. „Ihr kriegt euch jetzt beide wieder ein, klar?" Ich zupfe an Kyrils Ärmel, bis er nachgibt und sich neben Tristram auf das Bett setzt. „Ich bin nicht so zerbrechlich, wie ich aussehe, und ich kann selbst entscheiden, wie viel ich mir zumuten will. Und jetzt möchte ich einfach nur, dass wir den Mörder meines Vaters finden. Also lasst uns zusammenhalten." Erst als ich fertig bin, fällt mir auf, dass ich die Stimme erhoben habe. Erschöpft lasse ich mich wieder auf den Stuhl sinken.

„Sie hat recht", sagt Kyril. „Es bringt nichts, wenn wir uns gegenseitig beschuldigen."

Tristram seufzt. „Na gut. Ich … es tut mir leid. Ich helfe euch, Rubens Mörder zu finden, wenn ich kann. Im Moment weiß ich nur nicht, wie. Vor allem jetzt, wo die Polizei eingeschaltet ist."

„Die Polizei?", japse ich. Tristram reicht mir eine Zeitung von seinem Schreibtisch. Ich brauche die Schlagzeile nicht zu überfliegen, um zu wissen, was das heißt.

„Die Zeit läuft uns davon", folgert Kyril. „Bei Ruben haben wir eine Puppe gefunden und jetzt wurden die Puppen aus dem

Museum gestohlen. Außerdem wissen wir, dass Octavian Ruben umbringen oder zumindest niederschlagen wollte."

„Die Attacke auf dem Friedhof?", wirft Tristram ein.

Kyril nickt. „Genau. Offenbar wusste er nicht, dass Ruben bereits tot war, folglich fällt er als Mörder raus. Dilan hingegen war besessen von Ruben und als er ihre Gefühle nicht erwidert hat, dachte sie vielleicht: Wenn ich ihn nicht haben kann, soll das keiner. Dass sie dazu fähig ist, jemanden umzubringen, haben wir ja jetzt gesehen, auch wenn wir ohne Beweise nichts unternehmen können."

Und wenn ich mich nur endlich erinnern würde, könnten wir uns das alles sparen und wüssten längst, wer meinen Vater ermordet hat, schießt es mir durch den Kopf.

„Außerdem habe ich in der Nacht in den Katakomben etwas Beunruhigendes entdeckt", fährt Kyril fort. „Ich wollte dich nicht mit reinziehen, Tris, weil du mein bester Freund bist und der Warden dich ohnehin auf dem Kieker hat, aber … jetzt muss ich reden."

Tristram schluckt sichtbar, doch er erwidert nichts.

„Da unten ist ein ganzer Raum voller Puppen, eine ganze *Grabkammer* voll. Vielleicht sind es hundert oder zweihundert – ich habe keine Ahnung. Aber jede einzelne lag in einer eigens in den Stein gehauenen Nische. Sie waren nummeriert und mit einem Datum versehen, aber die Zählung endete am zweiten November."

Nachdenklich legt Tristram die Stirn in Falten, dann flüstert er: „Allerseelen."

Gänsehaut kriecht über meinen Körper. „Das ist doch bestimmt nur ein Zufall", sage ich so entschlossen wie möglich.

Aber in meinem Kopf fragt eine längst nicht so überzeugte Stimme: *Oder?*

„Vielleicht." Kyrils Miene verfinstert sich. „Aber ich glaube nicht, dass wir dieses Risiko eingehen können."

Tristram beugt sich vor, die Unterarme auf den Knien abgelegt, und sucht seinen Blick. „Was schlägst du vor?"

„Wir dürfen die *Nox Aeterna* nicht mit einem Mord davonkommen lassen. Aber wir brauchen mehr Informationen. Und ich denke, daran gelangen wir nur von innen heraus."

„Du willst sie ausspionieren?" Tristram zieht die Augenbrauen hoch. „Das ist doch schon mal schiefgegangen."

„Richtig. *Mir* vertrauen sie nicht mehr."

Sofort erstarrt Tristram und ich senke beschämt den Kopf. Kyrils Bitte war zwar stumm, aber deshalb nicht weniger eindringlich. Auch mir gefriert bei dem Gedanken, einen Freund in die Höhle des Löwen zu schicken, das Blut in den Adern. Es ist viel zu gefährlich. Andererseits sagt mir mein Bauchgefühl, dass uns bald vielleicht etwas noch viel Gefährlicheres bevorsteht.

Die Stille im Raum ist erdrückend, aber als ich wieder aufsehe, ist Tristrams Blick entschlossen. „Okay. Ich mach's. Ich schleuse mich irgendwie da ein und dann finden wir heraus, was sie vorhaben."

Ich presse ein „Danke" hervor, das eigentlich eine Lüge ist – ich will nicht, dass Tristram sich meinetwegen in Gefahr bringt. Niemand soll sich meinetwegen in Gefahr bringen. Als ich aufstehe, reicht Kyril mir die Puppe.

„Kannst du das für uns aufheben?"

Ich nicke und stecke sie hastig ein, um sie nicht länger betrachten zu müssen. Aber bevor ich mich wieder wegdrehen kann, hält er mich sanft am Arm zurück. Selbst durch den Stoff hindurch beginnt meine Haut zu kribbeln, wo seine Finger mich berühren. „Alles okay?"

Ich nicke und werfe den Jungs ein gespieltes Lächeln zu. „Alles gut, bin nur müde. Ich geh' jetzt schlafen. Bis morgen."

Das ist nicht gelogen, ich bin müde. Und ich weiß, dass ich kein Auge mehr zutun werde, wenn ich jetzt mitanhöre, wie Kyril und Tristram ihren waghalsigen Plan besprechen. *Unseren* waghalsigen Plan. Mein schlechtes Gewissen erdrückt mich beinahe. Erst als die Tür hinter mir ins Schloss fällt, kommt mir die Last auf meinen Schultern etwas leichter vor.

Mit einem Seufzen stoße ich am anderen Ende des Ganges die Tür zu meinem und Lalis Apartment auf. Zu meinem Erstaunen brennt noch Licht: Lali sitzt im Bademantel auf ihrem Bett, einen Turban auf dem Kopf und eine giftgrüne Creme im Gesicht, umgeben von medizinischen Lexika.

Leise schließe ich die Tür hinter mir.

„Hey." Sie sieht auf. „Wie war die Nacht? Ich dachte mir, ich kann das Lernen mit einem kleinen Beautyprogramm verbinden, damit ich morgen eine schöne Medusa abgebe."

Ich bleibe an ihrer Bettkante stehen, ein verwirrtes Halblächeln auf den Lippen.

„Du hast doch die Party nicht vergessen? Ein Kostüm ist Pflicht."

Als ich immer noch nichts sage, sieht Lali von ihren Büchern auf. „Hey, ist alles in Ordnung?"

Ich fühle mich zu schwach, um schon wieder zu lügen, also zucke ich nur die Schultern.

Wortlos kommt Lali zu mir und nimmt mich in den Arm. Ich lege den Kopf auf ihrer Schulter ab und ihre weichen Haare kitzeln mein Gesicht. Jetzt kann ich die Tränen nicht länger zurückhalten. Zum Glück sagt Lali nichts, während ich schluchzend versuche, die Bilder der Nacht zu vertreiben, die in meinen Gedanken wieder Form annehmen. Jedes Wort wäre zu viel. Und vielleicht macht eine Freundschaft gerade das aus: Mit dem anderen schweigen können, ohne sich allein zu fühlen.

# Siegel und Wachs

## KYRIL

Tristram hat sich noch in der Nacht aufgemacht, um unseren Plan in die Tat umzusetzen. Dilan will mir schon so lange eins auswischen, dass sie meinen besten Freund auch mitten in der Nacht willkommen heißen wird. Falls er es schafft, ihr Vertrauen zu gewinnen.

Nervös liege ich wach, bis das erste Tageslicht durch den Spalt zwischen den Vorhängen ins Zimmer kriecht. Nichts. Tris bleibt verschwunden. Obwohl ich kein Auge zugemacht habe, bin ich hellwach. Meine Gedanken kreisen zu schnell, als dass ich schlafen könnte. Falls Tris etwas zugestoßen ist, falls die Noxe ihm etwas angetan haben, ist das allein meine Schuld. Und ich allein werde auch die Verantwortung dafür tragen.

Gerade als ich meinen Mantel übergeworfen habe und die Tür öffnen will, um nach ihm zu suchen, wird sie von außen aufgestoßen.

Mein Freund steht im Türrahmen, die Kapuze seines Mantels tief in die Stirn gezogen und Blut im Gesicht. Ich zucke erschrocken zusammen, dann realisiere ich: Das Blut ist getrocknet, jemand hat damit ein Kreuz auf seine Stirn gezeichnet. „Bist du verletzt?"

Er antwortet nicht auf meine Frage, sondern zwängt sich an mir vorbei zu seinem Schreibtisch und wirft die Umhängetasche auf den Stuhl.

„Ich bin dabei." Seine Stimme klingt heiser, die Worte kühl, und weil er mir noch den Rücken zugekehrt hat, kann ich sein Gesicht nicht sehen, um darin abzulesen, wie er sich fühlt. „Die Noxe haben mich aufgenommen."

„So schnell? Wie hast du das geschafft?" Die Frage rutscht mir heraus, obwohl ich eben noch sicher war, dass Dilan ihn bereitwillig aufnehmen würde, und erst als ich sie ausgesprochen habe, wird mir klar, dass ich die Antwort vielleicht gar nicht wissen will. Tris zieht die Kapuze herunter, wickelt sich den Schal vom Hals und hängt seinen Mantel über die Stuhllehne. Sein Kopf ist beinahe kahl geschoren, die rotblonden Haare sind nur noch wenige Millimeter lang.

Die Stille wird immer erdrückender, während Tris sein Hemd auszieht und schließlich auch das blutbefleckte T-Shirt. Der Rücken ist übersät mit etlichen kleinen Wunden. Wenn er doch endlich mit mir reden würde! „Scheiße, was haben sie mit dir gemacht, bist du okay?"

Mehr als ein Schulterzucken bekomme ich nicht zur Antwort.

Ein kalter Schauer überzieht meinen Körper und er verstärkt sich, je länger ich meinen Freund betrachte. Tris steuert das Badezimmer an. Seine Hand liegt bereits auf der Klinke, als er sich noch einmal zu mir umdreht. „Ich habe ihnen erzählt, dass wir uns zerstritten haben. Wegen eines Mädchens. Ich glaube, das war genau das, was Dilan hören wollte.“

Plötzlich ist die Situation noch viel beklemmender. Ich habe ein zentnerschweres schlechtes Gewissen – aber irgendwie fühle ich mich auch verraten. Wahrscheinlich zu Unrecht. „Warum hast du ihnen keine Lüge aufgetischt?“

„Wieso sollte ich lügen, wenn die Wahrheit so viel wirkungsvoller ist?“

Ein sonderbares Gefühl überkommt mich. Eine heißkalte Mischung aus Bewunderung, Dankbarkeit und … Schuld. Ich räuspere mich und suche verzweifelt nach Worten, die irgendwie ungeschehen machen können, was er erlebt hat. Was zwischen uns steht. Worte, die ihm meine Freundschaft versichern und mir die seine. „Tris, ich – “

„Spar's dir. Ich will es nicht hören.“ Er drückt die Klinke hinunter.

„Aber …“

Tristrams gekränkter Blick bringt mich zum Schweigen. Gleichzeitig sticht mir der Siegelring an seinem Zeigefinger ins Auge: ein schwarzer Achat mit dem Wappen der *Nox Aeterna*.

Und obwohl die Wunden verheilen und die Haare nachwachsen werden, ertappe ich mich bei der Befürchtung, dass etwas mit Tristram geschehen ist, das sich nicht so leicht wieder ablegen lässt wie ein Ring. Und dass diese Nacht uns beide prägen wird.

# Staub und Asche

## RUNA

Am nächsten Tag will ich eigentlich nur meine Vorlesung hinter mich bringen und irgendwo ein Geschenk für Lali auftreiben, auch wenn ich keine Ahnung habe, worüber sie sich freuen könnte. Ich habe ganz bestimmt keine Lust auf eine Party.

Aber als ich nach der Vorlesung den Hörsaal verlassen will, hält mich der Professor zurück. „Ms Davies? Einen Moment bitte."

Abrupt bleibe ich stehen. „Ja?" Zum ersten Mal bemerke ich das gestickte Emblem auf seinem Pullover. Es ist nicht bloß das Wappen des Instituts.

„Der Warden würde Sie gern sprechen."

„Mich?" Ich kann mich gerade noch davon abhalten, nervös hinterherzuschieben: *allein?*

„Den Weg zum Büro kennen Sie? Avicenna Quad, Nummer 417 im obersten Stockwerk."

Ich nicke, unfähig, etwas zu erwidern. Während ich den Saal verlasse, erwäge ich für einen Moment, einfach wegzulaufen.

Und zu vergessen, was eben geschehen ist. Aber gleichzeitig weiß ich, dass ich den mächtigsten Mann am Institut nicht gegen mich aufbringen sollte.

Falls es dafür nicht schon zu spät ist.

Atemlos erreiche ich den vierten Stock. Im Gegensatz zu den unteren Stockwerken ist der lang gezogene Flur hier mit Orientteppichen in verblassten Farben ausgelegt, die so abgetreten sind, als wären jahrhundertelang Menschen über sie hinweggelaufen. Der Boden ist uneben, auch die dunkel vertäfelten Wände wirken aus der Zeit gefallen und wenig gemütlich. In den vereinzelten Leuchtern brennen Kerzen und der süßliche Geruch von Bienenwachs tränkt die Luft. Das einzig Moderne hier oben ist der Rauchmelder, der mit einem grellen Blinken auf sich aufmerksam macht. Meine Mundwinkel zucken amüsiert nach oben. Galgenhumor. Aber das Lachen bleibt mir im Halse stecken, als sich die Tür am Ende des Flurs öffnet. Ohne seine rote Robe und die Kapuze hätte ich den Warden fast nicht wiedererkannt und der braune Fischgrätanzug mit Weste und Einstecktuch ist auch vorteilhafter geschnitten. Vor mir steht ein harmloser grauhaariger Gentleman mit Seitenscheitel im Dreiteiler.

„Runa Davies? Wir warten auf Sie." Seine Stimme ist dunkel, aber nicht unfreundlich, trotzdem wirkt der Blick durchdringend. *Wir?*

Ich überbrücke die letzten Meter und trete vor dem Warden durch die Tür zu seinem Büro. Wobei Bibliothek die passendere Bezeichnung wäre: Die Wände sind nahezu mit Bücherregalen tapeziert, dazwischen hängen Ölgemälde in schwülstigen Rahmen – biblische Geschichten von Verrat und Rache: Abels

Ermordung durch Kain, Judith mit dem blutigen Kopf des Holofernes, die Zerstörung von Sodom und Gomorra.

Mir wird ein wenig übel, während mein Blick über die Bilder fliegt. In was für einem Kuriositätenkabinett bin ich hier gelandet?

Erst jetzt bemerke ich Kyril, der auf einem Stuhl vor dem ausladenden antiken Schreibtisch des Wardens sitzt. Ein zweiter Platz ist noch frei. Stumm lasse ich mich darauf sinken. Obwohl es draußen helllichter Tag ist, sind die Vorhänge zugezogen. Vielleicht ist der Warden ja ein Vampir und meidet die Sonne, wo er kann. Das wenige Licht, das sich hindurchzwängt, bringt den Staub in der Luft zum Tanzen. Er schwebt von unten nach oben wie ein umgekehrter Regenschauer. Ein schöner Anblick, aber ich fühle mich mit jedem Atemzug unwohler.

Direkt über dem Schreibtisch prangt ein Porträt einer eleganten jungen Frau, die mir merkwürdig vertraut vorkommt, obwohl ich sicher bin, das Gemälde noch nie gesehen zu haben.

Plötzlich habe ich das Gefühl, dass noch jemand im Raum ist. Eine undeutliche Präsenz, etwas Unsichtbares, das man weder anfassen noch verstehen kann. Vielleicht ist das bloß meine eigene Angst.

„Ich habe Mr Ironmonger hergebeten, um ihn zum Begräbnis seines Dozenten, Prof. Dr. Leblanc, einzuladen. Und als sein Schützling halte ich es für wichtig, dass Sie ihn begleiten. Leider hatte Dr. Leblanc keine Familie, daher wird die Urne heute Abend nach Einbruch der Dämmerung im Kreis des Kollegiums auf dem Institutsgelände beigesetzt. Es ist traurig, wenn jemand beschließt, aus dem Leben zu scheiden, aber Reisende soll man nicht aufhalten."

Der Blick des Wardens ruht fragend auf mir, so als erwarte er, dass ich irgendetwas sage.

Aber ich kann nicht. Weil jedes einzelne Wort sich anfühlt wie ein Messerstich mitten ins Herz. Der Leichnam meines Vaters wurde verbrannt – warum gibt es keine Ermittlungen, wieso hilft die Polizei uns nicht und was soll das heißen, dass …

Irgendwas am Gesichtsausdruck des fremden Mannes sorgt dafür, dass mein Gedankenkarussell stehen bleibt. Aus dem Augenwinkel bemerke ich Kyrils ebenfalls erschrockenen Gesichtsausdruck. Da dämmert es mir: Selbstmord. Der Tod meines Vaters wird für einen Selbstmord gehalten. Ich öffne den Mund, doch Kyril kommt mir zuvor.

„Vielen Dank für die Einladung. Wir werden da sein."

„Sehr schön."

Der Warden erhebt sich und reicht mir eine Hand, so als hätten wir uns gerade zu Kaffee und Kuchen verabredet. Es kostet mich all meine Selbstbeherrschung, zuzugreifen und seine Finger zu drücken. Obwohl er Handschuhe trägt, ist die Berührung kalt.

Auch Kyril steht auf und verabschiedet sich. Als ich nach ihm durch die Tür treten will, sind meine Knie so weich, dass ich über den unebenen Boden stolpere. Ich erwische die Klinke und halte mich gerade noch fest, sodass meine Einlage statt einer kompletten Bruchlandung nur wie eine ungelenke Verbeugung wirken muss.

Kyril dreht sich erschrocken zu mir um. „Alles okay?"

Ich nicke und wende mich eilig ab, um mir die Peinlichkeit zu ersparen, mir von ihm aufhelfen zu lassen. Dafür reicht mir Octavian jetzt eine Hand. Dabei fällt ihm meine Kette auf, die bei dem Sturz aus dem Ausschnitt des Pullovers gerutscht ist. Das Gold glänzt selbst im dunstigen Licht des Büros. Die Augen des Wardens weiten sich. „Ein schönes Stück", sagt er.

Ich zwinge mich, zu lächeln, und schiebe den Anhänger eilig wieder unter meine Kleidung.

Erst als die Tür hinter uns zufällt, atme ich erleichtert auf.

„Die Beerdigung ist der perfekte Zeitpunkt, um sich ins Verbindungsquartier zu schleichen", haucht Kyril. „Ich schreibe Tris. Die meisten Noxe werden bei der Trauerfeier anwesend sein. Genau wie wir."

„Ich … ich kann das nicht", flüstere ich atemlos.

„Du kannst." Kyril verflicht seine Finger mit meinen, eine Geste, die inzwischen unser stilles Ritual geworden ist. Und obwohl wir uns an diesem Vormittag nicht einfach davonteleportieren können, habe ich plötzlich das Gefühl, weit weg zu sein.

## Einmal alles

### KYRIL

Ich war noch nie in Octavians Büro, und soweit ich weiß, lässt er nie jemanden dort hinein. Nicht einmal das Reinigungspersonal. Weshalb sollte er mich jetzt ohne schwerwiegenden Grund dorthin zitieren? Sicher nicht, um mir mitzuteilen, dass er meine Abschlussarbeit jetzt höchstpersönlich betreuen wird. Und erst recht nicht für eine Einladung zur Beerdigung meines Professors, zu der ich sowieso erschienen wäre. Die Sache stinkt gewaltig. Und das geheuchelte Mitleid, als er sich nach meinem Sturz erkundigt und sein Beileid wegen Ruben ausgesprochen hat, kaufe ich ihm erst recht nicht ab: Ruben wurde nicht auf dem Friedhof gefunden, sondern bei sich zu Hause. Ich hingegen habe von unserer Begegnung eine eindeutige Kopfverletzung davongetragen, also weiß Octavian mit Sicherheit, dass ich es war, der ihm auf dem Greyfriars aufgelauert hat. Allerdings wollte er nicht mich umbringen, sondern Ruben. Die Frage ist nur: Warum?

Aber ich habe keine Zeit, mich mit dieser Frage zu beschäftigen, denn es gibt etwas, das jetzt wichtiger ist. *Jemanden*, um genau zu sein.

Runa läuft mit gesenktem Kopf neben mir her, als wir uns durch das schwindelerregend gewendelte Treppenhaus im Seitenflügel des Gebäudes bis ins Erdgeschoss kämpfen.

Draußen schlägt uns ein eisiger Wind entgegen, der sich schon sehr nach Winter anfühlt. „Hast du heute noch eine Veranstaltung?", frage ich.

Runa schüttelt den Kopf. Ich kann ihr die verwirrenden Fragen, die jetzt durch ihren Kopf geistern müssen, an der Nasenspitze ablesen. Und auch die Wut, die sich in ihre Trauer mischt. Eigentlich sollte ich wieder an meinen Schreibtisch zurück in die Bibliothek und ins Spätmittelalter. In das Jahr, als *Anonima* verurteilt und verbrannt wurde. Oder aber ich bleibe bei dem Menschen, der mir wichtiger ist als alles andere.

„Okay, *Fawn*, dann gehen wir jetzt in die Stadt. Holen uns eine kleine Stärkung in *Mary's Milk Bar*, stöbern durch die Thrift Shops und durch *Priscilla's*."

Runas Augen haben genau dieselbe Farbe wie das Herbstlaub, das über den Park verstreut liegt, als sie verständnislos zu mir aufsieht.

„Wir brauchen ein Geschenk für Lali, oder nicht? Und ein Kostüm für die Party des Jahres. Ich weiß, dass sie dich eingeladen hat. Und ich glaube, sie wollte sogar eine Buffy-Playlist zusammenstellen."

Ein kaum wahrnehmbares Schmunzeln huscht über Runas Lippen. Aber es reicht aus, um meine düsteren Gedanken zu vertreiben. Ich würde alles für dieses kleine Lächeln geben. Und noch mehr dafür, sie einmal so ausgelassen lachen zu sehen, dass ihr die Tränen kommen.

„Du musst nicht *ja* sagen“, schiebe ich hinterher. „Mir reicht auch ein *vielleicht.* Ein *mir egal* oder ein *na schön, von mir aus.*“

Runa nickt langsam. Dabei zittert ihre Unterlippe und ich habe Angst, dass sie jeden Moment anfangen wird, zu weinen. „Komm.“ Ich fasse ihre Hand und ziehe sie weiter, bis zu einer Nische unter der Treppe, die zum Eingang der Kapelle neben dem Elizabeth-Flügel führt. Hier ist der perfekte Ort, um sich auch tagsüber zu teleportieren. Dass das verboten ist, ist mir im Moment scheißegal.

Wir ducken uns unter die Treppenstufen und befinden uns im nächsten Moment auf dem Grassmarket Square. Das Schloss thront über dem gepflasterten Platz, der rechts und links von Bäumen begrenzt wird. Dazwischen finden sich trotz des kühlen Wetters noch vereinzelte Cafétische. In der dunklen Garageneinfahrt neben einem Café ein paar Häuser entfernt von *Mary's Milk Bar* bemerkt uns zum Glück niemand.

Mary, die das Eis jeden Tag selbst herstellt, hat heute eine Auswahl von Zartbitterschokolade über Salted Caramel bis hin zu ausgefallenen Kreationen wie Ziegenkäse mit Pfirsich.

Gebannt beobachte ich, wie Runa die kunstvoll dekorierten Eisbehälter bewundert.

„Hast du eine Lieblingssorte?“ Beinahe rutscht mir heraus, dass ich meistens Schwarze Johannisbeere nehme, aber ich schweige, denn gleichzeitig muss ich daran denken, dass ich normalerweise mit Tris hier bin.

„Nicht wirklich.“ Sie klingt eingeschüchtert.

Ich frage mich, wie man keine Lieblingseissorte haben kann, aber dann fällt mir wieder ein, dass Runa auf einer abgelegenen Insel vor der walisischen Küste aufgewachsen ist, auf der Eis wahrscheinlich ohnehin eine Seltenheit ist.

„Was darf es sein?", fragt die Verkäuferin und sieht zwischen uns hin und her.

Ich schiele zu der Tafel hinter der Theke, auf der die beliebtesten Geschmacksrichtungen gelistet sind. „Halt mich bitte nicht für verrückt, Runa, aber sollen wir einfach von jeder Sorte eine Kugel nehmen?"

Die Eisverkäuferin zieht erwartungsvoll die Augenbrauen hoch, aber Runa starrt mich entgeistert an. „Mir wird bei dem Gedanken schon übel, andererseits", sie zuckt mit den Schultern, „warum nicht."

„Nice. Einmal alles, bitte." Meine Mundwinkel biegen sich nach oben und ich habe keinen Schimmer, wieso mich die Aussicht auf Eis so glücklich macht. Aber es ist mehr als Eis und sogar mehr als Eis mit Runa. Es ist das erste Mal, dass wir zusammen etwas vollkommen Verrücktes tun. Etwas, das verrückt, aber schön – und nicht bloß brandgefährlich ist.

Als wir wenig später vor zwei riesigen Eisbechern auf der Eckbank des eher spartanisch eingerichteten Cafés sitzen, fühlt es sich fast an wie ein Date.

„Wieso studierst du eigentlich ausgerechnet Jura?", frage ich, um das Eis zu brechen.

Aber kaum habe ich die Frage ausgesprochen, erstarrt das Lächeln auf Runas Lippen. „Warum studierst du denn ausgerechnet Geschichte?", fragt sie zurück.

Ich stocke kurz, denn ich hätte nicht mit so einer schlagfertigen Gegenfrage gerechnet. „Ehrlich gesagt habe ich wahrscheinlich einen kleinen Fetisch für das Leben anderer Leute. Mit meiner Familie ist es ziemlich kompliziert, schon immer. Deswegen tauche ich ab, wenn ich die Wahl habe – in eine andere Zeit, in ein anderes Leben, irgendwohin."

Gespannt beobachte ich Runa, aber statt einer Antwort breitet sich Stille zwischen uns aus. Fast wirkt es, als wäre sie überrascht von so viel Offenheit. Oder vielleicht habe ich sie mit meinen Familienproblemen auch völlig überfahren.

„Tut mir leid", flüstert sie schließlich und senkt den Kopf.

„Und du?"

„Hm?" Sie sieht auf.

„Warum studierst du Rechtswissenschaften?"

Sie seufzt leise. „Als ich kleiner war, ungefähr zehn Jahre alt, sind Menschen vor Flat Holm ertrunken. Zwischen Cardiff und der Insel verkehren meist spezielle Schlauchboote. Der Bootsführer ist viel zu schnell gefahren, vielleicht, um die Touristen zu beeindrucken. Das Boot wurde von einer Welle erfasst und hin- und hergeworfen wie ein Blatt im Wind. Und ich, na ja, ich bin wegen der Albträume oft nachts spazieren gegangen, auch an dem Abend, und da habe ich alles mitangesehen. Ich wollte die Menschen retten, aber es ist unmöglich, in der starken Strömung zu schwimmen. Was mich nicht davon abgehalten hat, es trotzdem zu versuchen. Das Nächste, was ich weiß", ihre Stimme bricht kaum merklich, „ist, dass ich wieder in unserem Haus bin und alles ist riesengroß. Jedenfalls bin ich so klein wie – " Runas Augen weiten sich plötzlich. „Wie eine Puppe. Manchmal träume ich noch davon, bis heute. Der Bootsführer wurde gerettet. Es ist nicht fair, dass Menschen, die das Leben anderer aufs Spiel setzen, ungestraft davonkommen."

„Und deshalb Jura? Um Unrecht zu vergelten? Hättest du es gerecht gefunden, wenn er gestorben wäre?" Ich bereue die Frage sofort.

Aber Runa zuckt nur mit den Schultern. „Damals war ich sicher, dass es fair gewesen wäre, ja. Heute … bin ich das nicht mehr. Ich weiß nicht, ob aus Rache jemals etwas Gutes erwachsen kann." Ehe ich etwas erwidern kann, fragt sie: „Tut eigentlich dein Kopf noch weh?"

„Kaum." Unwillkürlich taste ich nach dem Verband unter meiner Mütze.

Runas Blick folgt der Geste, dann sieht sie mich nachdenklich an. Sofort beschleunigt sich mein Puls. Gleich wird sie etwas sagen. Wegen der Beerdigung, wegen meiner Entdeckung in den Katakomben oder zu unserem gemeinsamen Plan mit Tris, der viel zu gefährlich ist. Ein Teil von mir möchte, dass wir den Elefanten im Raum ansprechen und irgendwie eine Lösung finden. Der andere Teil will nur diesen scheinbar normalen Nachmittag genießen, der sich anfühlt wie ein Traum. Und bitte niemals aufwachen.

Dann stellt Runa tatsächlich eine Frage: „Was schenken wir Lali zum Geburtstag?" Sie schiebt sich einen Löffel Kirschsorbet in den Mund. „Ich dachte an irgendwas … Episches."

Erleichtert atme ich aus. „Natürlich was Episches. Vielleicht passend zu Halloween?"

Sie scheint zu überlegen. „Na ja, unser Zimmer ist quasi tapeziert mit alten anatomischen Plakaten, also würde ich sagen: Je skurriler, desto besser."

Verschwörerisch ziehe ich einen Mundwinkel hoch. „Die Thrift-Shops verkaufen alle möglichen Dinge, die andere Leute aussortiert haben. Das sind im Prinzip Secondhandläden, die von gemeinnützigen Organisationen geführt werden. Ich bin sicher, dass wir dort etwas finden."

„Klingt gut!"

Wir geben uns alle Mühe, die Eisbecher aufzuessen, und schaffen es tatsächlich fast. Mit ein bisschen Bauchweh, aber voller Glücksgefühle, und einem ordentlichen Zuckerschock halte ich Runa die Tür auf.

# Vierhundertzehn Jahre nach dem 2. November 1590

*Allerseelen. Der Tag, an dem mir die Lebenden alles nahmen. Der Tag, an dem ich mir etwas von den Lebenden nehme, Jahr für Jahr. So lange, bis ich stark genug bin, sie alle zu vernichten.*

*Die Puppe, die mein Schüler vor mir ablegt, sieht anders aus als in den Vorjahren. Keine Haare, keine aus dem Hemd des Opfers geschneiderten Kleider. Dafür hat sie ein Kreuz auf der Stirn, gezeichnet mit seinem eigenen Blut. Sicut hic, ita illic,* besagt das Prinzip der Analogie. *Eine kleine Ähnlichkeit genügt, um die Seelen fehlzuleiten, sodass sie die Puppe nicht mehr von der Person unterscheiden können. Ich lächle in mich hinein.*

*„Wie ist sein Name?"*

*„Er heißt nach dem gefallenen Engel Samael, getauft im Namen des Vaters und des Sohnes und des Heiligen Geistes."*

*Ich nicke. „Du kannst gehen." Mit einer knappen Handbewegung deute ich auf die in den Stein gehauene Treppe, die aus den Katakomben zurück in den Innenhof des Instituts führt. Dann umschließe ich die Puppe mit den Fingern und beschwöre den lei-*

*sen Nachhall eines Gefühls herauf, das vor Jahrhunderten meine tägliche Pflicht war. Bis Menschen mir die Gabe, für die ich leben und sterben sollte, stahlen.*

*Ich kann Samael nicht begleiten, aber er wird auch nirgendwo hingehen. Weil er verdammt ist. Dennoch tauche ich in den Äther ab: Samaels kostbarste Erinnerungen liegen vor mir wie ein Schatz. Ungeschützt, einzigartig, köstlich. Ich wandle durch das fremde Leben und nehme mir, was ich will: Die Gesichter der Menschen, die er geliebt hat, die unbeschwerten Tage seiner Jugend. Er wird alles tun, was ich verlange, um sie zurückzubekommen.*

*Eine Stimme unterbricht meinen Rausch und zieht mich in die feuchtkalten Katakomben zurück.*

*„Ich denke, ich habe mir eine Belohnung verdient“, hallt es von der Gewölbedecke.*

*Zorn flackert in meinen Adern auf, aber dann besinne ich mich. Wut ist ein niederer Affekt, den Menschen vorbehalten.*

Samael, *forme ich lautlos mit den Lippen,* schick ihn fort.

*Das Geräusch des Studenten, der mit dem Kopf auf dem Steinboden aufschlägt, klingt für mich wie Musik. Gegen verdammte Seelen können Schattenspringer nichts ausrichten. Ja, die meisten fürchten sich sogar vor ihnen. Vor ihrem unersättlichen Hunger nach Erinnerungen. Nach fremdem Glück, das ihn nur kurzzeitig stillen, sie aber nie wirklich sättigen kann.*

*Je ausgezehrter sie sind, desto gefährlicher sind sie auch. Und ich werde Samael alles nehmen, an dem er sich in seinem kurzen Leben erfreut hat.*

# Die kleinen Dinge
## KYRIL

Bis zu Oxfam ist es nur ein kurzer Spaziergang. Der Laden ist spärlich besucht, sodass wir in Ruhe durch die Kleiderständer voller Kuriositäten stöbern können. Ich lehne an der Wand neben der Umkleidekabine und beobachte Runa, die vollkommen in die Aufgabe vertieft ist, ein Kostüm für mich zu finden. Bisher habe ich nicht aus ihr herausbekommen, ob der Deal ist, dass ich dann auch *ihr* Kostüm aussuchen darf.

Sie stößt einen leisen Seufzer aus. „Also da hinten habe ich einen Kuh-Overall gesehen, aber irgendwie hat das nicht so viel Stil."

Mit einer theatralischen Geste der Erleichterung wische ich mir über die Stirn, was sie mit einem Grinsen quittiert. „Welche Größe trägst du überhaupt?"

„Schätz doch mal."

Runa lässt den Blick vom Scheitel bis zu den Zehenspitzen über meinen Körper wandern, errötet prompt und wendet den

Kopf wieder ab. Verdammt, ich sollte nicht mit ihr flirten. Das ist das Allerletzte, was ich jetzt tun sollte.

„Alles zwischen Herrengröße achtunddreißig und vierzig müsste passen", sage ich.

„Okay." Sie nickt, schiebt jede Menge Kleiderbügel beiseite und stößt plötzlich einen kleinen Freudenschrei aus. „Ha! Das hier ist perfekt." Mit diebischem Funkeln in den Augen hält sie ein silbernes Paillettenjackett hoch.

„Die Jacke sieht aus, als hätte man dafür zehn Discokugeln geschlachtet", kommentiere ich trocken.

Runa streckt sie mir trotzdem auffordernd hin. Resigniert ziehe ich meine Sweatjacke aus und schlüpfe in das Jackett. Der Spiegel vor der Umkleidekabine zeigt mir gnadenlos, dass ich darin aussehe wie ein billiges Harry-Styles-Double.

Runa steht hinter mir. Sie kommt einen Schritt näher und unsere Blicke kreuzen sich im Spiegel.

„Nicht schlecht, aber irgendwie fehlt noch was. Vielleicht eine Schlaghose und eine Pilotenbrille. Oder ein Schnurrbart."

Sie kichert und ich kann es ihr nicht verübeln. Halb amüsiert, halb empört drehe ich mich um. „Das mit dem Bart könnte knapp werden bis heute Abend." Ich fahre mit einer Hand über mein einigermaßen glatt rasiertes Kinn. „Und was ist überhaupt mit dir?"

Energisch schüttelt sie den Kopf. „Ich geh' einfach so. Als Spielverderberin." Sie grinst.

„Oh nein, du kannst mich nicht hängen lassen. Komm schon." Flüchtig sehe ich mich im Laden um. Mein Blick bleibt an einem Ständer mit Modeschmuck und Accessoires hängen. Ein Teil in knalligem Orange hebt sich von den anderen Sachen ab. Ich ziehe es vom Ständer und halte einen Haarreif mit einem kleinen gefilzten Kürbis und grünen Korkenzieher-Ranken in der Hand. „Der ist irgendwie niedlich, oder?“

Runas Augenbrauen wandern skeptisch in die Höhe, aber ich bleibe standhaft.

„Na schön.“ Sie setzt den Haarreif auf, streckt die Arme von sich und dreht sich einmal im Kreis.

„Du bist der schönste Kürbis, den ich je gesehen habe.“ *Und das ist auch das dämlichste Kompliment, das du jemals jemandem gemacht hast.* Ich ignoriere die spöttische Stimme in meinem Kopf und beiße mir auf die Lippe, um mein Grinsen zurückzuhalten. Dass mir vor Verlegenheit das Blut in den Kopf schießt, kann ich leider nicht verhindern.

Runa überhört meine Bemerkung zum Glück – ob versehentlich oder bewusst, weiß ich nicht. Sie kommt auf mich zu und rückt den Kragen meines Blazers zurecht. Dabei werfen die Pailletten tanzende Schatten auf ihr Gesicht und plötzlich kann ich nicht mehr wegsehen. Gebannt folge ich dem Funkeln, das flackernd über ihre Wimpern und ihre Wangen huscht, bis es ausgerechnet auf ihren Lippen innehält.

Sie kräuseln sich verschmitzt. „Was ist?“

„Nichts.“ Ich räuspere mich. *Gar nichts. Ich kann bloß kaum fassen, wie atemberaubend schön dieser Moment ist. Und zur Hölle, ich will ihn festhalten; mir jedes Detail einprägen, bis sich der Anblick in mein Gedächtnis brennt. Damit ich ihn jederzeit wieder heraufbeschwören kann. Damit er für immer bleibt.*

Runa weicht ein Stück zurück und ich stoße erleichtert die Luft aus, als sich das wilde Pochen meines Herzens beruhigt.

„Haben wir also einen Deal?", fragt sie. „Du trägst den Blazer und ich trage dieses … Ding?"

„Abgemacht." Ich strecke eine Hand aus und sie schlägt grinsend ein. „Wir werden die Coolsten sein."

„Definitiv."

Tatsächlich finden wir noch eine passende Schlaghose, die mein Seventies-Outfit komplettiert.

Ein Geschenk für Lali aufzutreiben, gestaltet sich schon schwieriger. Schließlich landen wir bei *Priscilla's*, einem kleinen Geschäft in der Cockburn Street, das sich am besten als eigenwillige Mischung aus Antiquitätenlädchen, Vintage-Kaufhaus und Opiumhöhle beschreiben lässt. Dabei ist der Name irreführend, denn hinter dem Tresen sitzt nicht etwa eine freundliche, ältere Dame, sondern ein glatzköpfiger Mann in Gesellschaft seiner namensgebenden Katze.

Ich öffne Runa die Tür und sofort schlägt uns ein durchdringender Geruch nach Staub und ayurvedischen Räucherstäbchen entgegen.

„Puh." Runa wirft mir einen zweifelnden Blick zu.

„Ich weiß. Aber wenn wir hier nicht fündig werden, dann nirgendwo."

Kaum dass sie den Verkaufsraum betreten hat, schlägt Runas Skepsis in Faszination um und sie zwängt sich voller Tatendrang durch die engen Gänge aus vollgestopften Regalen und viktorianischen Möbeln. Ich versuche vergeblich, ihr zu folgen, aber schon bald habe ich sie aus den Augen verloren. Im hinteren Bereich des Verkaufsraums fällt mir eine Vitrine voller *New Age*-Schnickschnack auf: in Kunstleder gebundene Notizbücher mit Pentagrammen, Tarotkarten, Sets für Gläserrücken oder

Pendeln und kleine Voodoo-Puppen mit praktischem Schlüsselring. Es stößt mir sauer auf, dass diese billig produzierte Massenware das Schicksal Zehntausender Menschen kommerziell ausschlachtet, die für die Praktiken hinter den Symbolen ihr Leben gelassen haben – Hebammen, medizinkundige Frauen und Männer, vermeintliche Hexen.

Das Einzige, das zwischen all dem Kitsch meine Aufmerksamkeit erregt, ist ein kleiner, versilberter und mit einem Korken verschlossener Flakon. Doch bevor ich ihn herausnehmen kann, um ihn genauer zu betrachten, dringt Runas Stimme an mein Ohr: „Kyril! Guck dir das an."

Ich schüttle das seltsame Gefühl ab, das sich in mir ausbreitet, als mir auffällt, wie schön mein Name aus ihrem Mund klingt, und folge Runas Stimme in das Hinterzimmer des Geschäfts.

Sie winkt mich näher an die Regale heran. „Wie es aussieht, haben sie das unheimlichste Zeug hier versteckt."

Ich lasse meinen Blick über das Kuriositätenkabinett des *Priscilla's* gleiten: ausgestopfte Vögel und gerahmte Schmetterlinge, vergilbte Karten und allerlei Mineralien. „Bei meinem letzten Besuch war hier ein Warenlager. Genau genommen ist es das wohl immer noch."

Runa schüttelt den Kopf und deutet auf ein eingestaubtes Regalbrett. Sie schiebt ein paar Bücher beiseite, sodass ich sehen kann, was sich dahinter verbirgt: Ein blasses, aufgedunsenes etwas, das in Formaldehyd schwimmt.

„Heilige Scheiße! Was zur Hölle ist das?"

Runa verdreht die Augen und legt einen Finger an die Lippen. „Sei nicht so gemein. Ich finde ihn eigentlich ganz niedlich und wenn ich mich nicht täusche", sie hebt das Glasgefäß an, „ist das ein Frosch."

„Prima." Ich kann meinen Ekel nicht ganz verbergen.

„Glaubst du, Lali fände ihn gut?"

„Auf jeden Fall. Aber bitte lass ihn uns schnell einpacken, bevor ich bereue, dass ich sechs Kugeln Eis gegessen habe."

Runa verzieht mitleidig das Gesicht. Allerdings bin ich sicher, auch Spott in ihrer Miene zu lesen. Sie stupst mich in die Seite und zwängt sich in der engen Kammer an mir vorbei. „Ich gehe zur Kasse und lasse ihn gut verpacken und wenn die Luft rein ist, hole ich dich. Deal?"

„Deal."

Ich bleibe im Türrahmen stehen und sehe Runa nach, wie sie zur Kasse geht. Derweil springt die getigerte Katze vom Tresen und schleicht um meine Beine. Ich nutze die Gelegenheit und kraule Priscilla ausgiebig. Schließlich kehrt Runa mit einer braunen Papiertüte in der Hand zurück. „Der Verkäufer hat ihn freundlicherweise in Luftpolsterfolie eingewickelt. Ich kann es kaum erwarten, Lalis Gesicht zu sehen!" Runa strahlt mich an wie ein Kind an Weihnachten.

„Ich auch nicht. Aber … er hat doch bestimmt ein Vermögen gekostet, oder?", frage ich, als wir endlich das muffige *Priscilla's* hinter uns lassen.

Sie errötet ein wenig. „Stimmt leider."

„Kein Problem, ich gebe dir die Hälfte – schließlich ist das Geschenk von uns beiden."

Runa schüttelt den Kopf. „Nein, das … ist schon okay."

Etwas an ihrem zögerlichen Tonfall lässt mich innehalten und plötzlich erinnere ich mich an das Telefongespräch an

Runas erstem oder zweitem Tag am Institut, das ich versehentlich mitangehört habe. Habe ich nicht etwas von Geldsorgen aufgeschnappt?

„Sicher?", hake ich nach. „Es ist wirklich kein Problem."

„Ja", gibt sie etwas zu harsch zurück. „Ich will kein Geld von dir, okay?"

„Schon gut." Ich schlucke meine Kränkung hinunter und wir gehen schweigend ein paar Schritte weiter die Straße hinauf in Richtung der Royal Mile.

„Tut mir leid", flüstert sie, ohne mich anzusehen. „Es ist nur, dass … ich sowieso schon ein schlechtes Gewissen wegen dem Geld habe."

„Wieso? Du wirst es ja nicht gestohlen haben?" Erst als die Worte bereits meinen Mund verlassen haben, wird mir klar, wie taktlos das war.

Zu meiner Überraschung nickt Runa. „Doch, sozusagen. Ich habe es in Rubens *Pidgeon Hole* gefunden. In einem Umschlag, zusammen mit einem kleinen Papierkranich. Und seither frage ich mich jeden Tag, wem das Geld eigentlich gehört."

Worte meines Professors hallen mir durch den Kopf. Mir scheint, sie stammen aus einem anderen Leben. *Die Empfehlungsschreiben für dein Stipendium habe ich gestern abgeschickt. Bestimmt flattert bald eine Zusage ein – und wenn nicht, musst du einfach tausend Kraniche falten.*

Heißt das etwa, dass Ruben das Geld für *mich* hinterlegt hat, für den Fall der Fälle? Vor Rührung schnürt sich mein Brustkorb zu.

Aber statt Runa darüber aufzuklären, schweige ich. Weil ich die Kohle im Grunde nicht brauche, jedenfalls nicht so dringend wie sie. Weil ich mir auf einmal vorstellen kann, meinen

Stolz herunterzuschlucken und etwas vom schmutzigen Geld meines Vaters anzunehmen, wenn ich es für Runa tue.

Ich versuche, möglichst gelassen zu wirken. „Mach dir keine Gedanken darum. Vielleicht wollte Ruben, dass jemand das Geld findet. Jemand, der es gut gebrauchen kann." *So wie du*, setze ich in Gedanken hinzu, spreche es aber nicht aus, weil ich Runa nicht in Verlegenheit bringen will.

Nachdenklich zieht sie die Augenbrauen zusammen. „Wie meinst du das?"

„Schon gut. Ich bin sicher, dass es niemand vermisst."

Sie nickt, dann geht ihr Blick in die Ferne: Das kolossale Eingangsportal des Instituts zeichnet sich vor dem trüben Nachmittagshimmel an der South Bridge ab. „Es ist Zeit, oder?"

„Ja." Schlagartig wird mir klar, dass der spaßige Teil des Nachmittags damit zu Ende ist. An das, was uns bevorsteht, wage ich kaum zu denken. Mit dem heutigen Abend werden die Geschehnisse der letzten Tage real – Rubens Tod, die Pläne des Wardens und Tristrams gefährliche Mission. Ich weiß nicht, ob ich mich jemals so hilflos gefühlt habe. Und wie muss es erst Runa gehen?

Instinktiv greife ich nach ihrer Hand. Erst als Runas Finger warm in meinen liegen, wird mir klar, was ich getan habe. Trotzdem lasse ich sie nicht los. Eigentlich müssten wir uns vor der Beisetzung noch umziehen, aber ich entscheide mich dagegen. Ich will, dass Runa den gemeinsamen Nachmittag in Erinnerung behält, an dem wir einfach nur zwei Studenten in der schönsten Stadt der Welt waren.

Und dann nur irgendwie diesen Abend überstehen, sage ich mir. Wenn wir das geschafft haben, gibt es noch Hoffnung.

# Was bleibt

## RUNA

Es dämmert bereits, als wir zurückkommen. Garry ist in seine Zeitung vertieft und beachtet uns nicht. Der perfekte englische Rasen im Aureolus Quad liegt so unberührt da wie immer, nur unter den Arkaden eilen noch ein paar Studenten entlang, die spät dran sind – oder es mit ihren Pflichten nicht so genau nehmen. Trotzdem liegt etwas in der Luft, eine unsichtbare Bedrohung, die ich nicht ganz zu fassen bekomme. Aber vielleicht steckt dahinter auch nur der Wunsch, dass wir tatsächlich von etwas Unvorhergesehenem unterbrochen würden. Weil ich jetzt überall lieber wäre als hier.

Doch kaum dass wir den Avicenna Quad betreten, begreife ich, dass die letzten Stunden leider kein Albtraum waren und ich mich hier auf der Beerdigung meines Vaters befinde. Der Hof wird von Feuerschein erleuchtet, die Noxe in ihren roten Talaren haben vor der Kapelle ein Spalier gebildet und halten Fackeln in den Händen. Die Luft ist durchtränkt mit dem Geruch nach Öl und Ruß.

Mir wird überdeutlich bewusst, dass ich mit Jeans und Mantel nicht gerade passend für eine Beerdigung gekleidet bin. Trotzdem versuche ich, mich nicht von den ernsten Gesichtern der anderen einschüchtern zu lassen – das alles sind auch nur Studentinnen und Studenten, genau wie ich. Ob sie nun irgendeiner elitären Verbindung angehören, oder nicht. Eine Lüge, die ich mir selbst nur glauben kann, wenn ich verdränge, dass Tristram gerade jetzt dabei ist, die Verbindung für uns auszuspionieren.

Unentschlossen bleiben Kyril und ich in einer Ecke des Quads stehen und während mein Blick über die Menge gleitet, steigt Wut in mir auf: Genau genommen hat niemand von ihnen ein Recht, hier zu sein. Das ist die Beerdigung *meines* Vaters und ich kann mir nicht vorstellen, dass er irgendeinem dieser Menschen etwas bedeutet hat.

Dann kommt mir der Brief, den wir in Rubens Haus gefunden haben, wieder in den Sinn und ich muss mich davon abhalten, in der Menge nach einem bekannten Gesicht, umrahmt von kastanienbraunem Haar, zu suchen.

Kyril drückt meine Hand fester, als wir neben der Statue von Avicenna den Warden entdecken. Seine Mimik lässt kein Mitgefühl erkennen – gar kein Gefühl, um genau zu sein. Die glasigen blauen Augen wirken einfach nur leer.

„Ms Davies,“, er nickt mir zu und wendet sich dann an meinen Begleiter: „Mr Ironmonger. Wie schön, dass Sie es einrichten konnten.“

*Als ob wir eine Wahl gehabt hätten*, denke ich spöttisch.

„Die Beisetzung wird gleich beginnen.“

Tatsächlich ist die Sonne schon fast untergegangen, nur ein paar letzte Strahlen tauchen den Hof in einen rötlichen Schimmer. Die im angrenzende Park grasenden Rehe wirken so friedlich, als hätten sie bereits vergessen, was vor wenigen Tagen hier geschehen ist. Vielleicht ist Unwissenheit manchmal wirklich besser, schießt es mir durch den Kopf, vielleicht wollte Mum mich tatsächlich bloß vor alledem bewahren. Man könnte nicht sagen, dass es ihr gelungen ist.

Mir fällt noch etwas anderes ein und ich drehe den Kopf, um Kyril zuzuflüstern: „Was ist, wenn wir jetzt gerufen werden?"

„Dann gehe nur ich und du bleibst hier."

„Nein!", protestiere ich etwas zu laut, „Du kannst mich hier nicht allein lassen. Ich – " noch während ich überlege, wie ich sagen kann, dass ich mich fürchte, ohne ihm meine Angst allzu offensichtlich einzugestehen, nickt er.

„In Ordnung. Wenn du das nicht willst, werde ich dich nicht allein lassen, okay?"

„Okay."

Kyrils Worte beruhigen mich, obwohl ich weiß, dass er mir etwas Unmögliches versprochen hat. Trotzdem will ich ihm glauben und ignoriere mit aller Kraft die Stimme in meinem Kopf, die mich daran erinnert, dass die meisten Menschen, die mir in meinem Leben wichtig waren, im Grunde nie etwas anderes getan haben, als mich zu belügen oder mich zu verlassen.

Alle Köpfe drehen sich gleichzeitig um und als wir den neugierigen Blicken folgen, verstehen wir auch, warum: Dilan kommt aus dem Portal der Kapelle, ein Gefäß aus poliertem Ebenholz in den Händen. Die Urne meines Vaters. Alles, was von ihm übrig ist. Ein ganzes Leben wird zu einem Häufchen Asche.

Nein, denke ich. Das stimmt nicht: ein Häufchen Asche und ich. Ich bin auch noch da.

Gleichzeitig wird mir klar, dass wir die eigentliche Zeremonie, den Gottesdienst, verpasst haben. Dass man uns nicht dabeihaben wollte, trifft es wohl besser. Warum sonst hat uns der Warden nicht die genaue Uhrzeit genannt?

Auf Dilans Lippen liegt ein selbstgefälliger Ausdruck und vielleicht zum ersten Mal in meinem Leben befällt mich ein sonderbar fremdes und doch vertrautes Gefühl. Es ist glühend heiß und gleichzeitig eiskalt und nimmt mein Sein gefangen: Hass. Diese Frau hat meinem Vater zweifellos das Leben zur Hölle gemacht. Mir wird schlecht, wenn ich nur an die Zeilen aus ihrem Brief denke. Und ich will mir gar nicht vorstellen, dass das wahrscheinlich nur die Spitze des Eisbergs war; wie Dilan im Hintergrund manipulativ die Fäden gezogen hat, um gute Noten zu bekommen.

Unwillkürlich schüttle ich den Kopf, im selben Moment tippt mir jemand auf die Schulter. Ich zucke zusammen und schnappe erschrocken nach Luft. Frostig strömt sie in meine Lunge.

Es ist Tristram, aber beinahe erkenne ich ihn nicht. Er hat sich die Kapuze des Talars ins Gesicht gezogen, seine Augen sind in Schatten getaucht und die Haut wirkt vor Kälte blass, beinahe durchscheinend. Ich wundere mich, dass er noch da ist, aber vielleicht wartet er auf einen günstigen Moment, um unauffällig zu verschwinden.

„Hey." Er ringt sich ein mattes Lächeln ab. „Runa, es … tut mir so leid."

„Danke", sage ich. „Ich kannte ihn ja kaum." Deshalb tut es zwar nicht weniger weh, aber ich möchte nicht, dass Tris sich schlecht fühlt, also erwidere ich sein steifes Lächeln. „Sehen wir uns später?“

Es dauerte einen Moment, bis Tris versteht, dass ich auf die Party hinauswill. „Klar.“ Er tauscht einen kurzen, merkwürdig kühlen Blick mit Kyril, dann dreht er sich um und reiht sich wieder ins Spalier ein. Die restliche Zeremonie läuft vor meinen Augen ab wie ein Film, ich bin nur eine Statistin ohne Text und im Grunde völlig verzichtbar.

Der Warden leitet die Prozession über den Quad, durch das schmiedeeiserne Gatter und den Park zum Friedhof. Hinter den imposanten Grabsteinen und Kreuzen ist im Schatten einer mächtigen Linde ein Erdloch ausgehoben. Unter Schweigen wird die Urne hinabgelassen, dann spricht der Warden einige Worte, zuerst über die wertvollen Beiträge meines Vaters zur ethnologischen Forschung und dann irgendetwas auf Latein. Es klingt alles belanglos und aufgeblasen und mir wird schlecht. Nur ein Satz prägt sich mir ein: *Mors Porta Vitae aeternae* – der Tod ist die Pforte zum ewigen Leben.

Ich überlege, was ich meinem Vater sagen wollen würde, wäre ich jetzt an Octavians Stelle. *Mach's gut, Dad*, vielleicht. *Schade, dass wir uns nie kennengelernt haben. Es tut mir leid, dass sich dein Herzenswunsch nicht erfüllt hat, wofür auch immer du die tausend Kraniche gefaltet hast. Ich werde nie wieder ein Origamitier falten können, ohne an dich denken zu müssen. Ich werde nie durch die malerischen Gassen dieser bezaubernden Stadt laufen, ohne dass ein bisschen Wehmut mitschwingt und ich mich frage, was hätte sein können, wäre alles anders gekommen. Und ich sehe jeden Morgen im Spiegel immer auch einen Teil von dir.*

Aber natürlich fragt mich niemand, was ich zu sagen habe, weil niemand weiß, dass ich Rubens Tochter bin.

Eine Träne bahnt sich lautlos ihren Weg über meine Wange, als zwei ältere Studenten mit Schaufeln das Grab zuschütten. Danach wird ein Kranz aus Koniferengrün darauf abgelegt. Die ganze Zeit über spüre ich Kyrils Blick auf mir, aber sobald ich ihm den Kopf zudrehe, wendet er sich wieder ab. Trotzdem entgeht mir nicht, dass sich das Licht der Fackeln auf seinen feuchten Wangen spiegelt.

Mein Herz wird schwer. Und gleichzeitig erfüllt mich Wärme: Es berührt mich, wie Kyril versucht, auch ohne Worte für mich da zu sein, obwohl er selbst jetzt jemanden bräuchte, bei dem er sich anlehnen kann. Dass er schweigt, dass er nichts fordert, dass er überhaupt da ist, tut gut. Ich weiß, dass Ruben auch für ihn mehr war als nur ein Dozent. Deshalb wäre ich gern für Kyril da, aber ich habe keine Ahnung, wie, denn ich kenne ihn fast nur als den unnahbaren, selbstbewussten jungen Mann, der für jedes Problem mindestens zwei Lösungen parat hat. Was hinter dieser Hülle liegt, entdecke ich gerade erst. Ganz langsam und mit wachsender Neugier, die kaum auszuhalten ist.

Ein vertrautes Gefühl, halb Prickeln, halb Ziehen, bringt mich von meinen wirren Gedanken ab. Ich weiß, was es bedeutet. *Mist.* Was soll ich jetzt bloß machen? Wie kann ich möglichst unauffällig von der Beerdigung verschwinden? Ich drehe mich Hilfe suchend zu Kyril um, aber er wirkt merkwürdig konzentriert. Erst als der Warden kurz darauf die Beisetzung für beendet erklärt und zu einem Umtrunk im Bürogebäude einlädt, schenkt Kyril mir wieder Beachtung. Er nickt Octavian zu und zieht mich mit sich hinter eine der imposanten Platanen. Ich sehe mich noch einmal nach Tristram um, kann ihn aber nicht mehr entdecken. Wir lehnen uns an den Stamm, das ausladende Blätterdach hüllt uns in Schatten.

„Tut mir leid", flüstert Kyril atemlos. „Ich fürchte, die Einladung zum Leichenschmaus müssen wir ausschlagen. Wolltest du gern hin?"

Ich sehe ihm amüsiert in die Augen. „Machst du Witze? Ich würde lieber zur Hölle fahren."

Einer seiner Mundwinkel zuckt. „Gut, denn ich fürchte, genau da müssen wir jetzt auch hin."

# Zur Hölle

## KYRIL

Ich sollte recht behalten: Der Abend war tatsächlich die Hölle. Schon während Rubens Beisetzung habe ich gespürt, dass es eine anstrengende Nacht werden wird und solange ich konnte, habe ich die Rufe von Runa ferngehalten. Obwohl es viel zu gefährlich ist.

Als Runa und ich uns gegen Mitternacht zurück ins Institut teleportieren, haben wir die Seelen dreier Menschen hinübergeleitet: Einem Baby, das zu früh auf die Welt kam, einem Fischer, der mit seinem Kahn vor Portobello gekentert ist, und einem Obdachlosen, erfroren in den Straßen der Stadt.

Jetzt steht Runa pitschnass und zitternd vor mir. Ich lege die Hände auf ihre Schultern „Runa. Sieh mich an."

Ihre Augen wirken glasig.

„Du machst das gut. Sollen wir uns in einer halben Stunde am Eingangsportal treffen? Dann haben wir genug Zeit, um zu duschen und uns umzuziehen."

Verwirrt schüttelt sie den Kopf.

„Die Party“, erkläre ich. „Wir sind schon ein bisschen spät dran.“

„Ich kann jetzt nicht auf eine Party gehen. Wir … wir haben gerade … wir haben diese Menschen umgebracht.“

„Nein. Wir haben sie gerettet.“ Ich lege einen Finger unter ihr Kinn und hebe es sanft, bis sie mich ansieht. „Runa, der Fischer ist gestorben, bevor wir bei ihm waren. Du hast selbst gehört, wie der Notarzt ihn für tot erklärt hat. Sie sterben auch ohne uns – aber ihre Seelen finden den Weg nicht allein.“ Behutsam streiche ihr die nassen Haarsträhnen aus der Stirn. „Diejenigen, die unerwartet sterben, sind in der Regel schon körperlich tot, wenn ihre Seelen uns rufen. Nur die, die sich auf den Tod vorbereitet haben, die ihn erwarten, treffen wir noch lebend an. Und es ist ein Privileg, nach einem erschöpfenden Leben einzuschlafen und diese Welt verlassen zu dürfen. Uns Schattenspringer ist das nicht vorbehalten, wir können nur mit der Hilfe eines anderen Schattenspringers aus dem Leben scheiden. In uns ist eine Kraft, die uns ansonsten immer weiterleben lässt, egal, wie krank oder verletzt wir sind. Auch wenn unsere Seele sich nur noch nach Erlösung sehnt. Wir brauchen einander, um zu sterben.“

Runas Gesichtszüge erstarren. „Heißt das, dass ich meinen Vater umgebracht habe?“

„Nein, das heißt, dass du ihn erlöst hast. Von einem ansonsten immerwährenden Leiden.“ Ich seufze leise. „Runa. Der Tod war schon immer ein Teil des Lebens. Er ist nicht grausam oder schlecht – die Menschen haben ihn nur dazu gemacht, zum Dämon oder Sensenmann, weil sie Angst haben. Unsere Tage sind gezählt und manchmal sind es unrechtmäßig wenige, aber ich finde ein Leben in Angst viel furchteinflößender als den Tod. Ich weiß, wie schwer es ist, Menschen gehen zu lassen, glaub mir. Ich weiß, dass du Dinge erlebst, die niemand durchmachen müssen sollte, und hätte ich die Wahl, würde ich mir ein anderes Leben wünschen. Für uns beide." Ich halte inne. „Wenn du nicht auf die Party willst, bleibe ich mit dir hier. Von mir aus gucken wir die ganze Nacht alte Buffy-Folgen, trinken Lakritztee und essen Peanut Butter and Jelly Sandwiches, bis uns schlecht wird. Aber ich lasse dich nicht allein, okay?"

Ich kann sehen, wie es in ihr arbeitet, dann schüttelt sie den Kopf. „Nein. Ich will Lali nicht enttäuschen."

Die Erwiderung *Du enttäuschst niemanden* liegt mir schon auf der Zunge, aber ich schweige, weil ich spüre, dass Runa ihre Entscheidung längst getroffen hat. „Es ist wegen des Traums, oder?", frage ich, als sie die Chipkarte aus ihrer Hosentasche kramt.

„Welcher Traum?"

„Der … in dem du ertrinkst. Der Tod des Fischers – macht Wasser dir Angst?"

Runa beißt sich auf ihre Unterlippe, um die Tränen zurückzuhalten, und ich ziehe sie in meine Arme. In diesem Moment ist mir vollkommen egal, dass wir auf dem Flur vor den Apartments stehen, wo uns jeder sehen kann. Wenigstens einen Augenblick lang will ich so tun, als spielte das keine Rolle.

*

Eine Stunde später betreten wir eine ganz andere Welt. Ich komme mir überirdisch dämlich vor in meiner Schlaghose und dem

Glitzerjackett, Runa sieht dafür unfassbar niedlich aus mit den Kürbisranken, die ihr Gesicht umspielen. Ich halte ihr die Tür zum Keller des *Raging Bull* auf, die Tüte mit Lalis Geschenk in der anderen Hand, und plötzlich wird mir klar, dass uns diesen Abend keiner nehmen kann. Wir wissen nicht, was heute Nacht noch geschieht, aber wir haben den Moment. Dieses kleine bisschen Leben gehört nur uns und ich bin fest entschlossen, es auszukosten.

Drinnen ist es auf die gemütliche Art warm und stickig und aus den Boxen dröhnt alternative Club-Musik. Art-Déco-Tapeten verleihen dem Raum zusammen mit dem abgewetzten Dielenboden und einigen bunten Samtsofas Retro-Flair, in dem das Gewusel aus Kostümen ziemlich anachronistisch wirkt. Während ich nach Lali und Tris Ausschau halte, entdecke ich alles vom Hawaii-Hemd bis zur Klopapier-Mumie.

„Scheint, als würdest du doch nicht den Preis für das peinlichste Kostüm gewinnen." Runa deutet mit dem Kopf auf einen Studenten, der statt eines Pullovers ein überdimensionales Pizzastück aus Plüsch mit Löchern für Kopf und Arme zu seinen Jeans trägt. Er hält Händchen mit einer jungen Frau in der blauen Schürze einer Fast-Food-Kette. Runas Gesichtsausdruck nach genießt sie es ein bisschen zu sehr, mich zu necken.

„Das sind Alex und seine Freundin Juliette, die beiden kann man nicht übertreffen", gebe ich zurück und bahne uns einen Weg zur Bar. „Und ehrlich gesagt gewöhne ich mich langsam an mein Outfit. Vielleicht trage ich jetzt öfter was Elegantes."

Sie schnaubt und schüttelt den Kopf. „Du spinnst."

Wir bestellen zwei Margaritas, die uns der Barkeeper vor unseren Augen mixt. Er ist mit seinem Button-down-Hemd und der Weste wohl die einzige nicht verkleidete Person im Raum. Gerade, als die Cocktails fertig sind, dreht sich Runa nach jemandem um, der sie von hinten angestupst hat.

Ich muss zweimal hinsehen, um meine Kommilitonin zu erkennen: Auf Lalis Kopf winden sich ein Dutzend petrolblauer Plastikschlangen. Ihre gebräunte Haut hat sie mithilfe von Puder in einen bronzefarbenen Schimmer getaucht, aber hier und da sind ein paar aufgemalte Schuppen zu sehen. Dazu ein bodenlanges weißes Kleid, goldene Armreifen und auffälliges Make-up mit schwarzem Lippenstift und grünen Kontaktlinsen. Lali sieht furchteinflößend aus, selbst, als sie lächelt.

„Hey, ihr beiden. Toll, dass ihr da seid – ich dachte schon, ihr drückt euch."

Runa umarmt ihre Freundin flüchtig. „Ich hab drüber nachgedacht, aber irgend so ein Freak im Discokostüm hat mich gezwungen."

Lali lacht, lässt bewundernd den Blick über mein Outfit gleiten und umarmt dann auch mich. „Wir haben dir was mitgebracht." Ich spähe zu Runa und sie nickt, also überreiche ich Lali die Tüte. „Ist von uns beiden. Ich hoffe, es gefällt dir, denn ich glaube nicht, dass wir es umtauschen können, und bestimmt würde das auch keinem anderen gefallen." Aus dem Augenwinkel sehe ich Runa schmunzeln.

„Happy Birthday", sagen wir fast zeitgleich, als Lali das in Packpapier gewickelte Glasgefäß aus der Tüte zieht. Bedächtig wickelt sie es ab und sieht dabei immer wieder zu Runa und flüchtig zu mir. Dann lässt sie vor Schreck den letzten Papierstreifen zu Boden fallen, aber das Geschenk zum Glück nicht. Inzwischen hat sich eine kleine Menschentraube um uns herum gebildet. Als Lali entdeckt, was da in dem Formaldehyd schwimmt, stößt sie einen spitzen Schrei aus, der zwischen Begeisterung und Entsetzen alles bedeuten könnte. Aber schon im nächsten Moment fällt sie Runa in die Arme, ohne ihre Beute loszulassen. „Oh. Mein. Gott! Ihr seid einfach unglaublich! Was zum Teufel ist das, ein Frosch?"

Runa nickt. „Wir konnten nicht an ihm vorbeigehen, er saß so alleine im Regal und bestimmt kannst du an ihm die Anatomie von Amphibien studieren oder so."

„Dazu ist er viel zu schade. Weißt du eigentlich, dass ich schon immer ein Haustier wollte? Sind leider am Institut verboten. Aber das hier ist noch viel besser! Ich brauche ihn nicht füttern – " Sie hält inne. „Oder?"

„Nein", antworte ich. „Ich bin sicher, dass er ziemlich lange ohne Nahrung auskommt, solange er in dem Zeug schwimmt."

„Dann braucht er nur noch einen Namen …" Lali sieht verschwörerisch zwischen Runa und mir hin und her. „Wisst ihr was? Ich benenne ihn nach seinen Pflegeeltern. Nach euch", erklärt sie, als wir irritiert schweigen. „Kyril und Runa." Sie kaut nachdenklich auf ihrer schwarz geschminkten Unterlippe herum. „Ab sofort heißt er Kuno."

Ich verkneife mir den Hinweis, dass der Name althochdeutschen Ursprungs ist und so viel wie Familie bedeutet. Und irgendwie passt das auch, denn im Grunde sind wir alle eine Familie, auch wenn wir uns das nicht ausgesucht haben.

„Hey, Sweetie!" Lali dreht sich nach einer großen blonden Frau mit einer roten Schärpe über der Schulter und geflügeltem Helm um – Chelsea. Und sie stellt Perseus dar, wenn ich das richtig deute. Ich umarme sie kurz.

„Runa, das ist Chelsea, meine bessere Hälfte; Chelsea, das ist Runa, meine neue Mitbewohnerin."

„Wie gefällt dir die Party?", fragt Chelsea und reicht Runa die Hand, die sichtlich überfordert nickt. „Ist das eine Fangfrage? Ich bin sicher, deine Party nächstes Jahr wird mindestens genauso gut."

Chelsea grinst und schüttelt ihre Hand. „Mindestens."

„Stoßen wir jetzt endlich an?", fragt Lali und reicht uns die Margaritas, die der Barkeeper hinter uns auf dem Tresen abgestellt hat. Sie bestellt noch zwei und mit dem ersten Schluck lockert sich auch die Stimmung. Der Abend wäre perfekt, um alles zu vergessen, denke ich – wenn ich mich nicht immer nach Tristram umsehen würde, der jeden Moment hier auftauchen müsste.

Nach ein bisschen Small Talk ziehe ich mich mit Runa auf eines der Sofas zurück. Die anderen Gäste tanzen bereits ausgelassen vor der Bar, aber ich bin nach dem langen Tag froh, mich setzen zu können. Der Alkohol sorgt dafür, dass mein Kopf sich leicht und angenehm benebelt anfühlt und obwohl ich weiß, dass ich es auf keinen Fall übertreiben darf, hole ich uns noch eine Runde Drinks. Das ist das Einzige, was meine Gedanken davon abhält, unaufhörlich um die Frage zu kreisen, warum Tris nicht hier ist.

Gleichzeitig habe ich Angst davor, die Kontrolle zu verlieren. Weil ich immer rufbereit sein muss, aber vor allem, weil Runa neben mir sitzt. Ihr Knie streift sachte meins – und ich erwische mich immer wieder bei der Vorstellung, was sein könnte, wenn wir einfach zwei ganz normale Studenten wären.

Wir reden über die Uni, über trockene Seminare und Abschlussarbeiten mit drängenden Deadlines, aber eigentlich ist mir das alles vollkommen egal. Mein Blick hängt bei jedem Wort an Runas Lippen und ich habe Mühe, mich überhaupt darauf zu konzentrieren, was sie sagt. Offensichtlich hatte ich schon jetzt einen Drink zu viel. Aber das warme Prickeln, das meinen Körper durchströmt, verdrängt die Schuldgefühle. Zeit mit Runa zu verbringen, macht mich glücklich. Ein zwiespältiges Glück, das mich innerlich zerreißt, weil ich weiß, dass es nicht sein darf. Und doch kann ich mich nicht dagegen wehren.

Ich massiere die Haut über meiner Nasenwurzel, um einen klaren Kopf zu bekommen. Der Bass der Technomusik schmerzt bei jedem Taktschlag dumpf.

„Ist alles in Ordnung?“ Runa klingt besorgt.

„Ja. Ich brauche nur ein bisschen frische Luft.“

Ich stehe auf und zwänge mich an den Tanzenden vorbei zum Hinterausgang der Bar. Die Nachtluft ist angenehm kühl. Erschöpft sinke ich gegen die Backsteinmauer des Gebäudes. Zum Glück liegt der Hinterhof, der an die schmale Bread Street Lane grenzt, bis auf ein paar Tauben verlassen da. Wahrscheinlich ist es noch zu früh für die obligatorischen Schnapsleichen oder knutschenden Pärchen.

Das schummrige Licht einer einzelnen Straßenlaterne tut gut und allmählich lässt das schmerzhafte Pochen hinter meinen Schläfen nach. Erst als ich den Kopf hebe, bemerke ich, dass Runa mir gefolgt ist.

# Egoistisches Glück

## RUNA

Kyril ist so schnell geflüchtet, dass ich mir sicher bin, irgendwas falsch gemacht zu haben. Dabei wollte ich nur zuhören und ihm so ein bisschen von dem zurückgeben, was er heute für mich getan hat. Und obwohl mir mein Stolz normalerweise hartnäckig im Weg steht, drücke ich mich vom Sofa hoch und eile ihm hinterher, als sein dunkelblonder Haarschopf in der Menge der Feiernden verschwindet.

Hinter dem Club entdecke ich ihn an einer Hauswand lehnend, ein Bein angewinkelt und den Kopf in der Handfläche verborgen. Plötzlich verlässt mich bei diesem Anblick der Mut. Ich habe zwar zwei Cocktails getrunken, fühle mich aber jetzt wieder stocknüchtern. Unschlüssig bleibe ich stehen und suche nach den richtigen Worten. Was auch immer ihm zu schaffen macht, ich will für ihn da sein.

Kyril lässt die Hand sinken und sieht mich an. Er wirkt gequält. Mein Brustkorb zieht sich zusammen, aber ich bin außerstande, wieder wegzusehen, also gebe ich mir einen Ruck. „Geht's dir nicht gut?“

„Doch.“

Die Lüge kommt ihm leicht über die Lippen, was mich ein bisschen wütend macht. „Willst du allein sein?“ Gegen meinen Willen wird mein Ton eine Spur schärfer.

„Nein, aber ich …“ Er seufzt und dreht den Kopf zur Seite, um meinem Blick auszuweichen.

Ich trete näher, bis Kyril unmöglich weiter zurückweichen kann. *Lass es einfach gut sein*, meldet sich eine warnende Stimme in meinem Kopf. Ich ignoriere sie, weil ich es leid bin, belogen oder allein gelassen – oder, schlimmer noch, bedauert und ständig vor der grausamen Welt beschützt zu werden. „Wir sind doch Freunde?“

Selbst der Schatten, den Kyrils Profil an die Hauswand wirft, ist mir so vertraut, dass ich ihn berühren möchte.

„Ja.“

„Dann sag mir bitte die Wahrheit.“

Tatsächlich dreht Kyril mir bei diesen Worten den Kopf zu. „Ich kann nicht länger da drinnen neben dir sitzen und Cocktails trinken und mit dir reden! Ich kann nicht länger so tun als – “ Er schluckt so schwer, dass ich sehen kann, wie sein Adamsapfel hervortritt. „Tut mir leid, ich wünschte, ich könnte mich zusammenreißen, aber ich … ich werde jetzt einfach nach Hause gehen.“

„Ich dachte, du lässt mich nicht allein.“ *Verdammt.* Das Letzte, was ich jetzt will, ist Kyril ein schlechtes Gewissen machen, aber es ist die Wahrheit: Ich bin verletzt. Weil ich dachte, dass er ernst meint, was er gesagt hat. Weil ich dachte, ich wäre mehr für ihn als eine Mitstudentin, die er zufällig beaufsichtigen muss.

„Ich …“ Der Schatten flackert – Kyril zittert.

„Wovor hast du Angst?“, frage ich.

Er streckt eine Hand aus. Kurz vor meinem Gesicht hält sie inne und zeichnet vage die Konturen meiner Züge nach: Augenbrauen, Nase, Lippen. Plötzlich fühlt es sich an, als würde die wenige Luft zwischen Kyrils Fingern und mir sich erwärmen und in Schwingung geraten. Ich spüre die Berührung, die keine ist, auf jedem Quadratmillimeter meiner Haut.

„Ich habe Angst vor mir selbst“, flüstert er und lässt die Hand sinken.

Kyrils Atem streift bei diesen Worten meine Lippen. Mir wird schwindelig und ich zwinge mich, Luft zu holen. So flach wie möglich, um den Moment nicht zu zerstören. Es ist zu viel: die Übelkeit, die Hitze und das Adrenalin, das mein Herz mit jedem Schlag in meine Zellen pumpt. Ich will Kyril so sehr, dass es wehtut, und obwohl das Rauschen meines eigenen Blutes seine Worte beinahe übertönt, bin ich sicher, dass es ihm genauso geht. Diese Spannung zwischen uns kann ich mir unmöglich einbilden. Und ich weiß genau, was er meint, denn sie ist so aufregend wie furchteinflößend.

„Ich hab’ auch Angst. Aber du … du hast mir gesagt, dass ein Leben in Angst – “

„– sich nicht lohnt. Ich weiß.“ Ein winziges Lächeln huscht über Kyrils Lippen. Diese Lippen, die für mich so besonders sind, ohne dass ich genau sagen könnte, warum. Vielleicht, weil es sich anfühlt, als hätte jemand sie nur für mich geformt.

Er seufzt resigniert und schließt einen Wimpernschlag lang die Augen. Als er sie wieder öffnet, ist sein Blick entschlossen. Und im Gegensatz zu vorhin liegt in den grünen Tiefen ein

Leuchten, das mein Herz höherschlagen lässt. Es schwirrt über mein Gesicht, erkundet jeden Winkel und bleibt schließlich an meinem Mund hängen. Ich frage mich, ob Kyril jetzt genau dasselbe durch den Kopf geht: Wie ein Moment so schön und gleichzeitig so grausam sein kann.

Endlich überbrücken seine warmen Finger das letzte bisschen Abstand zwischen uns. Kyril zieht mich zu sich, so sanft, als fürchte auch er, dass der kleinste Fehler alles kaputt machen könnte.

Ich bin zu perplex, um zu reagieren. Unser erster Kuss, denke ich. Unser erster *richtiger* Kuss, denn die Küsse auf dem Friedhof und im Krankenhaus waren eine Kurzschlussreaktion aus der Not heraus. Aber das hier … das ist eine Entscheidung.

Erst als Kyrils Lippen warm meine Haut streifen, löse ich mich aus der Starre. Sie tasten sich behutsam vor, suchen die richtige Position, bis wir uns zusammenfügen wie zwei Puzzleteile. Ich sehe Kyrils Lächeln nicht, aber ich spüre die Bewegung, und am liebsten würde ich die Zeit anhalten. Mir war noch nie so übel vor Anspannung und Nervosität; mein Magen fährt Achterbahn, meine Hände sind feucht und mein Herz steht kurz vor dem Kammerflimmern.

Dennoch: Ich war auch niemals so glücklich.

Ich muss wissen, wie Kyril sich anfühlt, wie er riecht und schmeckt, wie er *ist*. Ich will ihn erkunden, bis ich ihn so gut kenne wie ein auswendig gelerntes Gedicht.

Ich fahre Kyrils Nacken und Hals hinauf, über die Wangenknochen bis in sein Haar. Seine Zungenspitze streicht Einlass erbittend über meine Unterlippe und ich gebe nach. Der Bann ist gebrochen. Wie von selbst wandern meine Finger an Kyrils

Schultern, schlüpfen unter das Jackett und vergraben sich im Stoff seines Shirts.

Auch seine Hände sind überall. Halten mich, ziehen mich näher zu sich. Was die Hitze und den Schwindel noch schlimmer macht. Irgendwo in meinem Unterbewusstsein flirrt der vage Gedanke vorbei, dass ich Kyril viel zu nah bin, weil ich mich verletzlich mache, weil es gefährlich ist. Aber gleichzeitig kann ich nicht genug von ihm bekommen.

„Kyril! Ich muss mit dir re–"

Es dauert eine Weile, bis ich verstehe, dass die Worte nicht von mir kommen und auch nicht von Kyril. Sondern von einer dritten Person.

Und als mir klar wird, dass diese dritte Person nicht einfach irgendein Partygast ist, zerbricht das egoistische Glück des Augenblicks in messerscharfe Scherben.

# History Repeats

## KYRIL

*Tris. Scheiße.*

Als ich die Stimme meines besten Freundes höre, erstarre ich und lasse Runa so plötzlich los, als hätte ich mich an ihr verbrannt. Wenn das der Fall ist, kann ich mir nichts Schöneres vorstellen, als im Feuer zu sterben.

Ich schüttle den Gedanken ab, streiche ihr entschuldigend eine dunkle Haarsträhne hinters Ohr und drehe mich langsam um.

Auch wenn ich mich so zerrissen fühle, als müsste ich jede Sekunde zerspringen, weiß ich, dass alles seine Grenzen hat. Selbst Freundschaft.

„Du musst mit mir reden?“, frage ich.

Tristram wirkt immer noch wie gelähmt vor Schreck. Er trägt einen schwarzen Overall mit aufgedrucktem Skelett und tatsächlich sieht er mit den Schatten unter den Augen und dem kahl rasierten Kopf mehr tot als lebendig aus – ich bin mir nicht sicher, dass das am Kostüm liegt.

Die Tür zum Hintereingang des Clubs gleitet aus seinen Händen und fällt lautstark ins Schloss. Der Knall scheint auch ihn aus seiner Starre zu holen. „Was … was soll das? Runa!" Er dreht den Kopf zu ihr. „Erklärst du mir bitte, was hier los ist?"

Ich mache einen Schritt auf ihn zu. „Es ist genau das, wonach es aussieht, Tris." Ich sollte mich entschuldigen, aber ich kann nicht. Nicht dafür. Kein weiteres Wort kommt über meine Lippen.

„Du hast gesagt, du wärst im Moment nicht bereit für eine Beziehung, dass es nicht an mir liegt – und jetzt stelle ich fest, dass du mich verarscht hast?"

Tristram kommt näher und mir fällt auf, dass sein Atem verräterisch nach Alkohol riecht. „Scheiße, Tris. Hast du getrunken?"

Er stiert mich wütend an. „Halt dich da raus, ich rede jetzt mit Runa!"

„Aber nicht *so*." Ich verschränke die Arme vor der Brust und stelle mich schützend vor sie.

„Ich habe euch vertraut." Seine Stimme zittert. „Offensichtlich war das ein Fehler. Ein beschissener Fehler!" Einen Moment lang schweigt Tristram, dann schlägt er mit voller Wucht seine Faust gegen die Backsteinwand.

Ich weiche erschrocken zurück und tausche einen besorgten Blick mit Runa, die ebenfalls zusammengezuckt ist.

„Was machst du da? Mann, beruhig dich, bitte."

Ein dünnes Rinnsal aus Blut läuft über Tristrams Knöchel. In der Stille, die nur vom entfernten Rauschen des Verkehrs und der gedämpften Musik, die aus dem Club dringt, unterbrochen wird, klingt seine keuchende Atmung überlaut.

„Einen Scheiß muss ich. Du hast mich angelogen. Du hast mir gesagt, ihr wärt nur befreundet. Ich … ich dachte, du wärst mein bester Freund. Aber du bist einfach nur feige, Kyril Ironmonger." Er spuckt neben mir auf den Boden.

Ich habe Mühe, mir nicht anmerken zu lassen, dass diese abfällige Geste sich anfühlt wie ein Stich ins Herz. Und kann doch nicht anders, als die Klinge jetzt gegen ihn zu richten. „Selbst wenn, gerade du müsstest doch wissen, was Feigheit ist." Es bringt nichts, Tristram zu provozieren, aber ich will mir diesen Abend nicht kaputt machen lassen, obwohl es dafür wohl schon zu spät ist. „Und du hast verdammt noch mal kein Recht, Runa anzuschreien!" Ich beiße die Zähne zusammen.

„Was soll das heißen, dass ich feige bin?"

„Dass du Hilfe brauchst, Tris. Ich hab's dir damals schon gesagt, nach der Sache mit Izzy, aber du wolltest ja mit allem allein klarkommen. Und jetzt erträgst du es nicht, dass ich zum ersten Mal seit Langem glücklich bin. Du willst mir das kaputt machen. Weil du irgendwas von damals auf Runa projizierst. Aber fuck, sie *ist* nicht Izzy." Hilflos sehe ich über die Schulter, doch Runa schüttelt mit entsetzter Miene den Kopf. „Runa ist ein eigener, wunderbarer Mensch und sie hat es verdient, um ihretwillen geliebt zu werden und nicht, weil du etwas in ihr siehst, das sie nicht ist, weil du traumatisiert bist! Such dir endlich Hilfe und professionelle Unterstützung."

Sprachlos starrt Tris zwischen Runa und mir hin und her. Sein Mund steht offen, dann betrachtet er seine Hand mit dem fast getrockneten Blut und seine Unterlippe beginnt zu zittern. Ohne ein weiteres Wort dreht er sich um und reißt die Tür zum Club auf. Aber er sieht noch einmal zu mir zurück.

Panik erfasst mich. „Scheiße, Tris. Ich kenne diesen Blick. Du haust jetzt nicht einfach ab! Du gehst nicht wieder rein und betrinkst dich!"

Wortlos dreht er sich um und stürmt durch die Tür.

*Fuck, fuck, fuck.*

Ich balle die Hände zu Fäusten. In Runas Gesicht lese ich Fassungslosigkeit und Schmerz und eigentlich will ich nichts lieber als hierbleiben. Bei ihr. Aber ich kann nicht riskieren, dass sich die Geschehnisse von letztem Jahr wiederholen. Ich kann nicht zulassen, dass mein bester Freund wieder in einem Krankenbett endet, mit einem Schlauch vom Mund bis in den Magen.

Also renne ich hinterher.

# Fegefeuer
## RUNA

Was bitte ist gerade passiert?

Ich spüre Kyrils Kuss noch auf meinen Lippen, aber statt Schmetterlingen habe ich einen Stein im Magen. Es war dumm von uns, zu glauben, wir könnten Tristram etwas verheimlichen, und obwohl ich mich mehr als schuldig fühle, bin ich auch erleichtert, dass das Versteckspiel endlich vorbei ist. Aber ihn so wütend zu sehen, so völlig außer sich … das macht mir Angst. Der Schlagabtausch wiederholt sich in meinen Gedanken; Wortfetzen, die mein Hirn vor Schreck gar nicht richtig verarbeitet hat, dringen jetzt zu mir durch: *Du bist einfach nur feige … du hast mich verarscht … das war ein beschissener Fehler!*

Und neben Tristrams zornigen Worten ist da noch Kyril: *Runa hat es verdient, um ihretwillen geliebt zu werden.* Habe ich mich verhört, oder hat er wirklich das Wort *lieben* in den Mund genommen? Statt Panik hervorzurufen, entzündet der Gedanke in mir ein unangebrachtes, flackerndes Fünkchen Glück. Aber viel stärker ist die Angst: um Tristram. Ich bin sicher, dass Kyril genauso besorgt ist.

Frustriert reiße ich mir den albernen Haarreif vom Kopf und werfe ihn in die Ecke neben ein paar Müllsäcke. Ich habe zwar keine Ahnung, was ich jetzt machen soll, aber nach einer Party ist mir nicht mehr zumute.

Gerade als ich mich über den Hof davonstehlen will, öffnet sich die Hintertür noch einmal und Lali und Chelsea kommen heraus.

Meine Mitbewohnerin stapft auf mich zu. „Runa! Ich habe dich schon gesucht. Was machst du denn hier draußen?"

„Frische Luft schnappen?" Ich versuche, mein Zittern zu unterdrücken.

„Komm wieder rein, die Party geht doch gerade erst los."

„Nein, ich gehe jetzt. Tut mir leid."

Verständnislos schüttelt Lali den Kopf, sodass ihre Schlangenlocken durch die Luft wirbeln. „Wo drückt der Schuh?"

„Es ist alles okay, wirklich ..." Obwohl ich mir alle Mühe gebe, bemerke ich, dass meine Stimme bebt. „Ich will dir nicht die Party verderben." Beschämt schiele ich zu Chelsea, die sich den Abend bestimmt anders vorgestellt hat.

Da kommt auch sie näher und legt einen Arm um meine Schultern. „Hey. Lalis Freunde sind auch meine Freunde, okay? Ich geh jetzt rein und hole uns noch ein Bier und dann kannst du erzählen, was passiert ist. Wenn du möchtest. Mir ist es drinnen sowieso zu stickig."

Kurz darauf lehnen wir zu dritt an der kalten Hauswand, jeder eine Flasche Ale in den Händen. Chelsea hat auch Lalis Mantel aus künstlichem Schlangenleder mitgebracht und mir umgehängt und ich bin froh, dass mich hier außer den beiden niemand sehen kann. Trotzdem zittere ich immer noch wie Espenlaub. Nicht weil mir kalt wäre, sondern weil einfach alles zu viel ist.

Ich stammle zusammenhangloses Zeug und obwohl mir nicht nach Reden zumute ist, bekommt Lali aus mir heraus, dass Kyril mich geküsst hat.

Das Grinsen auf ihrem Gesicht sagt schon alles. „Dich hat es total erwischt, oder?"

Statt einer Antwort berichte ich von dem anschließenden Streit mir Tristram.

„Das ist scheiße, aber … bestimmt kriegt Tris sich wieder ein", meint Lali.

Chelsea zieht eine Augenbraue hoch. „Es gibt nichts Schlimmeres als ein gekränktes Ego. Trotzdem: Lali hat recht, ihr habt nichts falsch gemacht. Man kann sich nicht aussuchen, in wen man sich verliebt."

Unentschlossen zucke ich mit den Schultern, dann fordert ein anderer Gedanke all meine Aufmerksamkeit; ein Gedanke, den ich bisher verdrängt habe, weil er mir eine verdammte Angst macht. „Wir sind auf Tristram angewiesen", flüstere ich. „Er hat sich für uns bei den *Nox Aeterna* eingeschleust."

Während Lali ruhig bleibt, reißt Chelsea entsetzt die Augen auf. „Bei den Noxen? Was? Wieso denn das? Seid ihr von allen guten Geistern verlassen? Die sind nicht nur widerwärtig versnobt, sondern auch gefährlich – "

„Ich weiß." Unwillkürlich senke ich meine Stimme. „Kyril ist überzeugt, dass der Warden an Allerseelen – übermorgen – etwas Schreckliches vorhat. Und die Noxe hängen irgendwie mit drin."

„Das würde mich nicht wundern." Chelseas Gesichtsausdruck verfinstert sich mit einem Mal. Sie nimmt einen großen Schluck Ale, dann schiebt sie hinterher. „Ich kenne Dilan Shaw, das Oberhaupt der Verbindung. Sie hat sich letztes Jahr ganz schön bei mir eingeschleimt, ich hätte doch ach so bemerkenswerte Kräfte und könnte sie für Größeres einsetzen. Aber ich hab schnell gemerkt, dass sie gemeingefährlich ist, um es nett auszudrücken."

Obwohl ich nicht gedacht hätte, dass das möglich ist, wächst meine Abneigung gegen Dilan noch.

„Sie wollte, dass ich der Verbindung beitrete", fährt Chelsea fort. „Das war in meinem letzten Jahr am Institut, ich habe dort Informatik studiert, und sie hat mir versprochen, sich wegen dieses Stipendiums für mich einzusetzen, sodass ich mich in Ruhe auf meine Abschlussarbeit konzentrieren könnte – normalerweise jobbe ich nebenbei im *Dominion Cinema*."

Es kostet mich alle Mühe, mich zurückzunehmen und den Mund zu halten.

„Das klang natürlich verlockend, aber das *Aufnahmeritual*", sie malt mit Fingern Gänsefüßchen in die Luft, „sah unter anderem vor, dass mir nach einem gespielten Gerichtsprozess der Kopf rasiert wird und man mich nackt an einen Pranger kettet. Angeblich wollten sie so in Ehren halten, was in North Berwick geschehen ist – die Verfolgung und Verurteilung der Schattenspringer als Außenseiter, Besessene oder Hexen." Sie schnaubt verächtlich. „Wenn du mich fragst, ist das vollkommen krank."

Tristrams kahler Kopf und sein ausgemergeltes Gesicht blitzen in meinem Gedächtnis auf und plötzlich habe ich einen dicken Kloß im Hals. Statt zu antworten, nicke ich stumm.

Lali verschränkt die Arme. „Wir sind für dich da, okay? Was auch immer die Noxe planen, wir helfen euch."

„Danke", bringe ich hervor. „Aber ohne Tristram sind wir aufgeschmissen."

„Ich bin sicher, dass Kyril ihn beruhigen wird. Die beiden halten zusammen wie Pech und Schwefel, seit ich sie kenne. Und in jeder Freundschaft gibt es mal Streit."

Ich nicke und versuche, den Gedanken zu vertreiben, dass sich das nach so viel mehr angefühlt hat als nach einem simplen Streit. Und dass allein ich Schuld daran trage.

„Danke, ihr beiden. Ich weiß das wirklich zu schätzen. Aber ich hatte eine verdammt lange Nacht, also wenn es okay ist, war das hier mein letzter Drink auf der Party."

„Klar", sagen Lali und Chelsea fast im Gleichton. Beide umarmen mich noch einmal und Lali nimmt mir die leere Aleflasche ab, um sie für mich zur Bar zu bringen.

Ich drehe mich schweren Herzens um, schlurfe über den Hof davon und hoffe, dass ich Lalis Geburtstag nicht vollends ruiniert habe. Erst als ich um die Ecke gebogen bin, fällt mir auf, dass ich immer noch ihren Schlangenmantel trage.

Trotzdem gehe ich weiter durch die belebten Straßen der Stadt. Zwar könnte ich mich auch teleportieren, aber der Spaziergang an der kühlen Nachtluft hilft mir vielleicht, meine Gedanken zu ordnen. Tatsächlich: Als ich am Institut ankomme, habe ich es geschafft, mir einzureden, dass ich nichts falsch gemacht habe. Natürlich war es ein Fehler, Tristram zu küssen, aber selbst er muss gemerkt haben, dass das kaum mehr als ein Abziehbild von einem Kuss war. Nichts im Vergleich zu dem, was ich mit Kyril erlebt habe. Und wenn ich ihm tatsächlich so wichtig wäre, wie er vorgibt, würde er nicht verlangen, dass ich meine Gefühle verleugne. Vielleicht hat Kyril recht und Tristram braucht Hilfe, aber ich habe keine Ahnung, wie wir ihn davon überzeugen sollen, wenn er das selbst nicht einsieht. Zumal uns die Zeit davonläuft.

Kurz ziehe ich in Erwägung, auf mein verlassenes Zimmer zurückzukehren, aber ich weiß, dass ich heute Nacht sowieso kein Auge mehr zutun werde. Ich trete durch das Eingangsportal und schlendere über den Aureolus Quad. Nur in wenigen Fenstern der Gebäude brennt noch Licht. Auch der Lucusta Quad wirkt verlassen, doch es zieht mich weiter, angetrieben von einer unsichtbaren Macht, die die meisten wohl Verzweiflung nennen würden. Oder Sehnsucht. Oder *vermissen.* Aber kann man etwas vermissen, das man nie gekannt hat?

Es raschelt im Gebüsch, als ich mich dem Park nähere. Das Eisentor ist verschlossen, allerdings ist mir das im Moment herzlich egal. Ich schließe die Augen, stelle mir vor, wie ich auf der anderen Seite wieder herauskomme, die ebenfalls in Dunkelheit getaucht ist, und schon bin ich da.

Ein Gefühl des Triumphs flackert in meinen Adern auf, das ich hastig unterdrücke, weil ich mich nicht überlegen fühlen will. Weil ich niemandem überlegen bin – im Gegenteil: Ich würde mich liebend gern mit verschlossenen Türen herumschlagen, wenn ich dafür mein altes Leben wiederhaben könnte. Das einsame, abgeschiedene Leben auf meiner Insel, auf der ich zwar nicht glücklich, aber auch nicht unglücklich war und nur so vor mich hingelebt habe. In beseligender Unwissenheit.

Aber gerade, als ich diesen Gedanken spinne, ziehen die Wolken vor dem Mond weiter und sein blasses Licht verfängt sich in vertrauten blonden Locken. Auf der Bank, nur ein paar Meter vom Grab meines Vaters entfernt, sitzt Kyril. Kyril, den ich in meinem alten Leben nie getroffen hätte.

Ich schlucke, beschleunige meine Schritte, nur um dann, kurz bevor ich bei ihm bin, wieder innezuhalten. Schließlich setze ich mich doch. Er dreht mir den Kopf zu.

„Hi."

„Hallo." Ich räuspere mich. „Wie geht es Tris?"

„Er braucht Zeit, würde ich sagen."

„Die wir nicht haben", entwischt es mir.

Kyril lacht bitter. „Ganz genau." Er zuckt mit den Schultern, die Hände in seinen Manteltaschen vergraben. Offenbar hat er sich des Paillettenjacketts entledigt. „Ich habe mich bei ihm entschuldigt, mehr kann ich nicht tun."

Seine Worte versetzen mir einen Stich. „Bereust du, was wir getan haben?" Meine Stimme klingt erbärmlich dünn.

Plötzlich sieht Kyril mich wieder direkt an. Seine Augen leuchten selbst im Schein des Vollmonds so grün wie die Weiten Flat Holms. Mindestens.

„Ich bereue nur eine Sache – dass ich nicht von Anfang an ehrlich zu ihm war."

Ich nicke schuldbewusst in meinen Kragen. „Ich auch."

„Schicker Mantel, übrigens."

Gegen meinen Willen muss ich schmunzeln. „Danke. Hab' ihn der Medusa abgeluchst."

Wir schweigen eine Weile und ich betrachte stumm das Grab meines Vaters, das nur durch den schlichten Kranz gekennzeichnet ist. Ich stelle mir vor, wie in wenigen Wochen der erste Schnee fallen und die Koniferennadeln benetzen wird, bis sie irgendwann braun werden und verrotten. Ob dann wenigstens ein Holzkreuz mit Rubens Namen hier stehen wird?

Ich verscheuche die düsteren Gedanken und reibe meine kalten Hände.

Kyril hebt eine Augenbraue. „Frierst du?“

„Ich hätte nichts gegen ein kleines Lagerfeuer“, scherze ich.

Ohne ein weiteres Wort zieht Kyril einen Stapel Briefe aus der Manteltasche. Dabei fällt etwas ins Gras. Ich bücke mich danach: Es ist ein Penny.

„Den hast du verloren“, sage ich und strecke Kyril die kupferfarbene Münze hin.

„Oh. Danke, aber … immer, wenn ich einen Penny verliere, lasse ich ihn einfach liegen. Vielleicht bringt er jemand anderem Glück.“

Ich wiege die Münze für einen Moment in meiner Hand, dann werfe ich sie wieder zu Boden. Ohne dass ich es erklären könnte, lassen Kyrils Worte ein tröstlich-warmes Gefühl in mir aufsteigen.

Mein Blick fällt wieder auf die Umschläge, die er hervorgezogen hat: Auf dem obersten prangt ein Wappen, das ich schon einmal gesehen habe, in Kyrils *Pidgeon Hole*. Es kommt mir vor, als wäre das eine Ewigkeit her. Auch die prätentiöse Handschrift erkenne ich sofort. „Was hast du vor?“

Er tastet suchend mit der freien Hand außen über den Wollstoff seines Mantels, öffnet einhändig die obersten Knöpfe und befördert schließlich ein Feuerzeug aus der Innentasche.

„Du rauchst?“, frage ich entsetzt. „Also nicht, dass da was dabei wäre, ich … ich hätte nur nicht gedacht – “ *Mein Gott, wann habe ich eigentlich das Sprechen verlernt?*

Amüsiert schüttelt Kyril den Kopf, einen Finger auf dem Reibrad. „Ich rauche nicht. Aber du wolltest doch ein Feuer?“ Er wirft den Stapel Umschläge zu Boden und behält nur einen einzigen Brief zurück.

Eine Daumenbewegung und die Dunkelheit weicht vor der kleinen Flamme zurück. Kyril hält den Brief hinein. Bläulich schimmernd züngelt das Feuer am Papier, das sich wellt. Die Glut breitet sich kreisförmig aus und bald rieseln die ersten Ascheflocken auf Kyrils Jeans.

Ich ringe um Luft. „Was machst du denn da? Die Briefe verbrennen? Hast du sie überhaupt gelesen?“

„Genau das habe ich vor, sie verbrennen. Und nein, ich habe sie nicht gelesen.“ Er wirft den Umschlag, aus dem inzwischen hohe Flammen schlagen, zu den anderen am Boden. Augenblicklich fangen sie ebenfalls Feuer – hinter den dicken Institutsmauern ist es beinahe windstill. „Post von meinem Vater.“ Als ich nichts erwidere, fügt er hinzu: „Vorwürfe und Schuldzuweisungen, mehr steht da sowieso nicht drin.“

Bedrückt betrachte ich das Feuer, das viel zu schnell niederbrennt, um Wärme abzugeben. Auf der Bank streckt sich meine Hand nach Kyrils aus, bis ich seine Finger zu fassen bekomme. Ich umschließe sie fest. Offenbar müssen Menschen nicht sterben, um einen für immer zu verlassen.

„Tut mir leid“, sage ich. „Es ist scheiße, keinen Vater zu haben.“

„Manchmal ist es die bessere Option.“

Schweigen hüllt uns ein, aber ich traue mich nicht, nachzufragen, was zwischen Kyril und seinem Vater vorgefallen ist. Es geht mich nichts an, oder? Außerdem habe ich Angst, etwas Unbedachtes zu sagen, etwas, das ihn verletzen könnte, denn in

Familienangelegenheiten bin ich ziemlich unbeholfen und was *Vaterprobleme* angeht wohl erst recht keine Expertin.

Aber gerade, als ich sicher bin, dass Kyril nichts weiter dazu sagen wird, setzt er an, zu sprechen.

„Vor zwei Jahren ist mein Bruder spurlos verschwunden."

„Das tut mir leid", wiederhole ich und fühle mich wie ein dämlicher Papagei. Wie kann jemand einfach so verschwinden?

„Mein Vater macht mich dafür verantwortlich."

„Was? Wieso denn das?"

„Vielleicht, weil er sich sonst eingestehen müsste, dass mein Bruder in Wirklichkeit vor ihm weggelaufen ist." Kyril schaut zum bewölkten Himmel, an dem heute kein einziger Stern zu erahnen ist. „Aurel war schon immer anders, ein Rebell. Und ja, ich bekenne mich schuldig, ihn nicht gerade zu mehr Anpassung ermutigt zu haben." Der Nachhall eines Lächelns liegt auf seinen Lippen. Wehmütig, schuldbewusst. Er hält einen Moment inne, seufzt tief und dreht sich wieder zu mir um. „Ich hoffe, es geht ihm gut, wo auch immer er ist."

Ich halte mich davon ab, darüber nachzudenken, wie es mir gehen würde, würde Rose etwas zustoßen. Dabei ist sie erst seit ein paar Monaten in meinem Leben und im Grunde kennen wir uns noch kaum. Kyril hingegen wirkt, als hätte ihn und seinen Bruder eine innige Beziehung verbunden.

„Weißt du denn sicher, dass – " Ich schließe den Mund eilig wieder, weil mir im selben Moment klar wird, wie unangebracht es ist, Kyril darauf hinzuweisen, dass sein Bruder vielleicht nicht mehr am Leben sein könnte.

Doch Kyril nickt, ohne zu zögern. „In manchen Dingen sind Aurel und ich verschieden, aber in anderen ähneln wir uns sehr.

Ich habe so ein Gefühl ... das heißt, ich bin sogar sicher, dass er mich rufen würde, wenn es so weit ist. Es besteht also noch Hoffnung."

Er atmet tief durch und wir schweigen eine Weile, bis ich die Stille durchbreche und versuche, ihn mit ein bisschen Ironie vielleicht irgendwie aufzumuntern. „Werden wir jetzt die ganze Nacht hier sitzen und den überaus sternenklaren Himmel bestaunen?"

Kyril schmunzelt. „Mir bleibt nicht wirklich eine Wahl – Tris will allein sein und ich kann es ihm nicht verübeln."

„Du kannst bei mir schlafen, wenn du willst. Lali feiert bestimmt die ganze Nacht, also ist ein Bett frei und – "

*Mist.* Was habe ich da gerade gesagt? Trotz der kühlen Nachtluft spüre ich, wie mir die Hitze ins Gesicht schießt. „Ich meine ... nur, falls du nicht allein sein willst und ... damit du noch ein bisschen Schlaf bekommst."

Kyrils Blick fixiert mich und kurz flackert in seinen Augen etwas auf, dann sieht er zu Boden und schüttelt lächelnd den Kopf. Ich bilde mir ein, dass auch er errötet ist. „Danke für das Angebot, aber ich glaube nicht, dass ich dann besonders gut schlafen könnte."

„Okay." Meine Stimme klingt verletzt, obwohl ich nicht verletzt sein will. Vielleicht hat Kyril mich gerade zurückgewiesen, vielleicht habe ich ihn auch völlig überfordert und vielleicht spielt das alles keine Rolle, weil wir viel größere Probleme haben.

Er zieht entschuldigend einen Mundwinkel hoch und fährt mit der Hand über meine Wange. „Hey, *Fawn.* Wir bekommen das wieder hin, okay? Es wird alles gut."

„Okay." Die zwei Silben verlassen meinen Mund wie von selbst. Wenn Kyril mich so ansieht, muss ich einfach an uns glauben. Weil ich mir kein Leben mehr vorstellen kann, in dem es kein Happy End für uns gibt. Vielleicht, weil ich in den letzten Wochen schon so viel Schreckliches gesehen habe, dass mich nichts mehr einschüchtern kann.

Kyril beugt sich vor und küsst mich. Sanft, wie um mir zu vergewissern, was wir uns gerade stumm versprochen haben. Und ich erwidere den Kuss, weil ich in all dem Dunkel endlich Licht gefunden habe. Ein Licht, das ich beschützen werde, selbst im Sturm.

## Vierhundertelf Jahre nach dem 2. November 1590

*Heute Nacht war ein Fest. Neue Kraft strömt durch meine Adern, die Blüte eines vergangenen Lebens hält mich jung.*

*Ich stehe vor den kleinen, in den Stein gehauenen Grabkammern und bestaune die Puppen. Sie erinnern mich an die Soldaten, mit denen meine Tochter so gern gespielt hat. Figuren aus Holz, in denen jetzt mein größtes Geheimnis schlummert. Und obwohl es mich quält, die treuen Begleiter meiner* figlia *nicht bei mir zu haben, weiß ich, dass sie gut aufgehoben sind. Einen Soldaten habe ich nur wenige Wochen nach ihrem Tod im Stein bestattet. Danach ist es zu einem lieb gewonnenen Ritual geworden, an jedem fünfzehnten Jahrestag nach Edinburgh zurückzukehren und an ihrer statt eine Puppe zu beerdigen, weil sie selbst nur fünfzehn Jahre alt wurde. Und auch, wenn es nicht geplant war, dass ein paar spielende Kinder meinem Geheimnis, das ich im Arthurs Seat gut bewahrt wähnte, entdecken, hat sich dieser Umstand als Glücksgriff erwiesen. Ironischerweise bewachen die Menschen die*

*Schätze der Vergangenheit viel besser als die Güter ihres gegenwärtigen Lebens.*

*„Bist du zufrieden,* figlia mia*? Hier schlummert deine Armee. Nicht mehr lange, bis unsere Zeit kommt. Mit den Verdammten beschwören wir die Apokalypse herauf – noch bist du eine Ausgestoßene, aber bald werden sie sein wie du und dann, ja dann werden sie dir zu Füßen liegen. Wir werden aus der Erde eine neue Hölle schaffen und aus der Hölle einen neuen Himmel."*

*„Octavian!"*

*Ich erkenne die Stimme, aber ich drehe mich nicht um. „Geh jetzt und ich werde vergessen, dass du jemals hier warst."*

*„Nein. Ich bleibe und du wirst mich anhören."*

*Ich drehe den Kopf gerade so weit über eine Schulter, dass ich Rubens entschlossenem Blick begegne. Aufmerksam betrachte ich ihn: ein junger, hochgewachsener Mann mit dunklem Haar und sanften braunen Augen. Er ist ehrgeizig und er hat Courage. Aber es ist ein Kinderspiel, mutig zu sein, wenn man nichts zu verlieren hat.*

*Mein Schweigen scheint ihm Ermutigung zu sein. „Was hast du mit den Puppen vor? Du sammelst sie wie Spielzeug – Jahr für Jahr werden es mehr!"*

*„Wieso sollte ich nicht von dem Wissen Gebrauch machen, auf das du mich gestoßen hast? Vom Vodun und der Macht sympathetischer Magie?" Meine Stimme ist ganz ruhig und wahrscheinlich treibt ihn gerade das zur Weißglut.*

*Ruben tritt auf mich zu. „Ich habe dir geholfen, weil du dieses Wissen nutzen wolltest, um Gutes zu tun, um zu heilen. Damit diejenigen von uns, die eine Seele verloren haben, sich nicht ihr Leben lang quälen müssen. Wann bekommt endlich jeder junge*

*Schattenspringer eine Puppe, die er bei sich tragen kann, um eine Seele kurzzeitig zu verwahren, bis er wieder Kraft gesammelt hat, statt sie der Verdammnis anheimzugeben? Mit etwas mehr Zeit finde ich vielleicht eine Möglichkeit, mit den Puppen zu heilen oder auch den Seelen zu helfen, die schon lange verdammt sind. Jahrhundertelang."*

*Abwesend lasse ich die Fingerspitzen über das steinerne Kolumbarium gleiten. „Du glaubst an das Gute im Menschen, das macht dich schwach und Schwäche ist gefährlich. Denn Macht verleitet selten zu guten Taten."*

*„Nein, du liegst falsch." Ruben steht jetzt neben mir, ich erspähe ihn aus dem Augenwinkel, ohne ihn anzusehen. „Hör mich an: Ich habe deine Opferbereitschaft immer bewundert. Ich weiß, dass du aus Liebe handelst, weil du dein Kind verloren hast. Aber vielleicht könnten wir sogar Elizabeta – "*

*Schlagartig drehe ich den Kopf. „Nimm ihren Namen nicht in den Mund." Meine Worte erschüttern die Katakomben wie grollender Donner. „Du weißt genauso gut wie ich, dass man keine Toten erwecken kann – nicht nach Jahrhunderten." Bei Gott, ich habe es versucht.*

*Ruben schweigt betroffen, aber er wirkt nicht überrascht. „Auch du warst einmal ein Mensch. Willst du es darauf ankommen lassen, ob ich einen Weg finde, zu beweisen, was aus dir geworden ist? Ein Pariah?"*

*„Nenn mich, wie du willst", ich schneide ihm das Wort ab, „Monster, Ausgestoßener, Teufel. Du brauchst keinen Namen, weil dir niemand glauben wird, was du heute Nacht gesehen hast."*

*„Da wäre ich mir nicht so sicher. Was werden die Ältesten tun, wenn sie die Wahrheit erfahren?"*

*Allmählich werde ich dieses Spiels müde. „Habe ich dich nicht unterstützt und deine akademische Karriere gefördert? Und dafür nichts als ein bisschen Loyalität erwartet? Zum Dank drohst du mir jetzt?“*

*„Meine Loyalität hat Grenzen.“*

*„Dann hat sie auch keinen Wert.“ Ich werde jetzt wieder ruhig, mein Ton beinahe schmeichlerisch. „Lass mich den Gefallen erwidern: Wenn du meine Pläne durchkreuzt, Ruben Leblanc, verspreche ich dir und allen, die dir wichtig sind, einen qualvollen Tod und immerwährende Verdammnis. Du denkst vielleicht, du hättest nichts zu verlieren – aber wenn es auch nur einen Menschen auf der Welt gibt, den du liebst, finde ich ihn. Überlege dir gut, wen du zu opfern bereit bist, und sonst sei zufrieden mit dem Finger, den ich dir reiche. Geh zurück an deinen Schreibtisch und sieh, wie du mir nütze sein kannst.“*

*Etwas regt sich in seinen Augen, trübt flüchtig seinen Blick, dann ist es wieder fort. Ich erkenne das Gefühl trotzdem, weil ich mich oft genug daran gelabt habe: So bittersüß und köstlich schmeckt nur die Angst.*

## Anonima

## KYRIL

Ich bringe es nicht übers Herz, Runa jetzt allein zu lassen. Das *Snax* ist der einzige Coffee Shop, der um sechs Uhr morgens seine Türen öffnet, also laufen wir über die South Bridge und Princes Street zu dem kleinen, hellblau getünchten Café hinter dem Bahnhof. Die Stadt erwacht vor unseren Augen zum Leben. Die Tauben sind als Erstes wach, graue Flecken auf einem gemalten Himmel in Pastellfarben.

Runa bestellt einen Flat White und ich einen Americano. Obwohl ich müde sein müsste, bin ich schon vor dem ersten Schluck hellwach. Dieser Morgen hat etwas Friedliches. Vielleicht ist das nur die Erleichterung, weil wir uns nicht länger verstecken müssen. Ich beobachte, wie Runa mit dem Löffel Muster in die Schaumkrone ihres Kaffees malt. Sie hebt ertappt den Kopf und lächelt mir verlegen zu.

Wir sitzen am Fenster. Im Hintergrund läuft leise Musik, in der Küche klappert jemand mit Geschirr, draußen rauschen vereinzelt Autos und Radfahrer vorbei. Außer uns ist das Café verlassen. Ich wünschte, ich könnte für immer hierbleiben und sie einfach nur ansehen.

Die schrille Türglocke zerstört den Moment.

Tristram steht im Gastraum, atemlos und mit glühender Entschlossenheit im Blick. Die mir immerhin weniger Angst macht als die Hoffnungslosigkeit der Nacht.

„Ich muss mit dir reden." Er stürmt an unseren Tisch.

„Woher wusstest du – "

Tris winkt ab, bevor ich meine Frage stellen kann. „Es gibt nicht viele Orte in der Stadt, an denen man vor acht Uhr morgens einen Kaffee bekommt."

Tristram nimmt einen schlichten braunen Umschlag aus seiner Umhängetasche, öffnet die Lasche und zieht einen ganzen Stapel auf DIN A4 vergrößerte Fotoabzüge heraus. Er wirft sie so schwungvoll auf den Tisch, dass meine Tasse wackelt. „Diese Bilder habe ich im Quartier der *Nox Aeterna* geschossen. Sie sind aus einem Buch, das nur die ranghöchsten Mitglieder zu sehen bekommen."

„Und wie – ", setzt Runa an.

Er schüttelt den Kopf. „Das ist jetzt nicht wichtig. Wichtig ist, was ich belauscht habe: Die Noxe planen einen Anschlag, noch heute Nacht. Sobald Allerseelen anbricht."

Mein Herzschlag beschleunigt sich und ich greife mit feuchten Fingern nach den Fotos. „Was haben sie vor?"

„Und wie können wir sie aufhalten?", wirft Runa ein und rückt näher an mich heran, um ebenfalls einen Blick darauf zu erhaschen.

Tris lässt sich auf einen der freien Stühle sinken und atmet lange aus. „Ich weiß es nicht, aber ich denke, die Antworten stehen da drin. Das Schriftbild legt nahe, dass es sich um Briefe oder vielleicht Tagebucheinträge handelt. Leider ist alles verschlüsselt."

Ich überfliege die Zeilen, in denen sich kryptische Zeichen scheinbar sinnlos aneinanderreihen. „Alle Wörter sind gleichlang, es gibt nur Großbuchstaben und keine Satzzeichen – das sieht aus wie eine Vigenère-Chiffre." Ich fahre mit dem Finger über das Papier. „Eine Verschlüsselungsmethode aus dem sechzehnten Jahrhundert", erkläre ich, „die mit der *Tabula Recta* arbeitet. Durch die quadratische Darstellung des Alphabets wird jeder Buchstabe nach links verrückt – in der ersten Zeile um eine Stelle, in der zweiten Zeile um zwei Stellen und so weiter. Mithilfe eines Codeworts wird der Text dann Buchstabe für Buchstabe chiffriert."

Ich wende mich an Tris: „Hast du *NOXAETERNA* versucht? *ACONITE*, *ACONITUM* oder *OCTAVIAN*?"

„Alles ergebnislos."

„Fuck!"

In diesem Moment kommt die Kellnerin aus der Küche und wirft uns einen skeptischen Blick zu. Ich senke meine Stimme. „Wir müssen das Codewort entschlüsseln. Vor heute Nacht."

Tristram schließt den Reißverschluss seiner Tasche wieder. „Ihr kümmert euch darum, und ich versuche, mehr herauszufinden."

Ich öffne den Mund, um zu widersprechen, bekomme aber keinen Ton heraus. Mein bester Freund liest mir die Zweifel trotzdem von der Nasenspitze ab.

„Du vertraust mir doch?"

„Ja." Ich schlucke. „Tris?"

Im Türrahmen bleibt er stehen und sieht sich noch einmal nach uns um. Ich bemerke, dass sein Blick an Runa hängen bleibt, bevor er mir in die Augen sieht, und spanne unwillkürlich den Kiefer an.

„Pass auf dich auf."

Die Türglocke schrillt, als Tristram das Café verlässt, und ich atme erleichtert auf. Aber gleichzeitig erdrücken mich meine Schuldgefühle. Ich will nicht, dass Tris sich in Gefahr bringt, und ich bin ziemlich sicher, dass er genau das vorhat. Wenn auch vielleicht nicht meinetwegen.

Runa nimmt auf dem Tisch meine Hand. „Glaubst du, Ruben ist dem Warden auf die Spur gekommen und musste deshalb sterben?"

„Das könnte sein. Dann finden wir vielleicht auch den Mörder deines Vaters, wenn wir herausfinden, was er und die Noxe heute Nacht planen."

„Ich hoffe es."

Ich wiege die Fotos in der freien Hand, werfe sie wieder auf den Tisch und raufe mir die Haare. „Aber dazu müssten wir den Text entschlüsseln. Mit einem Codewort, das wir nicht kennen. Und selbst mit dem Code würde das Tage dauern!"

„So pessimistisch, Mr Brightside?" Runa streicht mir eine Locke aus der Stirn und ich registriere wehmütig, dass das normalerweise mein *Signature Move* ist, wenn man so will. „Wir haben jetzt endlich eine Spur! Und wir schaffen das, ich weiß es." Sie schaut nachdenklich aus dem Fenster. „Hast du heute noch Seminare?"

„Eine Besprechung mit Octavian persönlich wegen meiner Abschlussarbeit. Und du?"

„Eine langweilige Einführungsvorlesung. Fällt garantiert niemandem auf, wenn ich fehle."

„Alles klar. Aber wo fangen wir an?"

Runa leert ihren restlichen, wahrscheinlich längst kalten Kaffee in einem Schluck. „Du forschst doch zur Hexenverfolgung, oder? Gestern Nacht, als … als du weg warst, habe ich mich von Lali und ihrer Freundin verabschiedet. Vielleicht habe ich sie auch, zumindest ganz grob, in unser Vorhaben eingeweiht. Dabei hat Chelsea etwas Merkwürdiges über die Verbindung gesagt: Dilan wollte sie vor einer Weile aufnehmen, aber dafür musste Chelsea einen gespielten Prozess oder so etwas durchlaufen. Sie sprach von Ausgestoßenen und von Hexen aus North Berwick. Haben die Noxe irgendeine Verbindung zur Hexerei in Schottland?"

Erschöpft massiere ich meine Augenbrauen. „Nicht dass ich wüsste. In North Berwick fanden ab 1590 Hexenprozesse statt, eine halbe Stunde von hier entfernt. Die meisten Opfer waren einfache Leute aus dem Dorf, die denunziert wurden. Und dann ist da noch *Anonima*, die Namenlose. Seit über einem Jahr versuche ich, herauszufinden, wer sie ist."

„Und du hast keine Spur?"

Ich zögere einen Moment. „Ich habe Anhaltspunkte, aber ich konnte ihre Identität nicht zweifelsfrei nachweisen, geschweige denn ihren Namen herausfinden. Fest steht, dass in den zeitgenössischen Flugblättern, die über die Prozesse von North Berwick schreiben, die Tochter eines wohlhabenden Tuchhändlers erwähnt wird – später von der Forschung *Anonima* getauft. Dass die Frau, deren Gebeine auf dem Greyfriars aufgetaucht sind, bei einem Feuer gestorben ist, konnte auch nachgewiesen werden. Vielleicht sogar auf dem Scheiterhaufen. Bei ihren Überresten hat man ein goldenes Medaillon gefunden, das zeigt, dass sie zu wohlhabend war, um in einem anonymen Grab verscharrt zu werden. Es sei denn, sie wäre eine verurteilte Hexe gewesen und wurde nach ihrem Tod heimlich bestattet. Die Umstände passen, das Alter der Gebeine auch."

„Was war in dem Medaillon?"

„Nur ein bisschen Asche, was bei einem Feuer auch nicht weiter verwunderlich ist.

„Kann ich es sehen, das Medaillon?"

„Das Original ist gerade als Leihgabe in einer Ausstellung in London, aber vielleicht gibt es irgendwo ein Foto." Mein Blick rutscht nach unten und ich beobachte, wie Runa reflexartig unter dem Stoff ihres Pullovers nach etwas tastet. Einer Kette?

„Komm mit in die Bibliothek, dann zeige ich dir alles."

Runa nickt, wir bezahlen und gehen zurück zum Institut. Runa folgt mir schweigend über den Avicenna Quad zur Bibliothek, aber vor der breiten Flügeltür halte ich sie zurück.

„Falls ein Mädchen mit kurzen blonden Haaren am Schalter sitzt … das ist Liz. Und sie steht auf mich, frag mich bitte nicht, warum – "

Runa lacht. Und wenn ich es nicht besser wüsste, würde ich sagen, sie lacht mich aus. Prompt schießt mir das Blut in den Kopf.

„Jedenfalls kann sie sehr anstrengend sein – und uns Zeit kosten, die wir nicht haben. Am besten, ich gehe zuerst rein und du folgst mir mit ein paar Schritten Abstand, okay?"

„Klar. Wir wollen deine Herzdame ja nicht eifersüchtig machen." Sie verschränkt die Arme vor der Brust, ein neckisches Funkeln in den Augen.

„Das werde ich jetzt ewig zu hören bekommen, stimmt's?" Ohne Runas Antwort abzuwarten, gebe ich mir einen Ruck und trete durch die Tür. Liz ist zum Glück in einen Schmöker vertieft und scheint mich nicht zu bemerken. Aber dann sieht sie auf und schenkt mir ein breites Lächeln. Runa wirft sie nur einen fragenden Blick zu.

„Hey, Kyril."

„Hi. Wie geht's?"

„Gut." Sie sieht auf die Uhr. „Ich wollte gerade meine Kaffeepause machen, vielleicht im *Black Medicine*. Ist das nicht dein Stammcafé?" Sie zwinkert mir etwas zu offensichtlich zu.

„Ähm, ja, ich bin ab und zu da. Aber jetzt muss ich dringend noch arbeiten – "

„Sag mal …" Zwischen ihren Augenbrauen bildet sich eine feine Falte. „Hast du eigentlich noch Rubens Schlüsselbund? Du weißt, dass du ihn abgeben musst, jetzt, wo – "

Eilig nicke ich. „Sorry, ehrlich gesagt dachte ich, ich hätte das längst getan. Ich schaue gleich heute Abend nach, ob ich die Schlüssel noch in meinem Zimmer habe, okay?"

„Gut. Dann bring sie doch nachher noch vorbei, wir können den Kaffee auch gegen einen Cocktail tauschen."

„Ich schau mal, was sich machen lässt." Hastig halte ich auf den Lesesaal zu und bin fast dankbar dafür, dass wohl weder Liz noch ich heute Abend Zeit haben werden, irgendwo was trinken zu gehen.

Wenig später sitze ich endlich mit Runa an meinem Schreibtisch. Ich beschließe, vorne anzufangen, um sie nicht unnötig zu verwirren, zeige ihr meine Notizen und den unvollendeten Essay. Wir verbringen den ganzen Nachmittag in der Bibliothek und ich freue mich, dass sie sich für mein Forschungsgebiet interessiert. Noch glücklicher macht es mich, überhaupt so viel Zeit mit Runa verbringen zu dürfen: Die kostbaren Momente, wenn sie sich dicht neben mir über ein Buch beugt, sodass ihr Haar meine Wange kitzelt. Wenn es so still im Lesesaal ist, dass ich sie atmen hören kann. Und wenn unsere Finger sich beim Umblättern zufällig streifen. Vielleicht auch mit voller Absicht.

Fast vergesse ich mein ursprüngliches Vorhaben, aber schließlich stehe ich auf und hole die Monografie mit den Bildern des Medaillons aus dem Regal. Kaum, dass Runa einen Blick auf die Fotografien geworfen hat, erstarrt sie. Geistesabwesend zieht sie ihre Kette aus dem Ausschnitt ihres Pullovers.

Mein Herz setzt einen Schlag aus. Der Anhänger sieht genauso aus wie Anonimas Medaillon. Wie kann das sein? Ich habe Mühe, die richtigen Worte zu finden. „Deinen Anhänger", setze ich an, „woher hast du ihn?" Ist es möglich, dass ausgerechnet Runa mir die langersehnten Hinweise zur Lösung des Rätsels um *Anonimas* Identität liefert?

„Das muss eine Fälschung sein – "

Runa greift sich wortlos in den Nacken, öffnet den Verschluss und reicht mir die Kette. Meine Finger gleiten über das rautenförmige Medaillon aus Gold, besetzt mit Rosenquarzen. Es fühlt sich echt an, ist definitiv kein Modeschmuck. Aber als ich den Anhänger umdrehe, entdecke ich den kleinen Stempel: *585*. Also ist es tatsächlich eine Fälschung. „Der Feingehalt wurde früher nicht in Schmuckstücke geprägt", erkläre ich. „Diese Praktik kam in den meisten Ländern erst im neunzehnten Jahrhundert auf."

„Nach Anonimas Tod?"

„Genau." Ich nicke und überlege, ob ich Runa fragen soll, was sie in dem Medaillon aufbewahrt. Aber ich fürchte, dass diese Frage zu intim sein könnte, also schweige ich und gebe ihr den Anhänger zurück.

„Ich habe das Medaillon von Mum", beginnt Runa und sieht zu Boden. „Und sie … hat es von Ruben geschenkt bekommen. Er hat es bei einem Goldschmied anfertigen lassen. *Es steht für Liebe, die Jahrhunderte überdauert*, hat er gesagt. Warum sollte er eine Kopie eines historischen Schmuckstücks in Auftrag geben? Liebhaberei?"

„Das glaube ich nicht", widerspreche ich, denn in diesem Moment wird mir klar, dass mehr dahintersteckt. „Ich denke, er kannte Anonimas Geschichte. Er wusste, wer sie ist."

Ruben wusste es und hat es mir all die Zeit über verschwiegen.

Runas Blick ruht entschlossen auf mir, als sie sich die Kette wieder umlegt. „Ich glaube, ich weiß es auch."

# Siebentausendzweihundert Sekunden

## RUNA

Kyril hat meine Hand gefasst. Ich schließe die Augen und denke mit aller Kraft an staubigen Prunk und die grausamsten Geschichten der Bibel. Vielleicht hätte ich lieber den Flur wählen sollen.

Aber es klappt, beim nächsten Wimpernschlag stehen wir im glücklicherweise verlassenen Büro des Wardens. Ich zupfe an Kyrils Ärmel und starre im Dunkeln zu dem Porträt hoch, das mir gestern aufgefallen ist, als ich zum ersten Mal hier war.

Er lässt mich los, um einen Schritt näherzutreten. „Nicht zu fassen. Das ist deine Kette", flüstert er.

„Ich wusste, dass mir irgendwas an diesem Mädchen bekannt vorkommt, aber ich bin nicht daraufgekommen, was." Ich kann leider keine Signatur auf dem Gemälde erkennen. „Wir wissen immer noch nicht, wer sie ist, oder wer das Bild gemalt hat."

„Hilf mir, es abzunehmen."

„Was?“

„Die Künstler der Renaissance haben häufig auf der Rückseite unterschrieben.“

Ich habe keine Ahnung, wie wir das goldgerahmte Monstrum unbemerkt von der Wand bekommen sollen, aber Kyrils entschlossener Blick lässt keinen Widerspruch zu. Ohne zu zögern, schiebt er den Ledersessel hinter dem Schreibtisch bis an die Wand, klettert hinauf und umfasst die oberen Ecken des Rahmens. Ich umrunde eilig den Tisch, greife ungeschickt nach dem anderen Ende und taumele unter dem Gewicht des Gemäldes, als Kyril es mit einem Ruck von der Aufhängung löst.

Er lehnt das Bild ein Stück weiter in meine Richtung, um die Rückseite der Leinwand zu untersuchen. „Bingo.“ Seine Mundwinkel zucken nach oben. „Jacobus Tintoretus“, liest er vor. „Tintoretto, ein venezianischer Maler des späten sechzehnten Jahrhunderts. Und das Beste ist, der Maler hat das Porträt betitelt.“

Ich ziehe fragend die Augenbrauen hoch.

„Wir haben Anonimas Namen.“

Sein Lächeln steckt mich an und ich verspüre einen kurzen Anflug von Erleichterung. Aber dann ertönten Schritte auf dem Flur.

Kyrils Gesichtszüge entgleisen. Er hebt das Gemälde an, ich schiebe von unten nach und im letzten Moment gelingt es uns, es wieder an seinen Platz zu bringen. Dann fasst er meine Hand und zieht mich auf die dunkle, fensterlose Seite des Büros. In Erwartung des erlösenden Schwindels schließe ich die Augen. Kyril wird wissen, wohin wir am besten verschwinden. Hauptsache weg.

Aber der Schwindel kommt nicht. Mein Herz hämmert bis zum Hals und ich öffne verzweifelt den Mund. Kyril hält meinen Blick. Er wirkt wachsam, aber nicht beunruhigt. *Vertrau mir,* fordern seine Augen stumm. Erst als die Türklinke sich senkt, beginnt die Luft endlich zu flackern.

Wir stehen auf der anderen Seite der Bürotür, die uns just in diesem Moment vor der Nase zufällt. Kyril bückt sich und späht durch das Schlüsselloch, während ich versuche, so flach wie möglich zu atmen. Er winkt mich heran, ich folge der Geste, nehme meinen Mut zusammen und sehe ins Zimmer.

Octavian geht ein paar Schritte, dann bleibt er direkt vor dem Gemälde stehen und sieht zu der jungen Frau auf. „Nicht mehr lange, *figlia mia*. Es ist Zeit, dass wir uns stärken. Unser Siegeszug beginnt schon heute Nacht. Ich mache dich zu einer Königin unter Bettelweibern."

In den Worten, die durch die verschlossene Tür dringen, liegt finstere Entschlossenheit und etwas anderes, Wahnhaftes, das das Blut in meinen Adern stocken lässt. Ich stehe auf und sehe mich Hilfe suchend nach Kyril um. Er hat die Augenbrauen zusammengezogen, die Kiefermuskeln treten hervor und seine Nasenflügel blähen sich auf. „Komm", flüstert er und reicht mir eine Hand.

Zum Teleportieren ist es zu hell, außerdem wollen wir keine Aufmerksamkeit erregen, also nehmen wir die Treppe ins Erdgeschoss und eilen dann zum Lucusta Quad. Das Institutsgelände ist gespenstisch verlassen – vielleicht, weil viele der Studierenden das lange Wochenende nutzen, um ihre Familien zu besuchen. Nicht einmal die roten Umhänge der *Nox Aeterna* blitzen zwischen verwittertem Sandstein und dem

Herbstlaub auf; sie sind mit Sicherheit zu beschäftigt. Mit Vorbereitungen für heute Nacht, was auch immer uns genau erwartet.

Meine Gedanken kreisen schneller. *Figlia mia.* Die Unbekannte auf dem Gemälde ist die Tochter des Wardens. Aber wie kann das sein? Wann hat Tintoretto gelebt? Im sechzehnten Jahrhundert, hat Kyril gesagt? Eins steht fest: Wenn wir nicht länger im Dunkeln herumstochern wollen, brauchen wir den entschlüsselten Text. Und zwar so schnell wie möglich.

Auf dem Flur, der zu unseren Apartments führt, zwinge ich Kyril, stehen zu bleiben, und wir halten inne.

„Wer ist die Frau auf dem Porträt?"

Kyril ringt um Luft, dann bringt er zwei Worte hervor: „Elizabeta Eldyn."

„Könnte sie mit dem Warden verwandt sein?"

Er überlegt kurz. „Sprachwissenschaftlich gesehen ist es von Alden nicht weit zu Eldyn. Das wäre also durchaus denkbar."

„Sie ist das Codewort."

Energisch schüttelt er den Kopf. „Wie kommst du da–"

„Lass es uns ausprobieren."

Kyrils Blick wandert über den Flur. „Okay. In meinem Apartment – ich sollte nach Tris sehen."

„Tris hat uns gebeten, ihm zu vertrauen", erwidere ich. „Das ist unsere einzige Chance. Und uns läuft die Zeit davon."

Ich eile zielstrebig zu meiner Zimmertür und öffne sie mit der Chipkarte. Kyril tritt nach mir ein und reicht mir die Fotos, die ich auf dem Schreibtisch ausbreite. Ich mache mir nicht die Mühe, die Vorhänge aufzuziehen, sondern knipse die Schreibtischlampe an.

„Fahr deinen Laptop hoch und such nach der *Tabula Recta*, dann geht es schneller", wirft Kyril ein.

„Wie wär's mal mit *guten Morgen*?"

Ich zucke zusammen und drehe mich nach der vertrauten Stimme um. Lalis Kopf taucht von irgendwo unter ihrer Bettdecke auf, zwar ohne Schlangen, aber immer noch mit einem leichten bronzefarbenen Schimmer auf den Wangen. Sie richtet sich auf und kurz darauf entdecke ich hinter ihr auch Chelsea, die sich gähnend eine Hand vor den Mund hält und den Kopf auf Lalis Schulter ablegt.

Vor Scham schießt mir das Blut ins Gesicht. „Tut mir leid, dass wir stören, wir müssen nur schnell was ... erledigen. Und, ähm, guten Morgen natürlich! Oder besser gesagt guten Nachmittag."

Lali lacht. „Schon okay, mit meiner letzten Mitbewohnerin hatte ich eine Abmachung – was in unserem Zimmer passiert, verlässt diese vier Wände nicht. Also gebt uns noch eine Viertelstunde, dann sind wir weg und ihr habt hier alles ganz für euch allein."

Ich nicke geistesabwesend, während ich die Suchmaschine öffne, die Begriffe eintippe und den erstbesten Link anklicke.

„Stift und Papier?", fragt Kyril, der Lalis zweideutigen Worte zum Glück ebenfalls ignoriert.

„Hier." Ich ziehe eine Schublade auf.

„Hallo, Erde an Runa und Kyril?" Lalis Stimme dringt gedämpft an mein Ohr, aber meine Aufmerksamkeit gilt ganz den Buchstabenfolgen, die Kyril jetzt auf einem Zettel notiert.

„Es geht um die Allerseelen-Theorie, oder?" Chelsea ist aufgestanden und kommt in Shorts und Schlafshirt zu uns an den Schreibtisch.

Kyril nickt knapp. „Wir haben hier Fotos, die Tris im Quartier der Noxe gemacht hat; er sagt, sie planen noch heute Nacht einen Anschlag. Wir wissen ja inzwischen, dass sie über Leichen gehen. Allerdings ist der Text codiert …“ Er beugt sich neben mir über den Laptop und fährt mit dem Finger den Bildschirm entlang. Wir sind uns so nah, dass ich ihn atmen hören kann. In hektischen, flachen Zügen.

*CASTLE HILL* notiert er auf dem Zettel. „So beginnt der Text. Wir haben den Code geknackt.“

Er strahlt mich an und auch, wenn ich keine Ahnung habe, wie uns das weiterbringen soll, macht mein Herz einen Hüpfer. Dann fällt mein Blick auf die restlichen Abzüge.

„Das sind bestimmt fünfzig Seiten. Wie sollen wir die bis heute Abend entschlüsseln, selbst mit dem Codewort?“

„Moment mal.“ Chelseas Augen weiten sich, als sie das Quadrat auf dem Display entdeckt. „Eine Vigenère-Verschlüsselung? Das kann ich in eine verschachtelte Schleifenfunktion umsetzen. Gebt mir zwei Stunden und ich liefere euch den restlichen Text.“

Kyril, Lali und ich betrachten uns einen Moment fassungslos, dann durchbricht meine Freundin die Stille und drückt Chelsea einen Kuss auf die Wange. „Diese Frau hat alles: *the looks and the brains.*“

Sie kichert. „Wir ziehen uns an und dann sind wir weg – nichts für ungut, aber an meinem eigenen Rechner kann ich am besten arbeiten.“

Ein Teil von mir möchte sich überschwänglich bedanken, aber gleichzeitig weiß ich, dass ich das unmöglich verlangen kann. „Moment mal.“ Ich atme tief durch und zwinge mich, meine Gedanken zu sortieren. „Chelsea, Lali … ich will keinen von euch in etwas mit reinziehen, das so gefährlich ist.“

„Machst du Witze?“ Chelsea schnaubt. „Ich habe mit diesen Spinnern sowieso noch eine Rechnung offen.“

Lali verschränkt die Arme vor der Brust. „Ich auch. Wer meinen Freunden ein Haar krümmt, bekommt es mit mir zu tun.“ Sie schaut von Chelsea zu Kyril und ich muss daran denken, was ich über seine Nacht in den Katakomben weiß, wobei mich ein Frösteln überkommt. Aber ein Blick in Lalis warme Augen vertreibt es wieder. Sie lächelt mir zu. „Wir stehen das zusammen durch, okay?“

Nickend umarme ich sie und dann auch Chelsea, weil mein Hals plötzlich wie zugeschnürt ist und ich kein Wort herausbekomme. Eine Viertelstunde später sind die beiden tatsächlich mit den Fotos verschwunden, mit unserem einzigen Beweisstück, und Kyril und ich stehen uns ratlos gegenüber.

Plötzlich fällt mir auf, wie kalt es im Zimmer ist. Ich drehe an dem Regler des launischen Heizkörpers, wohl wissend, dass das kaum etwas ändern wird, vergrabe meine Hände in den Hosentaschen und wippe unbeholfen auf dem Fußballen vor und zurück.

„Sieht aus, als hätten wir frei“, bemerkt Kyril, aber ich kaufe ihm die gespielte Leichtigkeit nicht ab.

„Falls wir mal kurz vergessen, dass eventuell der Untergang der Welt bevorsteht“, gebe ich sarkastischer als beabsichtigt zurück.

Kyril streckt eine Hand nach meiner aus. „Auf die Gefahr hin, dass das meine letzten Worte sind: Ich glaube, du hast zu viel Buffy geguckt.“

Gegen meinen Willen muss ich schmunzeln. Mir fällt keine schlagfertige Erwiderung ein, also setze ich mich stumm auf die Kante meiner Matratze. Kyril nimmt neben mir Platz.

„Hast du keine Angst?“ Meine Frage ist viel zu direkt, denke ich. Andererseits haben wir wohl keine Zeit mehr für Scharaden.

„Doch.“ Er senkt den Kopf. „Die habe ich, Runa. Ich habe eine Scheißangst. Aber Angst heißt doch nur, dass einem etwas so wichtig ist, dass man es niemals verlieren will, oder?“ Er sieht wieder auf und schenkt mir ein schiefes Lächeln, das halb gequält, halb hoffnungsvoll wirkt.

„Und was ist dir so wichtig?“

„Du, Runa. Du bist mir wichtig.“

Ich spüre, dass mein Unterkiefer vor Schreck herunterklappt, und schließe eilig den Mund. Nach einem Moment der Stille überwinde ich mich und sage endlich, was mir durch den Kopf geht. „Weißt du, wovor ich Angst habe?“

Kyrils Schweigen ermutigt mich.

„Vor allem davor … dass mein Leben zu Ende sein könnte, bevor es überhaupt richtig angefangen hat.“ Mein Brustkorb wird eng und ein vertrautes Brennen steigt in meinem Hals auf.

„Das wird nicht passieren.“ Seine Hände wandern an meine Wangen. „Hörst du? Ich verspreche es dir.“

Ich nicke, aber ich sehe ihm nicht in die Augen, weil meine Lüge dann offensichtlich wäre, sondern starre auf den Leberfleck auf seiner Wange, den ich inzwischen so lieb gewonnen habe. Mit Mühe dränge ich die Tränen zurück.

„Du hast mir schon einmal das Leben gerettet, also bin ich dir wohl was schuldig.“ Er lächelt und sein Daumen fährt zärtlich über mein Gesicht. „Um ehrlich zu sein, ging mir damals, auf dem Greyfriars, etwas Ähnliches durch den Kopf. Ich dachte, dass ich mir in den Hintern beißen könnte, sollte ich sterben, weil das bedeutet hätte, dass ich alle Gelegenheiten verpasst habe“, er hält inne, holt tief Luft und lässt sie mit bebendem Brustkorb langsam wieder entweichen, „dich zu küssen, dir nah zu sein und dir zu sagen, was du mir bedeutest.“

Entweder, die klapprige Heizung funktioniert doch, oder es liegt an Kyrils Worten, dass es mit einem Mal viel zu warm im Zimmer ist. Ich weiß, dass ich so ungefähr alles falsch gemacht habe, was man nur falsch machen kann, und dass die Glücksgefühle, die ich in Kyrils Gegenwart verspüre, nicht sein dürften. Aber ich habe verdammt noch mal keine Lust, selbst auf meinem Sterbebett noch daran zu denken, was andere von mir erwarten.

Mit glühenden Wangen suche ich Kyrils Blick. „Wann kommen Lali und Chelsea wieder?“

„In zwei Stunden, haben sie gesagt.“

Ich beiße mir auf die Unterlippe, nehme all meinen Mut zusammen und zwinge mich, Kyril weiterhin in die Augen zu sehen. „Das ist genug Zeit für einen letzten, riesengroßen Fehler, oder?“

„Zwei Stunden sind genug Zeit für fast alles. Für alles, was du tun willst.“

Kyrils Lächeln – irgendwo zwischen jungenhaft und verdammt sexy – beantwortet auch die Frage, die ich nicht gestellt habe. Ich versuche, mir diesen Anblick einzuprägen, um ihn aufzubewahren. Tief in mir verschlossen und so scharf wie eine Fotografie.

Magie liegt in der Luft. Eine intensive Mischung aus Verzweiflung, Verlangen und einem winzigen Funken Hoffnung, dem ich mich unmöglich länger widersetzen kann. Ich bete still, dass es Kyril genauso geht.

Wir zögern nur einen Herzschlag lang, dann treffen sich unsere Münder in einem stürmischen Kuss. Ich umarme Kyril, grabe meine Finger in den Stoff seines Hoodies und drücke ihn an mich, so fest ich kann. Zwei Stunden sind hundertzwanzig Minuten oder siebentausendzweihundert Sekunden oder fast ein ganzes Leben. Genug jedenfalls, um dafür zu sterben.

Auf mein Drängen hin wird auch Kyrils Griff fester. Ich sinke rücklings auf das Bett und ziehe ihn mit mir. Es ist ungewohnt, das Gewicht eines anderen Menschen auf mir zu spüren, aber als mein Befremden verfliegt, weiß ich nicht, ob ich mich jemals so geborgen gefühlt habe.

Atemlos hält er inne, stützt sich mit den Händen ab und richtet sich ein Stück auf. Kyrils Lippen lösen sich widerwillig von meinen, sodass ein kühler Luftzug mein Gesicht streift und ich seine Körperwärme nur umso mehr vermisse. Ich helfe ihm, sich Pullover und T-Shirt über den Kopf zu ziehen, dann gleitet mein Blick im schummrigen Licht der Schreibtischlampe über seinen nackten Oberkörper. In meinem Kopf wiederholen sich dabei genau zwei Gedanken in Dauerschleife: *Mein Gott, sind wir eigentlich verrückt?* Und *verrückt wäre es, jetzt irgendetwas anderes zu tun.*

Eilig ziehe auch ich mein Oberteil aus, und als sich Kyrils Körper heiß wieder auf mich senkt, Haut an Haut, kann ich gar nicht mehr denken. Nie in meinem Leben hat sich etwas so gut angefühlt. So *richtig.*

Ich bin fasziniert von dem weichen und gleichzeitig harten Gefühl unter meinen Fingerspitzen, wenn ich über Kyrils Oberarme und seinen Rücken streiche. Von der Haut, die nachgibt, und den Muskeln, die sich unwillkürlich anspannen. Ich seufze erstickt auf und küsse mich behutsam seinen Hals entlang. Diese neuen Empfindungen sind aufregend und ich ahne, dass sie süchtig machen. Aber da ist noch mehr: Ich will Kyril kennen. Ich will in den letzten Winkel seiner Seele vordringen und alles, was ich finde, berühren, liebkosen, besitzen. Alles. All das Schöne, all die Grausamkeit. Ich will die Vergangenheit entdecken, die ihn geprägt hat, möchte wissen, was ihn jetzt beschäftigt und in welchen Farben er sich seine Zukunft ausmalt.

Sein Gestern, sein Heute, sein Morgen.

Meine Hände werden mutiger, fahren weiter nach unten, tasten nach seinem Gürtel. Statt darüber nachzudenken, dass ich genau genommen keine Ahnung habe, was ich hier mache, lasse ich meinen Körper die Führung übernehmen. Kyril lehnt seine Stirn gegen meine und hebt die Hüfte ein Stück an, um mir zu helfen. Als ich die Augen öffne, sehe ich nichts außer seinen geweiteten Pupillen. Ich weiß nicht, ob wir uns jemals so nah waren. Am liebsten würde ich in dieser Schwärze versinken, die uns vor der Welt da draußen beschützen kann; in der es nichts gibt als ihn und mich.

Kyrils Jeans fällt zu Boden. Seine Lippen wandern über meinen Oberkörper, legen eine brennende Spur aus Küssen von meinem Kinn über das Schlüsselbein bis zu der Stelle zwischen meinen Brüsten, während seine Finger mit meinem Haar spielen und tänzelnd, Rippe für Rippe, bis an meine Taille wandern. Er erforscht jeden Zentimeter liebevoll. Langsam, wie um sich noch das kleinste Detail einzuprägen. Trotzdem ziehen die Sekunden viel zu schnell vorbei. Und gleichzeitig ist jede einzelne von ihnen eine kostbare Ewigkeit, die ich tief in mir einschließe. Als Trost spendende Erinnerung für dunklere Stunden.

Wenige Augenblicke später tragen wir beide nur noch Unterwäsche, trotzdem trennt uns noch viel zu viel.

„Runa." Kyrils Lippen liegen an meinem Ohr, seine Stimme klingt gepresst. „Wenn wir jetzt weitermachen, weiß ich nicht, ob … ob ich wieder aufhören kann."

„Bitte hör nicht auf", höre ich mich wispern.

Er schweigt. Die Stille ist ein harscher Kontrast zu dem Rascheln von Stoff auf Stoff, dem Gleiten von Haut über Haut, zu den Geräuschen, die unsere erhitzten Körper eben noch verursacht haben. Für einen Moment gewinnt meine Vernunft die Oberhand; ich verstehe, worauf er hinauswill, und fühle mich plötzlich unfassbar naiv.

Eine blonde Locke kitzelt mich an der Nasenspitze, Kyrils Gesicht schwebt nur eine Handbreit über meinem. „Hast du ein Kondom?"

Allein der Gedanke ist abwegig, immerhin gab es bis vor ein paar Wochen keinen Menschen, dem ich freiwillig so nahegekommen wäre. Im Gegenteil: Ich habe nie verstanden, weshalb Menschen das Bedürfnis verspüren, Berührungen oder gar Körperflüssigkeiten auszutauschen. Aber jetzt verstehe ich, wie es sich anfühlt, jemanden so sehr zu mögen, dass man ihm nicht nah genug sein kann.

„In meiner Manteltasche", sage ich und schiebe den Gedanken daran, dass Mum mir diese *Notfallausrüstung* an meinem achtzehnten Geburtstag aufgenötigt hat, entschieden beiseite.

Kyril steht auf, um zur Garderobe zu gehen. Als ich ihm im Halbdunkel nachsehe, wird mir klar, dass nichts mehr dasselbe sein wird. In meinem ganzen Leben war ich mir nie so sicher, wollte niemals etwas so sehr wie das hier. Und doch steigt jetzt Angst in mir auf, so beklemmend, als hätte ich mir das Herz aus der Brust gerissen und es blutig und pulsierend in Kyrils Hände gelegt.

Er kommt mit dem kleinen Plastikblister zurück ans Bett und mustert mich. Eine winzige Falte über seiner Augenbraue verrät mir, dass er sich Sorgen macht, auch wenn der Rest seines Körpers mir eindeutig zeigt, dass er nichts bereut.

Kyrils Hand zittert, als er einen Finger nach meinem Kinn ausstreckt. „Bist du sicher?"

Ich schlucke und beschließe, ihm nicht zu sagen, dass ich bisher niemandem so nah war. *Angst bedeutet, dass einem etwas wichtig ist.* Die Bilder der letzten Nächte blitzen in meinem Gedächtnis auf, drohen, sich einen Weg an die Oberfläche zu bahnen. Blut, Schmerz, Tod. Aber ich schüttle sie ab. In diesen zwei Stunden sind sie unwichtig, ist alles unwichtig, außer uns.

„Ich bin sicher", sage ich und ziehe Kyril zurück auf die Matratze. Ich beeile mich, meinen BH und den Slip auszuziehen, und schiebe den Bund von Kyrils Boxershorts über seine Hüften. Den Rest überlasse ich ihm. Und dann schließe ich die Augen, um ihn intensiver zu spüren, zu hören, zu riechen und zu schmecken und den Rest der Welt zu vergessen.

Der Schmerz ist stechend und für einen Augenblick kaum auszuhalten. Kyril erstarrt, aber ich ziehe ihn noch enger an mich. Ich will diesen Schmerz, weil er Leben bedeutet. Ich will dieses Leben, selbst wenn es Schmerz bedeutet. Ich werde ihn mir zum Verbündeten machen.

Statt daran zu denken, dass ich diesen Kampf verlieren könnte, denke ich an das, was ich zu verlieren habe – an Kyril. Und an genau diesen Moment.

Dabei bleibt nur Platz für ein einziges Gefühl: pures, unverfälschtes, überwältigendes Glück.

# Echt

## KYRIL

Runas Atem geht gleichmäßig an meinem Brustkorb, mein Herz hingegen hämmert auf der anderen Seite immer noch so heftig dagegen, dass ich sicher bin, sie müsste das wilde Pochen an ihrer Wange spüren.

Zum ersten Mal habe ich das Gefühl, vollends hinter ihre Fassade geblickt zu haben, auf diesen einzigartigen, unfassbar starken und dabei so verletzlichen Menschen. Durch meine Adern strömt eine übelkeiterregende Mischung aus Oxytocin und Erschöpfung, schlechtem Gewissen und Nervosität, aber das war es allemal wert.

Seit Runa und ich beschlossen haben, uns Hals über Kopf in dem Moment zu verlieren, habe ich nicht mehr auf die Uhr gesehen, doch ein ungutes Gefühl in meiner Magengegend sagt mir, dass uns die Zeit davonläuft. Ich hauche einen Kuss auf Runas feuchte Stirn und verspreche ihr stumm, heute Nacht jedes Opfer zu bringen, um sie zu beschützen. Um uns eine gemeinsame Zukunft zu ermöglichen. Obwohl die Zeichen auf Sturm zu stehen scheinen.

Runa seufzt leise auf und ich ertappe mich bei der Frage, ob es wirklich einen Gott gibt. Die Antwort erschien mir immer belanglos. Aber jetzt, wo ich Runa im Schlaf beobachte, regt sich ungeahnter Trotz in mir und ich schwöre stumm, jeder höheren Macht den Kampf anzusagen, falls ihr etwas zustoßen sollte.

*So fühlt es sich also an, zu lieben,* denke ich. *So schrecklich schön.* Alle Mythen der Antike und alle tragischen Romanzen der Neuzeit konnten mich hierauf nicht vorbereiten – und irgendwie habe ich es mir kleiner, zarter, schwächer vorgestellt. Mehr Rose als Dornen; mehr Himmel als Hölle. Aber jetzt weiß ich, dass Liebe so brutal und schmerzhaft ist wie nichts anderes auf der Welt.

Runas Wimpern erzittern, dann schlägt sie die Augen auf.

Ihr Haar ist zerwühlt und meine Bartstoppeln haben rote Spuren um ihren Mund hinterlassen, aber für mich war sie nie schöner. Sie sieht mich an, schenkt mir ein verlegenes Lächeln und setzt sich auf, um ihre Kleider vom Boden aufzusammeln. Sie hat recht: Es wird Zeit, dass wir uns bereitmachen. Für was auch immer kommen mag.

Ich schlage die Bettdecke zurück und schlucke, als ich die Blutflecken sehe, die wie ein Rorschachmuster auf dem Laken prangen.

„Runa, wieso hast du mir nichts gesagt – "

Sie streift sich ihr Shirt über und dreht sich zu mir um, das Lächeln ist dem entschlossenen, fast verbissenen Gesichtsausdruck gewichen, den ich inzwischen gut kenne. „Weil es keine

Rolle spielt. Wie ich dir schon mal gesagt habe: Ich bin nicht so zerbrechlich, wie ich aussehe."

Wortlos stehe ich auf und umarme sie, vergrabe mein Gesicht in ihrer Halsbeuge, atme ihren Duft ein und genieße für einen letzten Moment ihre Nähe. „Ich weiß", sage ich. Und denke *Du bist sogar einer der stärksten Menschen, die ich kenne.*

Wir haben uns angezogen und die Bettwäsche gewechselt, als Runas Handy vibriert. „Es ist Lali." Ihre Stimme überschlägt sich fast. „Sie haben alles entschlüsselt und sind in zehn Minuten hier."

„Okay." Ich stoße einen tiefen Seufzer aus. „Bist du bereit?"

„Bereit wofür?"

„Für alles." Ich fasse Runas Hände. „Noch ist es nicht zu spät für einen Rückzieher, Runa. Jeder könnte das verstehen. Du weißt, wozu die Noxe fähig sind und Octavian erst recht. Wir bringen dich in Sicherheit, irgendwo in – "

Sie schüttelt so heftig den Kopf, dass die dunklen Strähnen hin und her wirbeln. „Sie haben meinen Vater auf dem Gewissen, ich weiß es, und dafür werden sie bezahlen."

Ich schlucke und sehe sie an, ohne zu blinzeln. „Okay, da ist noch eine Sache: Was du auf dem Friedhof für mich getan hast, muss eine Ausnahme bleiben, hörst du? Die Verbindung zwischen Mentor und Schützling, du erinnerst dich? Ich will nicht, dass du dich in Gefahr bringst, um mir zu helfen. Versprich es mir."

„Was?" Ihre Stimme klingt trotzig.

„Dass du mir nicht helfen wirst, unter keinen Umständen. Versprich es!"

Runas Unterkiefer spannt sich an. Sie zögert eine Zehntelsekunde zu lang. „Ich verspreche es." Wie immer, wenn sie nervös oder angespannt ist, bearbeitet sie ihre Unterlippe mit den Zähnen. „Was muss ich sonst noch wissen?"

„Ist noch Salz in der Küche? Vielleicht ist dir bei der Initiation aufgefallen, dass Salz uns kurzzeitig unempfänglich für die Rufe der Seelen machen kann. Die Methode ist gefährlich und wir dürfen sie auf keinen Fall gleichzeitig anwenden – wenn einer blockiert ist, übernimmt der andere, verstehst du?"

Sie nickt. „Was muss ich tun?"

„Du nimmst einen Beutel voll Salz mit und ziehst damit im entscheidenden Moment einen Schutzkreis um dich herum. Solange du dich nicht herausbewegst, kannst du nicht gerufen werden."

„Alles klar. Ich hole welches. Was brauche ich sonst noch aus der Küche? Messer oder andere … Waffen?"

In diesem Moment schwingt die Zimmertür auf und Lali und Chelsea bleiben abgehetzt vor uns stehen.

Chelsea kommt als Erste wieder zu Atem: „Ich fürchte, die Monster, denen wir uns heute Nacht stellen werden, lassen sich von Klingen nicht beeindrucken", keucht sie, reicht jedem von uns einen Stapel Blätter und zieht die Vorhänge auf. Noch bevor ich einen Blick auf die Unterlagen werfe, läuft ein eisiger Schauer meinen Rücken hinunter, denn Lali und Chelsea sind leichenblass. So ernst habe ich sie noch nie erlebt.

# All For One

## RUNA

Atemlos blättere ich durch die Seiten. Dabei gleitet die Hälfte des Kopierpapiers aus meinen Fingern und geht in einem raschelnden Blätterregen zu Boden. „Verdammt!", fluche ich. „Verdammter Mist!" Meine Kehle schnürt sich zu, meine Augen brennen, ich bekomme kaum noch Luft. *Beruhig dich*, sage ich mir. Aber meine Panik wächst. Und sie droht mich zu erdrücken. „Hexenverbrennung, Ältestenrat, unheimliche Puppen – kann mir bitte irgendwer erklären, was dieser kranke Scheiß bedeutet?" Meine Stimme klingt erbärmlich dünn. Dabei wollte ich doch unbedingt stark sein. Ich *muss* stark sein.

Kyrils Blick fliegt immer noch haltlos über die Zeilen. Er hat sich auf den Stuhl am Schreibtisch fallen lassen und seit einer geschlagenen Viertelstunde kein Wort gesagt. Ich bin nicht mal sicher, ob er mich überhaupt gehört hat.

„Kyril!"

Er massiert sich die Nasenwurzel, zerknüllt das letzte Blatt in seiner Faust und sieht auf. „Wie vermutet handelt es sich um ein

Tagebuch. Das Tagebuch Octavian Aldens. Und was er schreibt, ist … noch schlimmer als gedacht. Octavian ist ein Pariah. Ich habe ihre Existenz für ein Gerücht, ein Schauermärchen, eine urbane Legende gehalten. Aber es gibt sie."

„Was soll das heißen?"

„Er ist ein Schattenspringer, wie wir. Nur dass er fast fünfhundert Jahre alt ist."

Ein fassungsloses Schnauben kommt über meine Lippen, aber ehe ich etwas erwidern kann, fährt Kyril fort. „Ich habe dir gesagt, dass wir unseren Dienst an der Gemeinschaft tun, um etwas zurückzubekommen, wenn unsere Zeit reif ist – erinnerst du dich? Um zu sterben, brauchen wir die Hilfe eines anderen Schattenspringers. Das unterscheidet uns von den Menschen, die von selbst sterben können. Sie sind nur auf uns angewiesen, damit ihre Seele ins Jenseits gelangt. Wir aber bringen uns gegenseitig den Tod. Das ist unser Fluch. Wir altern, wir sehnen uns nach Erlösung, doch unser Herz schlägt immer weiter. Und selbst … ohne Herz hält uns eine dunkle Macht am Leben."

*Mein Gott.* Ich weiß nicht, ob ich lachen oder weinen soll und komme mir ein bisschen vor wie in einer Buffy-Folge. Mit aller Macht widerstehe ich der Versuchung, mir vorzustellen, was das bedeutet. „Aber, was … warum …" Ich ringe um Worte, schüttle den Kopf und setze neu an: „Warum hat dann niemand Octavian sterben lassen?"

Kyril blättert wild durch die Seiten. „Er wurde aus der Gemeinschaft verstoßen. Ist dir aufgefallen, dass er immer Handschuhe trägt? Er muss ein Brandmal auf dem Handrücken haben. Ich habe davon gelesen, aber ich habe es nie selbst gesehen, diese barbarische Praxis ist schon lange verboten."

„Wieso wurde er verstoßen?“, frage ich tonlos weiter.

„Die Ältesten haben die Macht, das zu beschließen, wenn jemand seine Aufgabe nicht ernst nimmt und zu viele Seelen verliert“, schaltet sich Chelsea ein. „Diese verdammten Seelen können den Schattenspringern gefährlich werden. Vor allem, wenn sie so alt und verzweifelt sind.“

Ein Dutzend neue Fragen schwirren gleichzeitig durch meinen Kopf. *Wer sind diese Ältesten? Wieso stoppen sie Octavian nicht, was auch immer er vorhat? Und was passiert mit den verlorenen Seelen?* Aber ich weiß, dass ich jetzt nicht alle Antworten bekommen werde, sondern meinen Freunden vertrauen muss. So schwer es mir auch fällt.

„Seine Tochter, Elizabeta“, erklärt Lali. „Sie ist der Schlüssel. Wenn er es nicht geschafft hat, ihre Seele ins Jenseits zu geleiten, dann ist sie noch hier. Und bei einem halben Jahrtausend in der Verdammnis können einem schon mal Rachegedanken kommen. Das Institut wurde Ende des sechzehnten Jahrhunderts gegründet und das heißt …“

„Dass wir nur Schachfiguren in einem viel größeren Spiel sind.“ Kyril lässt seinen Papierstapel lautstark auf die Tischplatte fallen. „Heilige Scheiße! Was hat er nur vor?“

Kyril, Lali, Chelsea und ich. Wir alle lassen uns jetzt von der Angst überwältigen. Ich kann ihre Anwesenheit spüren, wie die einer fünften Person im Zimmer, und ich sehe, wie sie sich in den Augen meiner Freunde spiegelt.

„Aber Moment mal“, bemerkt Lali nach einer Schrecksekunde. „Er hat kein Herz mehr – und ohne Herz verliert ein Schattenspringer seine Kräfte. Wir brauchen Mitgefühl, um die Seelen zu begleiten. Der Warden kann nichts Vergleichbares mehr fühlen, was ihn schwach und umso gefährlicher macht."

„Mit den Noxen hat er mächtige Schattenspringer, die ihn unterstützen", wirft Kyril ein.

„Die Puppen!", rufe ich. „Was ist mit den Puppen, die Kyril gefunden hat? Und mit denen, die die Noxe aus dem Museum gestohlen haben? Welchen Zweck erfüllen sie?"

Hastig streckt Kyril eine Hand nach den Blättern aus, aber Chelsea hält ihn zurück. „Lasst es mich mal erklären, ich verstehe das Tagebuch so: Auf der Suche nach einer Möglichkeit, Rache zu nehmen, hat Octavian die entlegensten Winkel der Welt erforscht, stets in der Hoffnung, eine Waffe zu finden, mit der er die Schattenspringer besiegen kann, die ihm damals, als seine Tochter der Hexerei angeklagt wurde, ihre Hilfe verweigert haben. Und er war erfolgreich. Die Lösung ist so simpel wie effektiv und lautet Analogiezauber – oder sympathetische Magie." Ich starre sie verständnislos an. „Das bedeutet, dass zwischen Dingen, die sich äußerlich ähnlichsehen, auch innerlich eine Verbindung besteht", schiebt Chelsea hinterher.

„Irgendwie bindet er mit den Puppen die Seelen an sich, die die Noxe ihm bringen", folgert Kyril. „Verdammte Seelen, die er sich hörig macht und die außerordentlich gefährlich sind. Wer ist Insasse, wer ist Wärter? Wer lebendig oder tot, gerettet oder verdammt? Das ist alles nur eine Frage der Perspektive."

Plötzlich steht Kyril ruckartig auf und rauft sich die Haare. „Überlegt doch mal, wie viele Seelen zusammenkommen, wenn jedes Mitglied der *Nox Aeterna* die Seelen, die nach ihm rufen, nicht erlöst, sondern sie in Wirklichkeit verdammt! Wenn Octavian tatsächlich eine Möglichkeit gefunden hat, diese Seelen zu beherrschen, dann … hat er eine ganze Armee verdammter Seelen unter Kontrolle, die uns überwältigen kann."

„Aber wieso sollte er das tun?", frage ich, obwohl ich die Antwort bereits ahne. „Das macht seine Tochter nicht wieder lebendig."

„Das nicht", erwidert Kyril. „Aber Rache macht blind, genau wie die Liebe. Octavian gibt den Schattenspringern die Schuld an Elizabetas Tod."

Er hält einen Moment inne. „Und wenn Octavian alle Schattenspringer getötet und verdammt hat, ist er nicht länger ein Ausgestoßener. Lali, Chelsea, erinnert euch doch mal: Das Busunglück in der Nacht nach letztem Halloween – fünfzehn Tote –, das eingestürzte Kaufhaus im Jahr davor – zweiunddreißig Opfer. Wie lange geht das schon so? Es kann kein Zufall sein, dass jährlich am ersten November, in der Nacht auf Allerseelen, so viele Menschen umkommen. Nur in Edinburgh! Würden wir weiter nachforschen, würden wir sicherlich auf ähnliche Vorfälle im ganzen Land stoßen."

Schlagartig wird mir bewusst, wie viel tatsächlich auf dem Spiel steht. Nicht nur mein Leben, nicht nur Kyrils, sondern auch das unzähliger Unschuldiger. Und vielleicht sogar noch mehr als bloß ihr Leben.

Bevor einer von uns etwas erwidern kann, wird die Tür aufgeworfen und Tristram kommt herein. Er trägt einen roten Talar und die untergehende Sonne wirft lange Schatten auf sein Gesicht. Als er Chelsea und Lali erblickt, zieht er zweifelnd die Augenbrauen zusammen.

„Sie wissen Bescheid", sagt Kyril.

Tristram geht nicht darauf ein. „Ich habe herausgefunden, dass Octavian einen Anschlag auf Zivilisten plant. Wir müssen ihm zuvorkommen."

Lali umarmt Tris, aber ich kann sehen, wie er sich versteift. „Mach dich locker, Chelsea und ich helfen euch. Du hast doch nicht gedacht, wir sitzen hier tatenlos herum? Was sollen wir machen?"

„Ihr bleibt hier, jemand muss die Noxe am Institut im Auge behalten – ohne sie ist Octavian nur ein schwacher, alter Mann."

„Na gut." Die Enttäuschung in Lalis Stimme ist nicht zu überhören, aber ich bin erleichtert, weil ich hoffe, dass sie hier in Sicherheit ist. Aus dem Augenwinkel bemerke ich, dass Chelsea einen Arm um ihre Taille legt.

Tris fährt dort: „Wir müssen den Anschlag verhindern, bevor es zu spät ist und noch mehr Menschen sterben. Ich bringe euch hin, wir treffen uns in fünf Minuten am Hauptportal."

Er sucht noch einmal meinen Blick, mit einem Gesichtsausdruck, den ich nicht ganz deuten kann. Tristram wirkt verbissen, aber gleichzeitig glaube ich, etwas von dem verletzten jungen Mann zu erahnen, den ich abgewiesen habe. Ich vermisse sein Lächeln und versuche, mir unsere ersten unbeschwerten gemeinsamen Tage in Erinnerung zu rufen, aber bevor es mir gelingen will, ist er bereits verschwunden.

# Atone

## KYRIL

Chelsea und Lali entschuldigen sich, um in der Küche irgendein koffeinhaltiges Gebräu zu kochen, das angeblich ihre Superkräfte aktiviert, aber ich bin sicher, dass sie Runa und mir lediglich einen letzten Moment der Zweisamkeit verschaffen wollen. Damit wir uns voneinander verabschieden können? Es fühlt sich jedenfalls so an.

Runa sieht zu mir auf und mein Herz ist so voll, dass es jeden Moment überlaufen muss. Vor Liebe. Und vor Angst.

Ich überbrücke die letzten Schritte zwischen uns, nehme sie in den Arm und halte sie, meine Finger in ihrem weichen Haar vergraben. „Ich bleibe bei dir, *Fawn*. So, wie ich es versprochen habe. Hier oder … dort. Jetzt und für immer."

Sie hebt den Kopf, ein schmales Lächeln auf den Lippen, und obwohl ihre Augen feucht glänzen, habe ich sie nie so mutig erlebt. Vorhin, als wir allein waren, hat sie mir ihre verletzliche Seite gezeigt, jetzt ist die Kämpferin zurück.

Runa stellt sich auf die Zehenspitzen und ehe ich verstehe, was sie vorhat, küsst sie eine Träne von meiner Wange, von der ich nicht weiß, wie sie dort hingekommen ist.

Stumm sehe ich zu, wie Runa eine Schublade ihres Schreibtisches aufzieht und zwei Puppen herausnimmt. Das kleine Sorgenpüppchen, das Ruben bei sich trug, als er starb, und den *Fairy Coffin*.

„Was hast du damit vor?"

„Keine Ahnung." Sie verstaut beides in der Innentasche ihres Mantels. „Aber wenn man Octavian besiegen kann, dann nur mit seinen eigenen Waffen."

In der Küche statten wir uns mit Salz aus und ich reiche Runa ein Messer, obwohl ich nicht weiß, ob es ihr viel nützen wird.

Als ich auf den Flur treten will, hält Runa mich zurück. „Können wir uns auf Tris verlassen? Ich erkenne ihn in den letzten Tagen kaum wieder."

„Er ist mein bester Freund und ich würde ihm mein Leben anvertrauen." Wahrscheinlich tun wir auch gerade genau das.

„Und wenn er lügt?"

Ich balle die Hände zu Fäusten und schüttle den Kopf. „Die Wahrheit ist viel wirkungsvoller als eine Lüge, das hat er mir selbst gesagt."

Runa nickt und zieht den Reißverschluss ihres Mantels bis zum Kinn zu. Hand in Hand laufen wir durch das Treppenhaus und es ist uns scheißegal, dass wir das nicht tun sollten. Wie verabredet steht Tris am Eingang des Instituts. Inzwischen ist es dunkel geworden. Dunkel genug, um sich zu teleportieren.

„Wo gehen wir hin?", frage ich. Ich muss jetzt endlich wissen, was hier vor sich geht.

„Zum Murrayfield Stadium. Octavian hat dort eine Bombe versteckt. Wenn sie entdeckt wird, bricht garantiert eine Massenpanik aus – und wenn sie hochgeht, ist sowieso alles verloren. Wir müssen sie vorher finden."

Runa sieht verzweifelt zwischen Tris und mir hin und her, die Ratlosigkeit steht ihr ins Gesicht geschrieben. Ich fasse ihre Hand und will sie fragen, ob sie bereit ist. Doch bevor ich etwas sagen kann, greift Tris nach meiner anderen Hand und zieht uns in die schattige Ecke neben dem Pförtnerhäuschen. „Schließt die Augen", sagt er, und ich gehorche, obwohl die Zweifel, die Runa eben ausgesprochen hat, jetzt in mir austreiben wie Unkraut. Was, wenn sie recht hat? Bevor ich eine Antwort auf diese Frage finden kann, wird mir der Boden unter den Füßen weggezogen.

Als ich die Augen wieder öffne, stehen wir in einem Zimmer voller Computerbildschirme.

„Wo sind wir?"

„Ein Technikraum des Stadions", erklärt Tristram und bittet uns mit einer Handbewegung hinaus. Ich folge ihm zusammen mit Runa, und er schließt hinter uns die Tür ab.

Aber als wir auf einem der Gänge zwischen den Tribünen herauskommen, ist das Stadion menschenleer. Weder in den Zuschauerrängen noch auf der riesigen, vom Flutlicht angestrahlten Rasenfläche kann ich jemanden entdecken.

„Tris, was ist hier los?" Es gelingt mir nicht, das Zittern meiner Stimme zu unterdrücken. Aus dem Augenwinkel sehe ich, dass Runa ebenso erschrocken ist wie ich. Und als sie ihre Fassung wiederfindet, lese ich blanke Wut in ihren Zügen.

Mein bester Freund lächelt mir wehmütig zu. „Weißt du noch, wie wir früher jedes Match gegen die *Glasgow Warriors* im Pub geguckt haben?"

„Du wolltest unbedingt, dass ich einmal mit ins Stadion komme." Ich lasse die Zähne knirschen.

„Vielleicht hättest du auf mich hören sollen."

„Scheiße, was soll das?" Runa klingt verzweifelt und macht einen Schritt auf ihn zu. „Tris? Ich dachte, wir wären Freunde."

„Wir beide könnten niemals nur befreundet sein." Tris' Lächeln ist irgendwie verrutscht, es wirkt jetzt kalt. Beinahe herzlos. Und spätestens in diesem Moment wird mir klar, dass Runa recht hatte. Von Anfang an hatte sie recht. Aber statt auf sie zu hören, habe ich einen riesigen Fehler gemacht.

„Hallo, Ironmonger."

Mit wild pochendem Herzen drehe ich mich nach der allzu vertrauten Stimme um. Dilan stapft die Treppe zwischen zwei Tribünen hinauf. In einer Hand hält sie eine Pistole.

„Tris! Ist das dein Ernst? Was soll der Mist?" Ich erkenne meine eigene, schrille Stimme kaum wieder.

Und auch in Tristrams Augen spiegelt sich plötzlich Entsetzen. „Dilan … so war das nicht geplant – "

„Ach so? Dann habe ich vielleicht vergessen, dich in diesen Teil des Plans einzuweihen", entgegnet sie und bleibt mit erhobener Waffe vor uns stehen. „Die beiden müssen weg."

Enttäuschung, Fassungslosigkeit und Wut überrollen mich zeitgleich. Aber am stärksten ist wohl die Wut. Ich spüre jeden einzelnen Schlag meines Herzens überdeutlich und es dauert einen Moment, bis ich überhaupt einen klaren Gedanken fassen kann. Instinktiv greife ich nach Runas Hand.

Dann spreche ich den ersten Gedanken aus, den ich zu fassen bekomme: „Wenn du einem von ihnen etwas antun willst, dann nur über meine Leiche. Na los, Dilan, worauf wartest du noch?“ Ich mache einen Schritt auf sie zu. „Erschieß mich zuerst. Ich würde mich für beide opfern.“ Erst als ich die Worte ausspreche, spüre ich, dass sie wahr sind. Das ist kein Bluff. Ich drehe mich zu Tris um. „Auch für dich, trotz allem.“

Etwas regt sich im Blick meines Freundes.

„Hör nicht auf ihn, Banks“, faucht Dilan. „Er hat dich verraten, hast du das schon vergessen? Er ist selbstsüchtig und feige und nimmt sich ohne Rücksicht, was er will. Du hast etwas Besseres verdient.“

„Rede nicht so über meinen Freund.“ Tristrams Stimme ist verzerrt und so dünn, als müsste sie gleich brechen.

Runa nutzt den Moment der Verwirrung und reißt sich von mir los; ihre Finger gleiten aus meiner Hand, bevor ich sie zurückhalten kann.

„Nein, *du* bist feige, Dilan Shaw! Du bist der letzte Dreck. Ich weiß von den Briefen an meinen Vater und ich weiß, was du ihm angetan hast!“ Ihre Stimme ist heiser vor Wut. Als sie auf Dilan zustürzt, bleibt mein Herz stehen. Plötzlich scheint alles in Zeitlupe abzulaufen, so als hätte jemand das Leben für einen Augenblick angehalten. Den Augenblick, in dem sich für mich alles verändern wird. Die Panik ist so übermächtig, dass ich nicht atmen kann. Vor meinem inneren Auge blitzt eine Zukunft auf, in der Runa stirbt. Ihr Blick geht ins Leere und ihr Blut klebt an meinen Händen. Die Bilder sind so grausam, dass ich schreien will, weil ich sie stumm nicht ertragen kann. Aber kein Laut verlässt meine Kehle. Meine Schuld schluckt alle Töne wie eine Glasglocke.

Die sonderbare Stille zerbricht, als Tristram reagiert. Schneller als ich und auch viel mutiger. Er stößt Runa beiseite und schiebt sich zwischen Dilan und sie. Er ringt die Nox zu Boden, dann sehe ich nur noch zwei paar Hände und eine geladene Pistole in einem erbitterten Kampf auf Leben und Tod. Und treffe eine Entscheidung, von der ich weiß, dass ich sie später bereuen werde. So wie jede Entscheidung, die ich jetzt treffen könnte.

Ich packe Runas Hand und wir laufen. Egal, wohin. Weg aus dem Stadion, weit, weit weg. Unsere Schritte hallen von der leeren Tribüne wider, aber es ist zu hell. Wir können uns nicht teleportieren, also renne ich weiter, bis der Schmerz in meinem Brustkorb brennt wie Feuer.

*Der Technikraum!* Ich zerre Runa zu der rettenden Tür, aber sie öffnet sich nicht. Jetzt fällt mir wieder ein, dass Tristram sie abgeschlossen hat.

„Wir brauchen mehr Schatten", keuche ich. Aber es ist zwecklos – das ganze Stadion erstrahlt im Flutlicht.

Runa reißt sich von mir los. „Was ist mit Tris? Wir können ihn hier nicht zurücklassen!"

„Wir können nicht, aber wir *müssen*, Runa! Er hat sich geopfert, damit wir leben. Nicht, damit wir sterben. Lauf!" Ich fasse wieder nach Runas Fingern, obwohl meine Hand sich blutleer und taub anfühlt, weil ich sie so fest umklammert hatte. Die Zukunftsvision von eben darf sich niemals erfüllen.

Endlich erreichen wir den Haupteingang. Die Dunkelheit der Nacht umfängt mich wie eine zärtliche Umarmung. Ich schließe die Augen und denke an die Straße vor dem Institut. An die Spinnweben in der Nische unter der Treppe zum Elizabeth-

Flügel. An den Greyfriars in einer mondlosen Nacht. Nichts geschieht.

„Verdammt!"

„Was ist?" Runa ist genauso außer Atem wie ich und ringt um Luft.

„Es … es geht nicht. Ich kann mich nicht teleportieren! Wie damals, in den Katakomben – " Ein eisiger Schauer breitet sich über meinen Körper aus und ich bin drauf und dran, endgültig die Nerven zu verlieren. Da zupft Runa an meinem Ärmel und dreht mich um, sodass mein Blick zur Straße gerichtet ist.

Lali und Chelsea laufen uns entgegen.

Aber ich kann mich über die Verstärkung nicht freuen; es ist zu spät. Ein vertrautes Gefühl durchzieht meinen Körper und alles an mir wehrt sich, dem Drang nachzugeben. Tränen steigen mir in die Augen.

„Runa, Kyril!" Lalis Stimme dringt nur gedämpft zu mir durch. „Wir konnten nicht länger mitansehen, wie ihr euch leichtfertig in Gefahr bringt", ruft Lali. Chelsea zieht ihr Smartphone hervor. „Wir hatten sicherheitshalber einen kleinen GPS-Sender in Tristrams Mantel versteckt. Was ist da drinnen los?"

„Dilan. Sie hat eine Pistole", keuche ich.

„Scheiße! Ist er in Ordnung?"

„Nein." Panisch schnappe ich nach Luft. Mein Freund ruft mich. „Ich muss zu ihm."

Runa packt meinen Ärmel. „Ich komme mit. Sieh mich nicht so an, verdammt noch mal! Ich lasse dich nicht allein."

Ich stürze die Treppenstufen am Rand der Tribüne hinunter, so schnell ich kann. Lali und Chelsea sind dicht hinter mir. Und obwohl ich geahnt habe, was mich erwarten würde, weigert sich mein Verstand, den Anblick, der sich mir bietet, hinzunehmen. Das kann – das *darf* – nicht sein. Tristram liegt am Boden, seine Jeans hat sich dunkel verfärbt und auf dem blauen Filzteppich breitet sich eine Blutlache aus. Dilan entdecke ich am Fuß der Treppe auf dem Rasen. Ich höre sie röcheln, aber ich blende das und alles andere aus und eile zu meinem Freund.

Ohne mich um das Blut zu kümmern, hocke ich mich neben ihn und nehme seinen Kopf in beide Hände. „Tris." Meine eigene Stimme klingt fremd. „Bitte nicht."

Er sieht mit glasigem Blick durch mich hindurch, nur ein schwaches Zucken seiner Mundwinkel verrät mir, dass er noch bei Bewusstsein ist.

Hinter mir höre ich Schritte – die anderen.

„Die Aorta ist verletzt", ruft Lali. „Wenn er nicht sofort medizinische Hilfe bekommt, wird er verbluten. Wir brauchen einen Krankenwagen und wir müssen das Bein abbinden!"

Plötzlich streckt Tristram eine Hand nach mir aus. Er erwischt den Stoff am Ausschnitt meines Hoodies und ein winziges bisschen Haut. Ich erschrecke. Tris öffnet die Lippen, bringt aber nur ein gequältes Stöhnen hervor. Dann schließen sich seine Augen. Und obwohl er nicht mehr spricht, kann ich ihn verstehen.

*Es tut mir leid. Ich habe es nicht verdient, zu leben. Bitte, bring mich rüber. Zu Izzy.*

Das Brennen in meiner Kehle wird unerträglich, Tränen laufen mir heiß über die Wangen. Aber ich weiß, dass meine Hilfe zu spät kommt. Seine Seele ruft nach mir, seit ich draußen vor dem Stadion stand, höre ich sie und ihr Flehen wird immer lauter. Eindringlicher.

„Nein, verdammt", flüstere ich heiser. „Du darfst nicht gehen." Und doch spüre ich, dass meine Worte eine Lüge sind. Ich spreche sie aus, um mich zu trösten, nicht um meines Freundes Willen. Also schlucke ich all meinen Stolz, den Schmerz und die Wut hinunter und halte seine Hand. „Ich bin bei dir, Tris, ich lasse dich nicht allein."

Seine Züge lösen sich, wirken friedlicher.

Ich bemerke erst, dass Runa neben mir ins Gras gesackt ist, als sie Tris beim Namen ruft.

Er öffnet die Augen nicht mehr, trotzdem beugt sich Runa vor und haucht einen Kuss auf seine Lippen. Ich drehe mich weg. Weil ich feige bin und von Eifersucht zerfressen. Dabei sollte Schuld in diesem Moment mein beherrschendes Gefühl sein, denn nur wegen mir liegt Tristram jetzt in einer Lache aus Blut. Ich bin verantwortlich für seinen Tod.

Meine Sicht verschwimmt und spült das Bild fort. Irgendjemand, wahrscheinlich Lali, zieht Runa von Tris weg. Dann bin ich mit ihm allein.

Mit seiner Seele, besser gesagt.

Und stehe vor der schwersten Aufgabe meines Lebens.

# Hass und Liebe

## RUNA

Tristrams blasses, kaltes Gesicht, der kahl geschorene Kopf, die Schatten unter seinen Augen – all das passt nicht zu dem sommersprossigen jungen Mann in meiner Erinnerung, den nichts aus der Ruhe bringen konnte. Auf dessen Foto man gestoßen wäre, hätte man im Wörterbuch *Zuvorkommenheit* und *Hilfsbereitschaft* nachgeschlagen. Er ist der zweite Mensch, den Dilan aus meinem Leben reißt.

Der Zorn steigt unbändig in mir auf, gedämpft lediglich von einer leisen, verräterisch sanften Stimme meines Gewissens. Sie sagt: *Es liegt nicht an Dilan, sondern an dir. Du stürzt die Menschen ins Unglück. Alle, die du liebst, enden tragisch.*

Ich ignoriere die Worte, die immer lauter werden, und gehe zu Dilan hinüber. Sie hat eine Schusswunde im Bauch, die Hände darauf gepresst, das Blut sickert trotzdem zwischen ihren Fingern hindurch. Als ich mich hinunterbeuge, trifft mich ihr feindseliger Blick. Nein, sie hat mich definitiv nicht *gerufen*.

„Sie braucht einen Druckverband, um die Blutung zu stillen." Lali sinkt neben mir zu Boden, gefolgt von Chelsea. Sie schlägt Dilans Talar zurück und knöpft ihren Mantel auf, während Lali den Puls fühlt. Die beiden sind ein eingespieltes Team.

„Fasst mich … nicht … an." Dilan presst die Worte angewidert zwischen zusammengebissenen Zähnen hervor. Für einen flüchtigen Moment bin ich versucht, ihre Stärke zu bewundern. Dann wird mir klar, dass ihr Verhalten rein gar nichts mit Stärke zu tun hat.

Lali zieht etwas aus Dilans Manteltasche und als sie mir den weichen fingergroßen Gegenstand reicht, erstarre ich. Es ist eine Puppe. Auf ihrer Stirn prangt ein Kreuz, gezeichnet mit Blut, und auf ihre linke Wange hat jemand einen Leberfleck gemalt. Aber am meisten erschreckt mich, dass sie mit einem Bindfaden gefesselt ist.

„Geh", sagt Lali und macht sich unter Dilans Protestgeschrei daran, der Verletzten zu helfen. „Geh mit Kyril mit, wir kommen zurecht."

Ich nicke stumm und gehorche. Im Moment würde ich alles machen, was man mir sagt. Alles, um hier wegzukommen, alles, um irgendwie zu vergessen.

Chelsea dreht sich noch einmal nach mir um, aber sie bleibt bei Lali. Und ich fühle mich auch wohler, wenn sie nicht allein ist. Da kommt Kyril auf mich zu. Er muss in den letzten Minuten um Jahre gealtert sein – sein Anblick schmerzt mehr als alles, was ich eben erlebt habe.

Wir gehen und lassen Lali und Chelsea bei Dilan zurück. Und bei Tristrams leblosem Körper. Es ist kein Trost, dass seine Seele jetzt an einem anderen, vielleicht an einem besseren Ort ist.

Kyril hält meine Hand so fest, dass es wehtut, aber ich sage nichts. Der Schmerz ist beinah eine willkommene Abwechslung zu der Taubheit, die sich immer weiter in mir ausbreitet wie ein wucherndes Geschwür. Im Laufen realisiere ich, dass ich die seltsame Puppe noch in der Hand halte.

Kyril folgt meinem Blick und reißt sie mir im nächsten Moment aus der Hand. „Was zur … woher – “

„Dilan hatte sie bei sich.“

Sein Gesichtsausdruck verfinstert sich und er macht sich erbittert an dem Faden zu schaffen, aber seine Finger zittern so sehr, dass es ihm nicht gelingt, die Fesseln seines Miniatur-Ichs zu lösen. „Das ist der Grund, weshalb ich mich nicht teleportieren konnte. In den Katakomben und auch vorhin.“

„Einer dieser *Analogiezauber*?“, frage ich und ziehe die Puppe aus seinen Händen.

Kyril lässt es geschehen und nickt schwach. Aber auch meine steif gefrorenen Finger können die Knoten nicht lösen. Behutsam nehme ich den Faden zwischen die Zähne und suche dabei Kyrils Blick. Keine Ahnung, was diese Puppe genau mit ihm macht, aber ich will ihm nicht wehtun. Als ich den Faden durchbeiße, zuckt er zusammen, dann atmet er erleichtert auf.

„Danke.“

„Das war höchste Zeit, sie rufen uns.“ Kyril hält sich an meinen Händen fest wie ein Ertrinkender am Rettungsring und erst, als die Straße in Murrayfield vor meinen Augen zu flimmern beginnt, erkenne ich, dass er recht hat: Das vertraute Gefühl nimmt in meiner Herzgegend seinen Anfang und frisst sich langsam, aber mit ungekannter Intensität durch meinen Körper. Ich öffne den Mund zu einem stummen Schrei und spüre Kyrils entsetzen Blick auf mir. Das ist nicht bloß *eine* Seele, die uns ruft. Es müssen Dutzende sein.

Als ich die Augen wieder öffne, befinden wir uns in Portobello. In dem idyllischen Küstenort unweit der schottischen Hauptstadt, den ich nur aus dem Reiseführer kenne, herrscht pures Chaos. Auf der Promenade drängen sich Schaulustige aneinander, die schmale Bath Street zwischen zwei Häuserreihen ist von Rettungswagen und Polizeiautos gesäumt.

„Ist was schiefgegangen?", frage ich verunsichert, weil ich nicht erkenne, wer uns gerufen hat.

„Ich … ich weiß es nicht." Kyril sieht sich hektisch um. „Da drüben ist *The Esplanade*, die beliebteste Bar des Viertels. Dort muss es sein." Er deutet auf das Gebäude hinter dem rot-weißen Absperrband. Im Hof des Pubs gegenüber finden wir eine dunkle Ecke. „Warst du schon mal drinnen?", frage ich mit vor Angst heiserer Stimme.

Kyril nickt, ergreift meine Hand und schließt die Augen.

Wir landen im Gastraum, der halbhoch mit türkis gestrichenem Holz verkleidet ist, und mein Atem stockt. Vor dem Erkerfenster liegt hinter der Straße das Meer. Eine dunkle, wogende Masse, die im Schein der Straßenlaternen an die Küste schwappt, als wäre nichts. Als wären nicht zwanzig bis dreißig junge Menschen hier drinnen auf den Bänken und dem Boden verteilt, umgefallen wie die Fliegen. Dazwischen Rettungssanitäter und Ärzte, deren resignierter Blick mir klarmacht, dass sie nichts mehr tun können. Sie beachten uns gar nicht – wir sind für sie unsichtbar.

Das alles passiert im Bruchteil einer Sekunde. Kyril sagt kein Wort, er stürzt zu einer jungen Frau, die reglos auf den Dielen liegt. Ihre glasigen Augen wecken eine unangenehme Erinnerung. Als er sie berühren will, wird er wie von unsichtbarer Hand brutal weggerissen.

Kyril landet hart mit dem Hinterkopf auf dem Boden. Sein schmerzerfülltes Ächzen geht mir durch Mark und Bein.

Ich lasse mich auf die Knie sinken und will ihn hochziehen. „Alles okay?"

Aber noch während ich die Frage ausspreche, steht mir die Antwort klar vor Augen: Nichts ist okay. Ich beginne zu zittern. Erst schwach, dann immer stärker. Etwas umfängt mich, so kühl wie ein Eishauch. Etwas ist *hier*. Und wir müssen hier schleunigst raus.

Es zerreißt mich beinahe innerlich, aber ich strecke mich nach dem Türgriff aus, um zu fliehen. Durch das Glas sehe ich die rettende Straße. Hundert unsichtbare Hände wollen mich zurückhalten, packen mich und zerren an mir, bis der Schmerz unerträglich wird. Mit letzter Kraft ziehe ich die Tür auf und ein kräftiger Ruck befördert mich auf die vom Salzwasser klebrigen Pflastersteine. Erst jetzt realisiere ich, dass Kyril mir nicht gefolgt ist.

Die roten Talare leuchten mir selbst in der Dunkelheit voller Hohn entgegen – die Noxe haben sich in der schmalen Gasse vor dem Pub versammelt. Und ich ahne, dass sie mein geringstes Problem sind.

„Hast du wirklich gedacht, du könntest mich aufhalten, *Runa Leblanc*?" Octavian steht vor mir, ich kann mich in seiner polierten Stiefelspitze spiegeln. Blut sickert von meiner Schläfe und Hass steigt so heiß in mir auf, dass ich glaube, mich jeden Moment übergeben zu müssen.

„Du bist genauso ignorant wie dein Vater. Und du hast nichts, rein gar nichts gegen mich in der Hand." Er hebt die Hände beschwörend zum bewölkten Nachthimmel, der im Widerschein der Talare beinahe violett wirkt. „Zakiel, Samael, Yekon, Asbel, Rumsal, Belial, Usiel, Tabaet. Ich habe zweihundert verlorene Seelen auf meiner Seite und morgen werden es schon zwanzigtausend sein. Die Narren in der Bar, die dir so leidtun, waren nur die Generalprobe. Wir haben Zugang zum Wasserwerk Portobellos. Der Tod kommt schnell und schmerzhaft und danach werden die Menschen wiedergeboren. Als etwas Unvergängliches." Als ich aufsehe, betrachtet er mich beinahe väterlich. „Es steht schon in der Heiligen Schrift: *Multi autem erunt primi novissimi et novissimi primi. Die Letzten werden die Ersten sein.* Ich erbaue ein neues Königreich und ihr werdet der Gnade derer ausgeliefert sein, die ihr herzlos verstoßen habt."

Er beugt sich zu mir hinunter, so nah, dass sein widerlich warmer Atem mein Ohr streift, und flüstert: „Erst lösche ich die Menschen aus und dann die Schattenspringer. Sie, die mein Hilfegesuch ausgeschlagen und mit angesehen haben, wie meine unschuldige Tochter als Sündenbock auf dem Scheiterhaufen starb. Ihr habt uns zu Außenseitern gemacht, jetzt drehen wir den Spieß um. Ich werde eine neue Welt erschaffen, ein Reich der Verdammten. Die *Nox Aeterna* wissen es noch nicht, doch sie sind nur Bauernopfer."

Mit zusammengebissenen Zähnen rappele ich mich hoch, aber Octavian lacht.

„Was willst du tun? Mich umbringen? Das hat man schon vor Jahrhunderten erfolglos versucht. Die Schattenspringer haben mich selbst zu ewigem Leben verdammt, als sie mir mein Herz nahmen. Es ist gut verwahrt, meine Lebensversicherung, sozusagen. Solange du nicht alle Teile hast, kannst du mich nicht vernichten. Und selbst, wenn du sie hättest, habe ich in einem halben Jahrhundert auf eurer verdorbenen Welt so viel Unrecht erlebt, dass mir niemand mehr den Tod bringen kann."

Ein lauter Krach lässt mich zusammenzucken und im nächsten Moment geht ein Scherbenregen auf mich nieder. Kyril prallt auf der Straße auf, wo ich eben noch lag, das Gesicht und die Unterarme voller Blut. Ich spüre seinen Schmerz, als wäre es mein eigener. *Nein*, schreit alles in mir. Ich weiß, dass wir verloren haben, aber ich werde mich niemals geschlagen geben. Nicht, nach allem, was ich in Edinburgh gefunden habe. Ich werde für mein Zuhause und meine Freunde kämpfen bis zum bitteren Ende.

Kyril beachtet mich nicht, beim nächsten Wimpernschlag ist er aufgestanden und greift todesmutig Octavian an. Ich habe keine Ahnung, woher er die Kraft dazu nimmt, aber ich wünschte, er wäre liegen geblieben. Die Noxe strömen wie eine rote Flutwelle auf ihn zu, als Octavian ihnen mit einer einzigen Geste Einhalt gebietet.

„Lasst ihn doch." Er lacht dunkel, grausam. „Seine Wut ist zu köstlich. Ich will mich an ihr laben."

In der roten Menschenmenge erkenne ich jetzt zwei vertraute Gesichter – Lali und Chelsea. Sie müssen uns gefolgt sein und versuchen, die Noxe von mir fernzuhalten. Ich muss irgendetwas unternehmen, aber mein Kopf ist benebelt. Die letzten Tage und Wochen laufen wie ein schlecht geschnittener Film versatzstückartig vor meinem inneren Auge ab und ich zwinge mich dazu, mich zu konzentrieren. *Was würde Buffy Summers tun?* Wahrscheinlich würde sie sich opfern. Und vor Kurzem hätte mir das nicht mal viel ausgemacht. Aber jetzt weiß ich, was ich verpasse und verdammt, ich will dieses Leben. Meine Gedanken rasen: die Puppen im Museum, in den Katakomben, Analogiezauber. Die Lösung ist zum Greifen nah, ich spüre es. *Zwischen Dingen, die sich äußerlich ähnlichsehen, besteht auch innerlich eine Verbindung,* schwirrt Kyrils Stimme durch meine Gedanken. Eilig ziehe ich die Packung mit Salz hervor und verteile es kreisförmig um mich herum, in der Hoffnung, dass mir das irgendwie Zeit verschafft. Dann taste ich nach dem *Fairy Coffin* in der Innentasche meines Mantels. Das ist meine einzige Chance – ich darf nicht versagen. Mit zitternden Fingern öffne ich den Sarg, dann den Verschluss meines Medaillons. Die Haarlocke fällt heraus, aber selbst das ist jetzt egal. Den Apfelkern hingegen fange ich auf. Mit schwitzigen Fingern taste ich nach dem Messer aus der Institutsküche, lasse es aufschnappen und ritze den hölzernen Torso der Puppe an. Eine schwarze, trockene Masse klebt am Holz. Octavian schreit auf. Im Augenwinkel sehe ich seinen entsetzten Gesichtsausdruck, offenbar ist ihm bisher entgangen, dass die Noxe ihm eine Fälschung gebracht haben. Ich fasse den Kern zwischen zwei Fingerspitzen und mein Herz wird schwer, weil ich an den Garten denken muss, in dem ich ihn irgendwann einpflanzen wollte. Den Samen lege ich in die entstandene Kerbe, auf der linken Seite des Brustkorbs, dort, wo das Herz sitzt und wo in Octavians Fall nur eine alte Wunde klafft, wenn ich das Tagebuch richtig gedeutet habe.

Als ich aufsehe, lässt Kyril endlich von Octavian ab, der vor meinen Augen zusammenbricht. Dieser letzte Anblick brennt sich in mein Gedächtnis, zusammen mit einem Gefühl, das halb Entsetzen, halb Genugtuung ist.

Dann bin ich in einer anderen Welt. In einem anderen Leben. Fast kann ich die feuchten Pflastersteine unter meinen Knien spüren, auch das klebrige Blut an meinen Fingerkuppen und das *Water of Leith*, das wie zum Hohn friedlich in der Ferne gurgelt: Alle Erinnerungen, die ich verdrängt habe, sind wieder da.

Ich sehe meinen Vater. Beobachte, wie er als junger Mann vom Flughafen zurück ins Institut fährt. Ich erkenne den Schmerz hinter seiner Maske und auch die trügerische Erleichterung, weil er glaubt, alles, was ihm wichtig ist, in Sicherheit gebracht zu haben: Mum und mich. Sodass er nichts mehr zu verlieren hat.

Ich höre die dunkle, beherrschte Stimme und die gewählten Worte, die gerade deshalb furchterregend sind: *Du bist klug, Ruben, aber bist du auch mutig genug, mein Geheimnis mit der Welt zu teilen? Wer würde dir schon glauben? Ich biete dir einen Tausch an – deine Hilfe als Wissenschaftler im Gegenzug für … dein Leben.*

Und Dad tut, was Octavian von ihm verlangt, zumindest scheinbar. Denn er forscht weiter, zu Anonima und zu Analogiezaubern, und sucht nach Beweisen. Aber er spielt auch mit dem Sterben der Menschen, die Octavian seinem Ziel näherbringen sollen. Alle Briefe, die mein Vater an mich schreibt, verbrennt er wieder. Das Papier ist sein Vertrauter; er faltet eintausend Kraniche und manchmal schreibt er sogar an sich selbst. *Du bist nicht besser als er*, steht auf einem Zettel, weil er aus Liebe falsche Dinge tut. Octavian ist besessen von dem Vorhaben, Elizabeta von den Toten zurückzuholen, er will nicht akzeptieren, dass sein einziges Kind für immer verdammt ist. Und obwohl ich nicht fassen kann, dass mein Vater sich erpressen lässt und sein Wissen für so einen grausamen Zweck einsetzt, verstehe ich ihn auch ein bisschen.

Zwanzig Jahre ziehen in einem Wimpernschlag vorbei. Mein Vater experimentiert mit den Puppen und findet heraus, dass man mit ihnen nicht nur Schaden anrichten, sondern auch heilen kann. So rettet er viele Menschen, Unfallopfer und Verletzte, mithilfe von Spirit Dolls. Er fügt den Puppen dieselben Wunden zu, versorgt diese Verletzungen der Puppen dann stellvertretend, und gibt dem Menschen etwas von seiner eigenen Lebenskraft ab. Aber Octavian nutzt dieselbe Form der Magie, um heimlich eine Armee der Verdammten aufzubauen, indem er die Seelen in den Spirit Dolls einsperrt, auch wenn er nicht plant, sie zu befreien. Denn solange er die Puppen hat, sind die Seelen ihm hörig.

Und ich, ich will unbedingt nach Edinburgh, zu ihm, obwohl er alles getan hat, mich von sich fernzuhalten. Und von Octavian, der mich nicht kennt – um mich nicht zu seiner Geisel zu machen.

Ich sehe Mum und Dad im Streit. Sie treffen sich auf Flat Holm, am Strand unterhalb der Klippen, wo das Meer so stürmisch an den Fels klatscht, dass man kaum das eigene Wort versteht. Trotzdem dringt Mums Stimme jetzt deutlich an mein Ohr. Sie klingt verzweifelt.

*Ich kann sie nicht länger anlügen, sie nicht länger einsperren! Wie stellst du dir das vor?*

Falls mein Vater ebenso aufgewühlt ist, lässt er sich nichts anmerken. *Ich werde Edinburgh bald verlassen, ich brauche nur noch ein bisschen mehr … Zeit.*

*Die haben wir nicht.*

*Doch. Runa hat hier alles, was sie braucht. Versprich mir, dass du sie aufhältst, Em.*

Aber meine Mutter antwortet nicht. Stattdessen zieht sie eine Puppe aus ihrer Manteltasche. Das Sorgenpüppchen, das ich in der Nacht, als er starb, bei ihm gefunden habe. Sie hat eines seiner Haare darin eingenäht.

Nein, das darf nicht sein. Alles in mir wehrt sich gegen die Bilder, die jetzt folgen. Ich bitte, bete, flehe, dass sie aufhören mögen, aber die Vision bricht nicht ab. Genau genommen sehe ich alles schon zum zweiten Mal mit an. Aber im Gegensatz zu damals sehe ich jetzt erst wirklich hin und verstehe. Mein Vater ist vor Schreck erbleicht. Mum hat Tränen in den Augen. Zitternd zieht sie die Stecknadel aus der Mohnblume an ihrem Kragen und durchsticht damit die Puppe. *Es tut mir leid, Ruben, aber wir verzichten schon so lange. Wegen dir. Runa ist einsam … sie hasst diese Insel, sie hasst … mich. Und wenn ich zwischen euch beiden wählen muss, entscheide ich mich für meine Tochter.*

Dad sagt nichts mehr, aber einer seiner Mundwinkel zuckt schwach. So, als hätte er schon fast mit diesen Worten gerechnet.

Im nächsten Augenblick ist er verschwunden, will sich wegteleportieren, nach Hause, nicht in ein Krankenhaus. Weil er zu schwach ist, verfehlt er sein Ziel knapp. Die Zeit steht eine Sekunde lang still, bis er mich in der Gasse entdeckt. Vielleicht hätte ich ihn retten können, hätte ich damals gewusst, was ich jetzt weiß. Aber vielleicht hätte er sich auch nach Kräften dagegen gewehrt.

Ein lautes Schluchzen zerreißt die Bilder der verdrängten, grausamen Erinnerung. Es kommt aus meinem eigenen Mund.

Da lichtet sich der Nebel schlagartig. *Mum, Dad. Das darf nicht wahr sein.*

Aber es ist wahr, das weiß ich, denn jetzt ergibt alles Sinn: Mum wusste um die Wirkung von Analogiezaubern – sie hatte es von Dad erfahren – und als ich am Tag des Bootsunglücks fast ertrunken bin, hat sie mich mit einer Puppe gerettet, bevor ich einen Schattenspringer herbeirufen konnte, der mir den Tod gebracht hätte. Und dieses Erlebnis, der Kontakt mit dem Sterben, hat meine Kräfte viel zu früh geweckt.

Ich blinzle die Tränen weg und sehe Kyril, der sich nach mir umdreht. Der Schmerz, die Wut und die Ohnmacht lauern wie ein Ungeheuer tief in mir verborgen, bereit, jederzeit über mich hereinzubrechen, aber für den Moment ist das Hier und Jetzt wichtiger. Ich eile zu ihm und wir beugen uns über Octavian, der von Noxen umringt ist. Sie lassen uns widerspruchslos hindurch; wahrscheinlich, weil sie nicht fassen können, was geschieht: Sein eleganter Anzug ist aufgeschlitzt, im Stoff klafft zwischen alten Nähten eine frische Wunde. Unter dem Fleisch pulsiert etwas, rot und roh und lebendig.

Obwohl ich es mit aller Kraft versuche, kann ich in diesem Moment keinen Hass für den Mann empfinden. Er ist jetzt nur noch ein Mensch, der im Sterben liegt, und altert vor unseren Augen. Jahr um Jahrzehnt um Jahrhundert. Während sich die Haut immer straffer und blasser um seine Knochen spannt, wird mir klar, dass ein Leben in Verdammnis wahrscheinlich sogar das ist, was er immer wollte. Um bei seiner Tochter zu sein.

„Fawn." Kyrils Stimme ist kaum mehr als ein Gedanke und ich fühle mich seltsam ertappt. „Spürst du es auch?"

Ich würde gern *Nein* sagen, aber das wäre gelogen, denn jede Faser meines Körpers vibriert unter dem Wunsch, Octavian zu berühren, und gleichzeitig löst allein die Vorstellung Ekel in mir aus. Aber das Gefühl wird mit jedem Herzschlag stärker.

„Wir müssen ihn rüberbringen", flüstert Kyril. „Eine verdammte Seele, die so viel Böses getan hat, wäre viel zu gefährlich." Ich schweige, aber er spricht weiter. „Das schaffen wir nur gemeinsam."

Entschlossen umfasst er meine Hände. Unsere ineinander verschränkten Finger, blutig und zitternd, sind vielleicht das Schönste, was ich jemals gesehen habe. Die übelkeiterregenden Mischung aus Abscheu, Mitleid und dem Wunsch, unter allen Umständen zu helfen, der meiner ureigensten Natur entspringt, wird immer stärker. Wie sieht wohl ein Leben aus, das fast ein halbes Jahrhundert angedauert hat? Ein Leben voller Verlust, Reue und Rachegedanken. Ich habe davon gelesen, aber ich bin sicher, dass ich nie wieder dieselbe sein werde, wenn ich es erst einmal gesehen habe. Niemand wäre das. Und ich muss Kyril davor beschützen.

Mit einem Ruck überwinde ich die fehlenden Zentimeter. Ich bin bereit, sage ich mir, immer wieder. *Ich brauche dich nicht, Kyril Ironmonger.* Wenn ich mir das mit aller Macht einrede, kann ich vielleicht das Band trennen, das uns als Schützling und Mentor verbindet, und Kyril so vor allem Kommenden bewahren. *Ich hasse dich, ich hasse dich, ich hasse dich.* Die Lüge schmerzt, aber hoffentlich wird sie helfen. *Ich bin bereit.*

Und dann lasse ich im letzten Moment Kyrils Hand los.

# F***, ILY

## KYRIL

Ich schrecke panisch hoch wie nach einem langen, kräftezehrenden Albtraum. Um mich herum ist alles weiß und steril. Mit der Erkenntnis, dass ich mich im Krankenhaus befinde, zerplatzt auch die Illusion, es könnte alles nur ein schlechter Traum gewesen sein.

Neben meinem Bett sitzt jemand, aber die Person ist zu groß, um Runa zu sein. Selbst für Tris ist sie zu groß.

*Tris.* Ich erinnere mich an irgendetwas, aber die Fetzen schwirren so schnell vorbei, dass ich sie nicht zu fassen bekomme. Nur ein schmerzvolles, drückendes Gefühl bleibt zurück. So als hätte jemand einen zentnerschweren Stein auf meine Brust gelegt.

„Kyril."

Die verhasste Stimme erkenne ich sofort. Widerwillig schaue ich zu meinem Vater. Er sieht müde aus – ob er sich etwa Sorgen um mich gemacht hat?

„Wie fühlst du dich?"

Ich bezweifle, dass ihn die Antwort wirklich interessiert, selbst wenn ich Worte finden könnte. Also zucke ich nur die Schultern. Es scheint ihm zu genügen.

Er legt die Fingerspitzen pyramidenförmig aneinander. „Ich werde nicht um den heißen Brei herumreden: Was ihr gemacht habt, war unfassbar dumm. Allerdings gehe ich davon aus, dass die Idee, auf eigene Faust in einem Mordfall zu ermitteln, nicht von dir stammt, sondern von diesem Mädchen, Rubens Tochter, daher – "

„Doch", widerspreche ich, so schnell es meine noch träge Zunge zulässt, „Es war meine Idee. Runa kann nichts dafür."

„Lass die Spielchen, Junge. Ich werde ein letztes, ein allerletztes Mal meine Kontakte nutzen, um ein gutes Wort für dich einzulegen. Aber das Mädchen muss die Konsequenzen für ihr Handeln tragen. Der Rat wird darüber entscheiden."

Wut ballt sich in meinem Magen zu einem schmerzhaften Knoten. Ich will mich in dem verdammten Bett aufsetzen, meinen Vater packen und ihn schütteln, bis er zur Vernunft kommt. Aber ich bin zu schwach.

„Runa", protestiere ich heiser. „Ihr Name ist Runa." *Und sie ist alles andere als irgendein Mädchen.*

Als er gesagt hat, was er sagen wollte, verschwindet mein Vater so schnell wieder, wie er gekommen ist. Und auch ich kann nicht länger hier liegen bleiben, ich muss zu ihr. Mit einem Ruck ziehe ich die Infusionsnadel aus meinem Arm und setze mich auf. Die Welt dreht sich für einen Moment, dann lässt der Schwindel nach.

Auf dem Flur entdecke ich eine Krankenschwester und will mich hinter der nächsten Ecke verstecken, aber da bemerke ich den grauen Dutt, der mir seltsam vertraut vorkommt.

„Addie!"

Sie dreht sich um, ein erleichtertes Lächeln auf den Lippen. „Du bist wach! Das Wichtigste zuerst: Geht es dir besser? Und dann das Zweitwichtigste: Wenn du dich nicht sofort wieder hinlegst, rufe ich den Oberarzt."

Ich schmunzle in mich hinein und bleibe vor ihr stehen. „Was machst du hier?"

„Hast du etwa gedacht, ich lasse euch allein?"

*Euch.* Also ist Runa auch da. „Wo – ", setze ich an.

Addie verdreht die Augen und deutet auf eine Tür am Ende des Gangs.

Meine Beine, die eben noch bleischwer waren, fühlen sich plötzlich federleicht an. Ich klopfe nicht an, weil ich Runa nicht wecken möchte. Aber gleichzeitig will ich sie so fest an mich drücken und nie wieder loslassen, dass sie dabei wohl oder übel sowieso aufwachen wird.

Tageslicht fällt gedämpft durch die zugezogenen hellen Vorhänge ins Zimmer und lässt Runas Züge friedlich erscheinen. Als ich mich vorbeuge, um ihr eine Haarsträhne aus der Stirn zu streichen, bemerke ich die Salzkörner auf ihrem Kopfkissen. *Danke, Addie.*

Tränen steigen mir in die Augen und ich schlucke schwer, damit sie nicht auf Runas blasses Gesicht fallen. „Du bist der sturste Mensch, dem ich je begegnet bin, *Fawn*. Und fuck, ich liebe dich."

Erschöpft lasse ich meine Stirn gegen ihre sinken, die sich kalt anfühlt. Ich versuche, nicht daran zu denken, was Runa gesehen haben muss, als sie meine Hand losließ, um Octavian zu erlösen, obwohl er das nicht verdient hat. Wir hätten uns dieser Aufgabe gemeinsam stellen sollen, aber natürlich war Runa zu stur, um meine Hilfe anzunehmen. Als ihr Mentor hätte ich ihr beistehen müssen und ich habe versagt. Jetzt bleibt mir nichts anderes mehr übrig, als zu einem Gott zu beten, an den ich nicht mehr glaube.

# Touched (Staffel 7, Episode 20)

## RUNA

Ich erwache an einem kühlen, klaren Morgen in einem Krankenhausbett, eingekuschelt in meinen Lieblingsschlafanzug und den Plüschbademantel, mit der deutlichen Erinnerung an einen Namen, der seltsam vertraut klingt. Ottavio Anziani. Ich bin sicher, die anglisierte Variante zu kennen: Octavian Alden.

Bilder schwirren zusammenhanglos durch meinen Kopf wie im Traum. Ein blonder Junge, der ausgelassen durch die Weite der Pianura Padana streift. Und ein erwachsener Mann, der alles verloren hat, sogar sich selbst. Der verzweifelt genug ist, um sein eigenes Herz mit Natron zu konservieren, fein säuberlich in siebzehn Stücke zu zerteilen und jedes in einem eigens gezimmerten kleinen Sarg zu bestatten, zusammen mit dem Lieblingsspielzeug seiner Tochter.

Aber das alles lässt mich seltsam kalt. Die letzten Tage habe ich im Dämmerschlaf verbracht und auf eine angenehme Art fühle ich mich wie betäubt. Ich weiß, dass ich Schreckliches gesehen und noch viel Schrecklicheres verdrängt habe, dass Unsagbares tief in mir schlummert, aber noch hat es sich nicht an die Oberfläche gebahnt, also versuche ich, nach vorne zu schauen.

Als Addie hereinkommt und mir sagt, dass ich das Krankenhaus verlassen darf, atme ich erleichtert auf.

„Danke für alles", sage ich und schließe meinen Koffer, den hergebracht zu haben, ich mich nicht erinnere. „Tja, den ganzen Kram habe ich wohl nicht gebraucht."

Addie zögert einen Moment lang. „Morgen ist der erste Dezember."

Mein Unterkiefer klappt herunter. „Das heißt – "

„Du hast vier Wochen im Krankenhaus verbracht."

Ich schlucke, schüttle das ungute Gefühl ab, das bei dieser Erkenntnis in mir aufsteigt, und umarme Addie kurz zum Abschied.

Vor der Klinik steht eine dunkle Limousine. Unwillkürlich beschleunige ich meine Schritte, aber der Fahrer lässt das Fenster hinunter. „Runa Davies? Steigen Sie ein, ich nehme Sie mit."

„Nein, danke." Ich ziehe meinen Koffer an dem Auto vorbei.

Plötzlich baut sich ein Mann vor mir auf. Ein Mann, dessen Gesicht mir vertraut und gleichzeitig fremd vorkommt. Er erinnert mich an jemanden. Ja, er hat dieselben attraktiven Züge, aber verhärmte Linien um den Mund herum. Ich kann mir nicht vorstellen, wie Kyrils Vater lächelt. Ob er überhaupt jemals gelächelt hat? Als er Kyrils Mutter begegnet ist, oder bei der Geburt seiner Söhne? Kein Bild will sich bei diesem Gedanken in meinem Kopf formen.

„Steig ein, Runa, wenn du wissen willst, was in den letzten Wochen passiert ist."

Als ich nicht antworte, packt Kieran Ironmonger mich unsanft am Arm und zerrt mich zur Limousine, nur, um mir dann mit gespielter Höflichkeit die Tür aufzuhalten.

Ich überlege, eine Szene zu machen, schließlich ist es helllichter Tag. Aber ich möchte wissen, was Kyrils Vater von mir will.

Der Fahrer schlängelt sich eine gefühlte Ewigkeit durch den Stadtverkehr. „Wo fahren wir hin?", frage ich.

„Zum Flughafen."

„Ich will nicht zum Flughafen! Bringen Sie mich zum Institut."

Die Tonlage von Kyrils Vater wird schärfer. „Daraus wird leider nichts. Der Ältestenrat der Schattenspringer ist zu dem Schluss gekommen, dass dein eigenmächtiges Handeln die Gemeinschaft in Gefahr gebracht hat. Jetzt musst du die Konsequenzen deiner Taten tragen: Du darfst das Institut nie wieder betreten. In zwei Stunden geht dein Flug nach Cardiff, von dort kommst du mit dem Boot zurück nach Flat Holm."

Das sitzt wie ein Schlag in die Magengrube, aber ich glaube ihm kein Wort. „Verdammt noch mal, bringen Sie mich zum Institut oder lassen Sie mich sofort hier raus!" Mein Toben bringt nichts, die Türen sind verriegelt.

Erst vor dem Flughafengebäude werde ich samt meinem Gepäck auf die Straße gesetzt. Die Limousine braust davon, ohne dass ich ein weiteres Wort der Erklärung aus den Männern herausbekommen hätte.

Unschlüssig stehe ich mit meinem Koffer vor der verglasten Eingangstür und überlege, ob an Kierans Worten etwas dran sein könnte. Und wie dann bitte mein neues altes Leben auf Flat Holm aussehen soll. Bei Mum. *Mein Gott.*

Nein, es kommt nicht infrage. Ich habe hier Freunde gefunden und ich gehe hier freiwillig nicht wieder weg – erst recht nicht, ohne in Erfahrung zu bringen, wie es Kyril geht.

Gerade als ich mich vom Terminalgebäude wegdrehe, hält ein Taxi an der Straße. Ein junger Mann mit dunkelblonden Locken und Schatten unter den spöttischen grünen Augen steigt aus.

„Kyril!" Ich eile so schnell auf ihn zu, dass meine Beine entkräftet unter dem Gewicht meines Körpers nachgeben – ein Monat nur Liegen geht an niemandem spurlos vorbei. Er fängt mich überrascht auf. „Fawn."

Überwältigt vergrabe ich mein Gesicht in seiner Halsbeuge. Er drückt mich so fest an sich, dass ich kaum Luft bekomme. „Es tut mir leid", flüstert er. „Ich wollte dich abholen, aber manchmal ist es besser, meinem Vater das Gefühl zu geben, dass man tut, was er sagt."

Als ich den Kopf wieder hebe, sind meine Wangen feucht. „Aber ich kann nicht von hier weggehen, ich kann nicht zurück und ich … ich will nicht ohne dich gehen. Ohne dich und Lali, Chelsea und – " Die Erinnerung flutet unvorbereitet meine Gedanken. „Verdammt, nicht ohne Tris. Bitte sag mir, dass das alles nicht wahr ist. Wir hätten ihn retten müssen!"

Kyril streicht mir mitfühlend über das Haar und ich bilde mir ein, dass auch seine Stimme bricht. „Wir haben es versucht, Runa, aber er wollte nicht. Er wollte nicht mit seiner Schuld leben."

*Wenn wir doch auch die Wahl hätten*, denke ich, aber ich spreche den Gedanken nicht aus.

„Jetzt liegt er neben Izzy. Ich kümmere mich um sein Grab."

Ich schüttle verzweifelt den Kopf. „Was ist mit den verdammten Seelen geschehen? Mit denen, die Octavian um sich geschart hat? Das müssen doch etliche gewesen sein – "

„Ja, es waren tatsächlich zweihundert an der Zahl. Octavian wollte mit ihnen alle Schattenspringer vernichten und dann selbst sterben und verdammt werden, wie seine Tochter. Dafür brauchte er sein Herz – die siebzehn *Fairy Coffins* – zurück. Aber nachdem Octavian gestorben war, standen die Seelen nicht mehr unter seiner Kontrolle. Schattenspringer sind ihrem Ruf gefolgt und haben sie hinübergeleitet, genau wie die neuen Opfer aus der Bar."

„Was ist mit Lali? Und Chelsea?"

„Sie warten drinnen auf dich, haben uns bei Starbucks die besten Plätze reserviert."

Mein Herz rutscht mir mit einem Mal in die Hose. „Du … du lässt mich wirklich gehen, zurück nach Flat Holm, einfach so?"

Ein wehmütiges Lächeln umspielt seine Lippen. „Gib mir nur eine Nacht, um ein bisschen Schlaf nachzuholen – in letzter Zeit gab es ziemlich viele Aufträge", er zieht einen Mundwinkel hoch, „und dann besuche ich dich, irgendwo, wo es dunkel ist, und wann immer du willst."

„Das ist nicht dasselbe", protestiere ich.

„Ich weiß. Du wirst mir fehlen."

„Du …" Ich habe einen dicken Kloß im Hals. „Du wirst mir auch fehlen. Und ich … ich kann nicht zurück nach Flat Holm zurück zu Mum. Du weißt nicht, was ich gesehen habe – " Ich wende den Blick ab, aber er legt einen Finger unter mein Kinn und dreht meinen Kopf sanft zurück. „Doch, das weiß ich. In den letzten Wochen saß ich an deinem Bett, wann immer ich konnte. Du hast oft im Schlaf geredet." Plötzlich mischt sich

Mitleid in seine Züge. „Deine Mum, Steve und Rose sind nicht mehr auf der Insel, sie leben jetzt in Cardiff."

„Der Fall meines Vaters wird nicht neu aufgerollt? Sie schicken mich allein zurück auf die Insel?"

Kyril schluckt sichtbar. „Es tut mir leid. Der Fall ist offiziell abgeschlossen. Nur wir beide wissen, was deine Mutter getan hat. Es liegt bei dir, etwas zu unternehmen, oder das Ganze … auf sich beruhen zu lassen."

Ich nicke, verdränge die implizierte Entscheidung, die ich unmöglich treffen kann, und zwinge mich, die Fassung zu bewahren. Hand in Hand betreten wir den Flughafen.

„Was ist in deinem Medaillon?", fragt Kyril, als wir Starbucks erreichen.

„Gar nichts mehr. Ich hatte eine Haarlocke darin, aber ich habe sie verloren."

„Eine Locke von deinem Vater?"

„Ja." Ich schlucke. „Jetzt ist es leer. Ich habe also Platz für einen Luftkuss oder für eine Locke von *dir*. Nein, wenn ich's mir recht überlege, nehme ich lieber nur den Luftkuss."

Kyril schmunzelt, führt Zeige- und Mittelfinger zusammen an die Lippen und legt dann die Fingerspitzen auf das Medaillon, das ausnahmsweise nicht unter meinem Pullover versteckt ist. Selbst bei dieser Fast-Berührung kribbelt mein Körper. Er zieht mich näher zu sich. „Mein Vater lässt sich nicht mit Worten beeindrucken, aber es gibt andere Wege. Er hat mich als Interimswarden eingesetzt und sobald sich die Wogen ein wenig geglättet haben, hole ich dich zurück." Er tastet nach seiner Manteltasche. „Und dann machen wir neue Fotos bei Boots, okay? Bitte vertrau mir."

Ich ringe mich zu einem Nicken durch.

„Ich gebe so schnell nicht auf, Fawn. Unsere Geschichte ist noch nicht zu Ende, hörst du? Ich verspreche es dir. Aber wir müssen Geduld haben, denn wir tragen jetzt Verantwortung für die Zukunft der Schattenspringer."

„Ich will keine Verantwortung tragen."

Kyril hält inne und legt den Kopf leicht schief, so als würde er auf etwas lauschen. „Und ich will nicht so sportlich und gut aussehend sein, aber so hat ein jeder sein Kreuz zu tragen."

Gegen meinen Willen entschlüpft mir ein Lachen. „Hast du gerade Spike zitiert?"

„In letzter Zeit warst du nicht so gesprächig, also dachte ich, dann netflixen wir eben zusammen. Sechs oder sieben Staffeln einer gewissen Fantasyserie, wobei ich ja mehr auf die ganz alten Sachen stehe …"

Eine stumme Träne bahnt sich ihren Weg meine Wange hinab. Ich weiß nicht, wie man so zerrissen sein kann, so überwältigt von Glück und Schmerz gleichzeitig. Aber dann geht mir auf, dass ich dieses Gefühl sehr wohl schon kenne.

„Die Comics sind besser", schluchze ich. „Tut mir leid, ich hasse Abschiede!"

Aus dem Augenwinkel entdecke ich Lali und Chelsea, die uns vom Café aus zuwinken. Dazu ertönt aus den Lautsprechern ein sentimentales Lied, das mir bekannt vorkommt. Bevor ich zurückwinken kann, festigt sich Kyrils Umarmung. Und dann küsst er mich endlich, zum ersten Mal seit Wochen, aber es könnte auch ein ganzes Leben vergangen sein. Mit einem letzten klaren Gedanken fällt mir der Songtitel ein: *It's Only Love.*